新民说　成为更好的人

A Little History
of Poetry

JOHN CAREY

诗歌小史

［英］约翰·凯里 著

黄福海 译

广西师范大学出版社
·桂林·

诗歌小史
SHIGE XIAO SHI

A LITTLE HISTORY OF POETRY
©2020 by John Carey
Originally published by Yale University Press
著作权合同登记号桂图登字：20-2023-100 号
对于本书中使用的部分版权材料，我们无法查询到其版权所有人，任何人如能提供相关信息，我们将不胜感激。

图书在版编目（CIP）数据

诗歌小史 /（英）约翰·凯里著；黄福海译. --桂林：广西师范大学出版社，2024.5
书名原文：A LITTLE HISTORY OF POETRY
ISBN 978-7-5598-6690-5

Ⅰ. ①诗… Ⅱ. ①约… ②黄… Ⅲ. ①诗歌史－世界－通俗读物 Ⅳ. ①I106.2-49

中国国家版本馆 CIP 数据核字（2024）第 015132 号

广西师范大学出版社出版发行
(广西桂林市五里店路 9 号　邮政编码：541004)
(网址：http://www.bbtpress.com)
出版人：黄轩庄
全国新华书店经销
深圳市精彩印联合印务有限公司印刷
（深圳市光明新区光明街道白花社区精雅科技园　邮政编码：518107）
开本：787 mm × 1 092 mm　1/32
印张：15　　　字数：288 千
2024 年 5 月第 1 版　　2024 年 5 月第 1 次印刷
定价：98.00 元

如发现印装质量问题，影响阅读，请与出版社发行部门联系调换。

目 录

第一章	诸神、英雄与怪兽	001
	史诗《吉尔伽美什》	
第二章	战争、冒险、爱情	010
	荷马、萨福	
第三章	古罗马拉丁语诗歌	020
	维吉尔、贺拉斯、奥维德、卡图卢斯、尤维纳利斯	
第四章	盎格鲁-撒克逊诗歌	030
	《贝奥武甫》、哀歌与抒情小调	
第五章	中世纪的欧陆大师	040
	但丁、丹尼埃尔、彼特拉克、维庸	
第六章	具有欧洲视野的诗人	049
	乔叟	
第七章	可见世界与不可见世界的诗人	059
	"高文诗人"、哈菲兹、朗格兰	
第八章	都铎王朝的宫廷诗人	069
	斯凯尔顿、怀亚特、萨里伯爵、斯宾塞	
第九章	伊丽莎白时期的爱情诗人	081
	莎士比亚、马洛、锡德尼	

第十章	诗歌中的哥白尼	093
	约翰·邓恩	
第十一章	个性主义的时代	104
	琼生、赫里克、马弗尔	
第十二章	个性主义的宗教诗人	117
	赫伯特、沃恩、特拉赫恩	
第十三章	来自彼岸世界的诗歌	131
	约翰·弥尔顿	
第十四章	奥古斯都时期	143
	德莱顿、蒲柏、斯威夫特、约翰逊、哥尔斯密	
第十五章	18世纪的另一面	155
	蒙塔古、埃杰顿、芬奇、托利特、利波、伊尔斯利、巴鲍德、布拉迈尔、贝利、惠特利、达克、克莱尔、汤姆森、柯珀、克雷布、格雷、斯马特	
第十六章	公共诗歌	166
	通俗歌谣与赞美诗	
第十七章	《抒情歌谣集》及其以后	178
	华兹华斯与柯尔律治	
第十八章	第二代浪漫派诗人	191
	济慈与雪莱	
第十九章	浪漫派诗人中的异类	203
	布莱克、拜伦、彭斯	

第二十章	德语诗歌从浪漫主义到现代主义	217

歌德、海涅、里尔克

第二十一章	打造俄国文学	229

普希金、莱蒙托夫

第二十二章	维多利亚时期的优秀诗人	239

丁尼生、勃朗宁、克拉夫、阿诺德

第二十三章	改革、决心与宗教：维多利亚时期的女诗人	253

伊丽莎白·巴雷特·勃朗宁、艾米莉·勃朗特、克里斯蒂娜·罗塞蒂

第二十四章	美国的革新派诗人	266

沃尔特·惠特曼、艾米莉·狄金森

第二十五章	撼动根基	280

波德莱尔、马拉美、魏尔伦、兰波、瓦雷里、迪伦·托马斯、爱德华·李尔、查尔斯·道奇森、史文朋、凯瑟琳·哈里斯·布拉德利、伊迪丝·爱玛·库珀、夏洛特·缪、奥斯卡·王尔德

第二十六章	一个时代结束之际的新声音	293

哈代、吉卜林、豪斯曼、霍普金斯

第二十七章	乔治时期的诗人	307

爱德华·托马斯与罗伯特·弗罗斯特、鲁珀特·布鲁克、沃尔特·德拉梅尔、W.H.戴维斯、G.K.切斯特顿、希莱尔·贝洛克、W.W.吉布森、约翰·梅斯菲尔德、罗伯特·格雷夫斯、D.H.劳伦斯

| 第二十八章 | "一战"时期的诗歌 | 321 |

施塔德勒、托勒、格伦费尔、萨松、欧文、罗森堡、格尼、科尔、韦奇伍德、坎南、辛克莱、麦克雷

| 第二十九章 | 优秀的逃遁主义诗人 | 333 |

威廉·巴特勒·叶芝

| 第三十章 | 发明现代主义 | 344 |

艾略特、庞德

| 第三十一章 | 东风西渐 | 355 |

韦利、庞德、意象派诗人

| 第三十二章 | 美国现代主义诗人 | 368 |

华莱士·史蒂文斯、哈特·克莱恩、威廉·卡洛斯·威廉斯、埃丝特·波佩尔、海伦妮·约翰逊、爱丽丝·邓巴-纳尔逊、杰茜·雷德蒙·福塞特、安杰利娜·韦尔德·格里姆克、克劳德·麦凯、兰斯顿·休斯

| 第三十三章 | 超越现代主义 | 381 |

玛丽安·摩尔与伊丽莎白·毕晓普

| 第三十四章 | 三十年代诗人 | 393 |

奥登、斯彭德、麦克尼斯

| 第三十五章 | "二战"时期的诗歌 | 406 |

道格拉斯、刘易斯、凯斯、富勒、罗斯、考斯利、里德、辛普森、夏皮罗、威尔伯、贾雷尔、帕德尼、尤尔特、西特韦尔、范斯坦、斯坦利-伦奇、克拉克

第三十六章　**美国自白派诗人及其他**　418
　　　　　　洛威尔、贝里曼、斯诺德格拉斯、塞克斯顿、
　　　　　　罗特克

第三十七章　**运动派诗人及其诗人圈**　429
　　　　　　拉金、恩赖特、詹宁斯、汤姆·冈恩、贝杰曼、
　　　　　　史蒂维·史密斯

第三十八章　**致命的诱惑**　440
　　　　　　休斯、普拉斯

第三十九章　**政治影响下的诗人**　449
　　　　　　泰戈尔、阿赫玛托娃、曼德尔施塔姆、马雅
　　　　　　可夫斯基、布罗茨基、洛尔迦、聂鲁达、帕
　　　　　　斯、塞菲里斯、塞弗尔特、赫贝特、麦克迪
　　　　　　尔米德、R.S.托马斯、阿米亥

第四十章　　**跨越边界的诗人**　457
　　　　　　希尼、沃尔科特、安吉洛、奥利弗、默里

译者赘语　　　　　　　　　　　　　　　469

第一章
诸神、英雄与怪兽
史诗《吉尔伽美什》

什么是诗歌？诗歌和语言的关系，就如同音乐和噪音的关系。它是用特殊的方式构成的语言，因此它会被人记诵，被人珍惜。当然，这个说法并不总是对的。在过去的几百年中，数以万计的诗歌都被人遗忘了。而这本书里要谈的，是那些没有被人遗忘的作品。

在传流至今的文学作品中，史诗《吉尔伽美什》（*Gilgamesh*）是最为古老的。这部作品创作于大约四千年前的古代美索不达米亚地区（大约相当于现今的伊拉克和叙利亚东部）。没有人知道它的作者是谁、创作目的是什么，或者它是为哪些读者或受众而写的。这部作品至今还保留在多块泥板上，它的文字是用我们已知最古老的字母系统创造的，通称"楔形文字"，因为书写这些字母的书吏，用芦苇秆在湿软的泥板上刻出楔子形状的印记，就形成了这种文字。

在数百年间，阅读楔形文字的密钥一直是失传的。后来，在1870年代，伦敦有一个靠自学成才的工人，名叫乔治·史密斯，他开始在大英博物馆里研究这些泥板，终于破解了其中的奥秘，使史诗《吉尔伽美什》的内容呈现在世人面前。

这部史诗讲述的是吉尔伽美什国王的故事。他的母亲是一位女神。吉尔伽美什统治着一座名叫乌鲁克（Uruk）[1]的城市（即现今伊拉克南部的瓦尔卡）。他英勇善战，并使用一种新的釉面砖技术，建造了一座雄伟的城市。但是他又充满欲望，非常暴戾，经常在别人的婚礼上抢夺新娘，实施强奸。于是，诸神就造了一个野人，名叫恩启都（Enkidu），希望由他来遏制吉尔伽美什，不去压迫他的人民。

恩启都是那位女神母亲用手上洗下来的泥土造出来的，所以他是动物而不是人。他浑身都是毛，跟羚羊一起生活，跟它们一样吃草为生。但是，乌鲁克的神庙里有一个神妓引诱他，经过七天七夜的热烈的云

---

[1] 本章内与史诗《吉尔伽美什》相关的人名、地名，参考了李晶的硕士论文《〈吉尔伽美什史诗〉译释》。李晶的译文以阿卡德语的标准版本为蓝本，并参照了其他学者的译本。本书注释均为译者所加。

雨之后，恩启都变成了人。那个神妓又教他如何穿衣服，如何吃人类的食物。

吉尔伽美什爱上了恩启都，把他拥入怀中，对待他就像对待女人一样。但是当恩启都试图阻止他强奸新娘的时候，他们打起来了。结果两人势均力敌，于是他们相互亲吻，又和好如初，从此开始了英雄冒险的历程。他们一起去探索雪松林，杀死了居住在那里的怪兽洪巴巴（Humbaba）。这下激怒了诸神，因为洪巴巴这个怪兽是属于诸神的。有一次，吉尔伽美什打仗回来正在洗澡，女神伊丝塔尔（Ishtar）发现了他，并爱上了他，于是向他求婚。可她是代表性与暴力的女神，她的所有情人都必将不得善终，因此吉尔伽美什拒绝了她。她一怒之下，向她的天神父亲求助，希望派遣另一只怪兽天牛去杀死吉尔伽美什。但结果是，吉尔伽美什和恩启都联合起来杀死了天牛，这使诸神更加愤怒，于是他们将恩启都处以死刑。

吉尔伽美什怀着沉痛的心情悼念恩启都，然后启程去探索永生的奥秘。他乘船渡过生死之河，找见了永生之人乌特纳匹诗提（Utnapishtim）。大洪水将人类都淹死了，只有这个永生之人因遵从诸神的旨意，建造了一艘大船而幸存下来。吉尔伽美什潜入深海，找到了一种据说可以使人返老还童的植物。他把这种植物带到地面，一条蛇却把它偷走了。乌特纳匹诗提告诉他，没有人能够战胜死亡。于是吉尔伽美什回到乌鲁克，他明白了一个道理：虽然他很强大，很有名，但是死了之后,他跟所有其他人不会有什么两样。

史诗《吉尔伽美什》与荷马史诗《奥德修纪》(*Odyssey*)[1]在某些地方明显相似,可能后者就是直接受到前者的影响而创作的,或者史诗《吉尔伽美什》的故事中的某些元素,是全世界的神话和民间传说共有的。在许多神话和宗教中,神都会宠爱或迫害人类的英雄,而人类的英雄则与怪兽斗争,堕入冥界,即死亡的境地,然后再回到人类生活的世界。通过荷马史诗,这些母题早已成为西方诗歌中想象宇宙的一部分。

史诗《吉尔伽美什》在当时是否被看作我们现在概念中的诗歌,我们不太清楚。它有可能被看作一个关于诸神及其与人类关系的真实记录。史诗《吉尔伽美什》中有一个主神,叫马杜克(Marduk),但还有其他许多神,他们会争论、醉酒、犯错。他们先是让人类永生不死,但随即又发明了死亡,并发动洪水毁灭人类(乌特纳匹诗提除外),因为人类是嘈杂的,吵得诸神睡不着觉。

这个离奇的故事是否对现代信仰和传统的发展有过影响呢?有这个可能。公元前597年,犹太人被巴比伦国王尼布甲尼撒征服,遭到囚禁。他们的流亡经历被记录在《旧约·诗篇》第137篇中:"我们曾在巴

---

[1] 或译为《奥德赛》,《奥德修纪》是杨宪益的译法。杨宪益认为它的希腊文意思是"关于奥德修的故事",所以译为《奥德修纪》更为恰当。这里采用杨宪益的译名。

比伦的河边坐下，一追想锡安就哭了。"在五十多年中，犹太人只能靠屈服于战胜者巴比伦人来讨生活，听闻巴比伦的陌生的神祇。但是到了公元前539年，波斯人征服了巴比伦，犹太人俘虏被释放，回到了犹太国。似乎从那时起，他们就开始将自己的民间传说编辑成一部圣书"托拉"（Torah），也就是我们现在读到的《旧约》的前五部书。似乎在当时，他们就努力在自己的民间传说中摒除他们在过去生活中接触到的巴比伦信仰的影响。但是《旧约·创世记》中毁灭人类的大洪水，以及在伊甸园里引诱夏娃的那条蛇，可能导源于史诗《吉尔伽美什》中的大洪水和蛇。

最重要的是，"托拉"明确指出，全知全能的"耶和华"（Yahweh）是唯一的真神（上帝），而所有其他神，跟巴比伦的神一样，都是假神。这个重大修改引起不少问题。因为如果上帝是全知全能的，世界为何充满了灾难和痛苦？上帝为何不让世界变得更好？在过去的数百年中，这个问题让神学家们伤透了脑筋，而且不同的宗教有不同的答案。

根据"托拉"的说法，这个堕落的世界充满灾难和痛苦，应当归罪于人类自己，因为亚当偷尝了禁果，尽管上帝事先警告过他，如果他吃了，他就会死。在基督教里，这个解释是可以被接受的，虽然通常会略作改动，使亚当和夏娃的情节听起来更像是一个故事或"寓言"，而不是真实事件。基督教还对这个故事做了延伸，即上帝派他的儿子耶稣基督下来，让他通过被钉死在十字架上来替人类赎罪，这样所有相信他的人都会得到永生。

对于人类的痛苦这个问题，在某些东方宗教中可以找到不同的答案，其中涉及"羯磨"（karma，或译为"业"）的观念。根据这个观念，人的善行和善念会使人获得幸福，恶行和恶念会使人遭受痛苦。在印度的许多宗教里，包括印度教、佛教、耆那教、锡克教，羯磨与轮回的信仰是联系在一起的，人在今世的行为和意念，会影响到人在来世的性质和品质。例如：生来目盲，可能是因为前世的罪孽。亚伯拉罕诸教（即犹太教、基督教和伊斯兰教）没有轮回的概念，因此对神圣正义（divine justice）的问题给出这样的答案，他们是不能接受的。但是，在印度教经典《薄伽梵歌》（*Bhagavad Gita*）中，黑天（Lord Krishna）教导说，宇宙中每一种生物都有轮回。

我们会发现，有些西方诗人对轮回的观念非常着迷。但是这个观念在史诗《吉尔伽美什》里并不存在。吉尔伽美什以为他能征服死亡，但是他错了。乌特纳匹诗提告诉他，没有人能逃脱死亡。这个文学表述是迄今已知最早的，它在以后数百年间将成为诗歌作品的一个重要主题——如何面对无论是诗人自己的还是他人的死亡，如何通过死亡使某些事物变得珍贵而美丽。莎士比亚就表达过这一主题，例如他的《辛白林》（*Cymbeline*）中有一首歌：

不用再怕骄阳晒蒸，
不用再怕寒风凛冽；
世间工作你已完成，
领了工资回家安歇。
才子娇娃同归泉壤，
正像扫烟囱人一样。

不用再怕贵人嗔怒，
你已超脱暴君威力；
无须再为衣食忧虑，
芦苇橡树了无区别。
健儿身手，学士心灵，
帝王蝼蚁同化埃尘。[1]

当然，有些宗教诗对来世是抱有希望的，但莎士比亚这首诗没有。它将死亡表现为一种逃避，一种解脱。

与死亡一样，爱也是诗歌中的一个永恒主题。在史诗《吉尔伽美什》中，爱已经处于中心地位，而且表现为一种文明的力量，是让你具有完整的人性的一个必要的因素。一周七天的云雨，使恩启都从一个野人变成一个男人。跟《旧约·创世记》中的亚当和夏娃的故事不同，史诗《吉尔伽美什》还歌颂了两个男人之间的深情厚谊。在本书的后面，我们会读到一些

---

[1] 译文引自朱生豪译《辛白林》(《莎士比亚全集》，人民文学出版社，1978年)。

最优秀的爱情诗篇，有些就是男人写给男人、女人写给女人的。

史诗《吉尔伽美什》的其他一些方面，在后来的诗歌中也有回应。吉尔伽美什是个暴君，跟荷马史诗中的奥德修斯（Odysseus）[1]一样，他犯有一种在古希腊语中叫作hubris（意思是骄傲自大）的罪行。诸神不赞成这一点，也不赞成他的暴戾，因此他们派遣恩启都去纠正他的缺点。就这方面来说，史诗《吉尔伽美什》是一首政治诗，隐含着对暴君的谴责和告诫。对诗歌进行概括的论述都是轻率的，但是主流诗歌，尤其是现代诗歌，对权力、财富、奢华和名流都表示怀疑，甚至对于欣赏这些的人也抱有怀疑的态度。

史诗《吉尔伽美什》并没有告诉我们，这部作品当时在朗读或歌唱时听起来是怎样的。所以对我们而言，它缺乏一个重要的诗歌维度：节奏、音步和韵脚。我们会发现，对于诗歌听起来应该是怎样的，以及这方面是否重要，在诗人之间还存有分歧。有些人认为声音至关重要，意义则可以忽略不计。另一些人认为诗歌要是没有意义，写了也是白写。还有些人认为，诗歌的声音、节拍和节奏，跟我们在子宫的回声腔室中的最早的体验有关。

我们发现，诗歌智慧中的一部分，是它提醒我们，

---

[1] 本书内与荷马史诗相关的人名、地名，主要参考了杨宪益译《奥德修纪》(上海译文出版社，1979年)，罗念生、王焕生译《荷马史诗·伊利亚特》，王焕生译《荷马史诗·奥德赛》(人民文学出版社，1994年、1997年)和鲁刚、郑述谱编译《希腊罗马神话词典》(中国社会科学出版社，1984年)。

我们注定会死。但是诗歌，或者说某些诗歌，非但不会死，而且会超越人类的寿命而长期存在。为什么会发生这种事情，始终是个谜。每天都有浩瀚的语言在我们身边稍纵即逝，而诗人从中抓住几个词语，按一定顺序加以排列，就创作了一件不死的艺术作品，这怎么可能呢？没有人能够解释。但这似乎是每个诗人追求的目标。如果一首诗很快就会被忘掉，为什么还要费心去创作一首诗，并且努力将它完善呢？诗人告诉我们，一切都将变为尘土，但这首诗本身不会消亡。有些诗人对此直言不讳，例如莎士比亚在《十四行诗集》第55首中就说道：

> 白石，或者帝王们镀金的纪念碑
> 都不能比这强有力的诗句更长寿。[1]

没有人知道究竟是什么让一首诗成为不朽，所以诗歌的评判标准是主观的，而不是科学的事实。我的喜好不是你的喜好，因为我们将不同的思想和不同的过去带入了表面上看起来相同的一首诗。在审美判断中没有对与错，只有观点。我希望你能在本书中找到你以前不知道的诗，也希望这些诗成为你日常思想的一部分，并且你会信赖自己对它们的判断。

---

[1] 译文引自屠岸译《十四行诗集》(《莎士比亚全集》，上海译文出版社，2014年)。

第二章
战争、冒险、爱情
荷马、萨福

荷马（Homer）是谁，荷马史诗是否为同一个诗人的作品，我们都不太清楚。这些作品大约创作于公元前700年。《伊利昂纪》(*Iliad*)[1]是留存至今的最早的战争史诗。它讲述了特洛亚城（Troy）[2]被围困十年的最后几个星期，希腊人与特洛亚人之间的战争，最后以希腊战士阿喀琉斯（Achilles）杀死特洛亚主将赫克托

---

1 或译为《伊利亚特》，《伊利昂纪》是杨宪益的译法。该书主要讲述特洛亚城陷落之后的故事，而伊利昂就是特洛亚的旧称。这里采用杨宪益的译名。
2 或译为特洛伊。

耳（Hector）而告终。

这部史诗对待战争的态度是自相矛盾的。战争被表现得既是光荣的，又是可怕的。怯懦遭到鄙视。然而，史诗中也揭露了战争的残酷和虚妄。这种矛盾也反映在两种截然不同的文体风格上，贯穿于所有战斗场景。双方战士在互相对话时，使用正式文体风格、修辞手法，就像演说家一样。但是他们死的时候，就像被屠宰的野兽。一根长矛捅进喉咙，将牙齿和骨头捣得粉碎；一根长矛的尖端把一个年轻战士从他的战车上挑下，他的身体像一条上钩的鱼儿一样扭动着。

《伊利昂纪》中记录的对战争的这种分裂情绪，似乎根植于人类的本性。即使现在，颂扬战争的光荣和凭吊战争的废墟也是并存的，就像在阵亡将士纪念日[1]的仪式上那样。将我们内心深处的这种裂痕揭示出来，正是从一个侧面体现了《伊利昂纪》的普适性和深刻性。

另一方面，史诗中也有对人类感情的描写。干预史诗中情节发展的各位男神和女神——宙斯（Zeus）、阿波罗（Apollo）、雅典娜（Athena）、阿佛洛狄忒（Aphrodite），以及其他诸神——表现得轻浮、恶毒、小气、吵吵闹闹。这就产生了一种效果，即把他们与人类进行比较，人类显得更有尊严，也更加崇高。人类能感受到真实的痛苦和悲伤，又具有英雄气概。而

---

[1] 英联邦国家纪念两次世界大战中牺牲将士的纪念日，在11月11日或最接近11月11日的星期日。有些非英联邦国家也在这一天举行纪念活动。

诸神呢，他们不会死，也就没有这种气概。

史诗中最著名的几个场景之一出现在第六卷，赫克托耳的妻子安德罗玛刻（Andromache）不停地哭泣，劝说赫克托耳不要出战。但是赫克托耳回答说：

> 如果我像个胆小鬼，向后退缩，逃避战斗，

那么他会在特洛亚城的男人和女人面前感到"深深的耻辱"。他拒绝听从妻子的请求，尽管他知道自己注定要在战斗中死去，并且预见到特洛亚城将随他的父亲——普里阿摩斯（Priam）国王——以及他的全体人民，一起毁灭。

保姆在一旁侍候着，这时正抱着"美得就像一颗星星"的他俩的儿子阿斯梯阿那克斯（Astyanax）。孩子看见他父亲头上插着马鬃的帽盔，看见那鬃毛在盔顶上可怕地晃动着，不禁惊叫起来，蹭到了保姆的怀里，只想躲得远远的。赫克托耳和安德罗玛刻看到儿子这样害怕，不禁莞尔而笑。赫克托耳将闪亮的帽盔脱下，放在地上。他把孩子搂过来，亲吻他，举起来往上抛了一抛，然后祷告说：

> 宙斯啊，以及其他众神，请让我这孩子
> 跟我一样，在特洛亚人中间名声大振，
> 跟我一样健壮，成为伊利昂的强大国君；
> 等他战胜归来，人们会这样加以评论：

"他远远胜过他父亲。"但愿他杀死敌人，带回血淋淋的战利品，让他母亲感到欢欣。

说着，他把孩子交还到安德罗玛刻的手里。妻子接过孩子，把他"搂在馨香的怀里，含着泪微笑"。赫克托耳见状，觉得她可怜，就抚摸着她，说着安慰的话，并告诉她，如果他的死期未到，谁也不能提前把他送到哈得斯（Hades）那里。

就这么一个简短的场景，已经被人用成千上万字写过。我们先前在战斗场景中读到的对战争的分裂情绪，在这里被转化为一个家庭场景。赫克托耳居然希望自己幼小的儿子将来长大后成为一个杀手，浑身沾满别人的鲜血，从战斗中归来，这真是太可怕了。祈祷这样的事情发生，似乎是一个残暴的人的行为。可我们必须看到，赫克托耳并不是一个残暴的人。他温柔地爱着自己的孩子，并且努力去安慰痛苦的妻子。况且他预见到这次战斗不会有好的结果，他明知自己和他的父亲以及特洛亚城是注定要毁灭的。因此，即使从实际层面上来看，他回去重新投入战斗也是没有意义的。毫无益处。但是我们仍然对赫克托耳为什么那样做表示理解。

由此可见，《伊利昂纪》是一个悲剧。但是《奥德修纪》却是一部完全不同类型的史诗，虽然它可以算作是《伊利昂纪》的续篇。它讲述了奥德修斯在特洛亚战争结束之后，经过十年的漂泊，终于回到伊塔卡岛（Ithaca）的故乡。《奥德修纪》是一个历险故事，它引入了一种虚构人物，这种人物在以后各个时代的无数历险故事中频频出现。你可以称这种人物是坚不可摧的英雄（主角）。就像詹姆斯·邦德（James Bond）[1]，或托尔金[2]小说中的霍比特人（Hobbit），或者《爱丽丝梦游奇境记》(Alice in Wonderland)[3]中的爱丽丝（Alice，她实在是一个永远打不败的女英雄），奥德修斯从一次次危险中幸存下来，尽管非常不可思议。因此，与《伊利昂纪》这部严酷的现实主义作品相比，《奥德修纪》可以归为幻想作品。

我们从这部史诗的第一部分了解到，在奥德修斯离家远征期间，伊塔卡岛上发生了许多事情。他的妻子佩涅洛佩（Penelope）受到数十名年轻无赖的骚扰，他们相信奥德修斯已经死了，希望娶她为妻。奥德修斯和佩涅洛佩的年幼的儿子忒勒马科斯（Telemachus）无力制止那些经常来侵扰的求婚者，他在雅典娜女神的帮助下，驶船来到希腊本岛，得知一个名叫卡吕普索（Calypso）的仙女爱上了他的父亲，所以将他囚禁了起来。

史诗的第二部分从奥德修斯滞留在卡吕普索的岛

---

[1] 英国作家伊恩·弗莱明（Ian Fleming，1908—1964）系列小说《007》中的主角，英国情报机构的特工。
[2] 托尔金（J.R.R. Tolkien，1892—1973），生于南非的英国作家，代表作为《魔戒》《霍比特人》。
[3] 英国作家刘易斯·卡罗尔（Lewis Carroll，1832—1898）的代表作，另有姐妹篇《爱丽丝镜中奇遇记》。

上开始。卡吕普索最终同意让奥德修斯离开。于是奥德修斯制作了一个船筏，打算启程回家，但是海神波塞冬（Poseidon）对他怀恨在心，用海浪将他的船筏击碎。

奥德修斯游到最近的陆地，他爬上岸，浑身沾满了盐渍，就这样睡着了。一群女孩子的笑声将他惊醒，他赤身露体地走出来，发现了公主瑙西卡亚（Nausicaa）及其众侍女，她们刚洗完衣服，正在掷球嬉戏。这个情节充满了性的诱惑，所以成为这部史诗中最为有名的场景之一。

瑙西卡亚把他带到自己父母的宫殿，他们热情地接待了他，并问他是怎么漂流到他们的岛上的。从这里开始，奥德修斯成了叙述者，他讲述的故事是离奇而神异的，这些内容听起来就像是一个年老而狡猾的流浪者信口编造的一大堆谎言，以解释为什么驾船回家，行驶大约五百英里[1]的距离，竟然用去了十年时间。

他说，他带了十二艘船离开特洛亚城，后来停留在"食枣人"（Lotus Eaters）居住的岛上。那些食枣人给他的同伴们送来一种具有超级镇静作用的水果，谁要是吃了那种水果，就会忘记自己的故乡和家人。接着，他和他的同伴们被一个名叫波吕斐摩斯（Polyphemus）的吃人的独目巨人抓获，但是他用一

1　1英里约为1.6千米。

根削尖的树枝将巨人的眼睛弄瞎，从而得以逃脱。后来，风神埃俄洛斯（Aeolus）送给奥德修斯一只皮囊，里面装着所有的风。他们的船原本已经驶到可以看见伊塔卡岛的地方，但是他的同伴们愚蠢地将皮囊打开，放出了那些风，将他们的船又吹了回去。

接着，他们驶进了一个港湾，在那里，体形硕大的食人兽从山崖顶上投下巨石，将他们十二艘船中的十一艘砸沉了，只有奥德修斯的船得以逃脱。他们来到了太阳神的女儿、神女喀耳刻（Circe）的岛上，而这个神女竟把奥德修斯的半数同伴都变成了猪。然而，神使赫耳墨斯（Hermes）送给他一种药草，使他免于喀耳刻的魔药的毒害。后来，喀耳刻告诉奥德修斯怎样才能到达世界西方尽头的死亡之国。他在那里与不同的鬼魂进行交谈，包括他在特洛亚战争中的战友阿喀琉斯和阿伽门农（Agamemnon），以及他自己的母亲。

他们在驶船回到喀耳刻的岛上的途中，经过塞壬（Siren）的领地。塞壬会以迷人的歌声引诱行船的人撞向礁石，造成船毁人亡。但是奥德修斯用蜂蜡塞住了他的同伴们的耳朵，同时命令他们把自己绑在桅杆上，所以他虽然听见塞壬的歌声，却躲过了灾难。在他们附近，还有一个致命的"漩涡海怪"，叫作卡律布狄斯（Charybdis），以及一个长着六个头的海怪，叫作斯库拉（Scylla）。奥德修斯驶着船，成功地穿过这两个海怪之间的海峡，抵达了一个小岛。当奥德修斯在那儿酣睡之际,他的同伴们犯了一个严重的错误,将一批牛羊杀死并吃掉了,它们对太阳神赫利俄斯(Helios)来说是神圣的。作为惩罚,宙斯发起一场狂风暴雨,摧毁了他们的船只,结果除了奥德修斯,其他所有人都淹死了。奥德修斯抓住一根漂浮的树枝,幸存下来,后来又差一点被卡律布狄斯吞吸进去,但最终被冲到了卡吕普索的岛上。奥德修斯的冒险经历就是从这里开始讲述的。

瑙西卡亚的父母听完了他的故事,帮助他回到了伊塔卡岛。他假扮成一个乞丐,除他衰老的家犬之外,没有谁认得他,而那条狗在见到他之后,就快乐地死去了。他的年迈的女仆在给他洗脚时,认出了他腿上的伤疤,但没有暴露他的身份。奥德修斯找到合适的机会,向他的儿子忒勒马科斯和他过去的两个奴隶表明了身份,一个是牧猪奴,另一个是牧羊奴。他们几个人共同进行了一场可怕的报复,杀死了所有求婚者,吊死了曾经背叛过佩涅洛佩的十二个女奴。

我们应该在多大程度上假设奥德修斯的故事全都是谎言,这是不可能说得清楚的,我们也没必要去问。《奥德修纪》跟《伊利昂纪》相比,最为突出的地方是,它打开了一扇通向各种怪兽、幽灵和莫名的恐惧的大门,而那些东西与逻辑和理性正好处于事物的两个极端。探索那个想象的境界,一直是诗歌的重要内容,而《奥德修纪》中的某些怪物,如斯库拉、卡律布狄斯和塞壬,几乎已经是成语,在以后全球的诗歌作品中频频被人引用。这可能意味着，荷马以一种不同寻常的方式，领会了人性中的集体无意识。也可能是他的作品富有画面感，所以在人类的记忆中刻下了印记。荷马在写作中运用生动而直接的语言——例如，奥德修斯用一根橄榄树枝将波吕斐摩斯的眼珠捣烂；或者斯库拉一把抓住船上的六个人，一边尖叫着，一边将他们甩向空中；或者女奴们脖子上套着绳索，排成一行，慢慢地窒息（这是世界文学中第一次描写绞刑）。这些场景都是令人难忘的，即使想忘掉也很难。

与很多诗歌作品不同，荷马的作品可以在翻译成其他语言之后，依然是优秀的作品，部分原因是他的叙事技巧表现为简练、敏捷而直接。荷马史诗已经有了许多英文译本，但最早的是1614年的乔治·查普曼（George Chapman）的译本。他这个译本的读者中最有名的是英国诗人约翰·济慈，他不懂古希腊语，但是他创作于1816年的十四行诗"我曾游历过许多金色的国度"（"Much have I travelled in the realms of gold"），记录了他在阅读荷马史诗的查普曼译本时的惊喜之情。

萨福（Sappho，约公元前630—约公元前570）是除荷马之外，如今唯一大多数人还听说过的古希腊诗人。在古代，评论家们提到她就会说"那位女诗人"，正如提到荷马就会说"那位男诗人"。她出生于莱斯沃斯岛（Lesbos）（英文词 Lesbian［女同性恋者］就是从这个词衍生而来)。她的大部分诗作都已失传,只有一首《致阿佛洛狄忒》("Ode to Aphrodite")是完整的,在这首诗里,她向爱之女神求助。其他诗作只留下一些片段。

但是仅就留存下来的作品,已足以说明评论家们为什么对她如此倾倒。她的诗歌是清澈的,富有感官色彩,热情奔放。她在诗中写道,那位被爱恋的对象是一只熟透的红苹果,高挂在树梢上,人们够不到。又说,她是一朵山中的风信子,被牧人用笨重的脚踩踏,却在地上留下一道紫色的斑痕。在另一首诗中,她讽刺荷马史诗中的诸神冷酷无情,并嘲弄那些膜拜诸神的人。

在一首题为《断章31》("Fragment 31")的诗中,萨福观察她喜欢的女人跟一个男人谈笑的样子,并为此感到震惊。萨福怦然心动,皮肤像着了火一般,她说不出话来,眼前一片昏暗,耳朵里嗡嗡作响。她浑身颤抖,突然冒出冷汗。在西方文学作品中,这是第一次由一位女性描写在恋爱激情下的症状。

第三章

古罗马拉丁语诗歌

维吉尔、贺拉斯、奥维德、卡图卢斯、尤维纳利斯

在基督教时代开始之前,诞生过三位诗人,他们的著作成为西方文明的基石。

在这三位诗人中,维吉尔(Virgil,公元前70—公元前19)是最早的一位。我们对他的出身情况知道得很少,但他很可能出生在曼图阿(Mantua)[1]附近的一个拥有土地的家庭。传说他为人羞涩、谦逊,他的同学们给他起过一个绰号,叫"少女"。

他生长在一个动荡的时代。尤利乌斯·恺撒

---

1 意大利北部地区的一个地名。

（Julius Caesar）夺取了独裁统治权，结束了此前的罗马共和国。在公元前44年恺撒被谋杀的前后，激烈的内战从未停止过。直到公元前27年，恺撒的养子获得胜利，确立了自己作为罗马帝国始皇帝恺撒·奥古斯都（Caesar Augustus）[1]的地位。维吉尔的早期诗歌引起了奥古斯都的文化顾问梅塞纳斯（Maecenas）的注意，他引荐了这位诗人，使之实际上成为皇帝的幕僚成员。

维吉尔的代表作是十二卷的史诗《埃涅阿斯纪》（*Aeneid*）。他从大约公元前29年开始创作，其政治目的是颂扬奥古斯都，并使他所建立的王朝合法化。这部史诗的英雄（主角）埃涅阿斯（Aeneas）[2]是一个特洛亚人，在《伊利昂纪》中简单提到过，但通过维吉尔对历史的重建，他注定要成为罗马人的祖先。埃涅阿斯的母亲是女神维纳斯（Venus），但在诸神中，朱诺（Juno）与他为敌，对他施加了各种灾难。他与他的一班侍从自特洛亚城遭受的劫掠中逃出，他背着自己的老父安客塞斯（Anchises），并由幼子陪同，但是埃涅阿斯的爱妻却在大屠杀中丧生了。

史诗的前六卷讲述了埃涅阿斯和他的同伴们在

---

[1] 这里指屋大维（公元前63—公元14），恺撒的甥孙，被恺撒收为养子，实际上是罗马帝国的始皇帝。
[2] 本章内与《埃涅阿斯纪》相关的人名、地名，主要参考了杨周翰译《埃涅阿斯纪》(译林出版社，1999年)，杨周翰译《变形记》(人民文学出版社，2008年)和鲁刚、郑述谱编译《希腊罗马神话词典》(中国社会科学出版社，1984年)。

意大利登陆之前的冒险经历。后六卷讲述了他们与意大利原住民部落的战争，以埃涅阿斯击败汝图利（Rutulia）的首领图耳努斯（Turnus）告终。维吉尔描写冒险和战争，是有意识地挑战荷马，与《奥德修纪》和《伊利昂纪》较量。他的诗歌作品，就像它赞美的帝国一样，其用意是成为世界的领先者。

埃涅阿斯被描绘成一位理想的领袖，被形容为 pius（拉丁语，虔诚的）。这跟英语中的 pious（虔诚的）还不太一样。这个词包含对家庭和国家的责任，以及对神的服从。当他和他的同伴们被海水冲到迦太基（Carthage）[1]附近的非洲海岸时，对他的考验降临了。迦太基的女王狄多（Dido）盛情款待了他们。埃涅阿斯对她描述了特洛亚的焚毁，以及他和他的同伴们经历过的险境。于是狄多对他动了情，而他也被狄多的同情感动了。他们在一次狩猎旅行中，躲在一个山洞里做爱。但是朱庇特（Jupiter）派遣信使墨丘利（Mercury）去提醒埃涅阿斯不要忘记自己的天命。尽管非常痛苦，他还是放弃了狄多，带领船队离去。狄多非常愤怒，垒起火葬柴堆，将剑刺向自己，并发誓迦太基将与埃涅阿斯的后代永世为敌。埃涅阿斯和他的同伴们在海上，遥望着柴堆的火焰将她吞噬。

这个关于狄多的情节是有政治目的的。迦太基是个强大的海上帝国，早年就是罗马共和国的争霸对

---
[1] 古代地中海沿岸的古国名，位于今非洲北部的突尼斯，曾与古罗马发生三次战争，史称"布匿战争"，于公元前146年被古罗马消灭。

手，而且这两个大国之间发生过三次战争，代价极其惨重。第三次战争结束时，迦太基被焚毁、夷为平地。这些历史悲剧，在狄多的故事中是在神的天命的背景下讲述的。

从奥古斯都的宣传观点来看，这部史诗中的卷六，具有最重要的政治意义：埃涅阿斯在维纳斯的帮助下，找到了进入冥界的神奇的金枝。在死者的灵魂中间，他遇到了父亲安客塞斯。他父亲预言了罗马的未来，包括神圣的奥古斯都的降临，以及埃涅阿斯之后的历代君主。

然而，对后人而言，这部史诗描写生动、情感真挚，这些成就远远超过它的政治意义。诗中描述的事件，在欧洲文学中留下了深刻的印记，这不仅包括那些充满激情的高潮片段，例如埃涅阿斯逃离特洛亚，狄多的戏剧性自杀，还包括一些相对次要的情节，如由埃涅阿斯讲述的，在特洛亚被围困期间，海蛇将拉奥孔（Laocoon）和他的两个儿子绞死的情节。这部史诗还是一个奇言妙语的矿藏，例如埃涅阿斯在他的同伴们深陷痛苦时对他们所说的话（《埃涅阿斯纪》卷一第203行），大致翻译过来是这样的："也许有一天我们回想起今天的遭遇，甚至会觉得很有趣呢。"[1]

三位优秀诗人中的第二位是贺拉斯（Horace，公元前65—公元前8），他父亲是一个被解放的奴隶。他

---

[1] 译文引自杨周翰译《埃涅阿斯纪》（译林出版社，1999年），标点有改动。

接受过昂贵的教育，一度还在雅典深造。公元前42年，当奥古斯都在腓立比战役（the Battle of Philippi）中击败共和军时，他就在共和军中担任军官。此后，贺拉斯决定将自己的命运跟这个战胜方连在一起。梅塞纳斯将萨宾（Sabine）山区的一座农庄送给他作为奖赏，并哄他当上了公务员。作为回报，贺拉斯用诗歌不遗余力地歌颂奥古斯都，称他是一位神圣的统治者。

后人批评贺拉斯是时代的效力者。但是他能随遇而安，这一点使他的诗歌具有某种魅力。他规劝人们不要跟不可避免的结果做斗争，那是没有意义的。他认为自己是一个出色的情人，并因此而自豪，虽然他承认自己垂垂老矣，热情不济。不过，他似乎一直在尽力支撑着。根据古罗马史学家苏埃托尼乌斯（Suetonius）披露，他的卧室墙壁上贴满了淫秽图片，而且正对着镜子，以便他无论面朝哪个方向，都能看见这些色情作品。

跟维吉尔和奥维德一样，贺拉斯也采用多种诗体创作。但是人们记住他，主要是因为他的一部杰作《颂诗集》（*Odes*），其中包括一百多首短小的个人诗作。这些短诗的主题多样，也不按特定的顺序编排。有些诗作庆祝奥古斯都的胜利，有些诗作赞美春天的来临，或颂扬他在萨宾农庄乡村生活的乐趣，那里有可爱的喷泉，泉水即使在炎热的天气也凉爽可口。有些诗作歌颂葡萄酒的美德，并邀请朋友来分享。为了迎合奥古斯都改造公共道德的计划,他谴责贪婪和奢侈,并建议人们重返古代那种简单纯朴的理想。他题献给女性的诗作是率真的,他以自己认为合适的方式挑逗她们或指责她们。他对古罗马诸神——阿波罗、维纳斯,以及其他神祇——都满怀敬意,并以简单的祭祀向他们致敬。他给人们的建议是:乐天安命。

以上这些听起来可能很单调,但正是贺拉斯出色的写作才能确保了他的不朽,对此他有自知之明。他自负地说:"我建成一座纪念碑,比青铜耐久。"(《颂诗集》第三卷第30首)[1]他的诗给人的感觉是简洁、优雅,而且非常机智。他的诗是给有教养的人读的,而不是给愚氓读的。他承认:"我讨厌庸俗的人群。"(《颂诗集》第三卷第1首)然而,他的许多文字精练、意蕴丰富的短语已成为英语中的成语,最著名的是 *carpe diem*,意思是"抓住今天"或"及时行乐"(《颂诗集》第一卷第11首)。

奥维德(Ovid,公元前43—公元17)是三位优秀诗人中最年轻的成员。他与维吉尔和贺拉斯一样,也属于奥古斯都的诗人圈子。他背负一身恶名,因为他创作了一些直接描写自己恋爱经历、失礼而不道德的诗歌(诗集名为《恋歌》[*Amores*])和一本教导如何引诱女人的手册(《爱的艺术》[*Ars Amatoria*])。三十岁之前他结过三次婚,离过两次婚。在他去世前

---

[1] 译文引自飞白译《古罗马诗选》(花城出版社,2001年)。本章内贺拉斯的诗句,均引自此书。

九年，奥古斯都将他流放到黑海边的托弥（Tomis）（原因不详）。这件事他在诗中也写过。

但是他的代表作是《变形记》(*Metamorphoses*)。这是一部十五卷的史诗，讲述了从创世到尤利乌斯·恺撒被神化（发生在奥维德诞生前一年）的整个世界史。但是这个历史框架只不过是一个购物袋。《变形记》实际上是各种神话的大杂烩，包括二百五十多个神话故事，有些是悲剧，有些是喜剧，还有些则荒诞离奇。奥维德从一个故事跳到另一个故事，几乎不尝试做任何衔接。但是所有神话故事都是讲爱情的，都涉及某个人被魔术般地变成了别的人或其他东西。人变成动物、鸟、植物或星星；诸神假扮成非神的外形，引诱仙女或少女。朱庇特变成天鹅，向勒达（Leda）求爱，又假扮成白色的公牛，背着美丽的欧罗巴（Europa）游到海上。普卢托（Pluto）是冥界之神，将普洛塞庇娜（Proserpina）拖进他的黑暗领地。有时候，那些被追赶的猎物为了逃命，也会改变自己的外形。达佛涅（Daphne）在阿波罗的追逐下，变成了月桂树。

男神和女神不仅表现得好色，而且表现得异常好斗和虚荣。牧笛吹手玛尔希阿斯（Marsyas）敢于挑战阿波罗，跟他进行音乐表演比赛，由于冒犯了神，结果被活活剥皮。牧羊人的女儿阿刺克涅（Arachne）与女神雅典娜比赛编织，结果赢了。雅典娜妒火中烧，将她的织物撕成碎片，并把她变成蜘蛛。冒犯诸神，即使不是故意的，也会受到可怕的惩罚。猎人阿克泰翁（Actaeon）碰巧撞见狄安娜（Diana）在洗澡，结果变成牡鹿，被他自己的神犬撕成碎片。

有些故事具有道德寓意。贪婪的弥达斯（Midas）触碰到的所有东西都会变成黄金，结果活活地饿死。自恋的那耳喀索斯（Narcissus）爱慕他自己在水池中的倒影。自负的法厄同（Phaethon）试图驾驶太阳车，结果坠落，遭到毁灭。但是神话满足了人们对神奇事物的渴望，这个比道德的意义更为深远。神话中还有怪物。如暗藏在迷宫中的半牛半人弥诺陶诺斯（Minotaur）；珀耳修斯（Persues）杀死戈耳戈三女怪（Gorgones）之一的墨杜萨（Medusa），救出了安德洛墨达（Andromeda）。还有性别转变。一个漂亮男孩和一个仙女结合，生出了男女同体的赫尔玛芙罗狄特斯（Hermaphroditus）。先知忒瑞西阿斯（Tiresias）作为女人活了七年，后来结婚生子，然后又变成了男人。（有人问忒瑞西阿斯，男人和女人在做爱时谁更快活，他回答说，女人更快活，快活十倍。于是，朱诺使他瞎眼，作为惩罚。）

《变形记》的影响远远超出文学的范畴。文艺复兴时期的无数绘画和雕塑，都从奥维德笔下的故事中汲取灵感：切利尼的《珀耳修斯与墨杜萨的头》(*Perseus with the Head of Medusa*)，贝尔尼尼的《劫夺普洛塞庇娜》(*Rape of Proserpina*)，提香的《阿克泰翁惊动狄安娜》(*Actaeon Surprising Diana*)和《劫夺欧罗巴》

(*Rape of Europa*),委罗内塞的《维纳斯与阿多尼斯》(*Venus and Adonis*),不一而足。[1]当然,我们不能说没有《变形记》就不会有文艺复兴,但这说法也不算太过。

另外两位优秀的拉丁语诗人,在世界文学上也留下了印记。卡图卢斯(Catullus,公元前84—公元前54)生活在罗马共和国的最后岁月、奥古斯都执政之前。他的诗歌影响了维吉尔、贺拉斯和奥维德,也受到萨福的影响。他的《歌集》(*Carmina*)由一百一十六首诗组成,大部分是短诗,有些是写同性恋的,有些是淫秽的,有些直白到足以使胆小的人感到震惊。许多内容都是关于现实生活中的恋情的,并且跌宕起伏,从温柔到嫉妒和愤怒。他在诗中称自己所爱的女人为莱斯比娅(Lesbia),但她的真名叫克洛迪娅(Clodia)。她虽已结婚,但性生活糜烂。她像卡图卢斯一样,也来自一个贵族家庭。卡图卢斯有两首诗描写了她的一只宠物麻雀,颇受到后来诗人的喜欢(有些人认为这只鸟具有不雅的双重含义)。

对于尤维纳利斯(Juvenal,约公元55—约公元138)的生平,我们几乎一无所知,但他写过十六首讽刺诗,并提示其主题为"男人所做的一切——祈

---

[1] 切利尼(Cellini,1500—1571),意大利文艺复兴时期雕塑家、工艺师、美术理论家和作家;贝尔尼尼(Bernini,1598—1680),意大利文艺复兴时期雕塑家、建筑家、画家,早期巴洛克艺术的代表;提香(Titian,1490—1576),意大利文艺复兴后期威尼斯画派的代表画家,对后世影响很大;委罗内塞(Veronese,1528—1588),意大利文艺复兴晚期画家,提香的学生。

祷、恐惧、愤怒、快乐、喜悦、游荡"。那些诗有时尖刻风趣,但放在一起,就构成了对1世纪罗马的公共与私人生活的强烈谴责。在很长一段时间里,人们热衷于翻译、改编和模仿他的那些诗作,这说明人类的恶习以及我们从阅读有关人类恶习的诗作中获得的乐趣,并没有随着时间的流逝而发生太多变化。那些讽刺诗是许多成语的源头,例如"面包与马戏团"(指愚氓追求的那种快乐)、"健全的身体有健全的头脑",以及"谁来保护那些保护者?"(意即"谁来照顾那些原本照顾我们的人?")。尽管如此,那些讽刺诗对待女性、同性恋者、犹太人、外国人以及其他被作者视为社会变态者的态度,如今已令我们极为反感。有些人把它们当作反话,即从其表面文字的相反意义上来阅读。

第四章
盎格鲁－撒克逊诗歌
《贝奥武甫》、哀歌与抒情小调

维吉尔和古罗马诗人所预见的帝国终究不是永恒的。最后的罗马人在公元410年前后离开了不列颠。在接下来的一百五十年里，大批移民（可能多达十万人）从欧洲大陆抵达了不列颠。这批人现在被称为盎格鲁－撒克逊人，他们主要来自日耳曼部落，并带来了自己的语言和英雄社交礼法，其中包括对领主和亲族要竭尽效忠，武士有责任在氏族血仇中进行报复。

在这次移民接近尾声时，基督教将其宽恕的教义传入不列颠。在盎格鲁－撒克逊诗歌中，基督教信仰的宣言与异教的英雄礼法并存，相安无事。有些人认为这是一个缺陷。但也可能正因如此，盎格鲁－撒克逊诗歌得以幸存。盎格鲁－撒克逊诗歌的创作和传播似乎主要是采用口头，而不是书面形式，阅读和写作活动实际上也仅仅局限于修道院。修道院的誊抄员自然会选择保存一些带有基督教内容的诗歌，他们甚至可能在誊抄的过程中插入一些基督教的文字。

《贝奥武甫》(Beowulf)是盎格鲁－撒克逊诗歌的瑰宝，它是一部三千多行的史诗，大概创作于公元700年。史诗的作者不为人知，它在大约二百年之后写成的一份手稿中幸存下来，没有标题。作品表达了英雄礼法，而且频繁地引用《圣经》，但这些引用仅限于《旧约》，没有提到基督。故事以斯堪的纳维亚半岛为背景，讲述了耶阿特人(Geats)[1]的传奇英雄贝奥武甫的事迹。耶阿特是居住在现在的瑞典南部的一个民族。丹麦国王赫罗斯加(Hrothgar)建造了一座"蜜酒大厅"或者说王宫，取名"鹿厅"(Heorot)，一个叫格兰道尔(Grendel)的食人怪物经常过来劫掠，于是贝奥武甫坐着船，前往丹麦相助。贝奥武甫在鹿厅里埋伏，等待格兰道尔的到来。他只身与怪物搏斗，撕下了他的手臂。怪物身负重伤后逃走，他的手臂作为战利品被挂在鹿厅的门上。

但是格兰道尔的母亲与他同样可怕，这回是她亲自过来袭击鹿厅，为儿子报仇。她杀死了赫罗斯加的

---

[1] 本章内与《贝奥武甫》相关的人名、地名，参考了陈才宇译《英国早期文学经典文本》(浙江大学出版社，2007年)。

一名武士,并掳走了他的尸体。贝奥武甫顺着她的浸满鲜血的足迹,来到一个地狱般的湖泊,湖里充满了奇形怪状的邪恶生命。贝奥武甫全副武装,潜入水中,游到她的水下大厅。她正躲在暗处,守着儿子的尸体哀悼,随时准备出击。一场激烈的搏斗之后,贝奥武甫割下了她和她儿子的头,回到岸上,胜利归来。他因此获得了许多珍宝作为奖赏,感恩不尽的赫罗斯加还做了一番"骄傲在败坏以先"的基督教训诫。

经过了五十年,贝奥武甫已经是耶阿特人的国王。他的王国经常被一条喷火的巨龙劫掠,喷火龙是一个宝藏洞窟的守护者。贝奥武甫拣选了十一名战友,迎战喷火龙。但是"命运"(盎格鲁-撒克逊语为 wyrd)与他作对。他的剑身折断了,喷火龙用毒牙咬住了他的脖子。他的战友们在惊慌中逃窜,只有威格拉夫(Wiglaf)坚定地与他这位注定要失败的国王站在一起。他们俩携手杀死了喷火龙,而贝奥武甫在死之前尽情观赏了喷火龙的宝藏。之后,耶阿特人垒起一个柴堆,为贝奥武甫举行火葬。他们又在岬角上修建一座高大的陵墓,安放他的骨灰,并将洞窟里的宝藏作为陪葬,永久地纪念这位英雄。[1]

但是,《贝奥武甫》的故事梗概并不足以表现它的精彩之处。这部作品扣人心弦、激动人心,源于它能让读者相信那些不可能发生的事情是真实的。它能

---

[1] 原作者误作将贝奥武甫与宝藏一并火葬。这里最后两句,本书译者根据《贝奥武甫》的多种英译本另行组织文字。

做到这一点，是因为它刺激并同时遏制了我们的想象力。例如，我们并不确切地知道格兰道尔或他的母亲长什么模样。作品中描写格兰道尔劫掠鹿厅时，他能一把抓住三十个武士，并将他们带到自己的洞窟，而在贝奥武甫割下他的头之后，需要四个武士才能将这个头抬起。（第123行、第1637行）作品中并没有解释一个人是如何与这种体型的生物进行搏斗的。这部史诗的行文风格是直截了当、不容争辩的，将这些质疑一扫而空。

这部史诗的韵体形式，以持续的动力推动作品向前发展。盎格鲁－撒克逊的诗体格律就像鼓点一样刚劲有力。所有诗行都没有固定的音节数，也不使用尾韵。但是每个诗行分为前后两个部分，中间有一个气口，两个部分各有两个重读音节，一个半行中的重读音节与另一个半行中的一个或两个重读音节必须以相同的辅音开头。采用这种韵体的作品，就是所谓"头韵诗"。下面举一个例子（《贝奥武甫》第102行），意思是"那个冷酷的恶魔名叫格兰道尔"：

Waes se grimma gaest Grendel haten

三个重锤般的 g 音，将诗行连接在一起，而其他音节就听凭诗人自行安排了。

头韵诗的一个缺点是，诗人必须找到很多以相同辅音开头的词。遇到他必须经常提及的事物，例如宝剑、武士或大海，这就成了一个特别棘手的问题。其中一个解决办法就是，使用一种名为"复合喻称"（kenning）的比喻法[1]。例如，大海可以改称为"鲸鱼之路"或"天鹅之途"或"鲣鸟的浴场"等等。

从盎格鲁–撒克逊听众的角度来看，诗人对于带头韵的同义词的追求一定让诗歌变得非常奇怪。《贝奥武甫》包含大约三千一百个不同的单词，其中差不多有三分之一仅仅出现在《贝奥武甫》或其他诗歌中，而从未出现在盎格鲁–撒克逊散文中。也许对于这部史诗的原始听众来说，这种远离日常用法的词汇会有助于创造一种与作品中呈现的英雄的异域世界相匹配的奇幻之感。

《贝奥武甫》在悲哀中结束。他们的国王被杀之后，这部史诗预言，灾难会降临到耶阿特人的头上。他们将承受苦难，踏上流亡的道路。唤醒武士的不再是竖琴，乌鸦将在他们头顶上盘旋，搜寻杀戮的气息。这是典型的盎格鲁–撒克逊人的阴郁。如今留存下来的所有诗歌作品（除了对《圣经》的诠释）几乎都是对已经失去的幸福的悲悼。

在这些作品中，最有名的是现在题为《流浪者》（*The Wanderer*）的长诗。诗中的说话者正在流亡，他没有朋友，身边都是陌生人。他悲伤地回忆起自己失

---

[1] 这种修辞手法目前还没有固定的汉语译法。《牛津词典》的基本释义为"compound expression"，有些学者译为"比喻名称"（李赋宁），并释为一种"复杂的比喻和生动的描述短语"，"一般采取复合名词的形式"。这里姑且译为"复合喻称"。

去的主人,他的"黄金朋友",以及使蜜酒大厅充满了欢乐的各种宴会和金银赏赐。他不知不觉地进入梦境,想象他亲爱的主人跟他亲吻、拥抱。但他随即又清醒过来,回到现实:霜、雪、冰雹、尖叫的海鸟、冰冷的大海,以及对他那些被杀害的亲人的记忆。最后他转向上帝,告诉我们最好向天父请求垂怜,他是一切确定性的源头。

另一首长诗《航海者》(The Seafarer)在某些方面与之相似。诗中的说话者回忆起往昔的快乐时光——城邦、花园和繁花盛开的树林、"声色冶游"和杜鹃的鸣啭,并将这些与他眼前的苦难加以对照——风暴、饥寒、凄凉的大海和鹰隼的尖叫。但是这些都怪他自己。是他自己选择了航海生活,因为可以去探险。随着他对自己选择的反思,这首诗在基督教和异教的价值观之间进行权衡。说话者认为,陆地上的生活是"死的",而航海生活也许能赢得后人的赞许,这才是"最好的事情"。通过追求"勇敢的行为,对抗魔鬼",他将"永远生活在天使之中"。这首诗表现的是为了实现那些不可调和的理想而进行的挣扎。

盎格鲁-撒克逊的宗教诗歌中最有名的是《十字架之梦》(The Dream of the Rood),它为基督教与武士礼法之间的冲突找到了一个更为简单的解决方案。诗中有一部分,说话者是基督受难时的十字架,它把基督描绘成一个"年轻的武士",他像参加体育比赛一样脱掉自己的衣服。他所拥抱的十字架变成了"胜利之树",饰有黄金和宝石,像武士的战利品。作为一个基督教文本,这首诗的缺点是明显的。但是因基督教的传入而带来的文化裂痕肯定是巨大的,这与在此前后的任何事情都不一样,而这首诗正在试图弥合这个裂痕。

盎格鲁-撒克逊诗歌中挥之不去的失落感,可能反映了民间对罗马占领时期的记忆。在一首通常题为《废墟》(*The Ruin*)(现在一般认为是描写巴斯市[1])的诗中,诗人为我们描绘了伟大的建筑、"巨人的杰作"倾圮之后荒凉的景象。那里曾经满是披金戴银、脸泛酒红的人,珍珠宝石无所不在。那里有军用步道和用温泉加热的浴池。如今,红瓦屋顶都已坍塌,那些"工匠"也不复存在。这首诗和其他一些流亡诗,或许应该有助于我们更深刻地理解《贝奥武甫》。因为格兰道尔和他的母亲都是流亡者,他们在荒野和废墟上流浪,羡慕鹿厅里那些披金戴银、脸泛酒红的人。可能对于盎格鲁-撒克逊的听众来说,这些流亡者既有可恨的一面,也有可悲的一面。

另外两首流亡诗,现在题为《妻子的哀歌》(*The Wife's Lament*)和《丈夫的消息》(*The Husband's Message*),带有常见的流亡主题,却又有点像谜语诗。盎格鲁-撒克逊诗歌并不富有幽默感,而其中领主向狂饮的武士们分发财宝的理想国度,与大多数盎格鲁-撒克

---

[1] 位于英格兰西南部埃文郡,具有悠久的文化历史。

逊人的生活相去甚远。目前留存下来的谜语诗大约有九十首，全部都在一份手稿中，它们填补了这方面的空缺。

谜语诗的要点是，你必须努力去猜想说话者是谁或什么东西。这些谜语是很难猜的。有些谜语过了上千年还是没有答案。为了写一个谜语，诗人必须想象另一个存在的感受或想法。一些说话者是有生命的——一头牛、一个牡蛎、一只天鹅、一只夜莺。一只獾告诉我们，当一条狗爬进獾的洞穴，獾带着自己的家人从洞穴里逃出来是什么感觉。其他说话者是工具或家用物品——一把犁、一把耙子、一把钥匙、一个风向标、一台织布机。这种贴近真实生活的笔触和俏皮的想象，在盎格鲁-撒克逊诗歌中是独一无二的。有些谜语是粗俗的笑话。洋葱（或指阴茎，这取决于你怎么解读）谈到它对家庭主妇们的用处。在读《贝奥武甫》的时候，没有人会想到这些。我们似乎向前跨越四个世纪，来到了乔叟的时代。

英国人是否继承了盎格鲁-撒克逊人的任何民族特征？这个问题尚有许多争议。盎格鲁-撒克逊诗人喜欢抱怨天气，这可能表明他们两者有一点血缘关系。他们喜欢使用略带反讽、故作轻松的写法（或叫"曲言法"）。例如，赫罗斯加在描述了格兰道尔的母亲所潜伏的地狱般的湖泊之后，补充说，"那不是个好地方"（《贝奥武甫》第1372行）。也许这与他们喜欢板着脸说话有关，据说那是英国人在逆境中的典型性格。

比较有说服力的是《莫尔登之战》(*The Battle of Maldon*)一诗中讲述的事件,它可以视为对英国人的绅士风度的最早记载。莫尔登之战发生在公元991年的埃塞克斯郡的黑水河边。维京人有好几条船只满载着战士,正在河的对岸远处登陆,但在河的近岸,当地农民和村民正在郡长毕尔特诺思的指挥下排兵布阵。维京人无法过河,因为毕尔特诺思派了两名战士镇守着那里唯一的桥梁。维京酋长要求毕尔特诺思允许维京的战士通过,那样他们才能公平地战斗。毕尔特诺思表示同意,于是灾难降临了。个别盎格鲁-撒克逊人逃跑了,剩下的人包括毕尔特诺思,全部被杀。

把一场军事灾难当作英雄事迹加以纪念,足以使人将它与"轻骑兵冲锋"[1]或敦刻尔克精神[2]进行对照。但诗人似乎采取了一个比较带有批判性的观点。在形容毕尔特诺思的鲁莽态度时,他使用的词是ofermod,意思相当于"蛮勇",在盎格鲁-撒克逊语言中,除这个地方以外,这个词用来指涉撒旦。

尽管如此,最后被杀死的人之一——布里特沃尔德,对他注定要失败的战友说了一番对敌人表示蔑视的话,它将盎格鲁-撒克逊人的英雄气概表现得极富

---

[1] 1854年10月25日在克里米亚战争中的一场战役,英国轻骑兵向俄国炮兵发起的英勇但近乎自杀性的冲锋。
[2] 敦刻尔克是法国北部的一个城市。1940年,英军与德军发生激战,损失惨重,于是大规模战略撤退。敦刻尔克精神这个短语的意思是:在危急时刻,不屈服也不绝望。

魅力。那番话只有用盎格鲁-撒克逊语表述才行，以下只是粗糙的译文。

> 吾等精力渐衰时，必坚实其决心，
> 牢固其意志，砥砺其勇气。

世界上没有几首诗能教给你关于生死的金科玉律。这可以算是一首。

第五章

中世纪的欧陆大师

但丁、丹尼埃尔、彼特拉克、维庸

在所有世界著名的诗人中,最不能吸引现代读者的莫过于但丁·阿利吉耶里(Dante Alighieri,约1265—1321)。这不仅因为他的诗歌里浸透了中世纪的神学,还因为他的信仰对我们来说经常是令人厌恶的。他作为男人似乎也缺乏吸引力。他给人的印象是充满报复心,而且不饶恕人。

一般认为《神曲》(*Divine Comedy*,1320)是他最伟大的作品,它讲述了诗人想象中的地狱、炼狱和天堂之旅。他先是由古罗马诗人维吉尔指引,后是由一位死去女子的圣洁化的精魂指引,她的名字叫贝雅特丽齐·波尔蒂纳里（Beatrice Portinari）[1]，一位佛罗伦萨银行家的女儿。根据但丁自己的说法，在他们很小的时候，但丁就见过她并爱上了她。虽然他后来很少见到贝雅特丽齐，但她已成为但丁心目中最完美女性的典范。相反，他的妻子杰玛·多纳蒂为他生了好几个孩子，可他在诗里从未提及。

但丁为那些被诅咒的人发明的各种惩罚，表明他对残忍怀有真实的兴趣。他在《神曲》开头部分对那些即将走向灭亡的新死者的描写，令人毛骨悚然。男男女女、老老小小，全都赤身裸体，等着被分配到地狱里的各自位置，他们被大黄蜂和胡蜂刺蜇，于是尖叫、亵渎并诅咒他们的父母、他们自己和全人类。但丁和维吉尔一起往下走，穿过地狱的各个圈，眼前呈现出那些被诅咒的人在经历他们注定要遭受的煎熬。有些人悬吊在荆棘树上，被头上长角的恶魔鞭笞。还有些人被埋葬在炽热的墓穴里，或者头朝下被扔进沸腾的油或沥青里，或者浸泡在人类的粪便中。炼狱中的惩罚也差不多同样可怖。那些生性嫉妒的人，眼皮被铁丝缝在一起，眼泪只能从缝合的地方渗溢出来。

对那些被诅咒的人的惩罚是永恒的，他们无法逃脱而获得仁慈的死亡。例如，小偷在毒蛇之间赤身裸体地奔跑，被撕咬后化为灰烬，但身体会重新复原，再次遭受痛苦。异端，也就是那些信仰与当时的正统

---

[1] 本章内与但丁和《神曲》相关的人名、地名，参考了田德望译《神曲》（人民文学出版社，1990—1997年）。

基督教不同的人，会像罪犯一样遭受残酷的煎熬。伊斯兰教创始人穆罕默德，因造成了伊斯兰教与基督教之间的裂痕而受到诅咒。所以他从下巴到腹部被劈成了两半，内脏在两腿之间晃荡，散发出可怕的臭味，而且会永远这样。

当但丁在死者中认出他从前的政敌时，他毫不客气地干预并加剧他们的痛苦。在地狱的第五圈，在被判处在泥泞中打滚的死者中，但丁发现了来自敌对派系的佛罗伦萨骑士腓力浦·阿尔津蒂，就要求维吉尔让他更彻底地浸泡在污秽中。维吉尔答应了。在地狱的第九圈，在结冰的湖水里，但丁从一名被诅咒的人的头皮上揪下大把头发，要他说出自己是谁。原来，那个人是鲍卡·德·阿巴蒂，但丁在事业上的叛徒。在地狱的第八圈，但丁为他最痛恨的、与他同时代的教皇卜尼法斯八世分配了一个为前教皇特别保留的煎熬的位置。

所有这些惩罚都显示出上帝的智慧和正义，即使受害者是无辜的。维吉尔解释说，他和那些在基督诞生之前生活和死去的有德性的异教徒，都被定罪在地狱的第一圈，那里虽然没有真正的煎熬，但有永恒的黑暗和持续的叹息。未受洗而死去的无辜的儿童将永远留在那里。

在天堂中，贝雅特丽齐一直是但丁的向导，直到临近尾声时她要离开但丁，但丁看见她在永恒的光中登上宝座。贝雅特丽齐的纯洁和圣洁是《神曲》的关键元素，也是但丁的诗集《新生》(*Vita Nuova*，1295)中的关键元素。《新生》是一组附有散文议论的颂扬类的短诗，写于贝雅特丽齐去世之后。这种圣洁化从表面上看是尊重女性的一种方式，但也是剥夺她们完整女性身份的一种手段。特别是，它剥夺了她们的性别特征，在这方面，它只是某些中世纪神学家厌恶女性身体的对应表现。这一点在《炼狱篇》第十九章中得到了验证，在那里，但丁被塞壬的迷人歌声催眠，直到维吉尔撕破塞壬的衣服，露出她的肚子，那里散发出难闻的恶臭，终于使但丁惊醒。

但丁使女性丧失性别特征是他故意为之的，目的是将自己与从前的诗人，特别是阿尔诺·丹尼埃尔(Arnaut Daniel，1180—1200年间在世)那样的行吟诗人区分开来。丹尼埃尔的诗歌以他的母语普罗旺斯方言写成，充满快乐的情色，颂扬作为自然组成部分的人类的爱情，以及树木、鲜花和鸟鸣。他记述他爱人的满头金发和苗条的身材，他在灯下笑着吻她、为她宽衣、欣赏她身体的喜悦。他确信，修道士、僧侣或牧师对上帝都不如他对自己的爱人那样忠诚。

相比之下，但丁在《新生》中的爱情诗是乏味而抽象的，他自己可能也意识到了这一点。在《炼狱篇》第二十六章中，诗人圭多·圭尼采里(Guido Guinicelli)指出阿尔诺·丹尼埃尔的幽魂给但丁看，并称赞他是 il miglior fabbro (最优秀的匠师)，即是说，在用母语而不是拉丁语写作的诗人中，他是最优秀的。可当但丁发现丹尼埃尔时，丹尼埃尔已经超越了人类之爱。丹尼埃尔和淫欲者一起在炼狱的净化之火中遭受煎熬。他对圭尼采里的赞词漠然置之，为自己过去的愚蠢感到后悔，并恳求但丁为他祈祷。

虽然《神曲》在中世纪后期被誉为一部杰作，但在启蒙运动时期，它的声誉有所下降。它在浪漫主义和拉斐尔前派中复兴，威廉·布莱克还用一系列素描和水彩画创作了《神曲》的插图。20世纪初，T.S.艾略特和埃兹拉·庞德将它引入文化领域，把它作为旁征博引深奥文献的一个资源。艾略特将《荒原》题献给了"埃兹拉·庞德，il miglior fabbro"。

彼特拉克（Petrarch，1304—1374）似乎比但丁更讨人喜欢（他承认自己没有读过但丁的《神曲》）。他不介入政治，建议大家过一种孤独的、沉思的生活。作为一个崇尚古希腊罗马文学的人（尽管他不懂古希腊语），彼特拉克重新发现了失传的拉丁语文本，由此成为推动文艺复兴的一股原动力。他在教会里担任一个低级职位，因此不能结婚，但一个或多个不知名的女人替他生了两个孩子，后来都由他收养。他喜欢旅游，是已知的第一个登山运动员，于1336年4月登上了普罗旺斯的旺图山（Mt Ventoux，高六千二百七十三英尺[1]），当时只是为了好玩。他的诗集包括三百六十六首情诗，其中大多数都是十四

1　1英尺等于0.3048米。

行诗，记录了他对一个女人的爱情，他把她唤作"劳拉"。这些诗后来题名为《歌集》(*Il Canzoniere*)，在整个欧洲受到追捧和模仿。

要是谁读完这本诗集认为还有收获，那自然是一件好事。但对于现代读者来说，这本诗集是枯燥乏味的，而且重复之处很多。彼特拉克的爱是无性之爱，并且持续了二十一年。在那段时间里，他流了好多泪，但很少有其他行动。他渴望与劳拉共度一宵，但他知道自己绝不会成功。在第111首中，他对劳拉已经爱慕了十五年，而对方只是屈尊看了他一眼。两年之后，在第155首中，劳拉哭泣着说了几句"温柔的话"。在第201首中，他找到了劳拉丢失的一只手套并将其归还。这就算是他行动的全部了。

1348年4月6日，劳拉去世了（可能是因黑死病），但彼特拉克的状况并未像预期的那样改变很多。他依然花很多时间流泪，又为她写了十年诗。他的思念转向劳拉如今所在的天堂，但他对劳拉的爱情始终是带宗教性质的。劳拉的眼睛为他指明了"通往天堂的道路"（第72首）。劳拉死后，彼特拉克在某些方面有所好转。在梦里，劳拉来到他身边，坐在他的床沿（第359首）。她说她在天堂里等他，并告诉他，她以前样子很严厉，只是为了拯救他们俩的灵魂（第341首）。他逐渐地相信，劳拉拒绝他的欲望是为了他好，"我的痛苦就是我的救赎"（第290首）。

在整本诗集中，劳拉和但丁的贝雅特丽齐几乎一样，身体被彻底剥夺。凡提到她人本身，都是纯洁而不具体的。她有着金色的头发、修长的白手，以及乳白色的脖子。所有其他身体部位都不见了。肉体的真实只有在她死后才出现，具体表现为她"是一粒没有感觉的小尘埃"（第292首）。

从好的方面说，你会发现《歌集》对于彼特拉克的同时代诗人可能是一个突破。这本诗集确立了人类爱情可以作为严肃诗歌的主题，并含蓄地表示，一个人的内心冲突值得他用一生的时间为之投入诗歌创作。这本诗集还为诗人树立了与众不同的独立形象。彼特拉克逃离了"充满敌意、可憎的人群"（第234首），在劳拉死后，世界变成了"充满痛苦与野蛮生物的荒原"（第310首）。从那时候开始，孤独的主题就在西方诗人中流行起来。此外，虽然中世纪神学的阴魂笼罩着彼特拉克的诗歌，就像笼罩着但丁的诗歌一样，但由于彼特拉克是个崇尚古希腊罗马文学的人，他有时候可以逃逸。他赋予劳拉以超越自然的力量，使她像神话中的诗人俄耳甫斯一样。她的话语能使山峦移动、河流停止（第156首）。乡村田野为她感到高兴，诗人宣称，那里没有一块石头"不习惯燃烧，因燃烧是我的激情"（第162首）。四百年后，同样的想法由亚历山大·蒲柏再次表达，并经亨德尔在他的歌剧《塞墨勒》（*Semele*）中配乐之后，举世闻名：

你走过哪里，凉风就扇动层林，

> 你坐过的绿树,也聚成了凉荫,
> 你踏过哪里,羞赧的花就开放,
> 你转睛所见,一切都蓬勃兴旺。[1]

法语中有个短语 poète maudit,意思是"被诅咒的诗人",指那些抗拒社会规范的诗人,这个短语是19世纪才发明出来的。然而,正是由于弗朗索瓦·维庸(François Villon,约1430—约1462),欧洲才有了第一个 poète maudit。维庸出生于巴黎,父母不详,他跟随自己的养父(一名法学教授)姓了维庸。他于1449年获得学士学位,1452年获得硕士学位。1455年,他在街头斗殴中刺死了一名牧师,但在向国王请求后,获得赦免。同年后期,他跟一个潜入纳瓦拉学院实施盗窃的团伙厮混在一起。之后他逃离巴黎并暂时从记录中消失,尽管他声称奥尔良的主教在1461年把他关进地牢,并对他实施折磨。1462年,他回到巴黎,又卷入一场混战,导致一名教皇公证人死亡,因此被判处绞刑。上诉后,改判为流放,从此不知所终。

维庸除写过二十首短诗外,还写过两首模拟的临终遗言诗,共计两千三百行,他在诗中留下了一堆垃圾,甚至将各种他不可能遗赠的物品赠给一大串受益人,有些人的名字被扭曲成淫秽的双关语。他的语气经常变换,尖刻、讽刺、虔诚、谩骂、滑稽、傲慢、

---

[1] 参见蒲柏《田园诗》(Pastorals)第二首《夏》("Summer")第73—76行。

尖锐的自我批评——但总是准确无误。他处理了其他诗人忽视的主题——性、犯罪、金钱纷争、酗酒、贫穷、痛苦、饥饿。他在诗中塑造的角色包括小商贩、罪犯、卖鱼妇、街灯夫，以及在市场摊位上过夜的、受冻并且肮脏的流浪汉，还有银行家和律师。他的诗中的说话者包括一具被绞死的尸体，尸体抱怨乌鸦偷走了他的眉毛和胡须去营造巢穴，还有一位老妇人哀叹时间如何蹂躏她两腿之间的"小花园"（jardinet）。

在现代诗人中，维庸得到阿蒂尔·兰波、保罗·魏尔伦、贝托尔特·布莱希特和埃兹拉·庞德的欣赏，并被推举为楷模。在维庸的诗中，时间短暂是个持续的主题，用他最著名的诗句来表达就是"mais où sont les neiges d'antan?"，但丁·加布里埃尔·罗塞蒂（1828—1882）将其翻译为："去岁下的雪，今又在何方？"（But where are the snows of yesteryear?）[1]

---

[1] 译文引自程曾厚译《历代淑女歌》(《法国诗选》，复旦大学出版社，2001年)。

第六章
具有欧洲视野的诗人

乔叟

杰弗里·乔叟（Geoffrey Chaucer，1343—1400）不仅是中世纪最伟大的英语诗人，而且是具有欧洲视野的诗人。他将别国语言的文学编进自己的诗歌作品，包括法语、意大利语，还有古希腊罗马流传下来的作品。乔叟的父亲是伦敦的一名酒商，他本人则当过爱德华三世的朝臣、士兵、外交官和公务员。他的足迹遍布法国、西班牙、意大利，他可能认识彼特拉克，甚至见过乔万尼·薄伽丘，薄伽丘的《十日谈》(*Decameron*)是他在创作《坎特伯雷故事集》(*The Canterbury Tales*)时的范本。作为一名公务员（这一点他似乎羞于提及），他得以在伦敦城东的阿尔德盖特免费租用一套公寓。他曾开玩笑地写道，每天"了却公家事"之后，他就匆忙地赶回家中，埋在书堆里读书，直到他感觉"昏昏欲睡"为止。跟家庭生活相比，他似乎更喜欢学者的隐居生活。二十二岁那年，他跟一个宫廷贵妇菲莉帕·德·鲁埃结婚，鲁埃为他生了三个孩子，但大部分时间他们都分居。

对于初次接触乔叟作品的人来说，最好先读他的早期诗作《众鸟之会》(The Parlement of Foules)。这首诗描写了圣瓦伦丁节那天，英国的各类禽鸟聚集在一起，选择自己的配偶。当然，他们都希望大会抓紧推进，但在场的最高贵的鸟——雄鹰，耽误了这个择偶的程序。原因是三只雄鹰同时爱上了一只雌鹰，而那只雌鹰却好像根本就不愿意给任何一只雄鹰当配偶。她的追求者们以典雅的宣言相竞争，发誓要对她竭尽忠诚，直到死去。其他的鸟类在白鹅、布谷鸟和鸭子的带领下，规劝他们不要再提出那些"该死的恳求"。白鹅粗声粗气地叫道："如果那只雌鹰不爱这只雄鹰，那就让这只雄鹰另外再爱一只嘛。"捕雀鹰尖刻地说，就凭白鹅的脑袋瓜子，也只能想出这么个主意了。然而，其他鸟类都同意白鹅的意见。最后，自然女神做出裁定，雄鹰要再等一年才能跟雌鹰结婚。这首诗在所有鸟类向圣瓦伦丁高唱赞美诗的歌声中结束。

这首诗有四个方面具有非常明显的乔叟特征。首先它很有趣，而但丁和彼特拉克从来都不有趣。其次，就像《坎特伯雷故事集》一样，它描写了社会的各个阶层，以及它们相互之间的交往方式。再次，乔叟能同时看到事物的正反两个方面。他的态度是温和而宽容的。白鹅有对有错，雄鹰也一样。此外，通过让他笔下的鸟类像人类一样说话，他暗示了所有生命——人类、鸟类、动物、绿色世界——在大自然中是联系在一起的。

这并不是说乔叟是一个自然崇拜者。他是一个基督徒，但他对上帝如何统治世界的问题很感兴趣，他将我们所谓的"自然"视为世界的一部分。他想知道，如果（正如基督徒相信的那样）上帝知道未来会发生什么，人类是否仍然可以拥有自由意志。著名哲学家波爱修斯[1]曾经考虑过这些问题，乔叟曾将他的《哲学的慰藉》(*Consolation of Philosophy*，523) 一书翻译成英文，并经常在自己的诗中加以引用。由于同样的问题，乔叟对占星术产生了兴趣。占星术的理论认为，人的性格和行为由恒星和行星决定。用于进行占星术计算的一种科学仪器是星盘，而乔叟为他的小儿子刘易斯写过一篇散体论文《星盘论》。

乔叟最伟大的完整作品（《坎特伯雷故事集》最后并未完成）是《特洛勒斯与克丽西德》(*Troilus*

---

[1] 波爱修斯（Boethius，480—524），古罗马哲学家，曾将亚里士多德的著作译介到西欧。《哲学的慰藉》是他在狱中所作，是古希腊罗马哲学到中世纪经院哲学的过渡，在西方哲学史上占有重要地位。

and Criseyde），它是薄伽丘的长诗《爱的摧残》（*Il Filostrato*）的缩略和修改版。故事发生在特洛亚战争期间，特洛亚国王普里阿摩斯的儿子特洛勒斯爱上了美丽的克丽西德[1]。克丽西德的父亲离开特洛亚，并加入了希腊军队。克丽西德得知特洛勒斯爱她，感到非常害怕。她的舅父名叫潘达罗斯（Pandarus），他足智多谋，又与特洛勒斯是好朋友。他说服克丽西德接受这份爱情，并为他们牵线搭桥，终于使他们成了恋人。于是悲剧发生了。特洛亚人并不知晓他们的私情，同意将克丽西德送到希腊军营，以换回一名被俘的特洛亚战士。克丽西德向特洛勒斯保证，她会很快回到特洛亚，结果一去不复返。特洛勒斯得知，有一名希腊战士狄俄墨得斯（Diomedes）成了她的保护人和恋人，他绝望了。于是他拼死作战，结果被阿喀琉斯杀死。

乔叟的文学造诣深厚，他对这对恋人一起度过的第一个夜晚的描写就是一例。诗中那些自然世界的意象，熠熠生辉，既表现了残酷，又表现了温柔。克丽西德无助地躺在特洛勒斯的怀里，好比一只被捕雀鹰抓住的云雀。随着恐惧消散，她对自己的恋人"敞开心扉"，就像一只夜莺先是被树篱中的某个东西吓到了，但当危险过去时，就开始引吭高歌。在这个幸福的时刻，乔叟神奇地借用但丁《神曲·天堂篇》里的

---

[1] 克丽西德（Criseyde）并不是古希腊罗马神话中的人物，而是源于中世纪传说，它的拼写法在流传过程中有多种变体，在薄伽丘的诗中拼写成格丽西达（Griseida），在莎士比亚剧本中拼写成克瑞西达（Cressida）。

诗句，写道："仁慈的爱啊，你是万物的神圣纽带。"[1]当然，但丁所指的爱，是与两个赤身裸体躺在床上的恋人截然不同的情感，但是乔叟敢于挑战但丁的先例。如果做爱是自然的，而自然是上帝的创造，为什么恋人就不应该被视为圣洁的呢？

这里对但丁诗句的借用，只是乔叟在这首诗里的诸多例子之一，也正是这种借用，使得这首诗成为具有欧洲视野的诗歌作品。维吉尔、奥维德和贺拉斯也都被反复借用，还有波爱修斯和薄伽丘，以及乔叟翻译过的法语长诗《玫瑰传奇》（*Roman de la Rose*）。特洛勒斯第一次坠入情网时所唱的情歌，是彼特拉克的十四行诗。这些借用并不显得生硬，而是与乔叟的声音融会在一起。克丽西德在听说她必须离开特洛勒斯时所说的那段话，是乔叟所写的最美的诗节之一。她发誓说，虽然在这尘世里他们将分开，但死后，在"那远离痛苦的悲悯世界"，他们终将在一起。[2] 她这段话的来源是维吉尔和奥维德，但她的语气是完全属于乔叟的。

占星术始终是这首诗的一个背景。乔叟让我们了解到，恒星和行星的"合相"会影响人们在关键时刻的行为。例如，"烟雨"将克丽西德困在潘达罗斯的房子里，乔叟告诉我们，那是因为月球、土星和木星

---

[1] 参见《特洛勒斯与克丽西德》第三卷第1261行。这句诗是对但丁《神曲·天堂篇》第三十三章第14—18行的化用。
[2] 参见《特洛勒斯与克丽西德》第四卷第788—790行。

都处在巨蟹座的位置上。占星术免除了人类至少部分的责任,乔叟也是如此。他不愿意责怪克丽西德的不忠。他说,但凡他能够以任何方式原谅她,他都会做到,"因为她对自己的不忠感到非常内疚"。乔叟那么做,并不是想要淡化特洛勒斯的痛苦。相反,他用痛苦的笔调写出了他徒劳的等待。

根据乔叟的惯常写法,这首长诗也在笑声中结束。特洛勒斯被杀,他的灵魂飞越了宇宙的各个领域,他回首遥望"地球这一个小点",嘲笑人类的生命与天堂的真理相比是多么微不足道。这种蔑视现世的嘲笑,完全是基督徒的特征。但即使在这里,乔叟也看到了事物的正反两个方面。因为在诗的结尾,他担心随着英语的不断变化,未来的读者不能理解他的诗歌并正确地把握节奏。他祈祷他们能够理解他的诗歌,并将它传到世界的每个角落——"去吧,小书"——去试试运气。这是一个了不起的转变。乔叟似乎在印刷术发明之前半个世纪就已预见到,他的读者群将远远超出他所在的地区和时代。当然,他的话确实没错,而这份担心在一个诗人身上也是再自然不过了,但这话不太符合基督教对现世的蔑视态度。

乔叟的《坎特伯雷故事集》这部作品大家都听说过,我们对它的《序诗》太过熟悉了,很容易忘记它是一部划时代的作品。它向我们展示了中世纪社会的各个阶层怎样穿衣服、交谈、说笑、骂人,以及怎样看待彼此,这是其他作品从未做到的。这是革命性的。以前没有人创造过像巴斯妇那样的角色，她坦然承认女人对性爱的追求。这部作品揭露了天主教会的牟利敛财，而卖赎罪券的贪婪教士，好色、酗酒的差役，都是典型的代表，它提前对一个世纪之后引发"新教改革"的那场怒火发出了预警。

在这部故事集中，要想找一篇与《序诗》同样精彩的故事是相当困难的。一般人最喜欢的是《修女院教士的故事》，这是一个类似于《众鸟之会》的动物寓言，但是写得比它更好。主人公是一只名叫羌特克利的公鸡，这个形象非常成功，具有一种可爱的虚荣和浮夸，他就像是一首色彩丰富的交响曲，珊瑚红色、炭黑色、天蓝色和金色，他的脚爪"比百合花还要白"。作为熟谙于讨女士喜欢的绅士，他向他的母鸡夫人裴蒂萝特确定地表示，mulier est hominis confusio 是一句拉丁语，意思是"女人是男人的快乐，是他幸福的全部"，而实际上意思正好相反。这是这部书中最令人开心的一篇，洋溢着快乐，艺术家完全陶醉在艺术的享受之中。即使是老寡妇的菲薄食物——牛奶、烤黄的面包、煮熟的腌肉，偶尔吃到的一两个鸡蛋——听起来也很开胃口。

但是，无论你偏爱哪一篇故事，有两篇一定是当之无愧的杰作，那就是《骑士的故事》和《磨坊主的故事》。骑士在这批朝圣者中身份最高，所以他有一份特权，由他第一个开讲。当然，他选择的主题也是骑士精神。骑士的故事实际上是薄伽丘《苔塞伊达》

(*Teseida*)[1]这部完整史诗的简写版。这原本是一篇拼凑的故事,但奇妙的是它居然结构那么完整。故事一开始,帕拉蒙和阿赛特这两个骑士透过狭小的监狱窗户,瞥见美丽的艾米莉在采花。因为忒修斯安排了一场盛大的赛事,气氛逐渐紧张起来,场景变得开阔,色彩更加绚丽。竞技场出现了,场内有神庙和珍宝,随后斗士们上场了——骑士们身上闪耀着黄金和红宝石;驯服的狮子和豹子在他们身边嬉戏。然后,悲剧发生了,阿赛特受了致命伤,那种宏伟的场面立刻崩塌。取而代之的是粗俗的临床细节,"呕吐"和"腹泻"等病房用语,以及对人类命运的严酷论断:

> 现在情人在身边,可随后就进入
> 他冰冷的墓穴,孤零零无人陪伴。

但是这篇故事对我们来说还有一个奇妙之处。为了搭构阿赛特的葬礼柴堆,人们砍伐了一座森林。骑士列出了被砍倒的树木——橡树、冷杉、桦树,那是一份全部林木的清单。他描述林地的生物,包括鸟兽,都惊吓得从废墟中逃逸;林地的神祇,包括林泽仙女、牧神和树精,也都在慌乱中撤离。他接着说,"地面在阳光下显得惊慌",因为那里长年见不到太阳。地

---

[1] 薄伽丘于1340年创作的长篇史诗,以古希腊英雄忒修斯(Theseus)为历史背景。史诗分为十二卷,约一万行。

球因震惊而变得苍白的面孔，是乔叟将人类和自然视为一体的生动写照。

《磨坊主的故事》是故意设计来激怒骑士，当然还有那位管家（或称"推事"）的，并且在引子中讽刺地重复了《骑士的故事》中那句"孤零零无人陪伴"。这是一篇低俗、淫秽的故事，也是一篇神奇的故事。从本质上讲，这是一件从粗俗的笑话里翻新出来的伟大的艺术品，就这一点而言，在文学史上恐怕没有第二个例子。它的滑稽闹剧的结构极为精彩。故事的所有情节都在这个时刻串联起来：尼古拉的屁股被前来报复的阿布索隆严重灼伤，于是尼古拉大喊着"水！水！"；可怜的木匠约翰受人蒙骗，吊在屋梁上的木盆里（这时，读者很可能已经彻底忘了那个茬），以为挪亚的洪水来了，于是砍断了绳子，连人带盆摔到地上，折断了手臂。

人物形象的塑造，虽然只是匆匆提到一些细节，却能完全令人信服。我们相信，聪明、英俊的尼古拉的求爱手法，无非就是通过"机智"来俘获女人的心。我们也理解，一向有洁癖的阿布索隆在意识到自己摸黑亲吻的东西不是艾莉森的嘴唇时，为什么带着极度的厌恶，胡乱扯下手边的各种东西擦拭自己的嘴唇。而十八岁的艾莉森，柔软、秀挺、苗条，是乔叟笔下最迷人的女人。我们对她的一切了如指掌，从她的衣服、修剪过的眉毛、精美的皮钱包，到她嘴里的气息（用蜂蜜制成的甜酒、藏进干草里的苹果）。如果你读过乔叟的其他作品,就不该错过这篇《磨坊主的故事》;要是你已经读过,那就善待自己,重新读一遍。

第七章

可见世界与不可见世界的诗人

"高文诗人"、哈菲兹、朗格兰

没有人知道"高文诗人"是何许人也。他除了写过《高文爵士与绿衣骑士》(*Sir Gawain and the Green Knight*)，还可能是同一份手稿中发现的其他三首诗的作者，这三首诗是《珍珠》(*Pearl*)、《纯洁》(*Purity*)（又名《清洁》[*Cleanness*]）和《耐心》(*Patience*)。他与乔叟生活在差不多同一时期，但用不同的方言写作，即柴郡(Cheshire)或德比郡(Derbyshire)的日常口语。从乔叟的角度看，"高文诗人"可以算是一个北方人。另外，"高文诗人"使用头韵写诗，跟《贝奥武甫》的诗体一样，乔叟很可能会觉得那种诗体太过时了。但是这位"高文诗人"有时将头韵和尾韵结合使用，形成了一种精致而驳杂的图案。

"高文诗人"创造了一个由绚丽的表象组成的世界。高文爵士的故事之所以吸引他，或许是因为它提供了营造壮观的特殊效果的机会。亚瑟王和桂妮薇儿王后正在卡美洛宫殿举行圣诞狂欢，一个全身上下都是绿色装束的高大骑士，骑着一匹绿色骏马冲进宫殿。他拿着一枝冬青和一柄巨斧，提出了一个奇怪的挑战：在场有哪位骑士敢于拿这柄巨斧来砍他；条件是一年之后，这位砍他的骑士再来找他，并接受他的一斧作为回报。

场景的描写非常华丽而具体——骑士红色的眼珠在他绿色的脸上滚动；他那点缀着绿色和金色的巨斧，刀口锋利；他的绿色骏马，绿色的尾巴编成一个复杂的结，金色的铃铛叮当作响。亚瑟王的骑士们都惊呆了，哑口无言。只有高文站出来，请求国王允许他接受挑战，并抓起斧头砍下了绿衣骑士的头。鲜血从砍断的脖子里喷出，但绿衣骑士依然站立不动，抓起他的头，把它转过来，使头上的两只眼睛盯着桂妮薇儿，嘴唇翕动，重复了一遍挑战的条件。然后他骑上马迅速离开，马蹄击打的燧石闪着荧荧的火星。

场景的细节描写一直延续到作品走向高潮。高文在离开卡美洛宫殿去赴约之前穿上盔甲，在这里，对每件物品的描写都非常可爱——磨得锃亮的护膝甲用金制的铰链固定，还有 aventayle（保护脖子的锁子铠)、vryson(绣有鹦鹉和长春花的丝绸织物,将aventayle与头盔相连)。他在荒野中骑行了许多天,来到了一座神奇的白色城堡前面。城堡外形高大,但在天空的映衬下显得如此轻盈,"就像是完全用纸剪出来的一幅图案"。

城堡的主人是一位骑士,他告诉高文,他跟绿衣骑士约好见面的绿色教堂就在附近。他邀请高文在城堡里多住几天,并提议跟他做一个约定。他每天出去打猎,而高文则留在城堡里,白天结束时,他们就把各自在白天所获得的一切交给对方。骑士连续打猎三天,先后杀了好多头鹿、一头野猪和一只狐狸。打猎的各种光荣、残酷、血腥的场面,都是故事中精彩的片段。与此同时,躺在床上的高文受到城堡女主人的拜访和诱惑。他礼貌而坚定地拒绝了她的要求,每次只接受一个礼节性的吻,在骑士打猎回来时,他就按约定也给骑士一个吻(他不说这吻是谁给他的,因为那不是约定的一部分)。但是到了第三天,女主人除了吻,还送给他一条镶着金边的绿色腰带,并说这条腰带可以使他刀枪不入。此后发生了什么,你必须去读这首长诗才能知道。这原本是个惊悚故事,剧透就太可惜了。

壮观的视觉效果,在"高文诗作"的其他三首诗中也与道德和宗教训诫相结合。在《珍珠》一诗中,一位父亲在他的幼女去世之后梦见她成了一位圣女,她出现在溪流另一边的神奇风景之中,那里祖母绿和蓝宝石像冬日的星星一样闪闪发光。《纯洁》一诗在重述《圣经》中伯沙撒王的盛筵(《旧约·但以理书》第5章)时达到高潮,这时"用纸剪出来的"这个短语再次出现。各种杯盘由仆人们端进来,闪耀着蔚蓝色和靛蓝色的光彩,天篷在杯盘上飘动,它们像"用纸剪出来的"并镶着黄金。《耐心》一诗是对《旧约·约拿书》的重述——它跟其他"高文诗作"一样处处令人惊奇。约拿在暴风雨中被扔进大海,被一条巨大的鲸鱼吞下,与这条鲸鱼相比,他就像吹进大教堂门内的一粒灰尘。

《高文爵士与绿衣骑士》将性与宗教严格地分开,认为性是一种需要抵制的诱惑。这在中世纪的基督教中颇为常见,但乔叟把人类的爱情与纯真的自然界融为一体,两者形成了反差。与之形成更为尖锐的反差的,是与乔叟和"高文诗人"同时代的伟大的波斯诗人哈菲兹(Hafez,1315—1390)。哈菲兹出生于现在伊朗的设拉子,生平不详。据说,他从孩提时代起就能背诵《古兰经》,在成为宫廷诗人之前,还做过面包师。他在一位苏菲派大师的指导下研究过苏菲派教义,那是一种伊斯兰教的神秘主义。哈菲兹的抒情诗称为"嘎扎勒"(ghazal)[1],它用爱情、美酒和女人来表达神圣灵感的狂喜。这种对肉体快感的处理,不是将它视为一种诱惑,而是一种神秘的、等同于神圣之物

---

[1] 波斯的一种古典诗体,一般是五至十五个联句(两行称为一个联句,波斯语叫"别特"[bait])。据说由波斯诗人萨纳依(Sanai,1072—1141)首创。

的东西，这要是出现在中世纪的西方诗歌中，将是无法想象的成就（尽管《旧约》中的《雅歌》可以与之媲美）。即使在今天，西方读者在读哈菲兹的诗歌（有英文译本）时，仍然很难将它与宗教经验联系起来。然而在伊朗，它被视为波斯文学的最高成就，并已进入日常话语，频频地作为谚语和俗语被人引用。哈菲兹依然是伊朗最受喜爱的诗人，据说他的作品在伊朗几乎是家弦户诵。

与乔叟不同，创作《高文爵士与绿衣骑士》的那位诗人似乎对他生活的社会非常满意。他对宫廷生活和教会都不做任何批判。他对卡美洛宫殿里举行的高雅活动（frenkysch fare）显然非常羡慕，而高文又是一个虔诚的基督教徒，在经受考验之前会做弥撒和忏悔。你无法想象他们正处在黑死病（1348）、农民起义（1381），以及宗教改革的先驱约翰·威克利夫（John Wycliffe）和罗拉德派（Lollards）的时代。

在威廉·朗格兰（William Langland）的优秀长诗《耕者皮尔斯》(*Piers Plowman*)[1]中，这些政治和社会问题至关重要。虽然他本人不是革命者，但他的思想是革命性的，并被罗拉德派和农民起义的领导者所接受。他的生平不详。他显然是一位博学多才的思想家。他提到过他的妻子吉蒂和一个女儿卡洛特，还说他放弃了智力斗争并且"跟随肉体"四十五年，此后

---

[1] 朗格兰或译为兰格伦，《耕者皮尔斯》或译为《农夫皮尔斯》。本章内《耕者皮尔斯》的译文参考了多种现代英语译本。

又"以托钵修士(乞丐)的方式"生活多年。现在他又老又穷,于是决意创作这首长诗。这首长诗大约写于1370年代末和1380年代初,存世的有三种差别很大的版本(文本A、B和C)。这是一部未完成的作品,或许也无法完成,因为它的主题是对真理的追求。

这部作品用古老的头韵写成,开头一句是"正值阳春时节,日色温丽",威尔[1]穿着破衣烂裳,像牧羊人一样,出门到"广阔的世界,去访胜探奇"。他记得自己是怎么睡着的,"五月的晨间,在莫尔文山",他做了一个奇妙的梦。有一座高塔、一个幽深的地牢,还有一片"挤满人的平原"——商人、吟游诗人、乞丐、朝圣者和香客,还有一些人忙于耕作,"为闲人准备享用的膳食"。

这是一首冗长而费解的诗作,填满了(在文本B中)整整二十卷(或Passus,意思是"章节")。威尔醒来、睡觉、做梦、再醒来、再睡觉、再做梦。他的核心主题就是富人和穷人的对照。他提醒我们说,基督就是个穷人,他"穿着穷人的衣服,总是紧随在我们身边"。他的门徒都没有财产。他派他们出去,"没有银子","光着脚,没有面包",但他们是"满嘴快乐的人,天堂的吟游诗人"。威尔记得在饥荒年代(例如1370年)穷人们如何受苦,他为他们祈祷。

---

[1] 威尔(Will)既是作者名字威廉(William)的昵称,又有"意志"的意思。

> 穷人，你的囚徒，在痛苦的深渊，
> 主啊，请安慰那些受难的生灵，
> 他们一生经历过饥馑与干旱，
> 在寒冬里因衣不蔽体而愁苦，
> 炎热的夏季，依旧是食不果腹。
> 基督啊，请在天国里给予慰藉。[1]

至于富人，他们在威尔的眼中是腐败的，而腐败无所不在。教士可以赦免富人的罪孽，只要富人掏钱建造教堂并捐赠彩色玻璃窗。律师收受贿赂，商家作弊，酿酒商和面包师"经常私下里毒害人们"。代表财富的梦中人被称为"米德夫人"（意为"奖赏"），她与"虚伪"结为连理，形影不离。只要在金钱聚集的地方，你就会发现骗子成群——这是威尔给我们的教训。

威尔的探索是必要的，因为教会是虚伪的。他在诗中描写，当教会衰微时，有个人试图建立自己的宗教。他想知道如何生活，并在想象中把行为分为三个等级："善""中善""至善"。我们不清楚他是否找到了善、中善与至善的真实内涵，但他在梦中确实听取了各方面的意见——"理性""智慧""勤学""学问""圣典"等等。诗中出现的最重要的人物是耕者皮尔斯，他让所有人都下地干活，帮他耕种他那半英亩[2]田地。

---

1 参见《耕者皮尔斯》第十四卷第174—179行。
2 1英亩约为4047平方米。

一个名叫"浪荡"的人物拒绝了,于是皮尔斯就派"饥饿"来惩罚他。朗格兰似乎想说,对于一个刚从黑死病中复苏的国家,没有人是可以闲着的。现在正值六月,皮尔斯列出了他在收获之前留存的食物——欧芹、韭菜、许多卷心菜、两块生干酪、一块燕麦面包,还有两块由青豆和麸皮制成的面包。但他还有一头母牛、一头小牛和一匹拉粪车的马,所以只要他劳动,就还能存活下去。被救赎的七大致命罪加入了皮尔斯的劳动大军,他们不是抽象的,而是真实可信的男男女女。譬如"愤怒",他在被救赎之前,曾在修女院的厨房里干活,他讲述了自己如何在修女之间传播恶意的八卦,致使她们互相攻击("她们要是有刀,天哪,准会互相残杀")。

威尔的向导是"良心"和"良知"(常识),而不是神学("我越是沉思越觉得糊涂")[1]。对他来说,首要的美德是仁爱,他认为仁爱是与基督一同来到人世的:

> 因为它太重,天国都无法承受,
> 它落到下界,尝遍这人间尘土,
> 当它在俗世凝成了血肉之躯,
> 就会轻盈得像一片菩提树叶,
> 犀利而强劲,胜过那麦芒针尖,

---

[1] 参见《耕者皮尔斯》第十卷第183行。

无论盔甲或高墙都无法抵御。[1]

皮尔斯还认为,仁爱是至高无上的。"良心"给他这样的评价:

> 因为有耕者皮尔斯质疑我们,
> 除仁爱之外,他蔑视一切学问。[2]

在接近结束时,威尔在梦中见证了十字架上的耶稣受难。

> 恐惧的白昼,让黑暗取代太阳,
> 围墙摇晃着裂开,世界在颤抖,
> 死人因喧嚣,也从墓穴里出来,
> 并告知:为何暴风雨经久不息。[3]

"信仰"告诉威尔,耶稣正穿着皮尔斯的盔甲"比武",因此皮尔斯和基督似乎已经融为一体了。

朗格兰作为一名宗教诗人是颇为特殊的,因为在他的作品中占主导地位的是探究和质疑,而不是敬畏或崇拜。与但丁等诗人不同,他并不沉迷于地狱和惩

---

[1] 参见《耕者皮尔斯》第一卷第153—158行。
[2] 参见《耕者皮尔斯》第十三卷第124行。
[3] 参见《耕者皮尔斯》第十八卷第60—63行。

罚。他相信一切都是可以救赎的,并且:

> 世人做到或想到的所有邪恶,
> 跟天恩相比,就像海里的火星。[1]

---

[1] 参见《耕者皮尔斯》第五卷第284—285行。

第八章

都铎王朝的宫廷诗人

斯凯尔顿、怀亚特、萨里伯爵、斯宾塞

约翰·斯凯尔顿（John Skelton，约1463—1529）是第一位敢于公开抨击当权者的英国诗人。他创作了大量讽刺作品，嘲弄当时和当地最有权势的红衣主教沃尔西[1]，并多次入狱。作为诺福克郡迪斯地区的神父，他通过结婚（按规定神父禁止结婚）并将自己的小儿子赤裸地展示在讲坛上来对抗流言蜚语，由此招致非议。

他发明了一种节奏短促而跃动的诗歌，后人称之

---

1 红衣主教沃尔西（Cardinal Wolsey，1475—1530），亨利八世的权臣。

为"斯凯尔顿诗体"。这种诗歌可以适度地令人反感，如描写诺里奇[1]的一个酒吧里一群喝醉的女人的《埃莉诺·拉明的大酒桶》（*The Tunning of Elinour Rumming*）一诗；也可以表现温柔，如讲述一只温顺的鸟被猫杀死之后，它的主人、诺里奇私校的女生简·斯克罗普对它深情怀念的《麻雀菲利普》（*Phillip Sparrow*）一诗（这首诗大致上以卡图卢斯的莱斯比娅和她的那只麻雀为原本改写）。

斯凯尔顿在《说吧，鹦鹉》（*Speak, Parrot*）一诗中还描写了一只非常华贵的鸟儿，这首诗借用一只虚荣、挑剔的飞禽的嘴（或喙）描写了它的豪华的鸟笼——"雕刻得非常奇特，还带一根银钗"，它对着镜子发出的"唧唧"的叫声，它对杏仁和枣的偏爱，以及有关鹦鹉的其他事情。

> 我的尖喙弯曲，我的小眼放荡，
> 　　我鲜艳的羽毛，比绿宝石滋润，
> 红宝石般的箍圈，挂在我脖上，
> 　　我的两腿细小，两脚不沾泥尘，
> 　　我是个侍候女王陛下的仆人。
> "我的好鹦鹉，我漂亮的小傻瓜！"
> 我陪女士们上学，跟她们学话。

---
[1] 英国诺福克郡的一个地名。

这只鸟儿自称会说拉丁语、希伯来语、阿拉伯语、迦勒底语、古希腊语、法语、荷兰语、西班牙语和意大利语，而且诗中夹杂了上述好几种语言的片段，加上威尔士语和德语（由此这首诗成了所谓"大杂烩"或多语言混杂的诗歌）。

虽然这首诗里含有对红衣主教沃尔西的嘲讽，但没有人理解《说吧，鹦鹉》的真实意图。斯凯尔顿本人就跟他的鹦鹉一样虚荣而浮夸，他于1512年被任命为国王的演说官[1]，穿着白绿相间、绣着Calliope（卡利俄佩，雄辩的缪斯）字样的长袍。很可能《说吧，鹦鹉》就是一幅自嘲的自画像。

托马斯·怀亚特爵士（Sir Thomas Wyatt，约1504—1542）与斯凯尔顿完全不同。作为亨利八世的职业外交官，他在宫廷里懂得见风使舵。他指控自己的妻子通奸，然后离开了她；他自己却因被怀疑是王后安妮·博林的情人而被投入监狱，但最后免于死刑。

他的许多诗都是平淡无奇的，但有几首确实令人难忘。最著名的是"从前他们追我，现在却逃离我"（They flee from me that sometime did me seek），他在被抛弃之际，回忆起从前美好的时光：

> 感谢命运，从前是另一番情态，
> 　　要好二十倍，而那次特别快活，

---

[1] 这个职位负责在重大的场合代替国王发表演说。

她穿着薄薄的衣衫，模样可爱，
　　宽松的睡袍从她的肩头滑落，
　　她搂住我，那手臂细长而柔弱，
然后她亲吻我，那吻甘美异常，
轻声问："亲爱的，你可喜欢这样？"

那不是梦，我清醒地躺在床上……

怀亚特的诗通常是对彼特拉克诗的翻译或改写，但彼特拉克从未写过上面所列举的那种诗。

怀亚特的那些诗，即使不比原诗更好，也能以一个精彩的短语令人惊讶——例如，他描写他的最后一位赞助人托马斯·克伦威尔[1]站在绞刑架上：

对别人见识很多；可惜对自己，
　　临了未见识，一脸茫然和恐惧。[2]

他的《讽刺诗》（"Satires"）之二描写了城镇和乡村的老鼠，在结尾处对那些被野心误导的傻瓜表现出强烈的蔑视：

我不祈祷为他们增加更多苦涩，

1　托马斯·克伦威尔（Thomas Cromwell，1485—1540），亨利八世的权臣。
2　参见《歌诗集》（*Songs and Lyrics*）之"谁愿意，就请登上光滑的顶点"（"Stand, whoso list, upon the slipper top"）。

只是愤怒会误导他们离开正义，
回顾以往，或许他们会看见美德，
因为她是如此姣好、明亮而美丽。
所以，当他们将欲望在怀里紧抱，
请赐予他们（主啊，尽显你的威力）
为失去这么好的东西，内心烦躁。[1]

萨里伯爵亨利·霍华德（Henry Howard, Earl of Surrey, 1517—1547）所属的家族是英国最高贵的家族之一，他在亨利八世对法国的战争[2]中担任过指挥官，但因被亨利国王怀疑觊觎英国王位而被斩首。他最擅长的诗歌作品具有音调铿锵、令人不安的效果。当他在爱的痛苦中煎熬时，他联想到其他人的痛苦。

庞大的舰队在我脑海里浮现，
  希腊人率领大军到特洛亚城，
呼啸的狂风撞击他们的战舰，
  他们的船帆也被撕扯得干净，
直到阿伽门农的女儿的圣血，
  使阻挠他们的众神愠怒平歇。[3]

---

[1] 参见《讽刺诗》之二"当我母亲的侍女在缝衣纺纱"（"My mother's maids, when they did sew and spin"）。
[2] 这里指亨利八世因与神圣罗马帝国皇帝查理五世的盟约，从1522年开始连年派兵入侵法国。
[3] 参见"当狂暴的爱带着极度的痛苦"（"When raging love with extreme pain"）。

他最好的一首爱情诗《哦，快乐的女士们》("O Happy Dames")，借一个女人的口吻，讲述她与情人睽违的悲伤，同样充满了末日的色彩。

> 当其他恋人相互拥抱，
> 各自为幸福而狂欢，
> 我用泪水为寂寞哀悼，
> 伫立在凄苦的夜晚，
> 我能看见，从我的窗口，
> 高风把片片浮云吹走，
> 看，爱把我变成了水手！

埃德蒙·斯宾塞（Edmund Spenser，1552—1599）是唯一写出一部民族史诗的英国诗人，这部史诗就是《仙后》(*The Faerie Queene*)。它代表了一种新的史诗，跟荷马史诗不同，它是关于侠义与浪漫的史诗。斯宾塞追求的榜样，是意大利伟大诗人卢多维科·阿里奥斯托（Lodovico Ariosto，1474—1533）的《疯狂的奥兰多》(*Orlando Furioso*)[1]。

阿里奥斯托的史诗，背景是查理大帝及其基督教的骑士们与入侵欧洲的撒拉逊人之间的战争。这首长诗的情节复杂、人物众多，但故事的主线都围绕着骑士奥兰多，他爱上了信仰异教的公主安杰莉卡，并

---

[1] 诗题或译为《疯狂的罗兰》，奥兰多是意大利语叫法，罗兰是法语叫法。

为此丧失理智而疯狂。诗中有许多神奇和幻想的元素——女巫、巫师、巨大的海怪、会飞的骏马，甚至有人登上月球，找到一个玻璃瓶，里面装着奥兰多的理智，这人将它带回来送给奥兰多，使他恢复了理智。斯宾塞还受到另一位意大利著名诗人托尔夸托·塔索（Torquato Tasso，1544—1595）的影响，塔索的《被解放的耶路撒冷》(*Gerusalemme Liberata*)是较晚出版的一部关于基督教对抗撒拉逊人的史诗。塔索本人后来真的发疯了，在监禁中度过了七年。

斯宾塞创作《仙后》的时候，英国正处于危难之际。他将这部史诗题献给伊丽莎白女王（即诗中的"格洛丽安娜"[1]）。它宣告了都铎王朝的悠久历史和超自然的权威，正如维吉尔的《埃涅阿斯纪》为奥古斯都王朝所做的那样。这部史诗运用欧洲的古典语言并使亚瑟王及其骑士们的形象复活，在某种程度上也是这种借古喻今的手法。

但实际上，信仰新教的英国是新兴和脆弱的。亨利八世置教皇于不顾，自封为新教的领袖，这是前所未有的。1570年，教皇庇护五世将亨利的女儿伊丽莎白一世逐出教会，解除所有天主教徒对她效忠的义务。西班牙无敌舰队计划恢复天主教对英国的统治，但结果在1588年全线溃败，而《仙后》前三卷的出版正是在两年之后。因此，斯宾塞的这部史诗公然蔑

---

1 本章内与《仙后》相关的人名、地名，参考了熊云甫著《斯宾塞〈仙后〉导论》(湖南人民出版社，2010年)。

视天主教欧洲的武装力量。在第一卷中,雷德克罗斯骑士(Red Cross Knight)的同伴乌娜代表了正宗的英国教会,而虚假的杜埃莎则代表了罗马天主教。为了理解这一点,我们必须暂时放弃原来对安立甘宗的印象,它不是英国国教的不温不火的分支,而是一个异端,欧陆的信徒可能会因此将你活活烧死。

斯宾塞为他的新诗发明了一种新的诗节形式。它的开头部分好像是一首十四行诗,但最后一行较长,从而节奏放慢,同时将这一个诗节与下一个诗节隔开。在这种严格的格律韵式底下,句法可以适应语气的屈折变化,灵活地伸缩和流动。下面就是一个例子。

> 天堂是否有顾恋?天上的神灵
> 是否将爱心赋予卑微的人类,
> 以怜悯为怀,消弭他们的疾病?
> 没错:否则人类的境遇更可悲,
> 甚至不如野兽。哦,上帝的恩惠
> 广大无边,他深爱自己的造物,
> 以慈悲将他们全都拥入怀内,
> 他派遣幸运的天使来回往复,
> 为恶人效力,为他厌恶的仇人服务。

(第二卷第八章第1节)

以上展示了说话的语气如何在这种诗节形式的限制下

滑行和游动，在换行处跨行，利用音步的规则，呈现自身的节奏。从那以后，许多诗人出于各种目的借用了"斯宾塞诗节"，其中最著名的例子是济慈的《圣亚尼节前夕》(The Eve of St. Agnes)。

作为伦敦人，斯宾塞于1580年前往爱尔兰，为伊丽莎白的副手格雷·德·威尔顿勋爵效劳，并在北科克的基尔科曼定居。他娶了一位爱尔兰女人伊丽莎白·博伊尔，并将自己的爱情十四行诗集《小爱神》(Amoretti)和为婚礼而作的《婚礼颂》(Epithalamion)献给她。1598年，他的房子被爱尔兰自由战士烧毁，他就偕家人逃回了英格兰。此后不久他就去世，被安葬在威斯敏斯特教堂，在乔叟墓的旁边。这就是现在"诗人角"的由来。

《仙后》是一个道德寓言，讲述了一系列令人眼花缭乱的冒险，其中代表不同美德的骑士们与其他异类作战。但是情节的发展不如对风景的描绘出彩。许多评论家指出，这部史诗本质上是一系列奇观——藏着熔化黄金的熔炉的"玛门宫"，或者种着黑树和金苹果树的"普洛塞庇娜花园"（均在第二卷），或者在"丘比特的假面舞会"上，阿莫雷特"颤抖的"心脏被放在一个盛着沸腾血液的银盆中，端到她自己的面前（第三卷），等等。要理解这种富有画面感的元素的魅力，我们必须记住，在伊丽莎白时代的英国是很少见到真实图片的。据估计，我们现在一天所看见的图片，比伊丽莎白时代的普通人一生所看见的还要多。

许多伊丽莎白时代的人所见过的唯一图片就是他们教区教堂的壁画。所以，斯宾塞富有画面感的诗填补了文化上的空白。

有些富有画面感的系列，在当时可算是大胆露骨的。在"幸福幽闺"（第二卷）中，裸体的少女们在喷泉中上下跳跃。在第六卷中，塞丽娜被赤身裸体地捆绑着，周围都是食人族，他们磨着刀子，决定先吃她哪一部分的"美味"。在英国诗歌史上，从未有过如此注重感官的描写。如果说这些效果"富有画面感"，那只是一种过于静态的表述。斯宾塞的人物都是动态的。例如，他在"幸福幽闺"中就描写了女孩子脸上颜色的变化。

> 她不停地大笑，脸上泛起红晕，
> 红晕中带笑，使笑声更加优雅，
> 笑中带红晕，使红晕添彩……[1]

他还发明新词来表现动态，它们比现有词语更加有力。例如，scruze 的意思是"挤压"（squeeze），他用这个词语来描写从葡萄或香草中榨出（crush）汁液（第二卷第十二章第56节、第三卷第五章第33节）。即使是描写静态的艺术品，他也会将它转变为动态。在布西雷恩的房子里有一张描绘勒达和天鹅的挂毯，但它

---

[1] 参见《仙后》第二卷第十二章第68节。

会动。天鹅 ruffle（竖起，这也是斯宾塞新造的词语）它的羽毛向前靠近，勒达假装睡着了，但她半闭着眼睛，微笑着，静观其变。scruze 和 ruffle 都是带触觉的词语，它唤起触觉感受，斯宾塞的造词常常如此。蝎子的爪子变成了 craples（钩爪）（第五卷第八章第40节），它似乎是 crawls（爬行）和 grapples（抓攫）两个词语的拼合。从这个角度来看，斯宾塞的动态图画不仅预示了电影，还预示了奥尔德斯·赫胥黎[1]在《美丽新世界》(*Brave New World*)中虚拟的 feelies（可感艺术品）。

可见，斯宾塞正在创新。但是，作为文艺复兴时期的诗人，他也在回望古希腊罗马文学。在他最好的一首短诗《蝴蝶的命运》(*The Fate of the Butterfly*)中，我们看着阿剌克涅变成一只蜘蛛——她的腿变成"弯曲的爬行小腿，其中骨髓已经抽空"，她的身体变成"一袋毒液"——这很像是奥维德的《变形记》中的一个场景。在《仙后》中，就像在奥维德的诗中一样，人类变成植物，并与自然界互动。当树枝从树上折下来时，它会流血（第一卷第二章第30节）。克里索戈尼（Chrysogone）裸着身体晒日光浴（就像 D.H. 劳伦斯的短篇小说《太阳》[*Sun*]中那样），太阳使她怀孕（第三卷第六章第7节）。

斯宾塞似乎还预示了一项现代发明——机器

1　奥尔德斯·赫胥黎（Aldous Huxley，1894—1963），英国作家，《美丽新世界》是他的著名反乌托邦小说。

人。阿蒂戈尔（Artegall）有一个可怕的奴隶叫泰勒斯（Talus），他是个铁制的男人。芒纳勒（Munera）是一个手脚都用金银制成的女人。虚假的弗洛丽梅尔（Florimel）是人造的，由汞、雪、蜡和金属丝制成。当伊丽莎白时代的诗人们将羽毛笔和诗句投进斯宾塞的墓地时，他们是在对一种巨大的创新想象力表示认可。

第九章
伊丽莎白时期的爱情诗人
莎士比亚、马洛、锡德尼

众所周知，威廉·莎士比亚（William Shakespeare，1564—1616）是世界上最伟大的剧作家，但他也写过戏剧之外的诗歌。最著名的是他的《十四行诗集》，出版于1609年。我们不知道出版这本诗集是否符合他的本意，也不知道这些诗是否都出于他的手笔。这些诗虽说是举世闻名的作品，但是有可能会让现代读者失望。其中有些诗基本上由繁复的文字游戏组成，几乎不触及我们的感情。

这些诗并没有讲述一个连贯的故事，我们也不清楚其与莎士比亚的生活有何关联。学术界做过许多尝试，以期确定这本诗集中第1首至第126首中的青年男子、第127首至第152首中的"黑肤女郎",以及第78首至第80首中的"诗敌",究竟与现实生活中的哪些人对应。但这些尝试仍只是凭猜测所做的工作。即使那个青年男子在某种程度上代表了莎士比亚的赞助人南安普敦伯爵(Earl of Southampton),但这些十四行诗中描写的恋情,除莎士比亚的想象之外,似乎并未发生在任何地方。

然而,这些十四行诗是否表现了真实的生活并不重要,重要的是它们具有戏剧性。诗人跟另一个角色交谈,有时候争论,有时候劝说,有时候责备。这就使他的诗作避免了平淡和雷同,而这是伊丽莎白时代的其他组诗的通病。

莎士比亚有那么多十四行诗,要读的话,必须列个计划,先集中精力从最有名的大约十五首开始读。它们是哪几首呢?分别写了些什么?

有八首是写时间及其破坏力的。一些评论家认为,莎士比亚时代对此感兴趣,是因为钟表的普及度在16世纪后期变得越来越高,改变了人们对时间的看法。时间不再与自然事物相关,而是开始具有机械的性质,并且有点陌生。这种说法大致上是不错的。但是在我们的八首有关时间的十四行诗中,只有一首——"我,计算着时钟算出的时辰"[1](第12首)——

---

[1] 本章内莎士比亚的十四行诗,除特别说明外,译文均引自屠岸译《十四行诗集》(《莎士比亚全集》,上海译文出版社,2014年),并根据屠岸译《莎士比亚十四行诗》珍藏版(上海人民出版社,2016年)修订。

以时钟上的时间开始，并很快切换到自然和大麦的丰收：

> 夏季的葱绿都扎做一捆捆收成，
> 载在柩车上，带着一绺绺白胡子——

这并不奇怪。莎士比亚时代的英国是个农业国，季节依然是通常的时间尺度，如第18首：

> 我能否将你比作明媚的盛夏？
> 你比它更加可爱，也更加温婉。
> 暴风会吹落五月的嫩蕊娇花，
> 夏季的租期又未免过于短暂。[1]

或者第73首：

> 你从我身上能看到这个时令：
> 黄叶落光了，或者还剩下几片
> 没脱离那乱打冷颤的一簇簇枝梗——
> 不再有好鸟歌唱的荒凉唱诗坛。

在第104首中，"我看，美友呵，你永远不会老迈"，尽管时钟上的时间（"指针在钟面"）短暂介入，但季

1　这里四行为本书译者所译。

节性的时间再次占主导地位，而第60首，"正像海涛向卵石滩头奔涌"，转而以另一种自然节奏作为起点。

其他三首有关时间的十四行诗，"饕餮的时间呵，磨钝雄狮的利爪吧"（第19首），"白石，或者帝王们镀金的纪念碑"（第55首）和"就连金石，土地，无涯的海洋"（第65首），都是我们见过的古罗马诗人贺拉斯在他的《颂诗集》中自负吹嘘的变体，他说自己的诗将比镀金的纪念碑和金字塔留存得更久。

在最有名的十五首十四行诗中，有四首是关于爱情的悲欢离合，而且明显与个人有关的。当然，我们会以为，"我一旦失去了幸福，又遭人白眼"（第29首）和"我把对以往种种事情的回忆"（第30首），意味着莎士比亚一定把自己的真心掏出来了吧？当然，"多少次我看见，在明媚灿烂的早晨"（第33首）一定是对真实发生过的某一特定事件的回忆吧？当然，那令人心碎的"只要你听见丧钟向世人怨抑地／通告说我已经离开恶浊的人世"（第71首）不会只是虚构吧？但莎士比亚是一位剧作家，他一生都在为想象中的人物编写台词，这些大概也不例外。

我们这十五首十四行诗中的其余三首也是如此——对于真爱忠贞不渝的带挑衅意味的宣言（第116首），反对情欲的长篇大论，"生气丧失在带来耻辱的消耗里"（第129首），以及对两种性格类型所做的奇怪而难以令人信服的比较，"有种人，有权力害人，而不去加害"（第94首），最后一行有点刻薄，"发霉的百合远不如野草芳香"。与这一组诗中的所有其他十四行诗不同,这三首是独立的,不是爱情故事的一部分,但它们显然表达了莎士比亚自己的想法,或者看起来如此,而我们无法得知。

在他的所有十四行诗中,第116首可能是大多数人最喜欢的,这或许是因为它表达了我们愿意相信的东西。

> 我绝不承认两颗真心的结合
> 会有任何障碍;爱算不得真爱,
> 若是一看见人家改变便转舵,
> 或者一看见人家转弯便离开。
> 哦,决不!爱是亘古长明的塔灯,
> 它定睛望着风暴却兀不为动;
> 爱又是指引迷舟的一颗恒星,
> 你可量它多高,它所值却无穷。
> 爱不受时光的播弄,尽管红颜
> 和皓齿难免遭受时光的毒手;
> 爱并不因瞬息的改变而改变,
> 它巍然矗立直到末日的尽头。
> 我这话若说错,并被证明不确,
> 就算我没写诗,也没人真爱过。[1]

---

1 译文引自梁宗岱译《十四行诗》(《莎士比亚全集》第11卷,人民文学出版社,1978年)。

有些现代读者将其解释为一种尖刻的讽刺。

但是,撇开真诚的问题不谈,我们能否从这位写十四行诗的诗人身上认出他是创作了伟大悲剧的莎士比亚呢?这个问题听起来有点愚蠢,因为它们的体裁是极不相同的,但两者存在某些关联。莎士比亚的诗歌与戏剧所共有的艺术特征之一,是抽象名词被转化成一种介质,它会做出真实的行动,因此尽管我们被激发起想象,但依然无法将事实准确地转化为形象。例如,李尔王说:

> 治一治,豪华;
> 袒胸去体验穷苦人怎样感受吧,
> 好叫你给他们抖下多余的东西。[1]
> (《李尔王》第三幕第四场第33—35行)

或者麦克白说:

> 而慈悲,像一个初生的赤裸裸婴孩
> 跨着狂风……
> (《麦克白》第一幕第七场第19—20行)

"豪华"和"慈悲"都是抽象名词,但它们会行动,似乎并不抽象。在十四行诗中,这种抽象与具体的搭

---
[1] 译文引自卞之琳译《莎士比亚悲剧四种》(人民文学出版社,1988年)。下文所引《麦克白》同此。

配，甚至可以出现在一个短语中，如"严冬的粗手"（第6首）或"我褴褛的爱心"（第26首）。它或者可以延伸到几行，创造出莎士比亚特有的强有力的效果。十四行诗第65首描写"阴惨的无常"[1]，他问道：

> 那么美，又怎能向死的暴力对抗——
> 看她的活力还不过是一朵娇花？

"花"看上去软弱到无可救药，却是诗中唯一不算抽象的名词，并占了这首诗的重要位置。在十四行诗第60首中，诗人用以下四行诗描写了人类生命的兴衰：

> 生命，一朝在光的海洋里诞生，
> 就慢慢爬上达到极峰的成熟，
> 不祥的晦蚀偏偏来和他争胜，
> 时间就捣毁自己送出的礼物。

在这里，所有的活动都是由抽象名词完成的。然而，我们形成了明确的视觉印象，即一个婴儿在用四肢爬行，在"不祥的晦蚀"中有一个黑暗和险恶的东西，在"海洋"里有一片光。

有些评论家推测，这种抽象与具体的相互作用，表明莎士比亚能将大脑的两个不同部分，即处理概念

1　这个短语引自梁宗岱译《十四行诗》。

的部分和处理身体感觉的部分，联结起来。也许正是这个原因，使得这些诗句具有强大的力量。

莎士比亚的其他戏剧之外的诗歌，都未取得十四行诗那样高的声誉。但有一首非常出色，诗名叫作《凤凰和斑鸠》(*The Phoenix and the Turtle*)，它是为两只死了的鸟——凤凰和斑鸠写的葬礼挽歌，它们代表着爱情和贞洁。没有人知道这首诗为何而作，为谁而作，其内涵是什么。但它的开场部分音调哀婉动人，令人难以释怀。

> 让歌声最亮的鸟儿栖上
> 那株孤独的阿拉伯树梢，
> 放开嗓子，把丧事宣告，
> 纯洁的禽鸟都合拍飞翔。
> ……
> 让身穿白色法衣的牧师——
> 能奏死亡之曲的司铎——
> 成为那预言死亡的天鹅，
> 丧仪必须由他来主持。[1]

莎士比亚的两首长诗《维纳斯与阿多尼斯》(*Venus and Adonis*)和《鲁克丽丝受辱记*》(*The Rape of Lucrece*)，对现代读者来说可能显得辞藻华丽而情节缓慢。作为

---

[1] 译文引自屠岸、屠笛译《凤凰和斑鸠》(《莎士比亚全集》，上海译文出版社，2014年)。

叙事诗人，他无法和克里斯托弗·马洛（Christopher Marlowe，1564—1593）相提并论。马洛的《赫洛与勒安得耳》(Hero and Leander)虽然未完成，却是文艺复兴时期的诗歌瑰宝。他是一名才华横溢的年轻剧作家，在德特福德的一次酒吧斗殴中被刺身亡。他受雇从事过间谍活动，这可能是他被扼杀的原因。莎士比亚读过《赫洛与勒安得耳》，这也是他在自己的戏剧中唯一引用过的同时代作品——那是《皆大欢喜》(As You Like It)第三幕第五场，菲比的一句台词。

> 我这才领会已故的牧羊人说得好：
> "哪一个有情人不是一见就钟情？"[1]

莎士比亚称马洛为"牧羊人"，因为他最有名的那首诗——"来跟我同居，做我的情人"，标题就是《多情的牧羊人致他的情人》(The Passionate Shepherd to his Love)[2]。

莎士比亚的十四行诗是关于同性爱的，但他在表达方式上比较谨慎。十四行诗第20首确定地表示，那位青年男子的性爱并不是这个十四行诗作者所需要的。而马洛就不很戒备。他对男人间的性爱（这在伊丽莎白时代的英国是非法的）开一些不实的玩笑，声

---

1 译文引自方平译《皆大欢喜》(《莎士比亚全集》，上海译文出版社，2014年)。
2 或译为《牧羊人的恋歌》。

称"不喜欢烟草和男孩的人都是傻瓜",还说基督和圣约翰是情人关系,从而被人告发。

莎士比亚在十四行诗中对青年男子的身体魅力的描写一概从略,但《赫洛与勒安得耳》则恰恰相反。当勒安得耳游泳横渡赫勒斯滂海峡(Hellespont)[1]时,不知羞耻的老海神涅普图努斯(Neptune)始终爱怜地陪在他身边:

> 他拍打他的圆脸,逗他的长发,
> 露出放肆的微笑,将爱意表达。
> 他端详他臂膀,它们每次舒展、
> 划水,他都要溜进他两臂中间;
> 他送他偷吻,然后钻出来跳荡,
> 在他转身时,频送淫荡的目光;
> 他投去好看玩具,愉悦他双眼,
> 再潜入水中,对他做仔细窥探:
> 胸脯、腰臀和手脚每一个部位,
> 又探出头来,紧紧贴着他游水,
> 说他有多么爱他。勒安得耳说:
> "你被骗了,我不是女人,大错。"
> 涅普图努斯听后笑了。[2]

就其感性或机智而言,莎士比亚的任何一首十四行诗

---

[1] 又名达达尼尔海峡,土耳其海峡的一部分。
[2] 参见《赫洛与勒安得耳》第665—677行。原诗共有818行。

都无法与之匹敌。

菲利普·锡德尼爵士（Sir Philip Sidney，1554—1586）作为诗人，是无法与莎士比亚或马洛相比的。尽管如此，莎士比亚读过他的十四行诗组诗《爱星者与星星》(Astrophil and Stella)，并且可能从锡德尼的黑眼睛的丝黛拉（Stella，意思是星星）(《爱星者与星星》第7首、第20首、第48首）中获得灵感，创造了他的"黑肤女郎"。

锡德尼出身贵族，是莱斯特伯爵的侄子，在聚特芬战役中与西班牙人英勇作战，最后壮烈牺牲。丝黛拉的原型可能是佩内洛普·德弗罗（Penelope Devereux），她的父亲埃塞克斯伯爵希望她嫁给锡德尼。但她最后嫁给了里奇（Rich）男爵，因此锡德尼在诗中拿"富裕"(rich)作为双关语加以讽刺（第24首、第37首）。他的十四行诗也像莎士比亚的一样，运用自然的说话节奏，打破韵律上的单调，例如："飞啊飞！朋友！我受了致命伤，快飞！"（第20首）。十四行诗第31首是锡德尼最优秀的作品之一，也是运用对话语气的杰作。

> 哦！月亮，你悲凉地登上高天，
> 你寂然无语，面容又那么苍白！
> 这是为什么，难道在遥天之外，
> 那忙碌的射手还在玩弄利箭？
> 真的，要是我深谙爱道的双眼

> 还能够判断,你定是为情所害:
> 从你脸上,我读出自己的情态,
> 你形容憔悴,将你的心境显现。
> 那作为知己,月亮啊,敬请相告,
> 永远相爱,在天上被视为痴呆?
> 天地两间的美女,都同样高傲?
> 是否她们在那里,也喜欢被爱,
> 但被爱占有,她们就加以鄙薄?
> 在那里,她们把寡恩称为美德?

最后一行使这首诗的面貌全变了。在此之前,说话的男子一直在抱怨女人的行为方式。但最后一行并没有顺着写下去。起初是男人,而不是女人,在指责有美德的女人寡恩薄情,因为她们不接受男人的追求。诗中的说话人是一位男子,但在最后一行,一位女子的声音插进来,提出了女人的观点。锡德尼习惯跟受过教育、能直抒己见的女人交往,他的侄女玛丽·罗思夫人(Lady Mary Wroth)本人就写过十四行诗。

第十章
诗歌中的哥白尼

约翰·邓恩

约翰·邓恩[1]（John Donne）出生于1572年，在他出生前的一百年，世界发生了巨大的变化。1492年，航海家哥伦布在美洲登陆，一片广阔的新大陆出现了。1543年，波兰天文学家哥白尼发表了他的天体理论，认为地球不是人们一直认为的宇宙中心，而是围绕着太阳运行。天主教和新教都认为这个观点是荒谬的，而且是该诅咒的，因为《圣经》说地球不会移动，

---

[1] 或译为多恩或但恩，译名向未统一，较早将邓恩诗介绍到中国的朱湘和柳无忌分别将其译为唐恩（1936）、滕恩（1942）。参见黄福海《邓恩诗的民国翻译》（新闻晚报，2013年4月2日）。

太阳会移动。因此,受到质疑的不仅是太阳系,还有上帝的话语。

邓恩在他的诗歌创作中热切地将这两个新生事物吸收进来。在诗里,他让他的情人宽衣,将她想象成西班牙殖民者正在探索宝藏的新大陆:

> 哦,我的美洲!我新发现的大陆,
> 我的王国,一人独占时最稳固,
> 我这宝石的矿藏,我这个帝国,
> 发现你这样,我是多么的快乐!

这些诗句引自《致他上床的情人》("To His Mistress Going to Bed")。

在《世界的解剖学》("An Anatomy of the World")一诗中,他把注意力转向了哥白尼。他写道,"新的哲学"颠覆了旧日的确定性。它"使一切都处于怀疑状态",我们不再知道自己在哪里:

> 太阳和地球已消失,人的智力
> 已不能指引人类向何处寻觅。

面对这样的前景,邓恩的口气不是担心,而是兴奋。这很自然,因为他本人经营的事业,就是使期望变得不再稳定。他的同时代人称他为"诗歌中的哥白尼",对他的新奇还是认可的。

他让人感到新奇，是因为他总是在辩论。他曾被冠以"玄学派"诗人的称号。但这是在暗示说他喜欢提出一些深奥的哲学道理，而他不是那种人。他所感兴趣的只是辩论，而且始终是辩论。他经常在诗中用辩论来说服女人（或想象中的女人）。一个著名的例子是《跳蚤》("The Flea")：两个情人躺在床上，男子告诉女子，一只跳蚤叮咬了他们两个，已经将他们的血液混在一起，所以他们做爱不会有什么害处。女子威胁说要杀死跳蚤，但男子与她辩论，表示反对：

> 哦，且慢！三条命在一只跳蚤里，
> 我们几乎是，哦不，已胜过夫妻：
> 这只跳蚤里有你和我，这地方
> 是我们的婚床，也是婚庆殿堂；
> 父母和你都反对，我们仍碰面，
> 在这堵活的黑玉之墙内修炼，
> 　虽然习俗让你有杀我的想法，
> 　可别让你在谋杀上，再加自杀
> 　和亵渎：三条性命、三罪并发。

尽管如此，女子还是杀死了跳蚤，并自豪地说跳蚤死了之后，她感觉没什么两样。邓恩反驳说，这话没错，这恰恰证明了他是对的：

> 　没错，你明白恐惧是多么虚妄，

你依我，不过损失点贞操，就像

这跳蚤的死，对你生命的损伤。

你可能会说这首诗是个笑话。但它不只是个笑话。对跳蚤的描写（"这堵活的黑玉之墙"）是温柔而美丽的。在此之前，还没有人这样写过跳蚤。邓恩在两百年间一直被人忽视，他的声誉得以恢复，主要归功于T.S.艾略特。艾略特说："一个思想对于邓恩来说就是一种感受，这个思想改变着他的情感。"[1] 我们从《跳蚤》这首诗里可以读懂他的意思。

如果说《跳蚤》一诗中的女子是诗人想象出来的，那可能是错的。我们不知道邓恩的情诗在多大程度上反映了他的真实生活。他以浪荡出名，他在自己的"爱的挽歌"中，吹嘘自己在城镇里的各种现行劣迹——给人戴绿帽子、勾引他人的女儿，以及（如在《致他上床的情人》中）命令一个女人宽衣而他在一旁观看。这些可能都是子虚乌有，但没准是真的呢。

邓恩是要名利的，他在我们现在所谓"公务员"的职位上爬得很高。但在1601年，他在未经女方父母同意的情况下，与年轻的女继承人安妮·莫尔秘密结婚。当这个秘密被揭发之后，他失去了工作。有许多年，他和安妮在乡下过着贫困的生活，生儿育女，家庭规模迅速壮大。或许出于这个原因，他在情

---

[1] 译文引自李赋宁译《玄学派诗人》（《现代教育和古典文学：艾略特文集·论文》，上海译文出版社，2012年），人名译名和标点有改动。

诗中如此蔑视世俗的成功，如《周年纪念日》("The Anniversary"):

> 所有的国王、宠臣和爱妃，
> 所有的荣耀、美貌与智慧，
> 制造时间的太阳，随时间流逝，
> 如今也老一岁，相比去年今日，
> 当时我们俩还是第一次相见：
> 其他一切向毁灭又靠近一点，
> 唯有你我的爱，不朽依然；
> 这爱，既没有明天也没有昨天，
> 它奔跑，却从未跑离我们身边，
> 而忠实地守着他第一、最后和永恒的一天。

邓恩是独一无二的，他除了喜好辩论和蔑视世俗的成功，在不同的诗里还会改变观点。有时他会无耻地滥交，如《无分别者》("The Indifferent")；或愤世嫉俗，如《告别爱情》("Farewell to Love")。与这些诗中的观点相反的，是诸如《灵魂出窍》("The Ecstasy")之类的诗，它们将爱情置于灵魂之中，并宣称有情人即使分开，他们的灵魂还在一起，并且会弥合他们之间的距离。在《葬礼》("The Funeral")一诗中，他想象自己死后，他情人的一绺头发缠绕在他的手臂上，像灵魂一样阻止他的身体腐烂：

无论谁来为我裹尸，请不要弄乱，
　　也不必多问，
那缠绕我手臂、精致的秀发镯环；
那秘密、那标记，你也不可以触碰，
　　它是我外在的灵魂，
是他的副手，当灵魂向天国飞升，
　　他会委托它来统领，
并维持这些肢体，她的行省，不致离分。

在《别离辞：莫悲伤》（"A Valediction: Forbidding Mourning"）一诗中，他告诉他的情人（有人认为是他的妻子），他必须出去旅行。但他向她保证，他们是经过爱的"提炼"的，所以虽然他们的身体分开，他们仍然会在一起：

两个灵魂打成了一片，
　　虽说我得走，却并不变成
破裂，而只是向外伸延，
　　象金子打到薄薄的一层。[1]

在《圣物》（"The Relic"）中，他声称他与他所爱女人之间的爱情是如此纯洁，就像天使的爱，根本不涉及性爱。他们甚至不知道自己是男是女。这首诗从

---

[1] 译文引自卞之琳译《别离辞：节哀》（《英国诗选》，湖南人民出版社，1983年）。

借用《葬礼》中的那绺头发开始。他想象那些挖掘他尸骨的人发现了"尸骨上缠绕着一个金发镯环",觉得这是个奇迹。但是他说,他会告诉这些人"我们这些无害的情人所创造的奇迹":

> 当初我们俩相爱,忠诚相待,
> 并不知道爱什么、为什么爱;
> 我们并不知道有性别不同,
> 就连守护天使也同样懵懂;
> 　相遇或分开,我们偶尔接吻,
> 可不在两餐之间,我们的双手
> 从没碰过封蜡,它天性自由,
> 　只因后人制定的法律而受损;
> 我俩创造过这些奇迹,只可惜,
> 要是我说得出她是什么奇迹,
> 我将超越所有的语言和韵律。

"封蜡"是指他们的性器官,其天性是不受近代(诗中的"后人")的人为法律,诸如婚姻法律的限制的。但邓恩说他们俩甚至从来没有碰过这件东西。有些人可能会觉得这很奇怪,但是不知道爱一个人到底是爱这个人身上的什么东西(我们不知道"爱什么、为什么爱"),是每一个恋爱中的人都会意识到的。邓恩在《否定的爱》("Negative Love")一诗中再次写到它,他说他爱的不是女人的身体,也不是她的"美德",

也不是她的"心智"。但究竟是什么,他也说不上来。邓恩喜欢辩论,即使是为辩论而辩论。但他同时是一个思想家,知道有些事情是无法辩论的神秘事物,而爱就是其中之一。

正是凭借了这样的诗歌,邓恩被誉为英国最伟大的爱情诗人。没有一个诗人像他那样在《圣露西节的夜祷》("A Nocturnal Upon St. Lucy's Day")中表达了丧亲之痛的凄凉,或者在《空气与天使》("Air and Angels")中表现了一见钟情的神奇奥秘:

> 我已爱过你两遍或三遍,
> 才认清你的名字或面容;
> 天使常感动我们并受人尊崇,
> 也是借由声音或无形的火焰;
> 当我来到你所在的地点,
> 我总看见可爱的荣耀之虚空。

读完这首之后,再读一首愤世嫉俗的诗,如《爱的炼金术》("Love's Alchemy"),你会感到震惊。在这首诗里,诗人警告说:

> 别指望女人有心灵;她们顶多是
> 甜美而机智,占有后不过是干尸。

"干尸"是指"木乃伊尸体","占有"的意思是"跟她们发生关系"。同一个诗人，怎么可能写出这种诗，又写出那些关于"灵魂"的诗呢？

有一个答案是，正如邓恩自己经常承认的，他性格易变，已经到了不可救药的地步。（"哦，伤脑筋，矛盾体相会在一起，"他在《神圣十四行诗》[Holy Sonnets]第19首中感叹，"我在发誓和祈祷中改变主意。"）还有一个答案是，我们知道，他是一个狂热的戏剧爱好者，而且他生活在莎士比亚戏剧第一次上演的英国戏剧的伟大时代。事实上，他的诗歌经常是戏剧性独白，尝试表现不同的声音和不同的说话者。

他在情诗中与女人辩论，在宗教诗中与上帝辩论。他提出质问，为什么只有人类会受到诅咒，而植物、矿物和动物就不会（《神圣十四行诗》第9首）？为什么上帝不做出更大的努力来拯救他（《神圣十四行诗》第14首）？

在邓恩的时代，许多人担心他们是否被诅咒（这类似于我们今天在互联网上搜索，我们的症状意味着我们得的是哪一种疾病）。但是他有一个特殊的原因。他害怕自己被诅咒，因为尽管他是作为一名罗马天主教徒成长起来的，但他已经放弃了那个信仰，并加入了新教。在伊丽莎白时代的英国，他要是不改变信仰，就不可能步入公务员的生涯。但是对他的家人和天主教的朋友来说，他的叛教就意味着他属于撒旦，正如他在《神圣十四行诗》第2首中告诉上帝的那样，他担心他们可能是对的：

> 哦，我很快就要绝望，当我看清
> 　你深爱人类，却并不选择救我，
> 　而撒旦恨我，却不肯将我放过。

有时候，他觉得不如就这么挺过去，并接受最坏的结果。所以他说，让世界末日和最后的审判马上就到来吧：

> 在那想象的圆形大地的角落，
> 　吹响你们的号筒，天使啊，起身，
> 　从死亡起身，你们无数的灵魂，
> 将你们散落各地的肉体寻索。
> 所有烈火将覆灭、洪水已淹没，
> 　所有被战争、衰老与病死、暴政、
> 　绝望和法律戕害的，还有你们，
> 将亲见上帝，永不尝死亡苦果。

最后两行（引自《神圣十四行诗》第7首）指的是圣保罗的宣告（《哥林多前书》第15章第51—52节）：我们并不是所有人都会死去，那些在世界末日仍然活着的人都要改变，"就在一霎时，眨眼之间，号筒末次吹响的时候"。邓恩希望他能成为这些人中的一员，因为他讨厌坟墓和肉体朽坏的想法。但是，在十四行诗写到一半时，他改变了主意——一如既往，不主故常：

> 但让他们睡,主啊,我哀悼片刻,
> 　如果我的罪超出了这些所限,
> 到那里,我们再求你广施恩泽
> 　就太迟了;请在这卑微的人间
> 教导我如何悔过,因它的好处
> 一如你用血,封印对我的宽恕。

邓恩一辈子都没有克服对自己可能被诅咒的恐惧。在《献给天父上帝的赞美诗》("A Hymn to God the Father")一诗中,他承认:

> 我犯有恐惧之罪,生怕我纺完
> 最后一根线,我就在岸上死灭。

这首诗作于1623年,此时他担任安立甘宗的牧师已经有八年,他被任命为圣保罗大教堂的教长也已经有两年。

第十一章
个性主义的时代

琼生、赫里克、马弗尔

17世纪是英国诗歌呈现出惊人的多样性的时代。前期是邓恩占主导地位,后期是弥尔顿。这两位诗人在多个方面都迥然不同,而在此期间出现的诗人们又各自具有完全鲜明的个性。与伊丽莎白时代相比,这是一个巨大的变化;在伊丽莎白时代,一个十四行诗或歌曲的作者很容易跟另一个混淆。这种新的个性意识是从哪里来的呢?有一种说法是新教,新教允许信徒个人不信奉英国国教,而鼓励自我反省。另一种说法是伦敦,伦敦代表了英国的第一种都市文化,而生活在城市里,周围都是陌生人,这会使你加强自己的差别意识。

本·琼生（Ben Jonson，1572—1637）[1]是伦敦人，也是新教徒（不过他曾为自己得不到拯救而焦虑，一度皈依天主教）。他的经历坎坷，性格桀骜不驯。他一生中在监狱服刑过多次。他的继父是一名泥瓦匠，琼生在年轻时就学会了这门手艺。但是一位富有的亲戚花钱让他上威斯敏斯特学校，使他得以蓬勃发展，并深深地爱上了古希腊罗马文学，积累了丰富的知识。他在荷兰当过兵，夸耀自己曾杀死一个敌兵，并劫夺他身上的财物。琼生还当过演员，曾与另一名演员决斗、杀死对方，并通过"牧师的特权"（证明他会读拉丁语）提出辩诉，结果只在拇指上烫了一个字母F（意思是"重罪犯"），免于斩首。

他对城市生活有着敏锐的观察，写过几部优秀的讽刺剧，《福尔蓬奈》(*Volpone*)[2]和《炼金术士》(*The Alchemist*)是他的杰作。我们也非常了解他对其他诗人的看法，因为1618年，他从伦敦徒步来到爱丁堡（超过四百英里），与苏格兰诗人霍桑登的威廉·德拉蒙德（William Drummond of Hawthornden，1585—1649）交往密切。德拉蒙德对琼生的谈话做了笔记，这些文字成为现存最早的文学八卦记录。琼生认为，邓恩"在某些方面是世界上开了先河的诗人"，但他也说过，邓恩"因为不被理解，可能会湮没无闻"。他自

---

1 或译为琼森。
2 或按意大利语的原意译为《狐狸》。

己写诗就避免了邓恩的晦涩难懂。他的诗歌清晰、优雅，通常遵循古典的范式。

他的格言诗讽刺了现代的罪恶和奢侈。但是他的长诗《致彭斯赫斯特》("To Penshurst")显得更为积极，它赞美锡德尼家族[1]的那种怀旧式的友善与亲和，对他们的乡村庄园加以理想化，声称即使那里的果树也是高雅而热情的：

> 樱桃开得早，李花会晚些再开，
> 无花果、葡萄、榲桲，都应时而来，
> 羞涩的红杏，细毛茸茸的碧桃，
> 挂在你墙上，连孩子都能摘到。

尽管他为詹姆斯一世和他的王后编写过精美、奢华的宫廷假面剧，但他在诗歌创作中，对于作秀仍持怀疑态度。

> 总是要整洁，总是要打扮，
> 好像你马上就要去赴宴，
> 总是要香水，总是要脂粉；
> 女士啊，我不妨这样推论：
> 虽然我不懂技艺的奥秘，

---

[1] 此处主要指菲利普·锡德尼和他的妹妹玛丽·锡德尼（婚后姓赫伯特）。彭斯赫斯特庄园（Penshurst Place）位于肯特，是兄妹两人的出生地。他们曾在自家庄园里盛情款待许多诗人和作家，并为出版他们的作品提供赞助。

这不都可爱，也不都合理。

给我个表情，给我个眼神，
让简单也成为优雅合衬，
长袍既宽松，发型也自如：
甜蜜的粗心更让我折服，
它胜过一切技艺的奸情，
打动我眼睛，没打动心灵。[1]

他最感人的诗篇，是写他的儿子本杰明（死于腺鼠疫，七岁）和女儿玛丽（仅六个月）的早逝的。琼生试图解释本杰明的死，他写道："我的罪是对你期望过高，亲爱的孩子。"上帝竟会因为一个父亲溺爱自己的孩子而杀死那个孩子，对我们来说，相信这样的上帝似乎是可怕的。但在当时，那正说明宗教信仰的严酷性。另外，信仰也有其令人欣慰的一面，因为玛丽并没有真的死去：

刚满六个月她就已离开，
安全地保有她一身清白，
她的灵魂，在处女的行列，
带着她母亲眼泪的慰藉，
由天后（她与之同名）安置；

---

[1] 这首诗出自琼生的喜剧《爱碧蔻茵，或安静的女人》(Epicoene, or The Silent Woman)。

虽然那割舍的留存于此，

这墓地将参与肉体重生，

轻轻掩上吧，温柔的泥尘。[1]

琼生也会以庄严的道德权威口吻来写作，譬如他为两个英年早逝的朋友写的颂诗：

不必像大树那样魁伟，

一个人才能变得完美，

即使一棵挺立三百年的橡树，

最后倒下也只是干枯的原木。

百合只盛开一天，

五月里最为娇艳，

即使到晚上枯死坠落，

也是光的植物和花朵；

尺寸虽不大，美丽也照样呈现，

时间虽短暂，生命也可以圆满。[2]

他创作了英诗中最著名的情歌之一，"只消用你的双眼向我祝酒"("Drink to me only with thine eyes")[3]，但作为爱情诗人，他无法与邓恩的热情相提并论。他的情诗，即使是精致的，也是相对超然的：

1　参见《为我的长女而作》("On My First Daughter")。
2　参见《高贵的本性》("The Noble Nature")。
3　诗题为《致西利娅》("Song: to Celia")。

> 你可曾见过那纯净的百合，
>   那尚未被脏手碰触的？
> 你可曾看过那飘落的白雪，
>   那尚未被泥土玷污的？
> 你可曾摸过那海狸的皮毛，
> 或天鹅细小的绒毛？
> 你可曾闻过野玫瑰的花蕾？
> 或甘松燃烧的香味？
> 你可曾舔过那蜜蜂的蜜囊？
> 她洁白、松软而芬芳？[1]

但是他可以坦然地面对自己，以及他身体的衰老。他爱上一个年轻女子，但是抱怨她对自己的诗歌之美充耳不闻。他转念又想：

> 哦，但是我清醒地惧怕，
>   我的思绪在那里穿梭，
>   它告诉我她曾经见过
> 我头上有数百根白发，
> 告诉我这四十七年中，
>   她见惯了腰身粗大，难以合抱，
>   我肚大如山，脸上又岩石陡峭，
> 这一切，通过眼睛，已使她失聪。

---

[1] 诗题即为首行"你可曾见过那纯净的百合"("Have you seen but a bright lily grow")。

在过去被认为是琼生的追随者的诗人中，最具有原创性的是罗伯特·赫里克（Robert Herrick，1591—1674），他实际上是与琼生完全不同的诗人。赫里克是一个短诗诗人。他的大多数诗都很短，有些诗只有两行，但寓大于小：

> 她在河边端坐，坐在那里啼哭，
> 并用一滴眼泪，增加河的深度。[1]

小词可以承载非同寻常的重量，如《恋人们如何聚聚散散》("Lovers How They Come and Part")：

> 他们在云上行走，虽然有时会跌落，
> 跌落时就像露水，但没有一点声息。

第二行，如果将"但"改为"且"，效果会大不相同。"但"字暗示着，跟恋人相比，即使是露水也太过喧闹了。实际上，它是一首想表达一种几乎无法表达的轻微触感的诗。还有一首《好运来了》("The Coming of Good Luck"）也有类似的用意：

> 好运来了，在我的屋顶上驻足，
> 像无声的雪；或像夜间的露珠：

---

1 诗题为《再咏她的哭泣》("Another upon Her Weeping"）。

不是突然，而是轻轻的，像树木
被阳光轻抚，逐渐增加其程度。

美的转瞬即逝，是赫里克诗中常见的主题（"快趁早摘下玫瑰花蕾"[Gather ye rosebuds while ye may][1]是他最著名的诗篇之一）。在《致黛安凝》("To Dianeme")[2]一诗中，他将这种手法与触觉的敏感联系在一起：

别为那浓密的头发骄傲，
它会跟苦恋的轻风调笑；
你那块红石头与你相配，
在你柔软的耳尖处沉坠，
它到了最后还是块宝石，
而你的美貌全都会消失。

Sunk（沉坠）暗示沉没到水底，强化了红宝石因重力下垂时耳垂的弹性。面料的手感也对赫里克有吸引力：

当朱莉娅穿着丝绸行走，
我想啊，她的衣衫在飘浮，

---

[1] 诗题为《致少女，珍惜时光》("To the Virgins, to Make Much of Time")。
[2] 赫里克以这个诗题写过好几首诗，这一首的头两行是"可心的，别为这双眼骄傲，/它们像星星在空中闪耀"(Sweet, be not proud of those two eyes, / Which star-like sparkle in their skies)。

> 甜蜜得就像溶解的水流。[1]

Liquefaction（溶解的水流）的意思是固体变成液体，暗示着朱莉娅的贴着皮肤的丝绸像是淋满了她的全身。

写这么多关于女性衣服和内衣的诗，对于一个受过任命的神职人员来说显然是不体面的。他这么做，可能部分是为了激怒清教徒，因为他们在内战期间剥夺了赫里克在多塞特郡迪安普赖尔的牧师职位（尽管到复辟时期又恢复了）。

安德鲁·马弗尔[2]（Andrew Marvell，1621—1678）和邓恩一样，被T.S.艾略特等人从遗忘中拯救出来。在18、19世纪，要是有人记得他，也是把他当作一个政治讽刺作家。他的抒情诗一度被人忽视，但艾略特给予它们高度评价，从中发现了"抒情诗温柔美下面的刚劲的合理性"[3]。

马弗尔认为内心冲突是我们人类的一项基本要件。在《灵与肉的对话》("A Dialogue between the Soul and the Body")一诗中，灵魂抱怨身体将它囚禁在手脚的"镣铐"之中。身体回答说它经受各种折磨——希望、恐惧、爱恨、原罪——因为灵魂不让它活在简单的自然之中：

1　参见《咏朱莉娅的衣衫》("Upon Julia's Clothes")。
2　或译为马伏尔、马韦尔、马维尔。
3　译文引自李赋宁译《安德鲁·马弗尔》(《现代教育和古典文学：艾略特文集·论文》，上海译文出版社，2012年)。

> 建筑师对绿树又砍又伐,
> 它们原本在森林里长大。

但是,到底是森林比建筑更优越,还是建筑比森林更优越?马弗尔不做判断。这首诗充满了戏谑和耐人寻味的双重性,他的所有诗都是这样。

对于身体来说,摆脱两难困境的方法是成为一棵树。在《阿普尔顿府邸》("Appleton House")一诗中,他恳求植物将他收回,成为植物中的一员:

> 将我绑上你的忍冬枝条,
> 在你的藤蔓上将我缠绕,
> 哦,你的丝扣收束得紧密,
> 从此我再不能离开这里。

如果人们把他颠倒了放在地上,他们会发现"我只是一棵倒栽的树木"。

在《花园》("The Garden")一诗中,植物欢迎他的身体回归:

> 一串串葡萄都甘美异常,
> 在我的嘴里挤成了琼浆;
> 油桃和仙桃等奇珍异果,
> 它们会主动伸出手给我;
> 我在走路时被甜瓜绊倒,

> 我跌在草上,被野花缠绕。

同时,他的思想躲进了智性的愉悦:

> 让一切造物都变成虚妄,
> 化作绿荫中绿色的思想。

马弗尔诗歌的双重性,让人难以判定他的语气。看似好玩或轻巧的诗歌,例如《割草人致萤火虫》("The Mower to the Glow-worms"),或者《林泽仙女抱怨她的幼鹿之死》("The Nymph Complaining for the Death of her Fawn"),经人细读之后会显露出严肃而深刻的内涵。

他最著名的诗篇《致他娇羞的情人》("To his Coy Mistress")经常被当作情诗来读,但事实并非如此,或并非完全如此。它的开头像一首情诗。男子催促他的情人屈从。如果他们有无限的时间,她的"娇羞"可能是有道理的。

> 但在我背后,我总是听闻
> 带翅的时间战车在逼近;
> 在遥远的前方,苍茫寥廓,
> 那就是永恒的无边荒漠。
> 不再能见到你美的形象,
> 你玉雕的墓室不再回荡
> 我缭绕的歌声;蛆虫也要

> 品尝你多年守护的贞操,
> 你矜持的自尊化为烟尘,
> 我所有的欲望变成灰烬:
> 坟墓虽说是隐秘而美好,
> 可我想没人在那里拥抱。

蛀虫吞食她的"矜持"(这里指阴道)使语气变得酸楚,接下去更惨:

> 让我们趁早尽情地玩笑,
> 或像发情的食肉的鸷鸟,
> 宁可把时间一股脑全吞,
> 也不在它的慢嚼中消沉,
> ……
> 这样,我们虽不能让太阳
> 停下,但却能迫使它奔忙。

凭着这个鸷鸟的形象,这对恋人变得恐怖起来——两只长着尖喙和利爪的食肉猛禽——他们想让时间放慢脚步,结果只能使时间走得更快。

这是马弗尔诗中常见的图景。生活是一个陷阱。行动反弹到行动者的身上。在《割草人戴蒙》("Damon the Mower")一诗中,镰刀滑落:

> 他倒下时身边全都是青草,

割草人被自己的镰刀割倒。

《贺拉斯体颂诗：克伦威尔从爱尔兰凯旋》(*An Horatian Ode Upon Cromwell's Return from Ireland*) 告诫克伦威尔要让他的利剑保持"挺立"，因为：

> 靠技艺获得的权力，
> 维护它仍须靠技艺。

行动反弹到行动者的身上。要是你凭着利剑赢得了权力，就必须靠利剑生存。但是，尽管这首诗是描写克伦威尔的，马弗尔诗歌的双重性还是为这位注定要失败的君王留下了最崇高的诗句：

> 他绝对没有猥琐的言行，
> 在那个令人难忘的场景，
>   只用敏锐的双眼，
>   尝试斧子的边缘：
>
> 也绝不恶俗地指责神祇，
> 为自己辩解无助的权利，
>   优雅地将头低垂，
>   如同在床上安睡。

第十二章

个性主义的宗教诗人

赫伯特、沃恩、特拉赫恩

17世纪的英国正处于宗教上的动荡时期,新教所倡导的追求个性差异的思想非常盛行。查理一世与天主教徒亨丽埃塔·玛丽亚的婚姻,使新教徒大为震惊;查理王的坎特伯雷大主教威廉·劳德(William Laud)实行"安立甘宗高教会派"(High Anglican)的礼仪(按清教徒的说法,属于"教皇党派"的礼仪),同时对那些不遵奉英国国教的人加以迫害。然而,随着国会在英国内战中取得胜利,新教势力蓬勃发展。原来信奉威廉·劳德的改革的那些牧师(如罗伯特·赫里克)被剥夺了牧师的职位,被清教徒视为偶像崇拜而拒斥的宗教雕像和彩色玻璃窗，也被砸得粉碎。

本章讲述的三位诗人，是通常被称为英国宗教诗歌的"黄金时代"的执牛耳者，他们在名义上都属于英国国教安立甘宗。但是他们又有很大的差别，因为他们崇拜的几乎可以说是不同的上帝。乔治·赫伯特（George Herbert，1593—1633）出生于一个有钱有势的家庭。他的兄弟是彻伯里的赫伯特勋爵。乔治·赫伯特因患肺结核而英年早逝，他直到逝世之前三年才获得圣职，成为威尔特郡两个小村庄的教区长。相对于他的社会地位，这种落差是很失脸面的，而且似乎是激烈的内心挣扎造成的结果。在他临终前，他将自己的诗作托付给一位朋友（尼古拉斯·费拉尔，亨廷登郡小吉丁村的一位安立甘宗高教会派的属灵派社区的负责人），说这些诗作是"在我的灵魂还未服从于我主耶稣的意志之前，上帝与我的灵魂之间发生的许多精神冲突的写照"。

其中几首诗似乎是那些冲突时刻的再现。最著名的是《轭束》（"The Collar"），诗的开头就表现出反叛的情绪：

> 我敲击桌板，叫喊着：够了，
> 　　　　我马上就出走！
> 什么？我还要叹息、伤心吗？
> 我的诗与生命是自由的，像道路般自由。

这里的"桌板"指圣餐台。接下来,他表示自己为上帝放弃了许多,并感到怨恨气愤,直到上帝介入:

> 但当我咆哮,对每句话都感到
> 　　　　更激动和愤怒,
> 我似乎听见一声呼唤:孩子!
> 　　　　我答道:我的主。

在《对话》("Dialogue")一诗中,介入者换成了诗人。他照例抱怨自己的命运,上帝在回复时提醒他,上帝为人类也放弃了很多:

> 　　　我曾主动牺牲
> 我的荣耀,并到处飘零,
> 放弃快乐,将痛苦细品——
> 啊!别说了:你使我痛心。

有时候,灵魂与上帝的相遇有点像一篇寓言。在《救赎》("Redemption")一诗中,诗人想象自己是一个租户,租用一个"富裕主人"的土地,并希望降低租金。其隐含的意思是,他是一个希望得到救赎的罪人。他去天上找那个富裕主人,却被告知那个人已经来到人间,于是租户就在人间寻找:

> 　　　鉴于他高贵的出身,

> 相应地，我到高贵的场所去找寻；
> 到城里的剧院、花圃、公园和宫廷：
> 最后，我听见盗贼和凶犯的笑声
> 和粗粝的喧嚣：在那儿将他找到，
> 他说完：你的请求被允了，就死掉。

读者需要花一点时间才会意识到，这里描写的是耶稣被钉在十字架上，而这首诗的创意就在于新奇和令人震惊。

另一段新奇的场景也是写上帝的，出现在《爱神表示欢迎我》("Love Bade Me Welcome")一诗中，诗人回想爱神邀请他参加晚宴。他来到现场，"眼尖的爱神"注意到他，于是：

> 凑到我身边，用甜蜜的语气问道，
> 　我是否有什么需要。

> 是客人，我答道：我来是受人邀请。
> 爱神说，你就是主人。

这是一段机智的交谈，我们感觉是在听两位17世纪的绅士礼貌地互相谦让。然后——惊讶地（从现代的角度看，我们还可能会觉得相当荒谬）——我们意识到，这些机智、礼貌、上流社会的人物，代表了灵魂与全能上帝的相遇。

在《无聊》("Dullness")一诗中，诗人与上帝的关系又变成了情人关系：

> 你是我的光，我的生命，我的爱，
> 　是专属于我的美丽。

接着，我们发现这很恐怖，与一般情诗中的情人绝不相同：

> 你流血的死亡绝非应得，使你
> 　只剩红与白。

在《花》("The Flower")一诗中，上帝又换了一种伪装。他变成了天气，首先用严霜和暴雨折磨诗人，然后像春天一样使他恢复活力：

> 我现在老了，又生出花蕾，
> 　我活着并创作，虽然多次死亡；
> 我重又闻到雨露的香味，
> 　沉醉于写诗：哦，我唯一的光，
> 　　我绝不可能
> 　　是同一个人，
> 深夜，他受过你暴雨蹂躏。

赫伯特的诗歌语言是朴素的，它是一种保证，让我们确信他是真诚和谦逊的。但他偶尔也会写一些谜语和隐语，仿佛在提醒我们他是充满智慧的。《回答》（"The Answer"）一诗是他最优秀的诗作之一，其结尾处是一个谜语：

> 我的安慰，似雪花般落地消解：
> 　我摇摇头，我曾以凶猛的青春
> 评议的思想和目标，也像枯叶
> 　在身边飘落，或如夏季的友人，
> 庄园的飞虫和阳光。有人认为
> 　我急功近利、骄躁且生性好斗，
> 履行职责时，却是慵懒而琐碎；
> 　如同新生的气息，刚醒来不久，
> 会鄙薄最初的泥床，向往天空；
> 　但一路冷却，变得臃肿而迟钝，
> 驻足云头，在黑暗的泪国之中
> 　活过，然后死去：对所有那些人，
> 教我、造就我，我的回答只一个，
> 那些懂其他的，比我懂得更多。

这种隐喻的流动感令人惊叹——飘落的雪花、思想、枯叶、庄园、飞虫、阳光、气息（雾气）——读起来像是莎士比亚，而不是赫伯特，也许他是故意要写一首模仿莎士比亚的十四行诗。但最后一行是隐晦的，它不属于莎士比亚，而是指向某种只有赫伯特（以及上帝）才能理解的东西。

亨利·沃恩（Henry Vaughan，1621—1695）是威尔士的一名医生，他的诗歌与赫伯特的诗歌不同，没有表现出挣扎的迹象，而是直奔神秘的超越，如《世界》("The World")一诗：

> 我曾见到过永恒，在那个夜晚：
> 它像纯洁而无尽的巨大光环，
> 充满宁静，它灿烂……

他似乎生活于另一个现实中，人的灵魂在那里就像一棵植物：

> 哦，欢喜！无比甜蜜！究竟是什么鲜花
> 和荣耀的枝条，我的灵魂在绽放和发芽！
> 　一切漫长的时间，
> 　都是夜晚和休息，
> 　穿过静止的尸布，
> 　都是睡眠和云翳，
> 这颗露水滴在我胸前；
> 　哦，它会如何流血，
> 激活我整个世界……

这几行诗引自《清晨的守望》("The Morning-watch")，有些常用的名词——blood（血液）、spirit（精神）——

转化为动词使用[1]，由此获得惊奇和紧张的效果。Dew（露水）也是沃恩的一个神秘词语。在威尔士语中，Duw是"上帝"的意思，在沃恩的另一首优秀诗作《种子在秘密生长》("The Seed Growing Secretly")中，它似乎就包括这一层含义：

> 我的露水，我的露水！我早年的爱，
> 我灵魂的光明食物，你不在身边使我痛苦。
> 不要徘徊太久，永恒的鸽子，
> 没有你的生活，是松散的，而且会溢出。

在这里，诗人所用的词语也都很常见——"松散""溢出"——但应用到"生活"上，就超越了它们的正常内涵。

沃恩的孪生兄弟托马斯是一位炼金术士，他写过一篇关于"自然魔法"的学术论文。他的理论渗透到亨利·沃恩的诗中——例如，自然界是有意识的这个概念，就进入了《规则与教训》("Rules and Lessons")一诗：

> 没有一个春天
> 或者叶子，没有自己的晨歌；每一片灌木、
> 每一棵橡树，都知道我的存在。

---

[1] 在译文中分别是"流血"和"激活"。

托马斯相信，上帝在所有造物的体内都植入了一颗光的"种子"，这个信念激发亨利·沃恩写下了《公鸡啼鸣》("Cock-crowing")一诗：

> 光明的父亲！你把太阳的种子
> 以及白天的目光，全部都锁进
> 这个家禽的体内？你还把这缕
> 飞射的光线，分派给各种生灵：
> 　它们的催眠术工作整个晚上，
> 　还会在梦里见到天堂与光芒。
>
> 它们的眼睛，关注黎明的色调，
> 它们这小小颗粒，将黑夜驱逐，
> 就这样闪耀、歌唱，仿佛它知道
> 那通往光明府邸的正确道路。
> 　他们的蜡烛，无论是怎样制成，
> 　似乎都是被太阳点燃（tinned）和照明。

tinned 就是"点燃"的意思，托马斯·沃恩在写到"上帝的隐秘蜡烛"时就曾使用过这个词。

与赫伯特不同，沃恩一直活到英国内战结束之后，他曾在保皇党军队中短暂服役，属于战败的一方。在他的《他们都进入光明世界》("They Are All Gone into the World of Light")一诗中，他假想自己看见了死者——"我看见他们在荣耀的气氛中行走"——其中可能包括在战争中丧生的朋友。他对童年加以理想化，在这背后可能隐藏着他对战争的伤怀，例如《隐退》("The Retreat")一诗，仿佛预示了华兹华斯和布莱克的诗风。

> 那幸福的早年！熠熠闪亮，
> 在我天使般的童年时光。
> 我不知道我是接受指派，
> 来这里参加第二场比赛，
> 或告诉灵魂什么是幻梦，
> 满脑子都是洁白的天空；
> 我刚离开我最初的爱恋，
> 还没有走出一二英里远，
> 在片刻之间，我侧过头来，
> 就能瞥见他脸上的光彩；
> 我面对镀金的云和花朵，
> 全心身凝视着依依不舍，
> 在荣耀相对暗弱的地方，
> 我窥见永恒的依稀影像。

托马斯·特拉赫恩（Thomas Traherne，约1636—1674）是赫里福德郡的一个鞋匠的儿子，曾就读于牛津大学布拉斯诺斯学院，并受任命成为一名神职人员。他的散文集《沉思集》(*Meditations*)收录的文章是第一次用英语写实地描述儿童眼中世界的尝试。这些散文丢失了两个世纪，直到1908年才得以出版。他的诗也丢失过，1896年在一辆街头的手推车上被重新发现。

他有几首诗像《沉思集》中的散文一样，是对童年的真实回忆。例如，在《水中的阴影》("Shadows in the Water")一诗中，特拉赫恩回忆，自己小时候曾经以为，水塘里的倒影是真实的人。但是诗中的童年大多倾向于理想化。在《准备》("The Preparative")一诗中，诗人记得或想象自己记得，他在刚出生时，一度是纯粹的意识，没有自我，甚至不知道有身体的存在。

> 当时，灵魂是我的全部财产，
> 　一只活的、无限的眼，
> 比天空更宽广、辽远，
> 其权力、行动和本质就是观看。
> 　我是光的内向的范畴，
> 或是个没有终点的视觉圆球，
> 　一个无限的、活的白天，
> 一个有生命的太阳，光芒照遍
> 　　所有的生命与感知，
> 一种赤裸、简单、纯粹的睿智。

在《梦想》("Dreams")一诗中（亦如在《沉思集》中），他发展了这种观念：现实只存在于我们的思想中，而不存在于物质世界中。

> 思想！思想肯定是真实的存在；
> 它们跟事物一样，令人愉快：
> 　　不不，事物是死的东西，
> 它们早已将灵魂割去，
> 没有我们的思想，它们就
> 头脑空空。思想是真实的存在，
> 从那里涌现所有的快乐与悲哀。

这样一条逻辑论证的思路，将特拉赫恩引向一个理论，这个理论显然是原创的（而且在他那个时代是危险的非正统理论）：上帝只有通过观察人类思想中的反射，才能享受他的创造成果。《沉思集》中的散文详细阐述了这个观点，而他在诗中也有所表达，例如《思想之二》("Thoughts II")：

> 一种微妙而温柔的思想，
> 　在他的造物中找到事物的真相，
> 　　这是他一切工作的成果，
> 　　　由我们设计，
> 　　　提出并授予。

《修正》("Amendment")一诗发展出同样大胆的想法——说它大胆，是因为它让上帝依赖人类，这种表述在特拉赫恩的时代会被认为是亵渎神明的：

> 神灵无法欣赏
> 天空，或者太阳，
> 空气、大地、海洋、森林，
> 或星辰，除非它们取悦人的灵魂。

所以，在特拉赫恩的理论中有一个互惠原则：上帝创造了世界，而人类从中找到了欢乐，并且：

> 这些是我们回馈上帝的东西。

像沃恩一样，特拉赫恩在他的诗中也回望童年，将它视为完美的时光：

> 我的降临多么像天使！（《奇迹》["Wonder"]）

孩子还没有堕落，就像乐园里的亚当：

> 我是那里的亚当，
> 一个小亚当，在欢乐的
> 氛围中……

但是随着他的长大，成年人教他珍视那些无价值的东西——金钱、玩具、宠物马，或者"一些无用的花哨的书"。就这样，正如他在《背叛》("Apostasy")一诗中表示的，他的灵魂"被快速地谋杀"：

> 我在他们的习俗中沦陷，
> 对闪亮的天空感到陌生，
> 迷惘，像垂死的火焰。

第十三章
来自彼岸世界的诗歌

约翰·弥尔顿

约翰·弥尔顿（John Milton，1608—1674）通常被认为是继莎士比亚之后最伟大的英国诗人。他的父亲是一名负责法律文件的"誊抄员"，也是一个放贷人，但还是一位音乐家和作曲家。弥尔顿也是音乐家，音乐在他的诗歌中无处不在。他曾在伦敦圣保罗公学和剑桥基督学院接受教育，大学毕业后没有急于找工作，而是着手一项继续教育的计划。他还到意大利旅游，在那里遇到了天文学家伽利略，并聆听了早期的歌剧，也许是蒙特威尔第的作品。

他的第一本诗集出版于1645年，其中包括一个名为《科马斯》(Comus)的假面剧,他在创作时就计划好由一个贵族家庭的孩子们表演。弥尔顿并不认识这些孩子,但他父亲的朋友、作曲家亨利·劳斯是他们的音乐教师。

也许是因为淘气,年轻的弥尔顿并没有把他最美的诗歌献给那些贵族的孩子,而是献给了邪恶的诱惑者科马斯。科马斯是个神话人物,是荷马史诗《奥德修纪》中的女巫喀耳刻的儿子,他记得他母亲的歌声美妙得甚至连海怪都为之着迷:

> 西拉
> 在哭泣,斥令她那些狂吠的
> 波浪静下来细听,并且叫
> 查里布提斯喃喃地柔声赞赏。[1]

他对自然界(孩子们会以为那只是令他们迷失其中的可怕的森林)做出了诗意的回应,想象鱼虾在跳着摩利斯摇摆舞:

> 海峡、海洋带同所有的鱼虾,
> 迎着月亮跳起摩利斯摇摆舞;

---

[1] 译文引自朱维之译《科马斯——假面剧》(《弥尔顿抒情诗选》,上海译文出版社,1993年)。译文中的西拉,现通译斯库拉;译文中的查里布提斯,现通译卡律布狄斯。下文所引四行同此。

并想象大自然中有一群忙于劳作的工人，包括：

> 千百万纺织的虫儿去工作，
> 在绿色的工厂中纺出柔软的发丝。

在诗歌中，虫，甚至蚕，是很少得到尊重的，但年轻的弥尔顿不厌其烦地想象它们的劳动场景。

1645年出版的诗集中还有一首著名的长诗《黎西达斯》(*Lycidas*)[1]，哀悼他的一位在海难中溺死的大学朋友。弥尔顿可能跟他不是很熟，所以采用了有点造作的牧歌形式，林泽仙女和牧羊人纷纷登场。18世纪著名的评论家约翰逊博士讨厌牧歌，他贬责这首诗"随意而庸俗，所以令人厌恶"，可对于丁尼生来说，这首诗是"检验诗歌品位的试金石"。尽管约翰逊博士贬责《黎西达斯》，但这首诗已经预示了《失乐园》(*Paradise Lost*)的宏伟，比如诗中描写的纵观康沃尔郡海岸的情景：

> 那儿有伟大的守望者的岗哨山上
> 可以监视拿曼柯斯和巴约那的哨岗。[2]

科马斯对微小事物的关注，在《黎西达斯》中也

---

[1] 或译为《利西达斯》。
[2] 译文引自朱维之译《黎西达斯》(《弥尔顿抒情诗选》，上海译文出版社，1993年)。下文所引短语同此。

复制了一次，那些表示哀悼的鲜花里有"缀有黑色斑点"的三色堇。弥尔顿以创造新词著称，他所造的新词甚至比莎士比亚还要多（他造了六百三十个，而莎士比亚只造了两百二十九个），freaked（缀有斑点）就是其中之一，用以形容三色堇的花瓣上看上去不太整齐的黑色斑点。

同样在1645年出版的诗集中，还有弥尔顿的那首作于1629年圣诞节的著名的《圣诞清晨歌》("Nativity Ode")，在这首诗中，通常表现温柔的耶稣被一个幼儿版的赫耳枯勒斯（Hercules）[1]取代，他击败了异教神祇，即"地狱的精灵"；以及两首以轻松的短行双韵体[2]写成的诗：《愉快的人》(L'Allegro) 和《沉思的人》(Il Penseroso)。可以想见，第二首诗似乎更符合弥尔顿的风格，诗中想象了孤独的乡间漫步以及挑灯夜读的理想生活：

> 让我点灯，直到夜半，
> 在孤独的塔楼上摇曳可见。[3]

---

1 即古希腊神话中的赫剌克勒斯（Heracles），赫耳枯勒斯是他在古罗马神话中的名字。他是希腊神话中最著名的大力神，是荷马史诗中的重要人物。据说他在幼年时曾徒手杀死前来伤害他的两条毒蛇，因此在造型艺术中，常被刻画成扼死毒蛇的幼儿形象。
2 这里的短行是指音步数相对较少的诗行，节奏短促；双韵体是指每两行一组相互押韵的诗体。
3 译文引自朱维之译《沉思的人》(《弥尔顿抒情诗选》)。

弥尔顿信仰自由。他认为世袭君主制是可笑的，教会是一个骗局，而主教们则穿着奇特的锦衣华服，靠劳动阶层缴付的"什一税"或各种税赋为生，把持着特殊的教会法庭，惩罚那些与他们政见不同的人群。他写过好多篇反对主教的短文，对他们充满了厌恶和蔑视，因此，英国内战爆发时，他就与国会议员站在同一个战线。

事不凑巧，在此之前他刚娶了十六岁的玛丽·鲍威尔，而她来自保皇党的家庭，所以结婚后一个月她就回娘家了。于是，弥尔顿不再攻击主教，而是撰写小册子要求离婚合法化。这些小册子引起轩然大波，于是他又撰写了他最著名的小册子《论出版自由》（*Areopagitica*，1644），倡导新闻自由。

所有这些事情，把他写诗的时间差不多都挤掉了，后来他就更加没时间了。保皇党失败之后，玛丽和鲍威尔一家垂头丧气地回来，弥尔顿慷慨地接纳了他们。玛丽分别于1646年和1648年为他生了两个女儿。与此同时，国会议员注意到他在撰写的小册子中展露的文学才华，任命他为克伦威尔的秘书，正是在这个职位上，他公开为处死查理一世提供了正当的理由。

1650年后的十年，对弥尔顿来说是灾难性的。妻子玛丽和年幼的儿子相继去世。他再度结婚，但是第二任妻子和刚出生的女儿也随即去世。他的视力连续几年不断衰退，到1652年已完全失明。他似乎永远也不能写出他立志完成的伟大诗篇。在十四行诗"我想到，我的生命还未到中年"（"When I consider how my light is spent"）中，他讲述自己大声抗议上帝的不公，然后又提醒自己，他和他的雄心对上帝来说都毫无意义：

> 上帝不需要
> 人的劳作或回报，好好地担起
> 上帝的轻轭，就是最好的侍奉。
> 他君临万物，数千名天使接到
> 命令，会迅速跑遍海洋和陆地：
> 那些站着等待的，与侍奉相同。

于是他开始等待，终于奇迹发生了。他发现有一个超自然女性，他称之为"天庭的诗神缪斯"，每天晚上在他睡着的时候，向他口授自己的诗歌。她每次口授一段，每段大约四十行，他醒来之后就给在场的人口述，让对方听写下来。就这样年复一年，他那首伟大的长诗日积月累，逐渐成形。

对我们来说，那位"天庭的诗神缪斯"很显然是他误认的，那首长诗实际上来自他自己的头脑——有人会说是无意识。但他自己不这么想。他在《失乐园》的开头说，向他口述自己诗歌的缪斯，就是当年赋予摩西以灵感，激发他写下《旧约·创世记》的那位缪斯。换句话说，《失乐园》凭借它给《圣经》增添的许多内容，与《圣经》享有同等的权威地位。至少弥尔顿是这么想的。

许多读过《失乐园》的人都觉得撒旦是这首长诗里的英雄。在诗的开头,上帝以其不可战胜的力量将他从天堂掷出,锁定在地狱里的一片燃烧的湖中。但他并不认输。

> 我们损失了什么?
> 并非什么都丢光:不挠的意志、
> 热切的复仇心、不灭的憎恨,
> 以及永不屈服、永不退让的勇气。[1]
>
> (第一卷第105—108行)

我们可以将其视为英雄主义,但是这首长诗告诉我们,英雄主义有可能是邪恶的。

撒旦逃离地狱,向上飞到地球,在伊甸园找到了亚当和夏娃。他们的美丽让他震惊,他们的天真让他哭泣。然而他决心毁掉他们:

> 你们的天真无邪,使我不忍心,
> 却也有诉诸于公众的正当理由:
> 我为了复仇,才想通过征服
> 新世界而扩大我的荣誉和权位,

---

[1] 译文引自朱维之译《失乐园》(上海译文出版社,1984年)。下文所引三小节同此。

否则，我虽坠落也厌恶这样做。

（第四卷第388—392行）

于是，撒旦伪装成蛇，说服夏娃吃了禁果，他知道这意味着夏娃和她所生的整个人类都将死去。亚当也吃了禁果，因为他知道夏娃会死，不忍心失去她：

没有你，我怎么能活下去呢？
怎么能放弃和你愉快的谈话，
深结的爱，而孤单地活在野林里？

（第九卷第908—910行）

上帝为什么允许这一切发生呢？他什么都知道，包括未来，他为什么不插手阻止？弥尔顿需要回答这些问题，因为他的目标是证明上帝对人的方式是合理的，即"昭示天道的公正"（第一卷第26行）。他的回答是，上帝必须赋予亚当和夏娃以自由意志，否则他们就不可能成为人类，而是机器人（或者像弥尔顿在《论出版自由》中论述这个问题时所说的，是游乐场中的木偶）。

在他创作这首长诗的时候，政治潮流开始转向。克伦威尔去世，共和国瓦解，查理二世复辟。随之而来的是政治报复。曾经签署查理一世死刑命令的人都被残酷地处死。弥尔顿被得意洋洋的保皇党人围攻，甚至被监禁过一段时间，他一定惧怕过最坏的后果。他在长诗的第七卷中祈求他的诗神缪斯保护他,将自己比作神话诗人俄耳甫斯,因为俄耳甫斯曾被喝醉酒的暴徒撕成碎片,尽管他的母亲是缪斯女神卡利俄佩。

> 驱逐巴克斯和他那些纵酒之徒,
> 在洛多坡把赛雷斯的歌人撕碎的
> 野蛮狂暴种族的骚音。
> 那时林木、岩石都闻歌起舞,
> 但野蛮的骚音淹没了歌声、琴音,
> 连那位缪斯女神也不能救她的儿子。
> 您千万别让向您祈求的人失望,
> 因为您是天诗神,她不过是个空梦。
>
> (第七卷第32—39行)

人们可能会批评《失乐园》说,上帝和上帝儿子征服撒旦和他的军队,只是依靠武力,而不是依靠任何精神手段。弥尔顿的后面一首长诗《复乐园》(*Paradise Regained*)几乎就是为了纠正这个缺点而创作的。这首长诗描述撒旦在旷野上对耶稣进行试探,就像福音书里讲的那样——确切地说,它并不像福音书里讲的那样,而是由弥尔顿完全重写。尽管如此,弥尔顿坚持认为,他所描述的事情是真实发生过的,只是由于某种缘故没有记载在《圣经》文献当中。这些事情是:

暗中做下的，

并且年代久远，几乎要湮没了：

但它价值非凡，不该永久没人吟咏。[1]

（第一卷第15—17行）

在这首长诗中，耶稣没有任何武力，他只是一个普通人，独自在旷野，保持着勇气，信靠上帝。他没有运用任何神通，记忆中也没有他此前作为天国里上帝儿子而存在的内容。

撒旦不认识耶稣是谁。耶稣受洗时他在场，他听见耶稣被宣告为上帝儿子，但他不知道是什么意思。他实施各种诱惑——既有《圣经》中原有的诱惑，又有弥尔顿自己附益的诱惑——目的是找出真相。

但是他失败了。他丧失了耐心，于是将耶稣带到圣殿，把他放在最高的塔顶上，要求他往下跳。他讽刺地引用《旧约·诗篇》第91篇，其中说到上帝会派天使来"托着你，免得你的脚碰在石头上"。耶稣平静地引用经文，回应他说：

"经上也记着说：
'不可试探主你的上帝'。"

他说了这话便站立起来，

---

[1] 译文引自朱维之译《复乐园·斗士参孙》（上海译文出版社，1981年）。下文所引一小节同此。

撒旦吃了一惊,目眩而下堕。

(第四卷第560—562行)

撒旦最后"下堕",是因为他认为耶稣引用《圣经》(《旧约·申命记》第6章第16节)的意思是在告诉他,他独自与在天国的战争中击败过撒旦的上帝一起站在圣殿的塔顶上。但是,耶稣引用《圣经》的意思是不是对神格的宣称,我们无法确定。他没有对撒旦动过一根手指头,而他能够站在令人眩晕的高处,是因为他对上帝有完全的信心,这是亚当和夏娃所缺乏的。

《斗士参孙》(*Samson Agonistes*)是弥尔顿的第二部杰作,于1671年与《复乐园》一并出版,但它完成的时间可能要更早些。这部诗剧以《士师记》中的参孙故事为原本,但遵循古希腊悲剧的三一律。剧情限制在参孙生命中的最后一天,高潮是他推倒圆形剧场,与奴役他并使他双目失明的非利士人同归于尽。

弥尔顿借由参孙之口,道出了他有关失明的所有哀歌中最痛切的诗句:

啊,黑暗,黑暗,黑暗,
全部日蚀,没有半点
白昼的希望!
……
太阳在我是黑的,
好像逃离宵夜的月儿

静静地躲进她那
空虚幽暗的洞窟。[1]

(第80—82行、第86—89行)

参孙对非利士人的屠杀,曾经被解读为弥尔顿对成功复辟的保皇党人的替代性报复,也许确实如此。但在诗剧的结尾,参孙的父亲玛挪亚对大屠杀欢欣鼓舞,与目击者惊恐的禀报形成了强烈的对照:

啊!我跑到哪里了,向哪里跑
才能躲开亲眼看见的、至今仍
历历在目的可怕的景象呢?

(第1541—1543行)

也许这应当给我们一个警告,对屠杀,即使是对敌人的屠杀,也不要欢欣鼓舞,这也使我们想起弥尔顿在他写给国会议员费尔法克斯将军的十四行诗中的警告:

战争引发的岂非无尽的战争?

---

[1] 译文引自朱维之译《复乐园·斗士参孙》,但分行略作改动。下文所引一小节同此。

第十四章
奥古斯都时期

德莱顿、蒲柏、斯威夫特、约翰逊、哥尔斯密

所谓"奥古斯都时期"(Augustan Age)[1]从1680年代开始,延续到1740年代或者更晚,具体取决于你接受哪种说法。17世纪末,英国的权力基础已经从皇家宫廷转移到国会,新的时代见证了政党的形成,以及政治厮杀的迅速蔓延。与此同时,有些作家开始写小

---

1 又称"奥古斯都文学鼎盛时期",原指古罗马奥古斯都大帝执政期间的文学鼎盛时期,但在英国文学史上,这个术语特指英国17至18世纪的一个文学时期,大致上处于新古典主义时期的中期。这个时期的英国主要作家推崇古罗马奥古斯都文学鼎盛时期的著名作家,并刻意模仿他们的文学体裁和题材,表现出对社会问题的关注,并追求节制、得体和文雅的风尚。这里是指后者。

说，公共流通图书馆也开始兴起。在咖啡馆（这也是新生事物）里，人们开始对报纸和杂志上的内容进行争论。这种对阅读的兴趣，意味着作家们可以靠写作养活自己了。于是"格拉布街"（Grub Street）[1]诞生了，在阁楼上挨饿的诗人形象也出现在漫画家的笔下。

然而，有两位著名的奥古斯都时期的诗人并没有挨饿，他们是约翰·德莱顿（John Dryden，1631—1700）和亚历山大·蒲柏（Alexander Pope，1688—1744）。他们都创作政治讽刺作品，这在当时是有风险的。德莱顿就曾在考文特花园[2]被罗切斯特伯爵约翰·威尔莫特[3]雇用的暴徒殴打。蒲柏出门散步，会携带两把子弹上膛的手枪和他的德国獒"阿跃"。尽管作为诗人，他们在诗歌创作方面都基本上运用"英雄双韵体"（每行十个音节，每两行一组相互押韵的诗体），但他们两人完全不同。虽然他们两人都贴有"奥古斯都时期"的文学标签，但与古罗马的奥古斯都时期诗人相较也大异其趣。

德莱顿最著名的诗作《押沙龙与亚希多弗》（*Absalom and Achitophel*，1681）是一首讽刺长诗，旨在驳斥国会对禁止查理二世的弟弟詹姆斯（罗马天主教徒）继承英国王位的企图。可见这是对公共辩论的直接干预，旨在改变国家的前途。就这个方面而

1　即今伦敦西区的弥尔顿街，当时聚居着许多文人。
2　伦敦西区中心地带的一个地名。
3　约翰·威尔莫特（John Wilmot，Earl of Rochester，1647—1680），复辟时期的讽刺诗人，与德莱顿齐名，为人放荡不羁。

言，在之前或之后的英语诗歌中，都没有与这首诗匹敌的作品。

德莱顿的这首讽刺长诗以《旧约》中的故事为原本，将查理二世比拟为大卫王，将查理二世的私生子蒙茅斯公爵比拟为押沙龙。亚希多弗则是沙夫茨伯里伯爵，他是反天主教的头面人物，竭力想让蒙茅斯公爵（新教徒）登上王位。德莱顿运用英雄双韵体的诗句，将他描写得危险而复杂，有点像弥尔顿笔下的撒旦：

> 亚希多弗被列于叛逆者之首，
> 他的名字让所有的后代诅咒。
> 周密筹划，将阴险的诡计献上，
> 狡诈而大胆，以机巧兴风作浪，
> 不安于原则和本分，变化莫测，
> 贪心于权力，失宠又让他忐忑；
> 燃烧的灵魂，用尽他全身才干，
> 使他矮小的身材销蚀到腐烂：
> 它将这泥做的宅屋填得太满。[1]

德莱顿凭他的天纵奇才，成为历史上第一位桂冠诗人。要是他不把主要精力用于写那些早就被人遗忘的时事政治，他现在的知名度或许会更高一些。

---

1 参见《押沙龙与亚希多弗》第一部第150—158行。

蒲柏也写过时事政治，但他创作更多的还是我们至今依然认可的普适题材。他比德莱顿更加感性，也有更多怨愤。他从十二岁起就患上了骨结核，这造成他的身体扭曲，并阻碍他发育。他必须穿上紧身胸衣才能直立，并长期忍受着病痛。他的仇敌公开嘲笑他的残疾。由于他的父母是天主教徒，法律禁止他就读普通学校和上大学深造。

苦难使他怜悯苦难。他为云雀被生性好斗的猎手射杀而哀悼："它们坠落，将弱小的生命留在空中。"[1] 他怀着好奇心加以探索的那些事物，是德莱顿绝不会关心的：

> 蜘蛛的触感，那么细巧而精致！
> 感受每根线头，在线条上度日。[2]

或者，回想起弥尔顿在《科马斯》中提到的蠕虫：

> 小桑蚕纺着自己修长的茧窝，
> 劳作着，直到茧窝把自己埋没。[3]

但他也有野蛮的一面。他创作的最残酷的一幅肖像是一位朝臣，名叫赫维勋爵，蒲柏在《致阿巴思诺

---

1 参见《温莎森林》(Windsor Forest) 第134行。
2 参见《人论》(An Essay on Man) 第一部第217—218行。
3 参见《群愚史记》(The Dunciad) 第四卷第253—254行。

特医生的书信诗》(*An Epistle to Dr. Arbuthnot*)中将他描绘成斯波鲁斯(Sporus)[1]。蒲柏佯称自己的医生朋友约翰·阿巴思诺特从中阻拦，劝他不要浪费精力去讽刺那样一个不起眼的生物，这使得他的描写更加刻薄：

> 让他发抖吧——"什么？那丝织玩意？
> 那些个驴奶的白冻，斯波鲁斯？
> 讽刺或说理，唉，他哪会有感觉？
> 谁会用车轮去碾碎一只蝴蝶？"——
> 让我用镀金的翅膀拍这小虫，
> 这肮脏发臭、蜇人的彩色孩童，
> 它嗡嗡着，只会骚扰智慧与美，
> 但绝不懂欣赏美或品尝智慧。

蒲柏的这个说法并不准确，甚至是恶毒的，因为赫维勋爵已婚，育有八个子女，而且有过好几段艳史。

在蒲柏的杰作《青丝劫》(*The Rape of the Lock*)[2]中，讽刺与同情交织在一起。1711年，彼得勋爵，一个二十一岁的鲁莽的富家子弟，剪掉了一位年轻的社交界美女的一绺头发，引发了一场轩然大波。在这首长诗中，女主角叫"贝琳达"，但在现实生活中，她

---

1 古罗马皇帝尼禄的同性恋宠臣，可参见古罗马作家苏维托尼乌斯的《罗马十二帝王传》。
2 诗题或译为《夺发记》或《秀发遭劫记》。

是十六岁的阿拉贝拉·弗莫尔。蒲柏采用"戏仿英雄史诗体"的形式写下这首长诗，是希望平复双方被伤害的感情，让他们理性地看待这个事件。贝琳达由一位叫作"气精"（sylphs）的仙女守护着，她的梳妆台是一个摆满了异国珍奇的宝库：

> 印度宝石在这个奁盒中闪光，
> 那只妆匣里透出阿拉伯芳香。
> 海龟在这里和大象集结会师，
> 变形为斑驳或者洁白的梳子。

这是对财富、奢侈品以及英帝国贸易扩张的一首赞歌——所有这些对象，通常会引起蒲柏的痛斥，在这里却让他迷恋不舍。

对于贝琳达的轻浮，蒲柏的态度似乎也是分裂的。将小圣经和她梳妆台上那些乱七八糟的东西塞在一起（"粉扑、香粉、饰颜贴、小圣经、情书"），似乎是在批评她对神圣事物的轻渎。然而，当他在描写贝琳达威严地对纸牌游戏进行督战时，他自己也对神圣事物开了个玩笑。"'黑桃做王牌！'她说，黑桃就成了王牌"，这是对《旧约·创世记》第1章第3节的模仿："上帝说：'要有光'，就有了光。"这首诗的戏仿英雄史诗体的设计，本身就在嘲笑严肃，而那些"气精"的气态之身在受伤后会自行愈合，类似于弥尔顿《失乐园》中的天使。

贝琳达似乎也不很在乎贞操。她在责骂剪她头发的彼得勋爵时带有性的暗示，甚至在诱惑：

> 你这冤家！要是劫我的隐秘处，
> 或别的毛发，你不也同样满足？

蒲柏之所以这么写，是要展示她魅力的一面。在《论女人性格的书信诗》(*Epistle of the Characters of Women*)中，他对调情的女子及其下场的看法却不那么宽容：

> 看世界送给轻薄女子的奖励！
> 青春付调笑，晚年只得玩牌戏；
> 漂亮无人看，聪明也无处施展，
> 年轻不恋爱，年老了没有侣伴；
> 俘获的只有酒鬼，感情太轻佻；
> 活着遭耻笑，一死就被人忘掉。

《给科巴姆的书信诗》(*Epistle to Cobham*)中的临终场景（据蒲柏说是有事实依据的）生动刻画了女人的虚荣心，这是她们的生活原则，到死也割舍不了：

> "讨厌！穿毛纺！这样会惹恼牧师！"
> （那是可怜的纳西萨的临终之词）
> "不！让可爱的花布或机织花边

掩盖我冰凉的四肢，遮蔽我枯颜：
人死的时候，模样绝不能吓人——
来，贝蒂，给这边脸再搽点脂粉。"

蒲柏有没有谈过恋爱？好像谈过，跟玛莎·布朗特。布朗特小姐出生在一个天主教贵族家庭。他们初次相识于1705年，当时两人都还是青少年。布朗特在巴黎接受教育。蒲柏为她写过一首诗，与一本伏尔泰的书一并赠送给她。他还将《青丝劫》赠送给她。在《布朗特小姐在加冕典礼后离开小镇时写给她的书信诗》(*Epistle to Miss Blount on her Leaving the Town after the Coronation*)中，蒲柏称自己是她的"奴隶"，他描写自己在伦敦的喧嚣中"出神"地站着，并思念着她。他在遗嘱中将自己的藏书都留给她，外加一千英镑——这在当时可是一笔不小的数目。可他们两人到底是不是恋人，终究没人知道。

蒲柏自认为是一个道德家：

你是否想问我受过什么激怒？
美好对丑恶抱有强烈的厌恶。
无论谁冒犯了美德甚至真理，
就是冒犯我，朋友，还应包括你。
……
是的我自豪，自豪地发现人们

> 见到我就会害怕，甚于见到神。[1]

也许他是在为自己辩解，为什么有些讽刺作品显得那么残酷。

然而，尽管他是个道德家，但他首先是个诗人。作为诗人，他会被某些我们期待他谴责的东西吸引。这种情况发生在《青丝劫》里，后来又发生在《群愚史记》（The Dunciad）中。《群愚史记》这部戏仿英雄史诗，按计划是对"愚痴"的讽刺，蒲柏在这部作品中，聚集了许多与他同时代的作家——真实且活着的、他认识并且鄙视的人——将他们安排在戏仿英雄史诗的游戏中，模仿各种丑怪形象。他们在污秽中打滚，竞相把"冒着烟的"尿液水柱射向空中，并在泰晤士河被污染的泥泞中参加跳水比赛。

蒲柏饶有兴趣地对这些加以描绘，还一本正经地提醒说《群愚史记》不应被视为对他同时代作家的批评，而应被视为对奥古斯都时期文化礼仪的逃逸。蒲柏利用这种手法成功地进入儿童的世界，在那里，污秽和肉欲可以免于羞耻或抑制。他回到识字之前的婴儿时期，得以亲近一直令他着迷的混乱和疯狂，以及弗洛伊德所谓的"无意识"。

这种对身体机能的排斥和迷恋的交织混合，在乔纳森·斯威夫特（Jonathan Swift，1667—1745）的笔

---

[1] 参见《讽刺诗的跋诗》（Epilogue to the Satires）对话之二第197—200行、第208—209行。

下也经常出现,如在《一位年轻貌美的仙女上床睡觉》("A Beautiful Young Nymph Going to Bed")一诗中就表现得特别明显。斯威夫特有两首诗非常出色,它们是《清晨即景》("A Description of the Morning")和《城市阵雨即景》("A Description of a City Shower")。他在这两首诗中特别留意日常事物。在第一首诗的清晨场景中,街头小贩在叫卖商品,一个叫"莫尔"的女人利落地旋转她的拖把,"准备将门口和楼梯擦洗干净",还有:

> 贝蒂飞速离开她主人的床铺,
> 悄无声息地弄乱自己的被褥。

在第二首诗中,猫感觉到要下雨了,变得"深沉"起来,"苏珊用绳子灵巧地绑牢裤腿",一个女裁缝翻起裙摆,"匆忙行走","雨水顺着油布伞的四边滴溜"。

塞缪尔·约翰逊(Samuel Johnson,1709—1784)于1737年作为一个贫穷的、默默无闻的乡下男孩来到伦敦,他的《伦敦》(London,1738)一诗描述了穷人在大城市里遭受的蔑视、虐待和人身危险。"在这里,各种罪行都畅行无阻,唯独贫穷遭人痛恨。"这首诗是对尤维纳利斯诗风的模仿,他的《人类希望之虚幻》(The Vanity of Human Wishes,1749)也是模仿之作,并对希望加以讽刺。对约翰逊来说,希望不是一种美德,而是一种诅咒,因为它会诱使受害者产生宏伟的野心。他提醒说，痛苦是普遍的，即使你成功了：

> 别指望生活没有痛苦或危险，
> 或妄想人类厄运会为你逆转。

他对傲慢与宏伟都十分厌恶（这是典型的英国人性格），这种厌恶在《罗伯特·莱韦特医生之死》(On the Death of Dr Robert Levet) 一诗中找到了独特的表达方式。这首诗哀悼一位羞怯的、默默无闻的医生，他为伦敦的穷人治病，通常是免费的。约翰逊深沉的基督教信仰，反映在结尾处对于"才干"的寓言的引用[1]。

> 他的美德在窄路上盘桓，
>   既没有停顿，也没有缺空，
> 那永恒的主人准已发现
>   简陋的才干被妥善利用。

奥利弗·哥尔斯密（Oliver Goldsmith，1728—1774）[2]也将讽刺的矛头对准了傲慢与宏伟。他是一名爱尔兰牧师的儿子，属于约翰逊的文学圈，写过著名的喜剧《屈尊求爱》(She Stoops to Conquer)。他的长诗《荒村》(The Deserted Village) 选取批判的视角，

---
1 参见《新约·马太福音》第25章第14—30节。
2 又译作戈德史密斯、戈尔德史密斯。

审视了18世纪超级富豪们追求辟地造园的狂潮——那次狂潮催生了"英国国家名胜古迹信托"(National Trust)的那些展品,对此我们至今依然啧啧称叹。哥尔斯密提醒我们,为了建造那些庞大而无用的游乐园,古老的村庄被拆除,乡村生活的温和节奏被扼杀,幸存者加入浩浩荡荡的移民队伍,去到美洲的荒野,面临不确定的未来。他想象中的村庄("奥本"[Auburn])可能是牛津附近的努纳汉姆考特尼(Nuneham Courtenay),该村庄在1756年被第一代哈考特伯爵摧毁并迁到别处,以便再建一座帕拉迪奥风格的新古典主义别墅,园林的绿地由"能人"布朗设计。

然而,在同情受害者的同时,哥尔斯密还是忍不住拿乡村生活的局限性开了个玩笑。他只用寥寥几句犀利的话语,就刻画出那些活脱脱的形象——"放声大笑谈论着痴呆的思想",或者村民们在听那位塾师讲话的时候会感到疑惑:"恁小个脑袋竟装下恁多知识。"这首长诗保留了嘲笑这个元素,从而将嘲讽与道德结合起来——这是奥古斯都时期诗歌的两大支柱。

第十五章
18世纪的另一面

蒙塔古、埃杰顿、芬奇、托利特、利波、伊尔斯利、巴鲍德、布拉迈尔、贝利、惠特利、达克、克莱尔、汤姆森、柯珀、克雷布、格雷、斯马特

有关奥古斯都时期文学的论著经常忽略女性作家,但18世纪女性出版的作品比以往任何时期都要多。英国当时最著名的女作家是玛丽·沃特利·蒙塔古夫人(Lady Mary Wortley Montagu,1689—1762),她出生于贵族家庭,从小自学拉丁语,在十五岁时就已经在两个抄本上写满了诗歌。在她的丈夫成为英国驻君士坦丁堡大使之后,她创作的《大使馆书信集》(*Embassy Letters*)生动地描述了奥斯曼帝国的女性的美丽和热情好客,以及她在土耳其浴室的亲身经历:她的紧身胸衣引起一片欢闹,并被视为西方男性禁锢

女性的枷锁。

她向土耳其人学习接种天花的知识，她不仅让自己的孩子接种疫苗，还劝说威尔士王妃卡罗琳也去接种。在蒙塔古夫人的一首《城镇牧歌》(*Town Eclogues*)中，一个感染天花的受害者，"可怜的弗拉维娅"，哀叹自己的美貌被毁。蒙塔古夫人年幼时也染过天花，但或许是画师为了讨好她，在她的肖像画中并没有留下疤痕。她晚年周游欧洲，找到弗朗切斯科·阿尔加罗蒂伯爵当她的情人，并与他在威尼斯同居。

萨拉·菲吉·埃杰顿（Sarah Fyge Egerton，1668—1723）在十四岁时就创作了《女律师》(*The Female Advocate*)一诗，因此小有名气。由于复辟时期的次要诗人罗伯特·古尔德（Robert Gould）曾对女性加以讽刺，这部作品就是针对古尔德的猛烈回击。埃杰顿驳斥古尔德将女性描写为傲慢、情欲炽烈和反复无常的，她断言女性是优越的，而男性本身不过是"一种贫瘠的性别，而且微不足道"。她在后期的诗作如《模仿》("Emulation")中谴责"暴君习俗"排斥妇女接受教育，从而使她们成为"彻头彻尾的奴隶"。

除此之外，还有一些女诗人也支持女性主义，并主张女性在心智和精神上的平等，包括温切尔西伯爵夫人安妮·芬奇（Anne Finch, Countess of Winchelsea，1661—1720）和伊丽莎白·托利特（Elizabeth Tollet，1694—1754），她们创作宗教诗和哲理诗，还翻译古希腊罗马文学，并嘲笑男性惧怕受过教育的女性。玛丽·利波（Mary Leapor，1722—1746）提出了同样的观点，尽管她本人几乎没有受过正规教育。她是一名园丁的女儿，自己又是厨房女佣，但她抓住一切机会学习知识。她曾因在工作时间读书和写作，被东家解雇。她的《论女人》(*Essay on Women*)揭示了受过教育的女性会同时遭到男性和女性的疏离：

> 姑娘们看她时眼里带着恶毒，
> 男人因发觉仙女聪明而恼怒。

利波因患麻疹而英年早逝，她的诗歌在她死后由一位女性朋友出版。布里斯托尔的挤奶女工安·伊尔斯利（Ann Yearsley，1752—1806）是一位劳动阶层的女作家，她在生前出版了四本诗集以及一首《论奴隶贸易之不人道的诗》(*A Poem on the Inhumanity of the Slave Trade*，1788）。在她的《冷漠的牧羊女致科林》("The Indifferent Shepherdess to Colin")一诗中，说话者的情人想象她会落入婚姻的陷阱，而说话者对此加以驳斥：

> 我不会做个奴仆，
> 除非我心已破碎，
> 我对你从不在意，

也绝不为你下钩：
回去惭愧吧伙计，
为那爱情和自由。

然而，伊尔斯利最后还是嫁给了一个"约曼"（自耕农），他们养育了六个孩子。

有关浪漫主义运动的论著，跟前述奥古斯都时期一样，也都经常忽略女性作家，但这个时期女性作家的影响非同小可。1785年，安娜·利蒂希娅·巴鲍德（Anna Laetitia Barbauld，1743—1825）与丈夫一起前往革命的法国，她的激烈反应，曾经有助于激发华兹华斯和柯尔律治的灵感，尽管他俩后来又起来反对她。她的《一八一一年》(*Eighteen Hundred and Eleven*，1812）是一首尤维纳利斯风格的讽刺诗，对于反法战争加以谴责，并警告说英国即将遭受灾难（"毁灭，像地震的冲击，就在这里"）。虽然灾难并没有发生，但这首诗中关于美国将取代英国成为世界强国的预言，在当时听起来很荒谬，如今已被证实。这首诗如今被视为她的杰作，但在当时遭到过野蛮的批评，致使她在生前没有再发表过任何其他作品。

浪漫主义一方面渴望革命性的变革，另一方面又追求大自然的永恒，在这两者之间进退维谷。在坎伯兰诗人苏珊娜·布拉迈尔（Susanna Blamire，1747—1794）的诗里，大自然占有主导地位。后人评价她是浪漫主义时期最伟大的女诗人，但她发表的作品很少，她偏爱在私下里传播自己的诗歌。她喜欢在户外写作，坐在自己花园的溪流旁，有时候弹吉他、吹法拉久列特笛（一种木管乐器），并将自己的诗稿钉在树上。她最受推崇的作品是《斯托克洼》(Stoklewath)，记录了坎伯兰地区某个村庄的生活，并将它与美洲原住民社区的生活（由一个从美国独立战争回来的老兵讲述）联系起来，这两种生活都与大自然和谐相处。《修女归来》(The Nun's Return，1790）则表达了诗人对法国革命的热烈支持，而更早的《为快乐男孩写的哀歌》("Lament for the Happy Swain")是她在二十岁时经历了失恋之后写的，一直被视为华兹华斯和柯尔律治浪漫主义诗歌的先声，而当时他们俩都还没有出生。

诗人兼剧作家乔安娜·贝利（Joanna Baillie，1762—1851）是更年轻一代的浪漫主义作家，她在全家搬迁到伦敦之前，根据对自己童年时代在苏格兰乡间漫步的回忆，创造了一个她自己的想象世界。她是一位苏格兰教会牧师的女儿，有时候很严厉。她有一首令人难忘的诗作《一位母亲对她醒来的婴儿说话》("A Mother to Her Waking Infant")，在这首诗中，那位母亲斥责婴儿缺乏比较高级的人类能力，包括思想、语言和对他人想法的顾及。人们常常对婴儿过于情绪化，这首诗是治疗这种病的有效良药。

安·伊尔斯利等女性主义诗人提倡反对奴隶贸易，而菲莉丝·惠特利（Phillis Wheatley，1753—1784）

本人就曾经是个奴隶,而且成为第一位知名的非裔美国女诗人。惠特利出生于西非,七岁时被卖到奴隶市场,后来运往美国,一个富有的波士顿家庭将她买下作为佣人并提供教育。她从十二岁开始阅读古希腊语和古罗马拉丁语经典,并从十四岁开始写诗。1773年,二十岁的惠特利与那个波士顿家庭的一名成员共同前往伦敦,并出版了《宗教与道德主题诗集》(*Poems on Subjects Religious and Moral*),因为她在波士顿没找到出版商。她受到英国政界要人的欢迎,获准受乔治三世的接见,但还没到接见那天她就回到了美国。在与那个波士顿家庭共同生活期间,她成了一名虔诚的基督徒,并在《论从非洲被带到美国》("On Being Brought from Africa to America")一诗中,告诫她的教友们:

> 请记住:基督徒、黑奴,黑得像该隐,
> 也可以净化,并加入天使的行列。

惠特利的奇特经历,男性诗人都无法与之相比。但是有一位男性诗人打破了18世纪阶级结构的壁垒,他就是斯蒂芬·达克(Stephen Duck,1705—1756)。他出生于威尔特郡的农业劳动者家庭,十三岁时离开慈善学校,开始从事田间劳动。他的《脱粒机的劳动》(*The Thresher's Labour*,1730)一诗以有力的笔触,描写了他的残酷的工作条件,被誉为未受过教育的天才的作品。它成为一种新的体裁的典范，工人阶级作家也可以讲述自己的日常生活。达克得到了卡罗琳王后的庇护，被任命为萨里郡拜弗利特的牧师。

达克以"农民诗人"著称，要不是在19世纪被更优秀的诗人约翰·克莱尔（John Clare，1793—1864）盖过，他的名气可能会更大。克莱尔作为劳动者的儿子，从儿童时代起就是一名农业劳动者。他用北安普敦郡方言写作，使用非标准的语法和拼写。他观察大自然和野生动物，包括鸟类、昆虫、兽类，他比其他浪漫主义诗人更敏锐和博学。他最有名的诗"我是——但我是谁没人在乎或知道"（I am—yet what I am none cares or knows）是他在生命的最后几年里写的，当时他已经是北安普敦精神病院的病人。

克莱尔是一个特征明显的诗人，但奇怪的是，他对诗歌的迷恋竟然是由于读了詹姆斯·汤姆森（James Thomson，1700—1748）的一首组诗《四季》（*The Seasons*）。汤姆森的这首组诗，其实是基于诗人对弥尔顿的素体诗的拙劣模仿，然后以其错综复杂的诗歌语言创作而成的。然而，这首组诗极其受人欢迎，不仅为克莱尔提供了灵感，而且还启发过作曲家约瑟夫·海顿，以及画家托马斯·庚斯博罗和透纳。[1]

威廉·柯珀（William Cowper，1731—1800）是一位更具原创性的诗人，他以其漫谈对话式的、几乎是

---

[1] 约瑟夫·海顿（Joseph Haydn，1732—1809），奥地利古典作曲家；托马斯·庚斯博罗（Thomas Gainsborough，1727—1788），英国肖像画家；透纳（J.M.W. Turner，1775—1851），英国浪漫主义风景画家。

意识流的六卷本素体长诗《任务》(*The Task*, 1785), 为诗歌指明了新的方向。这首长诗掺杂了他对许多议题的想法, 包括奴隶制的罪恶、血腥竞技的残酷、园艺、神的意旨, 以及乡村生活的乐趣("上帝创造出乡村, 人造了城镇")。简·奥斯汀在她的小说中经常引用这首诗, 它的随意抒写的诗风也滋养了浪漫主义诗歌。柯尔律治就欣赏它的"神圣的闲谈"[1]。

作为牧师的儿子, 柯珀经历了两次精神失常, 备受精神折磨, 但他相信自己是被选出来接受永恒诅咒的。这是他的《漂流者》("The Castaway")一诗的主题, 它基于柯珀读到的一个真实事件, 一名水手被卷入海中, 在痛苦的挣扎和呼救之后溺水身亡。这首诗的大部分内容是写那个注定溺死的男人的可怕的磨难。最后, 柯珀将水手的命运与他自己的命运做了一番比较:

> 我们俩各自消亡,
> 可我在更糙的海底长眠,
> 淹没在比他更深的深渊。

这份自我怜悯, 令人读后动容, 但也显示了柯珀的妄想之严重。

乔治·克雷布 (George Crabbe, 1754—1832) 在

---

[1] 语见柯尔律治1796年12月17日致约翰·特尔沃尔(John Thelwall)的书信。

《乡村》(*The Village*，1783)一诗中为诗歌找到了另一个方向。他是一名外科医生，后来成为一名牧师，所以他能看到生活最基本的一面。他讥讽地表示，他的诗是写给那些"温柔的灵魂"看的，他们"幻想着乡村生活是安逸的"，他向这些人展示了更真实的中下阶层的乡村生活。拜伦称他为"大自然最严厉，但也是最好的画家"。实际上，克雷布是在用英雄双韵体写作短篇小说，这种向叙事题材的转变，预示了小说阅读和公共外借图书馆的新时代，它使得诗歌的读者数量有所减少。

在18世纪的诗人中，对后代人的思想和语言影响最深的是托马斯·格雷(Thomas Gray，1716—1771)。他是一个完美主义者，生前只发表过十三首诗，他一辈子都安静地住在剑桥的一座学院里，钻研古希腊罗马文学。他的《墓畔哀歌》(*Elegy Written in a Country Churchyard*)从1751年发表以来，一直是英诗中最受喜爱的篇目之一。它的主题是普适和永恒的——宏伟之虚幻：

> 门第的炫耀，有权有势的煊赫，
> 凡是美和财富所能赋与的好处，
> 前头都等待着不可避免的时刻：
> 光荣的道路无非是引导到坟墓。[1]

---

[1] 译文引自卞之琳译《墓畔哀歌》(《英国诗选》，湖南人民出版社，1983年)。下文所引《墓畔哀歌》一行同此。

那只是格雷天才的冰山一角,他创造的许多短语后来都成了我们熟悉的引用语。这种才能可能是源于他对古希腊罗马文学的研究,也可能是借助于拉丁语的那种简洁的、格言式的文字表达能力。他的某些诗句具有谚语般的感染效果,例如《遥望伊顿公学颂》(*Ode on a Distant Prospect of Eton College*)中有一句"既然糊涂是幸福,/聪明就是个错误"(他母亲是个帽商,一生劳苦将儿子送进伊顿公学[1]深造),又如《墓畔哀歌》中有一句"远离了纷纭人世的钩心斗角"。但《墓畔哀歌》不只是一堆老生常谈的合集,它提出一个论点:看似卑微的人值得尊重,因为世上的统治者犯下的罪行,他们绝不会犯。

18世纪被称为"理性的时代",所以不太会产生优秀的宗教诗,在疯人院里创作的宗教诗就更少,但这恰恰是克里斯托弗·斯马特(Christopher Smart,1722—1771)的成就所在。斯马特是剑桥大学的毕业生,他以平庸记者的身份勉强维持生计,但在1757年,他因无法治愈的精神疾病,被送进伦敦贝斯纳尔格林专门收治贫困精神病患者的圣卢克医院。在那里,他写下了一部杰作《喜乐羔羊》(*Jubilate Agno*),这首长诗直到1939年才得以发表。它成功地打破了奥古斯都时期诗歌中常见的严格形式,描写了许多造物(老鼠、鸟、昆虫、花、物质粒子),特别描写了他的

---

[1] 英国最著名的贵族学校,位于伦敦西郊泰晤士河畔的温莎小镇,创办于1440年,有"精英摇篮"之称。

猫,那是他在精神病院里唯一的伴侣:

> 因为我要考虑我的猫,杰弗里。
> 因为他是永生上帝的仆人,每天都按时服侍上帝。
> 因为一看见东方上帝的荣耀,他就以自己的方式敬拜。
> 因为他以优雅的敏捷,将身体环绕七圈后完成。

这话听起来有点奇怪,但它确实与《圣经》相符,依据是《旧约·诗篇》第148篇,它号召所有的造物以自己的方式敬拜上帝,就像杰弗里一样。

第十六章
公共诗歌
通俗歌谣与赞美诗

歌谣与赞美诗是音乐与文字的结合。也许你会说它们属于歌曲史,而不属于诗歌史的范畴,但从另一方面看,有许多人在几百年前只听民歌手唱歌谣,或在几百年后只到教堂唱赞美诗,他们很可能一辈子都不曾与其他的诗歌形式有过任何接触,歌谣与赞美诗就是他们的全部诗歌,所以我们在这里专辟一章加以论述。

歌谣的创作年代很难确定,但是相当多的英国歌谣似乎都是在17和18世纪创作的。有些还走向国际,传播到欧洲的其他国家,甚至由移民带到了美国。许多歌谣以多个版本保存下来，因为它们是口口相传的，每个民歌手都会根据自己的需要做一些改动。歌谣总集的标准版本，是弗朗西斯·詹姆斯·蔡尔德[1]汇编的《英格兰与苏格兰流行歌谣集》(*English and Scottish Popular Ballads*，1882—1898)，其中收录了三百零五首歌谣。

每一首歌谣都讲述一个故事，而且往往是不幸的爱情故事。例如，在《邦妮·芭芭拉·艾伦》("Bonny Barbara Allen")中，一个女人嘲弄自己的情人，致使她的男人伤心而死。于是女人追悔莫及，也伤心而死。但是大多数歌谣并不是那么温情脉脉的，最常见的主题是性和暴力，经常发生强奸、谋杀、乱伦，以及父兄们出于报复而杀死女人的所谓"荣誉处决"(honour-killing)。人物则多半属于上流社会——国王、伯爵、领主、骑士——但几乎没有一个是真实的历史人物，他们就像童话故事中虚构的"贵人"。

有一首题为《梅丝丽女郎》("Lady Maisry")的歌谣，它综合了上述多个主题，显然颇为流行，保存在多个版本中，只是女主人公的名字不同。它的基本故事情节是这样的：一个女人怀孕了，拒绝与她真心爱恋的男人分开。他是一名骑士。女人的家里不愿意接受这个男人，于是把女人活活地烧死。骑士的侍从将此事告知骑士，骑士骑着马去营救，但为时已晚：

---

[1] 弗朗西斯·詹姆斯·蔡尔德（Francis James Child，1825—1896），美国学者，哈佛大学的英国文学教授。

穿着马靴、马刺等装束，
　他纵身跳入火塘，
在她美丽的嘴唇上亲吻，
　她身体噼啪作响。
为你梅丝丽，我要烧死
　你的兄弟和姐妹，
为你梅丝丽，我要烧死
　你的父母和长辈，
为你梅丝丽，我要烧死
　你家的亲戚首领，
我走到最后一个火堆，
　将自己烧成灰烬。

歌谣里的故事往往是超自然的。妖精和其他精灵族类经常乔装打扮地出现在歌谣里。在流行的"谜语歌谣"中，会有个角色出一个谜语，让另一个角色来猜（有时会安排一些可怕的惩罚，比如说，要是你猜错了，你的孩子就没了）。出谜语者很可能是某种奇异的生物，偶尔也可能是魔鬼本身。美人鱼和其他半人半兽也经常参与其间，但他们被引入故事情节，绝不是仅仅作为诗意的点缀，好比在高端的诗歌作品中可能的那样。另外，鬼魂也会出现，它们有时候是险恶的，但有时候也没什么危害，比如在《厄舍井的女人》("The Wife of Usher's Well")中，一位母亲听到她三个儿子的死讯，就祈祷他们回来。他们确实是回来了，却请求她停止祈祷，让他们安息。

女巫在歌谣的故事中也扮演一些重要的角色，她们通常是邪恶的，不像那些"聪明女人"（wise women）。"聪明女人"给患病的人配发一些民间的土药，在农村社群里提供有益的服务，但经常被当作女巫烧死。继母也差不多都是邪恶的，有时候就相当于女巫，比如《讨厌的长虫与海里的鲭鱼》（"The Laily Worm and the Machrel of the Sea"）这首歌谣，它可能起源于苏格兰北部的奥克尼群岛。Laily 的意思是"讨厌的"，Worm 的意思是"蛇"，Machrel 的意思是"鲭鱼"。这首歌谣的说话者是一个被施了魔法的男孩，他讲述了他的继母对他和他的妹妹施加了魔咒：

> 她将我变成一条长虫，
> 　躺在大树的脚底，
> 又将梅丝丽我的妹妹
> 　变成海里的鲭鱼。

> 从此每个周六的中午，
> 　鲭鱼都到我这里，
> 她拿起我讨厌的蛇头，
> 　让它枕着她的膝，
> 她用银梳子替我梳头，
> 　然后用海水清洗。

营造出这样一个超现实而凄美的幻想故事的诗人，其姓名按理应当被人记住，但事实上，他像其他所有歌谣诗人一样，都被人遗忘了。

尽管歌谣的作者被超自然的故事所吸引，但他们对自然界以及大自然的野生动物没什么兴趣。对于那些只得依赖于乡村物产生活的受众来说，浪漫主义诗人在乡村中感受到的欣喜是荒诞不经的。虽然歌谣对大自然的野生动物表现冷漠，但有一个例外，那就是《两只渡鸦》("The Twa Corbies")，而这首歌谣是广为流传的。它在精神上回应了古英语时期的盎格鲁-撒克逊诗歌，歌谣中描写啄食腐肉的猛禽在战场上盘旋。只有在这首诗里，鸟类被赋予了声音和个性。两只渡鸦发现一位骑士的尸体，其中一只对另一只说：

> 你在他雪白的颈骨上坐着，
> 　我啄出他滚圆的蓝色眼珠，
> 咱们再带回一绺他的金发，
> 　给咱日益单薄的鸟巢加固。

歌谣的一个显著特点，就是对宗教几乎没有兴趣。只有一两首例外，如《犹大》("Judas")和《富人与拉撒路》("Dives and Lazarus")，它们大致上以《圣经》故事为基础，而且歌谣中的人物经常互相诅咒。除此之外，它们似乎都不受基督教的影响。

再说赞美诗。数百年来，赞美诗一直是宗教生活的一部分。人们为了促进人类群体的团结而进行集体歌唱或吟诵活动，或许可以追溯到史前时代。到教堂唱赞美诗是新教的改良。在宗教改革之前的天主教堂里，只有唱诗班唱歌，会众保持沉默。马丁·路德改变了这种现象，他编写"合唱赞美诗"，将经文中的一些段落改编成韵文，供会众唱歌，这样即使是没受过教育的人也可以将经文内容铭记于心。他最著名的合唱赞美诗《我们的上帝是坚固的堡垒》("A Mighty Fortress Is Our God")[1]写于1529年，以《旧约·诗篇》第46篇为基础，后来被称为"宗教改革的战歌"。在所有赞美诗中，这首诗被翻译成其他语种的数量最多。

最早在英国教堂中合唱的赞美诗也是以《旧约·诗篇》为基础的，例如乔治·赫伯特对《旧约·诗篇》第23篇的改编，《爱神就是我的牧羊人》("The God of Love My Shepherd Is")。艾萨克·沃茨（Isaac Watts，1674—1748）是一个不遵奉英国国教的传道人，他写了好几百首赞美诗，其中有许多还在流传。有些赞美诗就是对《旧约·诗篇》的改编，例如《哦上帝，我们世代以来的保障》("O God Our Help in Ages Past")[2]就是以《旧约·诗篇》第90篇为基础的。但沃茨也有原创的赞美诗，例如：

---

[1] 诗题或译为《坚固保障歌》。本章内的赞美诗，有些已有中文歌曲配词，但鉴于本书属于诗歌论著，仍以忠实于原文为原则，所以在此另行翻译。
[2] 诗题或译为《千古保障歌》。

> 当我仰望那神奇的十架，
> 　荣耀的君王在上面殉难，
> 对所有珍宝，我怅然若失，
> 　并蔑视我曾抱有的傲慢。[1]

第四小节是最个性化、最热情和最富有诗意的，现在教堂里的赞美诗却省略了这部分，或许是因为它的感情表现得过于强烈，被认为是不体面的：

> 他临死的殷红，就像衣衫
> 　在树上铺展，遮蔽他身体，
> 我对全世界已是个死人，
> 　全世界对我也都已死去。

查尔斯·卫斯理（Charles Wesley，1707—1788）是卫理公会创始人约翰·卫斯理的弟弟，也是一位多产的赞美诗作者，其赞美诗包括《耶稣，我灵魂的爱人》("Jesus, Lover of My Soul")、《来吧，你期待已久的耶稣》("Come, Thou Longexpected Jesus")，以及圣诞颂歌《听，报信天使在歌唱》("Hark, the Herald Angels Sing")[2]。卫理公会传教士的传教对象包括工人阶级，甚至罪犯。他们的教理认为，所有信徒都可以

---

[1] 这首赞美诗的首行即为"当我仰望那神奇的十架"（When I survey the wondrous cross）。诗题或译为《奇妙十架歌》。
[2] 诗题或译为《新生王歌》。

确信得救，并且可以在今生达到完美。这种信仰，对安立甘宗来说是不能接受的，因此卫斯理的某些赞美诗必须经过修改才能获准进入安立甘宗的赞美诗册。他最著名的赞美诗《神圣的爱，超越一切的爱》("Love Divine, All Loves Excelling")[1]，其实是约翰·德莱顿的歌曲《最美的岛，超越一切的岛》("Fairest Isle, All Isles Excelling")的基督教版本，这首赞美诗在亨利·普赛尔[2]的歌剧《亚瑟王》(*King Arthur*，1691)中由爱神维纳斯唱出。

奥古斯都·托普莱迪(Augustus Toplady，1740—1778)是卫理公会的早期叛依者。据说，他在门迪普丘陵[3]散步时遭遇一场突如其来的暴风雨，并躲在岩石的缝隙中。在那里，他草草地写下了一首诗的开头，接着在附近的一家茶馆里继续构思。这首诗后来成为所有赞美诗中最受喜爱的一首；这首诗将托普莱迪当年躲雨的岩石比喻成基督的身躯，当他被钉在十字架上时，一名士兵用枪刺穿他的肋旁。

> 千年的岩石为我裂开，
> 让我躲藏到你的胸怀，
> 让你被枪刺的肋旁
> 水和鲜血不停地流淌，

---

1 诗题或译为《神圣纯爱歌》。
2 亨利·普赛尔(Henry Purcell，1659—1695)，又译作珀塞尔，英国巴洛克时期的作曲家。
3 英格兰西南部地名。

> 成为罪孽的双重疗法,
> 使我纯洁并免于责罚。[1]

英国诗人威廉·柯珀和英国牧师约翰·牛顿(John Newton, 1725—1807)于1778年共同出版了他们的《奥尔尼赞美诗集》(Olney Hymns)。诗集中柯珀的作品包括《哦,但愿能更近地与上帝同行》("O for a Closer Walk with God"),而牛顿的《奇异的恩典》("Amazing Grace")注定要成为举世闻名的赞美诗。牛顿一直从事大西洋奴隶贸易,但在1748年的一次海上风暴中经历了一场精神的转变。他成为白金汉郡奥尔尼的牧师,并于1773年写下了《奇异的恩典》。这首诗在美国内战中被选为解放的赞歌,在哈丽雅特·比彻·斯陀(Harriet Beecher Stowe)的反奴隶制小说《汤姆叔叔的小屋》(Uncle Tom's Cabin, 1852)中由汤姆叔叔唱出。

> 奇异的恩典。声音多甜美,
> 救了我这样的浑蛋。
> 我曾经迷路,现在已回归,
> 我已从眼瞎到看见。

19世纪的"牛津运动"(Oxford Movement)旨在

---

[1] 这首赞美诗的首行即为"千年的岩石为我裂开"(Rock of ages, cleft for me)。诗题或译为《万古磐石歌》。

使安立甘宗更接近于罗马天主教。运动的领导人之一约翰·基布尔（John Keble，1792—1866）是牛津大学的诗歌教授，他的诗集《基督教年》（*The Christian Year*，1827）收录了好多首赞美诗，包括《新的每一天早晨都是爱》（"New Every Morning Is the Love"）。但"牛津运动"中出现的最著名的赞美诗是约翰·亨利·纽曼（John Henry Newman，1801—1890）的作品，纽曼后来皈依天主教并成为红衣主教。他年轻时到意大利旅行，在途中得病了。他设法登上一艘满载了橙子等货物、开往马赛的帆船。当船驶到科西嘉岛和撒丁岛之间的海峡时，因为没有风而停航，于是他写下了"引导我，慈光"。这首赞美诗祈求指引，也期待在死后与逝去的亲人重逢：

> 久蒙你神力祝福，你定会继续
> 　　引导我向前，
> 穿越荒野和沼泽、激流与峭壁，
> 　　到黑夜消散，
> 破晓时，天使们面带微笑，这些
> 我始终深爱，如今不过是暂别。[1]

1909年，达勒姆郡的西斯坦利煤矿发生爆炸，造成一百六十六名男子和男孩死亡。但是有二十八名幸存

---

[1] 这首赞美诗的首行即为"引导我，慈光，脱离周遭的幽昏"（Lead, kindly light, amidst th' encircling gloom）。诗题或译为《慈光歌》。

者凭着一点点空气，在几乎全黑的环境中坐着，其中一个人开始哼唱"引导我，慈光"，其余的人也跟着哼唱起来。一名男孩在哼唱赞美诗的过程中，因伤势过重而死亡，但其余男孩在十四小时之后全部获救。

还有一首赞美诗也是人们处于压力和危险中会向其求助的，它就是《与我同住》(Abide with Me)。这首诗的作者与纽曼不同，他并不出名，而是一位默默无闻的乡村牧师，亨利·弗朗西斯·莱特（Henry Francis Lyte，1793—1847）。他在给一位牧师做临终陪伴时经历了新教式的皈依。他还创作其他赞美诗，包括在《旧约·诗篇》第103篇的基础上写的《我的心哪，你要称颂天上的王》("Praise, My Soul, the King of Heaven")。但《与我同住》是他的杰作。莱特患有肺结核，于是搬到法国南部，希望那里的气候可以使他活得更久，但是《与我同住》成了他的临终绝笔。据说，"泰坦尼克"号沉没时，乐队就演奏了这首赞美诗。自从1927年以来，这首诗的第一节和最后一节，传统上在足总杯决赛开球之前都会演唱。

> 与我同住，夜色很快降下帷幕。
> 黑暗渐深，主啊，请与我同住。
> 当无处求援，慰藉也不见踪影，
> 哦，与我同住，无助者的救星。
> ……
> 举起十架，在我闭上双眼之前，

在昏暗中闪耀,为我指向高天。
天的晨光破晓,地的虚影逃离,
主啊,请与我同住,生死相依。

第十七章
《抒情歌谣集》及其以后

华兹华斯与柯尔律治

威廉·华兹华斯（William Wordsworth，1770—1850）从小在湖区（Lake District）[1]长大，湖区对他和他的诗歌具有深刻的影响。他先是在霍克斯黑德文法学校和剑桥大学的圣约翰学院[2]求学，离开学校之后，他前往法国游历，当时法国大革命已经开始。他对革命事业抱有崇高的理想，曾在自传体长诗《序曲》（*The Prelude*）中回忆说，当时他充满了希望，似乎未来会

---

1 英格兰西北部的沿海地区，以温德米尔湖（Windermere）周围的自然风景著称。
2 剑桥大学的第二大学院，始建于1511年。

有一个崭新的世界："能活在那个黎明已至为幸福，/但年轻才是真正的天堂！"[1]

他爱上了一个年轻的法国女郎安奈特·瓦隆，他们的女儿卡罗琳于1792年出生。但是由于缺钱，他被迫于1793年回到英国，而当时的政治形势不允许他再次回到安奈特和卡罗琳的身边。他们始终没有像一家人一样生活在一起，1802年，他娶了一个儿童时代的朋友玛丽·哈钦森。

1795年，他遇见了塞缪尔·泰勒·柯尔律治（Samuel Taylor Coleridge，1772—1834），后者是一个非常聪明但是精神不太稳定的年轻人，也在剑桥受过教育。他们于1798年匿名发表了《抒情歌谣集及其他诗》（*Lyrical Ballads, With a Few Other Poems*）[2]。这本诗集改变了英国诗歌的方向。

诗集共收二十首诗，除四首诗以外，都是华兹华斯的作品。华兹华斯还为诗集的第二版写了一篇序言，其中给诗歌下了一个定义："强烈情感的自然流露"。他还给他的新诗体设定了目标，诗歌应当使用"人们真正使用的语言"，而避免使用18世纪常见的"诗歌用语"。

他为自己的诗歌选定的主题是穷人、老人和弃儿。《布莱克大妈与哈里·吉尔》（"Goody Blake and Harry Gill"）描写一位为了挨过冬天而不得不去偷柴火的老

---

[1] 参见《序曲》第十一卷108—109行。
[2] 简称《抒情歌谣集》。

年妇女。《她的眼神狂乱》("Her Eyes Are Wild")描写一位给婴儿喂奶的流浪妇女：

> 啜饮吧，小宝宝，再来啜饮，
> 它使我血液和头脑冷静，
> 我感到了你的双唇，宝宝，
> 正把我内心的痛苦吸掉。

《坎伯兰郡的老乞丐》("The Old Cumberland Beggar")中的乞丐坐在"杳无人烟的荒山野岭"中进食，食物的碎屑从他"风瘫的双手"中掉落，一群"小小的山鸟"围绕着他，警惕地守望着那"命定属于它们的食物"。在《傻小子》("The Idiot Boy")中，一位贫穷的乡下妇女贝蒂·福伊有一个残疾儿子，她儿子在外面走丢了，在旷野中度过了一夜。当她找到儿子时，她儿子满怀新奇地谈论起猫头鹰和月亮，却并不知道它们是什么东西："嘟呜嘟呜的公鸡老叫着，/冰冷冰冷的太阳老照着！"在此之前，还没有人在诗中描写过这样的人。

《抒情歌谣集》中还有一些诗也是新颖的，它们描写儿童以及成年人如何无法理解儿童。在《写给父亲们的轶事》("Anecdote for Fathers")中，一个男孩拒绝成年人的逻辑；在《我们是七个》("We Are Seven")中，一个小女孩在她的弟弟死后，坚持认为她弟弟还算是她家里的一员。华兹华斯认为儿童胜过成年人，这个观点在《永生颂》("Immortality Ode"，1802）中表达得最为激烈，他在诗中回忆他自己的早年生活：

> 还记得当年，大地的千形万态，
> 　绿野、丛林、滔滔的流水，
> 　　在我看来
> 　仿佛都呈现天国的明辉，
> 　赫赫的荣光，梦境的新姿异彩。[1]

但是随着他长大成人，那些"幻异的光影"逐渐暗淡；这种情形，他在诗中解释说，是因为在我们出生之前，我们的灵魂停留在别处，但我们还会记得：

> 我们的诞生其实是入睡，是忘却：
> 与躯体同来的魂魄——生命的星辰，
> 　原先在异域安歇，
> 　此时从远方来临；
> 　并未把前缘淡忘无余，
> 　并非赤条条身无寸缕，
> 我们披祥云，来自上帝身边——
> 　那本是我们的家园；
> 年幼时，天国的明辉近在眼前；

---

[1] 译文引自杨德豫译《永生的信息》（按即《永生颂》）(《华兹华斯诗选》，广西师范大学出版社，2009年）。下文所引一小节同此。

> 当儿童渐渐成长，牢笼的阴影
> 便渐渐向他逼近……

华兹华斯在《抒情歌谣集》中对穷人的同情，反映了他在法国的经历。他在《序曲》中回忆起一位革命朋友，他指着他们在路上遇见的一个瘦弱的女孩，宣称：

> 我们的战斗就是
> 针对这种现象。[1]

在《序曲》的"寄居伦敦"一卷中，他回忆自己见过一个穷人，怀里抱着一个生病的孩子，那个穷人：

> 低头看着他，
> 原本是出来寻找阳光和空气，
> 但似乎又害怕，他以无法形容的
> 爱意，注视那个可怜的孩子。[2]

对穷人的这份悲悯一直萦绕着他，激发他创作了不少最优秀的诗篇。《倾塌的农舍》("The Ruined Cottage")描写一个妇女在战争中失去了丈夫，但在此后的多年中依然等待他的归来。《迈克尔》("Michael")

---
[1] 参见《序曲》第九卷517—518行。
[2] 参见《序曲》第七卷615—618行。

一诗收录在《抒情歌谣集》1800年的新版中，它讲述了一位牧羊人的故事，他的儿子离开家乡到城里去赚钱。他儿子在离家之前，为一座新的羊栏放好了第一块石头，儿子离家之后，迈克尔继续砌那座羊栏。但是儿子被城市生活腐蚀了，再也没有回来。很多年以后，村民们回忆说，迈克尔还是来到那座羊栏边干活："人人都相信：有好些好些日子，/尽管这老汉到了羊栏工地，/却不曾在那上边垒一块石头。"

《作于早春的诗行》("Lines Written in Early Spring")收录于《抒情歌谣集》，这首诗表达了华兹华斯的有关自然有意识的信念："我坚定地相信，每一朵鲜花/都喜欢它吸入的空气。"

这本诗集中只有一首诗运用了他作为一名自然诗人的力量，但这首诗也是他最优秀的诗之一：《廷腾寺》("Tintern Abbey")，据他自己的记录，作于1798年7月13日，当时他与妹妹多萝西一起徒步游览此地。他在诗中回忆起儿童时代，自然是如何"主宰着我的全部身心"：

> 那时的我呵，
> 委实是难以描摹。轰鸣的瀑布
> 似汹涌激情，将我纠缠不舍。[1]

---

[1] 译文引自杨德豫译《廷腾寺》(《华兹华斯诗选》，广西师范大学出版社，2009年）。下文所引两小节同此。

而现在,"粗心的少年"的时代已经消逝,他说他可以在自然中听见"这低沉而又悲怆的人生乐曲":

> 我感到
> 仿佛有灵物,以崇高肃穆的欢欣
> 把我惊动;我还庄严地感到
> 仿佛有某种流贯深远的素质,
> 寓于落日的光辉,浑圆的碧海,
> 蓝天、大气,也寓于人类的心灵,
> 仿佛是一种动力,一种精神,
> 在宇宙万物中运行不息,推动着
> 一切思维的主体、思维的对象
> 和谐地运转。

基于以上的感悟,他认识到:

> 能从自然中,也从感官的语言中,
> 找到我纯真信念的牢固依托,
> 认出我心灵的乳母、导师、家长,
> 我全部精神生活的灵魂。

关于自然是道德的教导者这一信念,在同样收录于《抒情歌谣集》中的另一首诗《翻转》("The Table Turned")中,表述得直截了当:

> 春天的树林使人激动，
> 　　就人类及其善恶，
> 它能教给你们的内容，
> 　　比所有圣贤还多。

《序曲》中有一个著名的段落，它用一个事例揭示了自然是道德的守护者的观念。一个夏天的傍晚，少年华兹华斯将别人的一只小船划入湖中，而未经主人同意。他划着小船：

> 一座高峰，黑暗且高大，
> 仿佛出于自主权力的本能，
> 昂起了头颅。[1]

那山峰好像在他身后大步走来，于是他颤抖着，将小船归还到他发现它的地方。《序曲》中的少年华兹华斯，虽然没有受犯罪感的压迫，但意识到自然是一种活生生的存在：

> 我曾听见，孤独的山林间响起
> 低沉的呼吸声，跟在我的身后，
> 还有难以分辨的响动，脚步声
> 几乎像踏过的草皮，悄无声息。[2]

---

[1] 参见《序曲》第一卷378—380行。
[2] 参见《序曲》第一卷322—325行。

自然是教导者的信念，也是隐含在"露西组诗"（Lucy poems）背后的一个观念。"露西组诗"是华兹华斯于1798年冬天与妹妹多萝西寄居在德国时创作的。多萝西与他非常亲近，他的有些诗，例如那首著名的《水仙》（"Daffodils"）（"我像朵云彩，独自漫游"）就是根据他妹妹日记中的片段完成的。他在写露西的时候，很可能想的是多萝西，以及她对自然的敏锐感受：

> 午夜的星辰会和她热络；
> 在那些隐僻幽静的角落，
> 　她也会侧耳倾听：
> 听溪水纵情回旋舞蹈，
> 淙淙水声流露的美妙
> 　会沁入她的面影。[1]

虽然多萝西活得比华兹华斯更长，但想象中的露西还是死了，成为自然的一部分：

> 如今的她呢，不动、无力，
> 　什么也不看不听，
> 天天和岩石树木一起，

---

[1] 译文引自杨德豫译《无题：三年里晴晴雨雨，她长大》（《华兹华斯诗选》，广西师范大学出版社，2009年）。

随地球旋转运行。[1]

华兹华斯与柯尔律治共同开创了一种新的素体诗,它与莎士比亚和弥尔顿的素体诗相比,更加接近于日常口语。华兹华斯用这种诗体创作了《廷腾寺》和《序曲》(他一度将这首长诗题为《献给柯尔律治的诗》)。柯尔律治很可能是这种诗体的原创者,并曾经用这种诗体创作了他的"对话诗",例如《这椴树凉亭——我的牢房》("This Lime-tree Bower, My Prison")(这是他脚被烧开的牛奶烫伤后滞留在家期间所作),还有他写给小儿子的《午夜寒霜》("Frost at Midnight"),他想象这个孩子将来会是一个自然的热爱者:

> 那么,对于你,所有季节都美妙:
> 要么是盛夏,大地一片绿茸茸;
> 要么是早春,积雪的丛林灌莽里,
> 知更鸟歌唱在苍苔斑驳的苹果树
> 光秃的枝头,旁边的茅屋顶上,
> 晴雪初融,蒸发着水汽;檐溜
> 要么滴沥着,在风势暂息的时候
> 声声入耳,要么,凭借着寒霜的
> 神秘功能而凝成无声的冰柱,

---

[1] 译文引自杨德豫译《无题:昔日,我没有人间的忧惧》(《华兹华斯诗选》,广西师范大学出版社,2009年)。

静静闪耀着，迎着静静的月光。[1]

　　这首诗，要是你事先不知道作者，还真的很难判断不是华兹华斯写的。

　　但是柯尔律治的最优秀的诗作，远远超出华兹华斯设定的范围。《老水手吟》("The Rime of the Ancient Mariner")是英语中最知名的诗篇之一，"脖子上的信天翁"（累赘）几乎已经成为一句成语。这首长诗收录于《抒情歌谣集》，但是华兹华斯差点把它从第二版中抽掉，其哥特式恐怖故事般的离奇情节（柯尔律治那首未完成的《克丽斯德蓓》["Christabel"]则更加诡异而唐突）与这本诗集中的其他诗作很不协调。

　　但在另一方面，这首诗的语言是简洁的，如"静止得就像画中的船/停在画中的海上"，或者"海水，海水，到处是海水，/一滴也不能入口"，符合华兹华斯对于新诗体的要求。这首诗在说教部分的高潮，也切合他要求的对自然的敬畏。老水手望着那条水蛇，它"淡青、油绿、乌黑似羽绒"，在船的影子里游动；"爱的甘泉涌出我心头，/我不禁为它们祝福"。那只信天翁立刻从他的脖子上掉下来，"像铅锤一样沉入海底"。

　　《忽必烈汗》("Kubla Khan")是柯尔律治的另一首杰作，许多人将它选为英语诗歌中最优秀的作品，部

---

[1] 译文引自杨德豫译《柯尔律治诗选》（广西师范大学出版社，2009年）。

分原因在于，要是有人想把它重述一遍，即使语法正确，也会显得荒唐。柯尔律治曾经说过，莎士比亚或弥尔顿的作品，就其最优秀的部分来说，想要改变其中哪怕一个词，也会像徒手将一块巨石从金字塔中推出来一样困难，它会改变原文想表达的意思，并且不如它原先表达得好。这句话也适用于《忽必烈汗》这首诗。

大家都知道，柯尔律治当时在一本游记里读到有关元世祖忽必烈的事迹，而这首诗是他吸食鸦片后在梦中的创作；他醒来后，刚开始把它写下来，就被"一个来自波洛克的生意人"打断（波洛克是他家附近的一个村庄）。关于这首未完成诗作的创作意图，我们能够确定的只是，它将创造力与暴力、危险和极乐联系起来，而且到诗的最后，危险与极乐占有主导地位：

> 但愿那琴声曲意
> 　重现于我的深心，
> 那么，我就会心醉神迷，
> 　就会以悠长高亢的乐音
> 凌空造起那琼楼玉殿——
> 　那艳阳宫阙，那冰凌洞府！
> 凡听见乐曲的都能瞧见；
> "留神！留神！"他们会呼唤，
> "他长发飘飘，他目光闪闪！

要排成一圈,绕他三度,
要低眉闭目,畏敬而虔诚,
因为他摄取蜜露为生,
  并有幸啜饮乐园仙乳。"[1]

---

[1] 译文引自杨德豫译《柯尔律治诗选》(广西师范大学出版社,2009年)。

第十八章
第二代浪漫派诗人

济慈与雪莱

约翰·济慈(John Keats, 1795—1821)是一个出生于伦敦、家境贫寒的孩子。他父亲靠出租马匹为生。他在离开学校之后，在盖氏医院当了一名医学生和"包扎生"(即外科医生的助手)。他爱上了当地一名年轻女子范妮·布劳恩，他给这位女子的热情而绝望的情书，如今已成为典范之作。1818年，他的弟弟汤姆死于肺结核病，济慈因为照顾他，自己也受到了感染。他的最优秀的诗篇，包括六首颂诗(《秋颂》["To Autumn"]、《希腊古瓮颂》["On a Grecian Urn"]、《夜莺颂》["To a Nightingale"]、《忧郁颂》

["On Melancholy"]、《怠惰颂》["On Indolence"]、《赛吉颂》["To Psyche"])[1]都是在1819年这一年中创作的。他死在罗马,他原本是到那里去养病的,并住在一座望得见西班牙大台阶[2]的房子里。那座房子,如今已经成了一个朝圣的景点。

他的诗歌遭到评论家们的无情嘲讽,部分是由于他的社会地位(他被称为写诗的"伦敦佬"),所以他希望自己将来的墓碑上不要刻名字、日期,只需要刻一行字:"用水书写其姓名的人,长眠于此。"他的墓地在罗马的新教徒墓园,如今也吸引了众多的朝圣者。

他在讨论诗歌的书信中赞美感情——"我宁愿过一种感情的生活,而不要过思想的生活!"[3]——并且认为诗人是"变色龙",能够亲身体验他人的感情:"要是有一只麻雀来到我窗前,我会分享它的生存,和它一道在地里啄食。"在他的那首最优秀的叙事诗《圣亚尼节前夕》(*The Eve of St. Agnes*)中,这些特征从一开始就非常明显,他描写冬夜荒野的气氛:"猫头鹰披着厚羽也周身寒冷""野兔颤抖着拐过冰冻的草叶"。

这首诗写的是波菲罗和梅黛琳这对恋人,他们就像罗密欧与朱丽叶一样,因家族世仇而被迫分开。波

---

[1] 本章内济慈的诗,除特别说明外,译文均引自屠岸译《济慈诗选》(人民文学出版社,1997年)。
[2] 罗马的著名景点,位于西班牙广场。
[3] 译文引自傅修延译《济慈书信集》(东方出版社,2002年)1817年11月22日致本杰明·贝莱的信。下文所引文字同此。

菲罗大胆地潜入敌方的城堡，打通关节后，来到梅黛琳的卧室，躲在暗处，看着她褪去衣服。济慈不仅写到景物、声音，还写到体温。梅黛琳"卸除一颗颗沾着体温的珍宝"，当她的衣服滑落到膝盖时，她冰凉地站着，"像条美人鱼半裸在海藻下面"，然后躺到床上。

等她睡觉后，波菲罗把房间装饰得极富有感官色彩：

> 苹果脯，榅桲，李子，南瓜的甜瓤；
> 胜过奶油酥酪的各色果子酱，
> 澄明的蜜露，肉桂的香味渗透，
> 仙浆，海枣，鲜美的菜肴和羹汤；
> 这些全是用海船运来：桌上有
> 来自非斯、撒马罕、黎巴嫩等地的珍馐。

> 他以激动的双手把这些美馔
> 盛在金盘里，装在用银丝镶边、
> 闪闪发亮的篮子里；一席华筵
> 置备在这幽僻而安谧的房间，
> 冷的夜气里飘着一丝丝香甜。

然后，他把她叫醒。她在梦中看见了他，但眼前活生生的人跟她梦境中的相比，却显得"苍白，忧悒"。她请求他不要离开，于是他俩结合在一起，就像两种香味的混合：

> 他完全溶入她的幻梦中，有如
> 玫瑰把温馨揉进紫罗兰芳馥——
> 甜蜜的交融……

济慈最有名的诗《秋颂》富有浓郁的感官色彩，它传递出的不仅有事物的触感（"长满苔藓的"苹果树，蜜蜂的"黏稠的蜂窝"[1]），还有事物的动感。在"有时，你像拾穗的农民，颤巍巍/头顶着沉重的谷袋，蹚过溪流"这两行诗中，由于两行中间的跨行，我们可以感受到那位拾穗者确实一度有些脚步不稳。

济慈诗中的感觉力量，不仅延伸到视觉和听觉，还延伸到触觉。他会让我们感觉到两种金属摩擦的区别。请比较长诗《拉米亚》("Lamia")中的船坞的场景：

> 他的战舰正以
> 铜制的舰首摩擦码头的石级
> 在森屈里港口，来自埃琴纳岛屿……

和十四行诗《致睡眠》("To Sleep")的结尾部分：

> 请在润滑的锁孔里巧转钥匙，

---

[1] 译文引自黄福海译《秋颂》（《冬天的树和春天的树》，上海人民出版社，2019年）。本段内所引另两行同此。

把装着我的魂魄的灵棺封住。

但是在济慈的诗中，还有另一种将他从感觉的认知中拉开的力量，那就是想象力。他在书信中宣称："我对什么都没有把握，只除了对心灵情感的神圣性和想象力的真实性。想象力以为是美而攫取的一定也是真的，不管它以前存在过没有。"[1]。想象力使他超越了身体的感觉，我们可以发现这种情况就发生在《希腊古瓮颂》等诗篇中。看着古瓮上描绘的图景，他会提出疑问：他们是什么人？

> 这些前来祭祀的都是什么人？
> 　神秘的祭司，你的牛向上天哀唤，
> 让花环挂满在她那光柔的腰身，
> 　你要牵她去哪一座青葱的祭坛？

由此引发进一步的思考。他不仅问他们是什么人，而且问他们来自哪里，思想从感觉转移到纯粹的想象：

> 这是哪一座小城，河边的，海边的，
> 　还是靠山的，筑一座护卫的城寨——
> 　　居民们倾城而出，赶清早去敬神？
> 小城呵，你的大街小巷将永远地

---

[1] 译文引自傅修延译《济慈书信集》(东方出版社，2002年) 1817年11月22日致本杰明·贝莱的信。

> 寂静无声，没一个灵魂会回来
> 说明你何以从此变成了芜城。

但事实上并没有什么小城，从来也没有过。但是济慈通过他的想象创造了它，虽然是一座无人而寂静的小城，对我们读者来说，它就是存在的，"不管它以前存在过没有"。《希腊古瓮颂》的这个现象并不是独一无二的。他的所有颂诗，无一不在精准的感觉和超越感觉的想象驱驰之间自在地悠游。

珀西·比希·雪莱（Percy Bysshe Shelley，1792—1822）是一位男爵的儿子。他在伊顿公学受到残暴的欺凌，这或许解释了他为何一生都痛恨暴力以及通过暴力建立起来的专权。他因出版了一本题为《无神论的必要性》（*The Necessity of Atheism*）的小册子而被牛津大学开除。他年方十九，就与他妹妹的女学友、十六岁的哈丽雅特·韦斯特布鲁克私奔，随后与她生下了一对儿女。1814年，他拜访了激进的哲学家、《政治正义论》（*Political Justice*）的作者威廉·葛德文（William Godwin），并爱上了他十六岁的女儿玛丽，也就是后来《弗兰肯斯坦》（*Frankenstein*）的作者。雪莱将哈丽雅特抛弃后，与玛丽一起移居到瑞士，在那里他们遇见了拜伦。1816年，哈丽雅特在海德公园的九曲湖（Serpentine）里投水自杀。雪莱与玛丽在三个星期后结婚，然后到威尼斯与拜伦会合，接着又移居到佛罗伦萨。1822年7月，雪莱乘坐的"唐璜"号帆船在拉斯佩齐亚湾[1]遭遇一阵突如其来的狂风暴雨后沉没，他溺水身亡了。在他的口袋里发现了一本济慈的诗集。

雪莱是一个理想主义者，也就是说，他相信自己的目标和理想可以使世界变成一个完美的地方。（"诗人"，他写道，是"世界上未被认可的立法者"。）因此，他并不像济慈那样看重对感觉的认知，或者说对当下这个世界的回应。在《致云雀》（"To a Skylark"）一诗中，开头两行就剥夺了这只鸟的实体存在："你好啊，快乐的精灵！/你从来就不是鸟类。"在《阿多尼斯》（"Adonais"）这首悼念济慈的长诗中，色彩这个对济慈来说意义重大的因素，在雪莱的永恒完美中遭到驱逐："生命，像饰有彩色玻璃的穹顶，/玷污了永恒所有的洁白光芒。"

雪莱反复使用的符号——月亮、星辰、风、云——都代表着永恒。他们始终存在，即使看不见、摸不着。《云》（"The Cloud"）就明确表示："我穿过陆地和大海的空隙，/我变化，但不会死去。"所以，在《西风颂》（"Ode to the West Wind"）中也是如此，西风在秋天里将种子吹散，但是到了春天，它们永远会重新诞生，雪莱希望他的观念也具有类似的永恒性："请把我死了的思想吹遍宇宙，/像吹散了枯叶，促成新的生命！"

1　在意大利中北部，附近有港口城市拉斯佩齐亚。

他的理想包括自由恋爱、两性平等（他在《伊斯兰的起义》["The Revolt of Islam"]中质问："如果女人是奴隶，男人会自由吗？"）、废除婚姻、废除基督教。他相信耶稣是一个完美的人，但不是圣人，他憎恨以耶稣的名义做出的残忍之事。雪莱在拟古希腊悲剧《解放了的普罗米修斯》(*Prometheus Unbound*)的合唱中，简洁而痛切地指出了这种现象：

> 有一位善良之人曾来过，
> 他笑着面对血红的大地。
> 他死后话语还在，像剧毒
> 腐蚀了真理、安宁和怜悯。

雪莱痛恨暴政，他最著名的诗篇《奥西曼迭斯》("Ozymandias")讽刺了暴君的傲慢与虚妄。这首诗写于1818年，当时他听说古埃及国王拉美西斯二世[1]的一个巨大的雕像残件正被运往大英博物馆。在这首诗中，一位旅行者讲述了他在沙漠中看见的一个硕大雕像的残骸，其实就是两条腿和一张脸：

> 石像的底座上，文字依稀可辨：
> "我乃是奥西曼迭斯，万王之王：

---

[1] 拉美西斯二世（Rameses II，约公元前1303—公元前1213），古埃及第十九王朝的法老，是古埃及代表人物之一。他一生战绩辉煌，并为自己建立了许多雕像。在他执政以后，古埃及便走向衰落。

> 汝等强者，须视吾伟绩而汗颜！"
> 此外则空无一物。看莽莽大荒，
> 在那个硕大雕像的残骸周边，
> 一片平沙孤独地延伸到远方。

不久以后，雪莱又听到他故乡附近发生的一起暴政案例——彼得卢大屠杀。1819年8月16日，在曼彻斯特圣彼得广场有五万人集会，要求国会进行改革。市政长官命令曼彻斯特骑兵队驱散群众，双方发生冲突，有十八名抗议者被杀。雪莱的长诗《暴政的假面游行》("The Mask of Anarchy")批判了英国统治者——国会下议院长官卡斯尔雷勋爵：

> 在路上，我与"谋杀"相会，
> 他戴着假面，像卡斯尔雷。

还有大法官埃尔登，他曾拒绝将雪莱与哈丽雅特的两个孩子的监护权判给雪莱，而且据说，他在宣布严厉的判决时总是眼泪汪汪的：

> 随后是"欺诈"这位大佬，
> 像埃尔登，身穿貂皮长袍；
> 他善于哭泣，泪珠滚圆，
> 掉下来，立刻变成了磨盘。

> 天真的小孩哪里知道，
> 围在他脚边，来回嬉闹，
> 以为每滴泪都是玉翠，
> 结果脑袋被砸得粉碎。

这首诗并不呼吁报复。雪莱主张采取消极抵抗的方式与强权对话（他的这种"公民不服从"[civil disobedience]的观点影响了后来的托尔斯泰和甘地）：

> 紧抱着双臂，目光坚定，
> 不必畏惧，更不必吃惊，
> 凝神注视他们的杀戮，
> 直到他们平息了愤怒。

在1819年创作的那首十四行诗中，雪莱用一句"疯狂、昏盲、可鄙、垂死的老国王"开头，以摧毁性的力量，对乔治三世治下的英国提出指控。

但是，雪莱并不总是那么激昂。在《朱利安与马达洛》("Julian and Maddalo")中，他回忆起与拜伦的友情，其语调是友好而轻松的：

> 一天傍晚，马达洛伯爵和我
> 在海边骑马，这片陆地阻隔了
> 亚得里亚的波浪向威尼斯奔流……

在《彼得·贝尔三世》("Peter Bell the Third")中，他针对华兹华斯对自然的无性化描述进行恶作剧般的搞笑：

> 他触摸到自然之裙的褶带，
> 就感到晕眩，绝不敢掀开
> 　那严丝密缝的贴身衣衫。

虽然雪莱为爱这个生命的理想大声疾呼，但是他描写爱的痛苦，比描写爱的喜悦更为有力。在《潘神之歌》("Hymn of Pan")中，潘神回忆起林泽仙女为了躲避他的追求，竟变成了一支芦苇：

> 我去追少女，抓到的却是芦苇，
> 是神或是人，都会这样被欺骗；
> 我们在流血，因为内心已破碎。

抒情短诗《当明灯已经破碎》("When the Lamp is Shattered")描写的是两个相爱的人，当其中一方不再爱对方时，对方是如何被冷落，却依然满怀着爱意：

> 热烈的激情会动摇你，
> 　像狂风动摇高处的乌鸦；
> 明澈的理性会讪笑你，
> 　像天上的冬阳射下光华。

每一根橡木,在你窝中
　　都会腐烂,而你的鹰巢
将你赤裸地抛弃、嘲弄,
　　当寒风吹起,枯叶纷飘。

第十九章
浪漫派诗人中的异类

布莱克、拜伦、彭斯

威廉·布莱克（William Blake，1757—1827）是个神秘主义者、版画家，同时又是个诗人。作为一个伦敦袜商的儿子，他经过培训成了一名雕刻匠。在照相技术发明之前，雕刻一直是商业上复制图像的通常手段。但是布莱克利用雕刻技术进行实验，对自己的印刷品手工上色，为他自己的诗歌作品配上插图，制造出一种原创的艺术品。

从孩童时代起，他就有关于上帝、天使和其他超自然存在的幻觉。他曾经告诉他的朋友说，他制造出来的那些书籍和图画，在他肉身生命诞生之前的"永恒的年代"就已经存在,并由天堂里的天使长加以研究。许多人认为他神经不正常,包括华兹华斯。但是无数作家和艺术家,从拉斐尔前派到1960年代的"垮掉的一代"诗人群(beat poets),都从他的作品中获得灵感。

他的观念与其他浪漫派诗人一样,都以自由为核心。他从美国独立战争和法国大革命中获得灵感,提倡反对奴隶制。在他的晦涩而往往冗长的诗篇(现在一般统称为"先知书")中,他利用一整套新创的神话人物,建立起一套新的伦理制度和一种全新的宗教。学者们对这些作品的含义至今还存在争议。

然而,有些内容是明确的。布莱克认为理性和精力是相互对立的。他认为理性的代表是弥尔顿《失乐园》中的暴虐的《旧约》上帝,精力的代表是弥尔顿的撒旦。精力是善的,理性是恶的。精力表现为性欲和性的满足:

男人在女人身上想得到什么?
　欲望获得满足时的面部表情。
女人在男人身上想得到什么?
　欲望获得满足时的面部表情。

但是上帝和教会是排斥性欲的。因此,在《爱的花园》("The Garden of Love")中,诗人看见:

> 穿黑袍的牧师们在来回踱步,
> 用荆棘扎紧我的欲望和快乐。

同样,在《啊,太阳花》("Ah, Sunflower")中,"因欲望而憔悴的青年"和"裹着冰雪的苍白处女"都是生命被贞操扼杀的例证。《病玫瑰》("The Sick Rose")也表现了贞操的不健康的后果。在布莱克的插图中,玫瑰被一层密集的花刺保护着,一条毛虫正在侵食它的花叶:

> 哦玫瑰,你已得病,
> 那看不见的蠕虫
> 迎着呼啸的风暴,
> 飞舞在黑夜之中,
>
> 他发现你的温床
> 充满猩红的喜悦;
> 他用隐秘的爱情
> 将你的生命毁灭。

对布莱克来说,自我约束都是具有摧毁性的。《一棵毒树》("A Poison Tree")展示了它致命的效力:

> 我对我朋友感到愤怒,
> 我表示恨意,恨就消除。

> 我对我仇人感到愤恨,
> 我忍着不说,恨就加深。
> ……
> 它日夜生长,枝叶婆娑,
> 直到结出鲜亮的苹果;
> 我仇人见它金光闪闪,
> 也知道那是我的财产,
>
> 可当夜幕将天空遮蔽,
> 他偷偷进入我的园地。
> 次日清晨,我欣然觉察,
> 我仇人僵卧在那树下。

理性与精力的对立,在《天堂与地狱的婚姻》(*The Marriage of Heaven and Hell*)中被平衡所代替。理性与精力都是"人类的存在所必需的"。但是这部作品的力量却来源于《地狱的箴言》("Proverbs of Hell")中惊人的悖逆之论:"对待狮子和公牛,有一条法则叫压迫。""有欲望而无行动,等于把婴儿扼杀在摇篮中。"这些警句使我们震惊和恐惧。但是,布莱克或许会回应说,那是因为我们都是理性的,而在《天堂与地狱的婚姻》中,他的上帝与弥尔顿的上帝不同,不能简化为理性。他是凶狠、残酷、贪婪的:"山羊的淫欲是上帝的博爱。狮子的愤怒是上帝的智慧。"在

"老虎，老虎，火光灼灼"[1]这首诗中，对于"是创造绵羊的他也创造了你?"这个问题，答案为"是"。上帝可以既像是老虎，又像是绵羊："没有对立，就没有进步。"但是上帝不能是单纯的理性，因为他是智慧的："愤怒的老虎比驯服的马匹更加聪明。"

由于布莱克不相信纯粹的理性，他也不相信启蒙与科学，他认为这些与想象所赋予的力量是相对抗的：

　　一细沙中看世界，
　　一野花里见穹天。
　　无限握在手掌内，
　　永恒纳于一晌间。

在《嘲笑吧，嘲笑吧，伏尔泰、卢梭》("Mock On, Mock On, Voltaire, Rousseau")中，他贬斥启蒙的价值和牛顿关于"光的粒子"的理论。他在长诗《耶路撒冷》("Jerusalem")中指责那些都是源于工业革命的"黑暗的、撒旦的磨坊"，它们破坏了英国，而且必须被彻底扫除：

　　我不会停止精神搏斗，
　　或让手中的刀剑打盹，

1　此诗标题为《老虎》("The Tyger")。

直到英国的绿茵乐土

建成我们的耶路撒冷。

乔治·戈登·拜伦勋爵（George Gordon, Lord Byron, 1788—1824）在各方面都与布莱克完全不同。他有一个放纵的父亲和一个精神不太稳定的母亲，而且他天生就是跛脚，这使他一辈子都很在意别人对他的看法。他在十岁那年，从他的一个伯父那里继承了"拜伦勋爵"的头衔。他是双性恋者，在校期间就跟无数个男人和女人有染，无论走到哪里，他身边都会传出各种绯闻。

从哈罗公学[1]和剑桥大学毕业之后，他就到国外旅行（那里可以更容易找到同性恋），足迹遍布葡萄牙、西班牙、阿尔巴尼亚、希腊和君士坦丁堡（在那里，他因游泳横渡了赫勒斯滂海峡而出名）。《恰尔德·哈洛尔德游记》（Childe Harold's Pilgrimage）的第一、第二卷于1812年出版，立即引起轰动。他曾回忆说："我一早醒来，发现自己成名了。"

从1811年到1816年，他在时髦的伦敦过着极度放纵的生活，先是跟卡罗琳·兰姆夫人有染（她说拜伦是个"疯子、恶棍，跟他相处很危险"），后来因为图钱，跟一个继承了财产的女人结婚。这个女人很快就带着他俩所生的女儿离开了他，而拜伦则因为他与

---

[1] 英国最负盛名的私立学校之一，位于伦敦西北角，始建于1572年。

同父异母的姐姐有乱伦关系的传闻（后经查核属实），于1816年永远地离开了英国。他在意大利时，年轻的圭乔利伯爵夫人离开自己的丈夫来投奔他，拜伦在与她同居期间，开始创作《唐璜》(*Don Juan*)。他主动提出为希腊的独立战争而战，但还没来得及参战，就因热病死于迈索隆吉翁[1]。

在《恰尔德·哈洛尔德游记》的头两章中，主人公（明显就是拜伦自己）对古典文明已逝去的光荣表示哀悼。他在书中就怎样跟女人打交道提供了建议：

> 充沛的自信是接触女人的妙招；
> 必先冷落再安慰，准会有热情回报。[2]

他还补充说，"微薄的收获"是没有价值的。

后两章则包括有关滑铁卢战役的著名片段，以及威灵顿将军及其军官们在战役前夕参加里士满公爵夫人的舞会的戏剧性场景："深夜时分依然是盛宴的喧哗"[3]。拜伦崇拜拿破仑，对他的失败感到痛心，对于恢复到旧的秩序表示谴责。有关斗牛士死于古罗马圆形剧场的章节也很有名："他为罗马的节日而遭受屠杀"[4]——又一个被无知的群氓所激赞的无谓的杀戮的例证。

---

[1] 希腊中南部城市，1821年至1829年是希土战争时的战场。
[2] 参见《恰尔德·哈洛尔德游记》第二章第34节。
[3] 参见《恰尔德·哈洛尔德游记》第三章第21节。
[4] 参见《恰尔德·哈洛尔德游记》第四章第141节。

在长诗《贝波》(*Beppo*,1817)中,拜伦尝试了一种新的诗节形式(意大利语叫 ottava rima,八行诗节),这种诗节用来进行貌似即兴的嘲讽,是一种完美的手段:

> 当然啦,小姐都花一般的娇艳,
>   但是初初问世,总羞涩而忸怩;
> 她步步受惊,叫你也胆战心惊,
>   还不断痴笑,脸红,冒失和赌气;
> 眼睛总不离妈妈,生怕你或她
>   或无论谁的一举一动有恶意。
> 她的谈吐尚不脱婴儿的语汇,
>   连身上也有面包、奶油的气味。[1]

后来他在《唐璜》中使用的也是这种诗节形式[2]。

在《唐璜》这部作品的开头,少年唐璜与他父母一起生活在里斯本。他在性方面过于早熟,因此被送往国外,以免受到伤害。他在海上遭遇海难,醒来后发现自己躺在一只敞舱船上,周围是饥饿的水手,他们通过抽签决定了要吃掉唐璜的老师彼得利娄[3]。他被

---

[1] 参见《贝波》第39节。译文引自查良铮译《拜伦诗选》(上海译文出版社,1982年)。
[2] 这种诗节的格律为:每节为八行,每行抑扬格五音步,韵式为abababcc,即前六行押交韵,后两行押随韵。在查良铮的译文中,第一、三、五行的韵脚均放弃。
[3] 本章内与《唐璜》相关的人名、地名,参考了查良铮译《唐璜》(人民文学出版社,1980年)。

海盗抓获，卖到奴隶市场，又被打扮成女孩偷运到苏丹的后宫，然后逃走，参加俄罗斯军队，在土耳其的堡垒陷落时见证了屠杀和掠夺，到皇宫参见叶卡捷琳娜女皇（她对他怀着强烈的欲望），作为大使被派到英国，与不同的贵族夫人小姐打情骂俏……写到这里，因拜伦去世，故事戛然而止。

拜伦在描写这些冒险经历时，极尽夸张，令人目眩。他笔下的警句层出不穷：

> 所以，也总是在热带有这类事由：
> 神仙叫作通奸，人世叫作风流。[1]

他以一种机智的超然态度，审视人物的行为：

> 她还在微微挣扎，但悔恨已太多，
> 她低语"我绝不答应"，——却已允诺。[2]

他对人性加以（非常男性化的）宽泛的总结：

> "爱情对男人不过是身外之物，
> 对女人却是整个生命。"[3]

---

[1] 译文引自查良铮译《唐璜》第一章第63节。
[2] 译文引自查良铮译《唐璜》第一章第117节。
[3] 译文引自查良铮译《唐璜》第一章第194节。

但采用这种手法,难免让人觉得不近人情。水手们吃掉唐璜的老师之后,还是死于饥渴:

> 但死人主要应归咎于一种自杀:
> 不该把彼得利娄和着盐水吞下。[1]

柔情也是牵强的。唐璜竟然会爱上爱琴海海盗的女儿海黛,这听起来几乎像是喜剧。他们热烈地相拥:

> 就这样,他们形成了一组雕塑,
> 带有古希腊风味,相爱而半裸。[2]

海黛死的时候已经怀孕,拜伦在此深表同情,这在他的其他诗中是很少见的:

> 她终于死了;死的不止她一个:
> 　在她身上,怀着生命的第二代——
> 是罪孽之子,却清白,并无罪过,
> 　没见过天日,便了却小小的存在。[3]

罗伯特·彭斯(Robert Burns,1759—1796)被称

---

[1] 译文引自查良铮译《唐璜》第二章第102节。
[2] 译文引自查良铮译《唐璜》第二章第194节。
[3] 参见《唐璜》第四章第70节,译文引自杨德豫译《拜伦诗选》(广西师范大学出版社,2009年)。杨德豫采用"以顿代步"的译诗方式,完整地移植了原诗的韵式,可惜只翻译了《唐璜》(杨译本作《堂璜》)的部分章节。

为苏格兰的民族诗人。但他也是欧洲级别的浪漫派诗人。作为艾尔郡的一个长年负债的佃农的儿子，他的早年生活一直在劳动，抚养家中的兄弟姐妹。他缺乏教育，但这一点被过分夸张了。他在学校里学过法语、拉丁语和数学，十五岁就开始写诗。

他的性欲旺盛，至少跟不同的女仆有过两个非婚生子女。1788年，他与未婚先孕的琼·阿穆尔结婚，阿穆尔给他生了九个孩子。教会对于他们的行为表示不满，彭斯也在教区的教堂里进行公开赎罪。他计划移民去牙买加，接受了一个奴隶种植园提供的一个簿记员的职务，但是终因缺钱而未能成行。

他的《诗选》(Poems)在1786年一出版，就立刻获得成功。他在爱丁堡受到款待，并初识沃尔特·司各特(Walter Scott)。除了写诗，他还搜集苏格兰民歌和音乐作品。他的一些最有名的诗，包括《往昔的时光》("Auld Lang Syne")，就是为了给传统音乐配词而写的。

他的优秀禀赋是真实。其他浪漫派诗人同情劳动阶级，而他就属于劳动阶级。他使用苏格兰方言写诗，这几乎成了他的一种身份，使得他等同于他的人民。《两只狗》("The Twa Dogs")[1]一诗对拜伦那个阶级的人群采取了在嬉笑中加以嘲弄的态度：

---

[1] 本章内彭斯的诗，除特别说明外，译文均引自王佐良译《彭斯诗选》(人民文学出版社，1985年)。

> 歌剧院里露个脸，装个样，
> 吃喝嫖赌，押了地皮还卖家当。

《因正直而受穷》("Honest Poverty")[1]一诗对高官显爵加以嘲笑，认为因正直而受穷就像是金币里的金子：

> 官衔只是金币上的花纹，
> 人才是真金，不管他们那一套！

他有一些诗，其中的讽刺可能是令人震惊的，如《威利长老的祷词》("Holy Willie's Prayer")，它表面上采用随意的幽默语气，好像威利长老不值得我们对他表示愤慨，但实质上揭露了讽刺对象的凶残和虚伪。

在大多数情况下，他对待其他生灵都是温柔的，特别是软弱无助的人，如《诗人欢迎他的私生女》("The Poet's Welcome to his Love-begotten Daughter")：

> 欢迎你孩子！我甘受天罚——
> 要是我想到你或者你妈，
> 心里就感到泄气或害怕，
> 　我的好姑娘，
> 或者你叫我爹地或阿爸，
> 　我的脸发烫。

---

[1] 王佐良将诗题另译为《不管那一套》。

即使排除方言的因素，你也无法想象拜伦或其他浪漫派诗人会写得出这样的诗来。

对待其他生灵的柔情也促使他创作了《写给小鼠，在用犁将她从窝中翻起时，1785年11月》("To a Mouse on Turning Her Up in Her Nest with the Plough, November 1785")[1]这首诗：

> 呵，光滑、胆怯、怕事的小东西，
> 多少恐惧藏在你的心里！

而且同情心还扩展成了民间俗语：

> 人也罢，鼠也罢，最如意的安排
> 　也不免常出意外！

冷静的道德权威，在《致虱子》("To a Louse")一诗中再次发声：

> 啊，但愿上天给我们一种本领，
> 　能像别人那样把自己看清！

他的诗在自然流动，由此他的技巧反倒容易被人

1　王佐良将诗题缩译为《写给小鼠》。

忽略。他那首最优秀的情诗,开头十分简洁,几乎给人难以为继的感觉:

呵,我的爱人像朵红红的玫瑰

但是从第二小节开始,它就积聚了震天动地的力量:

直到大海干枯水流尽,
　太阳把岩石烧作灰尘,
我也永远爱你,亲爱的,
　只要我一息犹存。

第二十章

德语诗歌从浪漫主义到现代主义

歌德、海涅、里尔克

德国在1871年之前还不是一个统一的民族国家。但是在此之前很久,德语诗歌就已经影响到整个欧洲。在被问到谁"创立"了浪漫主义时,许多人都会回答说是约翰·沃尔夫冈·冯·歌德(Johann Wolfgang von Goethe,1749—1832)。歌德不仅是一位小说家、文化评论家和诗人,还是一位科学家,写过植物学、解剖学和颜色学的论文。他生于法兰克福,接受过律师培训,1775年移居萨克森-魏玛公国,还担任过许多国家级行政职务,成了实际上的首相。作为宫廷剧院总监,他还是他朋友弗里德里希·冯·席勒

(Friedrich von Schiller,1759—1805)的浪漫戏剧的出品人。

歌德的第一部小说《少年维特的烦恼》(*The Sorrows of the Young Werther*)创作于1774年,立即使他声名鹊起。小说通过一系列书信,讲述了一个敏感的青年艺术家海因里希·维特如何爱上美丽、善良的绿蒂,而绿蒂已经跟一个老男人阿尔伯特订婚,并且结婚。在绝望之中,维特借来阿尔伯特的手枪,杀死了自己。在小说发表之后,曾经出现过一阵"维特热",许多人跟着自杀。有些人在自杀之前打扮成维特的样子,还搞到了跟他的手枪类似的手枪,于是这本小说在好多国家都成为禁书。与席勒的《强盗》(*The Robbers*,1781)一样,这本小说被视为原始浪漫主义"狂飙突进"(Sturm und Drang)运动的组成部分,培养了野性的情感和暴力的行动,从而与启蒙主义的理性相抗衡。

歌德最著名的诗歌作品是包括前后两部的悲剧《浮士德》(*Faust*)。悲剧一开始,上帝与撒旦的代表梅非斯特打赌说,梅非斯特不可能使浮士德走入歧途。但是结果,浮士德同意出卖自己的灵魂,条件是梅非斯特能给他以快乐,使某一瞬间成为永恒:

如果我对某一瞬间说:
停一停吧!你真美丽!

>那时就给我套上枷锁。[1]

在浮士德和梅非斯特后续的冒险中,浮士德引诱了一位天真无邪的少女玛加蕾特(格蕾辛),并且在一场斗剑中杀死了她的哥哥。她发疯了,将自己刚刚生下的儿子溺死,因此被判死刑,并且拒绝跟浮士德一起逃走。但是在第一部结束时,天上传来一个声音,宣布她已"获救"了。

《浮士德》第二部(歌德逝世后发表)是一首分为五幕的诗体幻想曲,与第一部几乎没什么关系。在皇家宫廷的仙境般的背景下,浮士德用魔法招来了美的"理想形态"——特洛亚的海伦,并与她陷入了爱河。在梅非斯特的帮助下,他遇见了古希腊神话中的诸神和怪兽,并且走访了地下的阴间。在最后一幕,浮士德是一个拥有权势的老人,他在为臣民计划如何为他们创造更美好的生活时,经历了一个狂喜的瞬间,就溘然长逝了。梅非斯特想要收回他的灵魂,但是天使们将燃烧的玫瑰花瓣撒在恶魔身上,把浮士德的灵魂带往天国去了,他的灵魂受到各种神圣女性的欢迎,包括格蕾辛。在全剧的最后,一个"神秘的合唱"向我们确认:

>永恒的女性,

---
[1] 译文引自钱春绮译《浮士德》(上海译文出版社,1982年)第一部第四场。《浮士德》中的相关人名,参考了钱春绮的译本。

领我们飞升。[1]

歌德最有名的短诗是《魔王》("Erlking"),这首诗基于传统的歌谣,并被舒伯特谱成歌曲。诗中描写一位父亲骑马夜行,怀里紧抱着自己的小儿子。一路上他儿子看见各种幻影,他父亲敷衍地解释说,那是烟雾或者寒风吹动枯叶在响。到最后,孩子尖叫着"魔王"在伤害他,然后就死去了。

不过,更出色的是由二十四首诗组成的《罗马哀歌》(*Roman Elegies*)。这首组诗典雅、辉煌,富于感官色彩,它模拟奥维德等古罗马诗人的"爱情哀歌",并巧妙地保留了拉丁语诗歌的音步。歌德在诗中回忆起自己的意大利之旅(1786—1788),描写了当年的一系列艳遇:

> 我们满足于阿摩的真实而赤裸的欢欣,
> 还有那摇晃床榻上迷人的嘎吱声。[2]

这些诗句,在歌德的时代被认为有伤风化,在他生前没有发表。

海因里希·海涅(Heinrich Heine,1797—1856)跟歌德一样,一开始也是浪漫派诗人,但后来放弃了

---

[1] 译文引自钱春绮译《浮士德》第二部第五幕第六场。
[2] 译文参考了绿原译《罗马哀歌》第3首(《歌德文集》第八卷,人民文学出版社,1999年)。

浪漫主义。他生于杜塞尔多夫的一个犹太人家庭。作为"踏进欧洲文化的入门券",他改信新教,因为大多数职业都不接受犹太人。可即使有了这张入门券,他也无法养活自己,所幸他得到了一个身为银行大亨的伯父的支持。他最出名的作品是早期描写爱情及爱的忧伤的抒情诗,许多都被舒曼、舒伯特和其他音乐家谱成歌曲。像大多数浪漫派诗人一样,他对自然界有深刻的感悟。在他的诗集《北海》(*North Sea*)中,诗人面对大海的"神秘的颤栗",感到自己旧伤未愈的心中,伤口"被亲爱的嘴唇"吻破了。[1]他的《哈尔茨山游记》(*Harz Mountains*)对农民进行了浪漫化的描写——那迷人的小女孩害怕看见雪,那牧童睡在太阳底下做着梦。

海涅的成熟作品却与此不同,充满了讽刺和鞭挞。他的讽刺对象是普鲁士的军国主义、极端民族主义和恐外症,以及统治阶层的贪婪。同时,他对德国人在政治上的冷漠也感到失望,他们只对酸泡菜和香肠感兴趣。海涅把拿破仑当成解放者来景仰,跟拜伦一样,对他的失败感到悲哀(参读海涅的《两个掷弹兵》["The Grenadiers"])。他的观点激怒了当权者,出于安全考虑,他于1831年移居巴黎,在那里他遇见了还像孩子一样的、不识字的十九岁女孩玛蒂尔德,并跟她同居,最后在1841年娶她为妻。

---

[1] 译文引自张玉书译《诗歌集》(《海涅文集(诗歌卷)》,人民文学出版社,2002年)。

在巴黎，他还遇见了卡尔·马克思，他们是远房亲戚。海涅的那首关于纺织工人罢工的长诗《西里西亚的纺织工人》("The Silesian Weavers")就是发表在马克思创办的报纸《前进报》(Forwards)上的。然而，海涅并不相信共产主义，而且害怕无产阶级，预见到他们的"粗糙的拳头"会砸碎他的"可爱的艺术世界"。这种矛盾心态表现在他的杰作、由二十七章组成的抒情讽刺长诗《阿塔·特罗尔》(Atta Troll)中。诗中的"英雄"（主角）是一只硕大的北极熊，代表人民大众，它挣脱锁链之后逃进深山，在那里开始宣讲平等之道———一切造物都是平等的，跟人类一样好。每个造物都有可能成为首相，狮子也必须像公牛一样，驮着谷物袋走向磨坊。[1]海涅通过他的熊来讽刺左派的夸夸其谈，同时，他也讨厌熊的敌人，一个像幽灵般瘦削的人物，名叫拉斯卡罗。他是一个魔女的儿子，魔女到了夜晚，会用一种魔法油膏使她儿子恢复精力。[2]我们推测，拉斯卡罗代表了独裁政府的垂死的灵魂，要依靠迷信才能支撑起来。他是这首诗里的反面角色，但是海涅也反对熊的关于绝对平等的观念，认为那是"对人性尊严的严重背叛"。在这方面，《阿塔·特罗尔》表现了自由的知识分子的永恒的困境。

海涅在逝世前的八年中一直是半瘫痪状态（其原

---

[1] 参见《阿塔·特罗尔》第六章，《海涅文集（诗歌卷）》（人民文学出版社，2002年）。
[2] 参见《阿塔·特罗尔》第十二章，同上。

因据说是铅中毒），他创作了《拉撒路组诗》（"Lazarus Poems"），质疑上帝的公正。当一个朋友对这首组诗表示赞赏时，他说："是的，我知道。这些诗具有一种可怕的美。它们就像是墓里的死人自己写的悼词。"

然而，使德语诗歌提升到一个全新高度的诗人，不是歌德，也不是海涅，而是赖内·马利亚·里尔克（Rainer Maria Rilke，1875—1926）。里尔克生于布拉格，父母是奥地利人。他先后在布拉格和慕尼黑攻读哲学和文学，在那里，他遇见并爱上了已婚的俄国精神学专家兼作家卢·安德列亚斯-莎乐美。莎乐美是弗洛伊德的学生，所以她向里尔克介绍了精神分析理论。他们两人结伴同游意大利和俄国，在俄国他遇见了托尔斯泰。1901年，他与雕塑家克拉拉·韦斯特霍夫结婚，他们的女儿露特随后于同年降生。1902年至1910年，他在巴黎为雕塑家奥古斯特·罗丹担任秘书。在此期间，他创作了《新诗集》（*New Poems*，1907—1908）。1912年，他住在的里雅斯特[1]附近的杜伊诺城堡（Duino Castle），开始创作《杜伊诺哀歌》（*Duino Elegies*）（其实不是哀歌，而是沉思的哲理诗）。在慕尼黑，正值第一次世界大战爆发，他应征入伍，但是基础的训练就使他崩溃了。虽然朋友们很快就把他解救出来，但此后多年，他没再写诗。战后，他移居瑞士。1922年，他突然进入紧张的状态，用了很短的时

---

[1] 意大利东北部边境港口城市，位于亚得里亚海东北岸。

间就完成了《杜伊诺哀歌》，又在三周之内完成了由五十五首十四行诗组成的《致俄耳甫斯的十四行诗》(*Sonnets to Orpheus*)。他因白血病而逝世。

里尔克的诗是不好懂的，因为他想表达的内容是无法表达的。普通的语言无法做到，他认为那种语言是贫弱的、简陋的。普通人的措辞方式令他害怕，他在早期的一首诗中尖刻地表示，"他们展示的一切都太清晰了"。

他希望表达的是一种观念，它具有比我们想象的更为纯粹、深刻而丰富的意识，他将拥有这种意识的存在叫作"天使"。他解释说，他们不是《圣经》意义上的天使；但是他们究竟是什么，依然没有确解。他说，他们超越了时间和具象的限制，在他们内部已经"完成"了"从可见物质向不可见物质的转换"。他还说，他们是可怕的（德语为 schrecklich），而且：

> 如果大天使，那危险的存在，哪怕只是
> 从群星背后，向我们走下一步：我们自己的
> 狂跳的心也会跳得令我们死去。[1]

与天使不同，我们生活在"被解释的"世界里，它是

---

[1] 参见《杜伊诺哀歌》第二歌。本章内里尔克的诗，除特别说明外，译文参考了绿原译《里尔克诗选》（人民文学出版社，1996年）、张索时的析解（《里尔克的绝唱》，百花文艺出版社，2003年），以及斯蒂芬·米切尔（Stephen Mitchell）、爱德华·斯诺（Edward Snow）、金内尔和利布曼（Kinnell & Liebmann）、利什曼和斯彭德（Leishman & Spender）等的多种英译本。

被矮化的、受到理性和理解保护的世界。它将我们锁闭起来，与完整的意识隔离，他要我们去想象，离开这个世界会是什么样子：

> 甚至抛弃
> 自己的名字，就像抛弃一个破玩具。[1]

在里尔克的幻象中，既然人的生命是不充分和较为劣等的，那么死亡对于人就具有一种特殊的含义，虽然那个含义是什么依然是模糊的：

> 因为我们只是果实的皮壳和叶子。
> 伟大的死亡，我们每个人都包含它，
> 它是这世界围着旋转的果实。[2]

无论是否晦涩难懂，里尔克都以强大的震撼力描写了死亡，他的《俄耳甫斯·欧律狄刻·赫耳墨斯》（"Orpheus Eurydice Hermes"）也是如此：欧律狄刻被俄耳甫斯从阴间带回人间，她被抽象化了，"被她长长的殓衣牵绊"。她似乎并不想回归生命：

> 她的死亡状态
> 充满了她全身，几乎是圆满。

---

[1] 参见《杜伊诺哀歌》第一歌。
[2] 参见《定时祈祷文》第46节。

> 就像充满甜蜜与黑暗的果实，
> 她也充满了她的伟大的死亡，
> 那死亡是新的，她还无法理解。[1]

根据里尔克诗里的隐秘的象征符号系统，某些存在虽然不是"天使"，但是他们拥有比正常人更优秀的意识。这些存在包括尚未出生的人、英年早逝的人、单相思的有情人、英雄以及圣徒。动物也属于这类存在。他们的头脑与我们的头脑不同，它们不是"陷阱"，不会捕捉住这个世界并将其简化成秩序，相反，它们是完全开放的。他们：

> 　　　　　　　摆脱死亡。
> 只有我们看得见死亡；自由的动物
> 永远把衰亡抛在后面，永远迎着
> 前面的上帝，当它行动时，它就
> 走进永恒之中，一如泉水奔涌。
>
> 而我们呢，没有一天，在我们面前
> 有过纯粹的空间，让无尽的花朵
> 自由地绽放。

上面这段文字摘自《杜伊诺哀歌》第八歌。早年在巴

---

[1] 参见里尔克的《新诗集》。

黎，里尔克描写动物更加客观一些，据认为，也许是受了罗丹的影响。他的最有名也是被翻译得最多的诗，就是写巴黎动物园里的豹，在笼子里来回地踱步：

> 它的目光被那走不完的铁栏
> 缠得这般疲倦，什么也不能收留。
> 它好像只有千条的铁栏杆，
> 千条的铁栏后便没有宇宙。[1]

神话中的俄耳甫斯用他的琴声，使树木、岩石与河流恢复了生命，里尔克将他置于《致俄耳甫斯的十四行诗》的核心地位。他的诗超越了人类语言的限制，我们被催促着跟上：

> 大胆地说吧，苹果意味着什么。
> 它的甜味，先是凝结而稠密，
> 然后在味觉中纯净地升华，
>
> 变得清澈、清醒，而且透明。
> 兼有阳光、泥土、本地的特质——
> 哦！知识、感觉、快乐——硕大！[2]

只用语言是不足以表现这些的：

---
1 译文引自冯至译《豹》(《冯至全集》第九卷，河北教育出版社，1999年)。
2 参见《致俄耳甫斯的十四行诗》第一部第13首。

> 为在果实中发现的知识而跳舞吧!
> ……
> 为橘橙而跳舞。把更温暖的风景
> 抛出你们的身体,好让成熟的果实
> 在家乡的微风中闪耀![1]

神话中的俄耳甫斯被一群喝得烂醉的疯女人——巴克科斯(Bacchus)的崇拜者——撕成碎片,这组《十四行诗》记录了这段神话:

> 但你的琴声还留在岩石和狮子体内,
> 留在树和鸟的中间。你还在那里歌唱。[2]

被里尔克选作自己墓志铭的那首诗,使用了他的另一个象征符号——玫瑰。他在诗中将玫瑰花瓣比喻成眼睑,这是他经常使用的比喻;并且赞美矛盾,这正是他的诗歌的核心所在。跟通常情况一样,这首诗的含义也很难说得清楚:

> 玫瑰,哦!纯粹的矛盾,快乐,
> 在那么多眼睑底下,无人安睡。

---

[1] 参见《致俄耳甫斯的十四行诗》第一部第15首。
[2] 参见《致俄耳甫斯的十四行诗》第一部第26首。

第二十一章
打造俄国文学

普希金、莱蒙托夫

在亚历山大·普希金（Alexander Pushkin，1799—1837）之前，基本上没有俄国文学。俄国上流社会都说法语，而鄙视他们的本国语言。普希金出生在一个贵族家庭，后来在皇村学校读书。但是他对于社会改革运动十分热衷。相对于欧美的大多数国家，当时的俄国还处于中世纪。沙皇是一个独裁君主，而且还在实行农奴制度，即一种全国性的奴隶制度。

普希金的早期政治诗是以手稿的形式传播的，但被沙皇的情报机构截获，他因此被迫流亡，离开首都圣彼得堡，先是到克里米亚，后来到高加索，再后来到他母亲在莫斯科北部的庄园。1825年,他的好几个朋友都卷入了十二月党人的起义,他们的目的是阻止反动的尼古拉一世成为沙皇,但结果被残酷地镇压了。1831年,普希金与沙皇及其大臣们都非常宠爱的宫廷美女娜塔丽娅·冈察洛娃结婚,并且生有四个孩子。但是有传言称他的妻子有不忠行为,普希金听说之后受了刺激,向一名据说是他妻子的情人的法国军官挑战,要求决斗,结果受伤后去世。

普希金是一位诗人,也是一位小说家(novelist)、剧作家和短篇小说作家(short-story writer),他的创作主题和写作风格影响了他身后所有优秀的俄国作家,包括陀思妥耶夫斯基。陀氏说:"我们现在拥有的一切都归功于普希金。"对于普希金而言,他受到拜伦的深刻影响,特别是《唐璜》。在诗歌方面,他开创了一种注重具体描写的风格,它有很强的视觉效果,但有时也几乎是散文化的,只是有节制地运用暗喻和修辞语言,模拟日常说话的节奏。他的创作建议是:"倾听人民的说话。"这种风格也影响到他的语汇,评论家们曾对他的"粗俗"加以批评。

他贪慕女色。他追过许多女性,但很快就把她们抛弃。但是他的写作倒是对女性的感情做了深刻的反映。他描写女性的感情,也描写他自己的感情,都出于心理上的真实与诚实,这种写法在情诗中是很少用的。例如,当听到他曾经狂热地爱恋过的一个女人在意大利死于肺结核病时,他惊讶地发现自己并没有感到悲伤，于是就写了一首诗承认这一点。他的妻子貌似比较冷漠、缺乏爱心，他就写一首诗告诉她，说她这样恰恰使他欲火中烧，而对于委身于他的怀抱、热情叫唤的女人，他反倒没什么兴趣。

有一首亵渎神明的诗叫《加百列颂》(*The Gavriliad*)[1]，虽然他一再否认，但是所有人都知道是他写的。诗中描写上帝（呈现为鸽子的外形）、恶魔（呈现为蛇的外形）和天使加百列（呈现为英俊青年的外形）与圣母马利亚一起缠绵悱恻，马利亚对此也非常享受。尽管这首诗是浮靡轻艳的，但是马利亚袒露自己可爱的身体并表现得快活而骄傲，这些都被优美而温柔地表现了出来。

普希金的年迈的保姆（他为她也写过一首诗）跟他讲过许多俄罗斯民间故事，他将这些故事编织到自己的诗里。《林泽仙女》(*Rusalka*)讲述了一个邪恶的林泽仙女，在她还是人的时候曾被一个王子引诱然后抛弃，于是对王子进行报复的故事。在另一个极端，是一个诙谐的现代故事《努林伯爵》(*Count Nulin*)。一个年轻的妻子闲极无聊，看着自己的丈夫和他的朋友骑马出去打猎，于是渴望有一个访客——随便什么访客都行。这时，她听见一声巨响，一辆马车从桥上翻了下去，于是她立刻高兴起来，指望有幸存者前来拜访。

---

[1] 本章内有关普希金的长诗和戏剧部分，参考了余振和冀刚的译文（《普希金全集》第3、4卷，浙江文艺出版社，1997年）。

果不其然，一位伯爵和他的侍从们没多久就来到她的门前，所有人都毫发无损。伯爵是一位年轻的花花公子，刚从国外旅行回来，在晚餐桌上滔滔不绝地谈论着巴黎的剧院正在上演的戏目。他上床休息之后，忽然觉得女主人或许会希望他去勾引她，于是摸着黑，沿着过道来到她的房间。在这里，普希金适时地引用了莎士比亚的长诗《鲁克丽丝受辱记》(*The Rape of Lucrece*)中可憎的塔昆的形象。可这不过是个笑话，这里没有重复老套的情节剧。那个年轻妻子从睡梦中惊醒，扇了"塔昆"一个响亮的耳光，于是他只得灰溜溜地爬回自己的床去。第二天清晨，伯爵很早就坐上修好的马车离开，而那个年轻妻子却把自己的冒险经历告诉了她的所有朋友。笑得最响亮的那个人，普希金补充说，是二十四岁的邻近庄园的主人——显然，他是这个年轻妻子的现任情夫。

野蛮与文明的冲突，是浪漫派诗歌的重要主题，也是普希金的长诗《茨冈人》(*The Gypsies*)的基本内容。长诗从描写罗姆人[1]的露营开始——篝火、烧晚饭，马匹在吃草，驯服的熊在打盹。金斐拉是个罗姆族姑娘，她从外面带来一个陌生人阿列哥，一个因犯了法而在逃的城市人。阿列哥过起了悠闲的生活，不知不觉中和金斐拉成了情人。但是金斐拉对他厌倦了（女人的善变是普希金最擅长的主题），于是爱上了别

---

[1] 罗姆人即茨冈人，或称吉卜赛人。

的情人。阿列哥妒火中烧，把他们两个都杀掉了。"老人"，即金斐拉的父亲，以优雅的克制发表了讲话：

> 离开我们吧，高傲的人！
> 我们粗野，我们没有法律，
> 我们不处罚，也没有死刑——
> 我们不需要流血和呻吟——
> 但不愿和凶手生活在一起。

在"尾声"部分，普希金回忆起自己在高加索与罗姆人一起生活的日子，并警告说，即使生活在野蛮人中间，也摆脱不了纠缠的梦魇和致命的激情。

《鲍里斯·戈都诺夫》(*Boris Godunov*)是普希金对莎士比亚悲剧的模仿之作，结构杂乱，与莎剧相差甚远。但是他的几部"小悲剧"对心理现实主义进行探索，相对要成功得多。最有名的是《莫扎特和萨列里》(*Mozart and Salieri*)，它为《莫扎特传》(*Amadeus*)的编剧彼得·谢弗提供了灵感。在这个短剧里，萨列里谋杀莫扎特的动机不是出于嫉妒（或者说他是这样告诉自己的，虽然他承认自己是嫉妒莫扎特的），而是担心一旦天才降落到莫扎特这样的小丑身上，艺术的尊严就会受到威胁。

普希金最著名的叙事诗《青铜骑士》(*The Bronze Horseman*)[1]给读者留下了一个问题。它的背景是1820

---

[1] 这个诗题，余振和冯春均译为《铜骑士》。这里依据英文原文，沿用旧译。

年代的圣彼得堡,一个建立在涅瓦河边的沼泽地上的城市,它是在沙皇彼得大帝(1672—1725)的命令下建成的,数千名劳工为此付出了生命。普希金赞美这座城市的辉煌,但紧接着讲述了一个贫穷的职员叶甫盖尼的故事。他的家在这座城市遭遇洪水时被毁(这座城市经常发洪水)。更糟的是,叶甫盖尼发现自己的女友的家也被毁了,而且她与她的家人都被淹死了。他悲痛欲绝,从此一蹶不振。但是有一天,他怀着悲愤的心情,走到圣彼得广场,抬头看见沙皇彼得大帝这位"统治半个世界的君主"骑着马的青铜塑像,于是从紧闭的牙齿缝隙中吐出了几个恐怖的词语。然后,他对自己的鲁莽感到害怕,扭头就跑。他听见青铜马蹄的嗒嗒声紧随其后。不久以后,人们发现他的尸体躺在一个荒岛上的一个破败的小茅屋里。

我们应该如何来解读这首叙事诗呢?现代俄裔诗人约瑟夫·布罗茨基认为,这首诗批判了彼得大帝这一普通人命运的残酷的仲裁者,也有人认为,这首诗是普希金对尼古拉一世专制政权的抗议。但是在苏联时期,这首诗被解读为对斯大林那种主张将社会进步置于个人痛苦之上的铁腕领袖的歌颂。

普希金的代表作,诗体小说《叶甫盖尼·奥涅金》(*Eugene Onegin*)[1],由三百八十九个结构复杂的十四行

---

1 本章内与《叶甫盖尼·奥涅金》相关的人名及部分译文,参考了冯春的译本(广西师范大学出版社,2016年)和智量的译本(华东师范大学出版社,2016年)。

诗节组成，其中"阳韵"或单音节韵（如 slam/cram）和"阴韵"或双音节韵（如 middle/riddle）交替使用，其翻译难度比他的绝大多数诗歌都要高很多。故事相对比较简单。奥涅金是一个自私、愤世嫉俗的花花公子，他继承了一座乡村庄园。在乡间，他与充满理想的年轻诗人连斯基成了好朋友。塔吉雅娜是一个害羞而热情的十七岁少女，一个地主的女儿，她爱上了奥涅金，于是写信向他吐露真情。但是奥涅金却责备她过于鲁莽，并且告诉她，婚姻生活会使他感到厌倦。连斯基邀请奥涅金去参加一个乡村舞会，但是奥涅金对他这位不够成熟的伙伴感到恼火，于是去挑逗塔吉雅娜的妹妹、连斯基的未婚妻奥尔加，故意激怒连斯基。连斯基向奥涅金挑战，要求决斗。奥涅金觉得，按照社交习惯，他必须接受挑战，于是一枪把连斯基打死了。

此后，奥涅金到国外旅行，而塔吉雅娜探访了他那座空寂的房屋，翻看他的书籍和手稿，最后认为叶甫盖尼·奥涅金不过是拜伦笔下人物的一个混合体，而不是一个真实的人。过了很多年，奥涅金回来了。在莫斯科的一个大型舞会上，他遇见了塔吉雅娜，这时她已经嫁给了一位公爵。奥涅金旧情萌发，安排了一个幽会地点，请求塔吉雅娜跟他私奔。但是她不愿意毁掉自己的生活，虽然她承认还依然爱着他。

《叶甫盖尼·奥涅金》的耀眼之处固然在于它有戏剧性的动作，但更在于它有紧凑的故事情节、敏锐而真实的细节。例如决斗的场景，作者不惜笔墨，精确地抓住了每一个细节：淡灰色的火药像流水一般倒进手枪的药槽，子弹塞进磨得闪亮的枪膛；连斯基用手轻轻地捂住胸部，倒下，仿佛一堆雪球沿着山坡缓缓地滚落，在太阳底下闪着银光。

米哈伊尔·莱蒙托夫（Mikhail Lermontov，1814—1841）跟普希金一样，出生在一个贵族家庭。在他三岁那年，他母亲去世，因此他由溺爱他而有钱的外祖母带大。他接受了良好的教育，会说流利的法语、德语和英语，而且在绘画方面颇有天赋，但是他受不了一点点约束，在莫斯科大学读了两年就辍学，报名参加了骑兵学校的培训。作为近卫军骠骑兵团的骑兵少尉，他的生活是奢靡和放荡的。他贪恋女色，充满冷酷而讥刺的智慧，这些都是出了名的。

普希金是他的偶像。就在1837年1月普希金因决斗而去世之后没几天，一首题为《诗人之死》（"The Poet's Death"）的诗就以手抄的形式流传开来。跟许多人一样，作者将这场灾难归咎于沙皇尼古拉的内部纷争，"那贪婪的一群簇拥在宝座跟前"。这首诗的作者是莱蒙托夫，他被指控煽动叛乱，于是被捕，经过短暂的监禁，被送到高加索的一个龙骑兵团。

然而，这对于莱蒙托夫来说并不算是惩罚。他热爱山林以及那些粗犷的山民，那会令他想起童年过节时的快乐情景。在战斗中，他因英勇顽强而表现突出，在哥萨克骑兵队伍中很受欢迎。在1840年的瓦列里克（Valerik）河上战役之后，官方的简报上还表扬他具有"出色的勇气"。但是尼古拉一世拒绝给他颁奖。第二年，他在跟一个同僚的决斗中遇难，因为那个同僚再也无法忍受他的尖刻的讽刺。跟约翰·济慈一样，他死的那年只有二十六岁。

在《瓦列里克》（"Valerik"）一诗中，他作为一个战争诗人描述自己的战斗经历，在最大程度上追随了普希金的具体真实的写作手法。他回忆起在战役前的焦急等待——哥萨克人的战马低垂着头，一列列地站着，士兵们谈论着过去的事情，他们的刺刀在太阳底下闪光。他在诗中对短兵相接的描述与官方记录相吻合，但是无谓的杀戮使他厌恶：

> 我们默默地杀戮，肩并肩，就像野兽，
> 到处是喧嚣，成堆的尸体堵塞了河流。
> 由于酷热和疲倦，我想要喝口水解渴，
> 但是河水已经变得混浊、鲜红而温热。

不过，莱蒙托夫的诗，绝大多数都在这两者之间摇摆：一方面是对临死的角斗士表示浪漫主义的怜悯（以拜伦为榜样）或对逝去的天堂洒下孩子般的眼泪，另一方面是对高加索的群峰发出浪漫主义的浩叹。1837年，莱蒙托夫在牢房里，似乎快要走出自我中心的扭捏状态：

> 亲爱的寂寞邻人，虽然你我并不相认，
> 我的狱友啊，你也在遭受煎熬与苦恨。

但他后来越来越沉湎于寂寞的英雄——一个被人扔石头和嘲笑的先知，一个被放逐的懦夫，一个躲进乡村、徒手杀死黑豹的年幼僧人（《童僧》["The Novice"]），一个本想引诱一个修女、结果在紧要关头被前来救赎的天使阻止的恶魔（《恶魔》["The Demon"]）。

最后补充一点，莱蒙托夫被人记住是由于他的诗歌，也是由于他的一部开创性的心理小说《当代英雄》（*A Hero of Our Time*，1839—1840）。这部小说描写的是一个闲极无聊、精神幻灭的年轻贵族，有点像莱蒙托夫本人。

第二十二章
维多利亚时期的优秀诗人

丁尼生、勃朗宁、克拉夫、阿诺德

阿尔弗雷德·丁尼生勋爵（Alfred, Lord Tennyson, 1809—1892）是林肯郡一位教区牧师的儿子。他曾在剑桥大学三一学院求学。他的早期诗作在当时人眼里过于女性化，因而被人嘲笑，但是1850年，他继华兹华斯之后成为新一任桂冠诗人。《轻骑兵突袭》("The Charge of the Light Brigade"）也许是他最著名的诗篇，这首诗歌颂了一支英国骑兵部队的勇敢。当时在巴拉克拉瓦战役中，他们因收到一项错误的命令而向俄国炮兵部队进攻：

> 他们不追问原因,
> 只知道拼死前进:
> 冲进死亡的山谷,
> 　　六百人骑着战马。

我们至今还能通过蜡筒录音听到他吟诵这首诗的声音,虽然有点模糊了。

他的性格是抑郁的,而且怀有积怨,因为他的父亲曾被剥夺继承权,结果房产传给了丁尼生家族的戴恩科特一支。使他受到更加深刻的伤害的,是他坚信自己有皇家血统,他曾亲自前往威斯敏斯特教堂,在金雀花皇家墓地确认自己与祖辈们有相似的外表。1884年,他接受了贵族爵位,成为第一个(至今也是唯一的)因写诗而获得贵族爵位的诗人。

他的诗歌以富有音乐感而著称,但是他的优秀之处远不止于此。他是善于观察、描摹准确的大师,这两点在《鹰》("The Eagle")这首诗中表现明显:

> 他钩状的爪子紧抠着峭壁;
> 头顶着太阳,在孤独的领地,
> 他站着,四周是蔚蓝的天际。

> 皱褶的海面在他身下匍匐;
> 他停留在山崖上,凝神注目,
> 突然像霹雳般,他向下猛扑。

悲伤和失落是他永恒的主题:

> 泪啊,无端的泪,我不知其意义,
> 这眼泪来自神圣的绝望深处,
> 从心中升起,再到眼睛里汇聚,
> 每当我望着欢乐的秋日原野,
> 每当我想起一去不返的岁月。[1]

他从外部寻找印证内心荒凉的象征:

> 碎了,碎了,碎了!
> 　在你灰冷的礁石,哦大海!
> 但愿我的舌头能说出
> 　我这心中涌起的情怀。[2]

在《提托诺斯》("Tithonus")中,独白者命里注定是不死的,他见证了世界的衰败:

> 树木会凋零,树木凋零后倒下,
> 雾气会流泪,将负担留给大地,
> 人来了,会耕地,最后埋在地里,
> 经过许多个夏天,天鹅会死去。

1　参见长诗《公主》(*The Princess*)第四章的开头。
2　这首诗是诗人对亡友哈勒姆(详见下文)的哀悼。原诗无题,这是第一小节。

《尤利西斯》("Ulysses")一诗写的是荷马史诗中的老年英雄,他回到伊塔卡岛,渴望再做最后一次远航:

> 撑船下海,坐好排成行,把船桨
> 划入汩汩的涡纹;我立志远航,
> 到超越日落之地,到所有星星
> 沉落西天的浴场,直到我死去。

在所有英国诗人中,丁尼生受到《奥德修纪》的灵感激发是最多的。《食枣人》("The Lotos-eaters")[1]讲述的是在昏睡中遗忘的神奇事迹:

> 到下午,他们果然登上了陆地,
> 那里的时间似乎永远是下午。
> 慵懒的空气飘浮在整个海岸,
> 呼吸着,就像人在困倦的梦中。

丁尼生还通过想象,描写了在女性只能观望和等待,而男人偷去了所有行动权的社会里,女性所经历的痛苦。在《夏洛特女郎》("The Lady of Shallot")中,女主人公已"厌倦了这些影像",于是突破了她的生活限制,终于死去。在《玛丽安娜》("Mariana")中,女主人公等待着永远不会回来的情人,她的周围环境已

---

[1] 参见《奥德修纪》第九卷。

破落成一片废墟：

> 黑漆漆苔藓厚厚的一层
> 　将一整片花床全都盖没，
> 把梨树拉向山墙的粗绳、
> 　系绳的铁钉已锈烂掉落。
> 残破的棚屋凄凉又古怪。[1]

1833年，丁尼生的一位大学朋友亨利·哈勒姆死于中风，年仅二十二岁，丁尼生创作了长诗《悼念集》（*In Memoriam*）为他哀悼，这部作品经常被认为是丁尼生的杰作：

> 他不在这里；可是在远处，
> 　生活的喧嚣又重新开启，
> 　空虚的街道上雨丝绵密，
> 苍白的黎明，幽灵般侵入。[2]

《悼念集》不仅仅是对哈勒姆的哀悼。19世纪初期，地质学家们发现，地球比《圣经》上说的还要古老几百万年，大陆板块始终在漂移，不仅是人类，而且人类存在的所有遗迹，都可能在某一天突然毁灭。《悼念集》记录了这一可怕的发现：

1　译文引自黄杲炘译《丁尼生诗选》（上海译文出版社，1995年）。
2　参见《悼念集》第7首。

> 群山是影像，它们像水流，
>   从形态到形态，绝不停歇；
>   大地也会如雾气般消解，
>   它们像云，一成形就飘走。[1]

许多人（其中似乎也包括丁尼生）认为，他们的基督教信仰在这些知识面前都无法继续存在。

《莫德》(*Maud*，1855)是丁尼生最后的优秀作品。他将自己对戴恩科特家剥夺他家的继承权一事怀有的怨愤，以及对银行家女儿罗莎·巴林拒绝他求婚的痛苦回忆，一并发泄于在维多利亚时代的商业和工业中发财的暴发户身上，对他们报以致命的谴责，其猛烈程度近乎疯狂。在《莫德》中，独白者在梦见莫德的"冰冷而清晰的面庞"之后醒来，在黑夜中一路狂走：

> 倾听，那潮水如同沉船一般的震天的轰鸣，
> 那疯狂的海滩厉声尖叫，被巨浪拖进大海，
> 迎着幽灵般的微光走在冬天的风中，发现
> 明媚的水仙已死，而猎户星座在墓里深埋。[2]

诗中充满了强烈的性感，从而打破了人们对丁尼生和维多利亚时代诗歌的习惯思维：

---

[1] 参见《悼念集》第123首。
[2] 参见《莫德》第一部第三歌。

> 她来了，我最甜蜜的女郎，
>   即使她脚步轻如烟；
> 我的心会听见她而跳荡，
>   即使在坟墓里长眠。
> 我的灰会听见她而跳荡，
>   即使我死了上百年；
> 我在她脚下会颤抖惊慌，
>   开出花来紫红相间。[1]

罗伯特·勃朗宁（Robert Browning，1812—1889）出生于一个不遵奉英国国教的家庭，因此被拒绝在大学校门之外。但是他的父亲资产丰裕，并拥有大量藏书，所以罗伯特在家接受教育，而且与丁尼生一样，不需要寻找一份职业。他爱上了比他大六岁而且已经享有诗名的伊丽莎白·巴雷特。1846年，她离开自己父亲在温波尔大街的家，与勃朗宁一起私奔。他们定居在佛罗伦萨。勃朗宁潜心研究文艺复兴艺术及其历史，并声称意大利是他的"大学"。

他最喜欢的诗人是约翰·邓恩，他跟邓恩一样，也用戏剧性独白写诗。所谓"戏剧性独白"是指由想象中的人物说出想象中的话语。独白者经常具有扭曲、恶毒的心理，并在说话过程中暴露出自己的本性。在《西班牙修道院里的独白》（"Soliloquy of the

---

[1] 参见《莫德》第一部第二十二歌。

Spanish Cloister")中,独白者因仇恨而满嘴恶言:

> 哼——!我心中的憎恨高升起!
> 浇!浇你那些该死的花!
> 如果恨能杀人,劳伦斯兄弟,
> 我的恨就不能把你杀?[1]

根据下文我们知道,劳伦斯兄弟是无辜的,他看管修道院的花园,种植水果给大家分享。那个恨他的人一想到他的这些美德就感觉难受。这种披着宗教外衣的罪恶,同样激发了那首《圣普拉西德教堂的主教吩咐后事》("The Bishop Orders his Tomb in Saint Praxed's Church")的创作,在这首诗里,一个天主教的身居要职的人物,在临终时嘱咐他的儿子们(教职人员按规定必须禁欲,是不该有儿子的)为他建造豪华的纪念墓地,建造材料包括:

> 一大块(啊,上帝呀)天青琉璃石,
> 大得像犹太人头从颈部割断,
> 青得像圣母胸口淡青的脉管。

这个比喻是淫荡而残忍的,暴露出独白者的本性。

《我已故的公爵夫人》("My Last Duchess")就更

---

[1] 译文引自汪晴、飞白译《勃朗宁诗选》(海天出版社,1999年)。下文所引三行同此。

加复杂而邪恶了。一个贵族带领一名访客参观他的画廊，他拉开帷幕，展示出一幅年轻女士的画像。他解释说，那是他已故的公爵夫人。她的缺点是心太好了。她会对所有的人微笑：

> 就像把我给她的九百年古老的姓氏，
> 看得和任何人给的礼物一般的价值。[1]

于是他让人把她杀了：

> 我下了命令，
> 于是，一切微笑全都结束。

当他们离开画廊时，他指着另一幅艺术作品：

> 请注意这尊海神，
> 正在驯服一匹海马，据说可是件宝贝呢，
> 它可是因城的克劳斯为我用青铜铸造的。

我们发现，这位艺术爱好者喜欢画中的妻子多过活着的妻子，因为活着的那位有自己的意志。他被"海神驯服海马"这个形象所吸引，因为"驯服"这个动作抽去了海马的自然活力，而"用青铜铸造"也具有同

---

[1] 译文引自陈维杭译《我已故的公爵夫人》(王佐良主编《英国诗选》，上海译文出版社，1988年)。下文所引两小节同此，但最后一小节略有改动。

样的效果。"据说可是件宝贝"那个假装谦虚的说法（意思是"实际上是唯一而且无价的"），完全与其性格相符。人物的语言、行为、着装和表情，对勃朗宁的艺术来说都是至关重要的，这里甚至包括他们是否容易产生鼻喉部的黏液：

> 他在大笑时，喉咙里咕噜作响，
> 似乎那个部位有煎饼在油炸。

这两行诗引自勃朗宁的史诗《指环与书》(*The Ring and the Book*)，诗中写到罗马的一起谋杀案，它显示了对某一事件的矛盾观点如何使真理的概念变得模糊。虽然这部史诗现在已经少有人读，但它至今仍是语言艺术的一个奇迹。

在《利波·利比兄弟》("Fra Lippo Lippi")这首诗中，独白者是15世纪的佛罗伦萨画家，在勃朗宁看来，这位画家跟他自己一样都是写实（现实）主义的先驱，笔下描写的都是世俗的活人，而不是宗教艺术中的刻板类型。在这首诗中，利比兄弟被巡夜人（即当地警察）抓捕，他请求他们给他一截粉笔或炭笔，给他们当中某个人的脸画一幅速写。他解释说，他正在创作一幅关于施洗约翰被处死的油画，在那幅画里，有个痴呆的恶棍正抓着这位圣人的头发、提起他的头，而这张脸非常适合用来画那个恶棍。

勃朗宁的心理洞察力以及这种独白者自我揭露

的创作手法，也许影响了阿瑟·休·克拉夫（Arthur Hugh Clough，1819—1861）。他是利物浦的一个棉花商的儿子，童年是在美国南卡罗来纳州度过的，但是后来回到英国接受教育。有一段时间，他无偿为他妻子的堂妹弗洛伦丝·南丁格尔担任秘书工作。他最有名的抒情诗是《不要说斗争没什么用处》("Say not the Struggle nought Availeth"），温斯顿·丘吉尔在第二次世界大战的黑暗时期向英国人民做广播讲话时引用过这首诗。但是他的杰作是诗体中篇小说《出航》（*Amours de Voyage*），这部作品的主体是一个敏感而高傲的年轻人克劳德在罗马（他觉得很"垃圾"的一座城市）度假期间，寄给英国故乡一个朋友的书信。

克劳德遇见一个年轻的英国女孩，并被她吸引，而那女孩也被他吸引。但是，一方面是运气不佳，另一方面克劳德自己也犹豫不决，因此他们的关系并没有结果。这部作品是尖锐、微妙而深刻的，同时又出乎意料地现代。1849年，马志尼和加里波第[1]建立了短命的罗马共和国，而诗中对这段时期的罗马市民生活的描写给人留下了鲜活的印象。最后，克劳德下定决心，将来要更加意志坚定：

> 我要正视世界、直面人生，而不要试图躲避；

---

[1] 马志尼（Mazzini，1805—1872）是意大利政治家、作家，其思想深刻地影响了意大利的独立，有"意大利独立之父"的称号；加里波第（Garibaldi，1807—1882）是意大利爱国志士与军人。他们与意大利外交家加富尔（Cavour，1810—1861）一并被称为"意大利建国三杰"。

> 对于我，事实就该是事实，真理就该是真理，
> 它们从来是灵活、变幻、模糊、多样而可疑。

第三行的意思是尖刻的，它似乎在说，当时地球上最伟大帝国的核心已经在广泛的领域内丧失其确定性，而使丁尼生如此不安的各种地质发现只是其中的一部分。

马修·阿诺德（Matthew Arnold，1822—1888）的父亲是著名的教育改革家、拉格比公学[1]（托马斯·休斯［Thomas Hughes］于1857年发表的长篇小说《汤姆·布朗的求学时代》[Tom Brown's School Days]对此有过描写）校长。阿诺德在拉格比和牛津求学时期，与克拉夫过从甚密，当他这位朋友于1861年在佛罗伦萨因罹患疟疾去世时，阿诺德为他写过一首哀歌《色希斯》("Thyrsis")。与阿诺德描写牛津周围乡村的其他诗作一样，《学者吉卜赛》("The Scholar Gipsy")将幸福寄托于过去，当时：

> 生活像明亮的泰晤士愉快地流淌，
> 当时还没有这现代生活的怪病，
> 充满了纷繁的目标、讨厌的匆忙。[2]

1　英国最古老、最有名望的私立学校之一，位于沃里克郡，创立于1567年。
2　参见《学者吉卜赛》第21节。

阿诺德是一位文化评论家，广泛地阅读过各类文学作品。他的悲剧诗作《苏赫拉布与鲁斯塔姆》("Sohrab and Rustum")是根据波斯诗人菲尔多西（Firdawsi，940—1020）的一部史诗中的一个章节改写的，描写了一位父亲在不知情的条件下杀了自己的儿子。《被遗弃的鱼人》("The Forsaken Merman")也是一首悲剧诗作，讲述的是一个人类母亲与海王生育多个子女，却抛弃了海里的家庭，回到人类生活。那些幼小的鱼人孩子在夜里游上岸，爬上墓石，从教堂的窗户往里看，见到自己的母亲在祈祷。但是她并没有回去。

阿诺德的诗中弥漫着的那种悲哀，也可以在他传诵最广的诗作《多佛海滩》("Dover Beach")中感受到。它对19世纪宗教信仰的逐渐丧失加以沉思，而达尔文发表的《物种起源》则加速了这个信仰丧失的过程。这首诗可能作于1851年，比达尔文发表那本著作早了八年：

> 啊，亲爱的！让我们
> 彼此忠诚，因为这世界虽然
> 像梦幻之乡呈现在我们眼前，
> 如此多样、如此美丽、新颖，
> 实际上并没有欢乐、爱与光明，
> 也没有稳定、和平、对痛苦的解救，

我们这里仿佛是黑暗的荒丘，
只有挣扎与逃避，惊恐、混乱，
无知的军队在黑夜里交战。

第二十三章

改革、决心与宗教：维多利亚时期的女诗人

伊丽莎白·巴雷特·勃朗宁、艾米莉·勃朗特、克里斯蒂娜·罗塞蒂

伊丽莎白·巴雷特·勃朗宁（Elizabeth Barrett Browning，1806—1861）从小就是个天才。她四岁开始写诗，十二岁写了一首关于马拉松战役的史诗。她学过古希腊语和希伯来语，并翻译过埃斯库罗斯的《被缚的普罗米修斯》。

她投身于社会公正事业，从不退缩。她父亲的财产来源于牙买加的蔗糖种植业，而她却坚定地参加废除奴隶制的运动。在她的《对国家的诅咒》（"A Curse for a Nation"）一诗中，一位天使要求她诅咒那些像她的家人一样靠剥削生存的人。她解释说，感恩与血缘

的纽带让她无法做到，但是天使坚持要她那样做，结果她还是写下了诅咒。1833年，当英国治下的地区废除了奴隶制，她的家庭财富受到了严重的影响。

她的《孩子们的哭声》("The Cry of the Children")作于1842年，当时正在进行一场后来取得成功的社会运动，目的是限制矿区和工厂雇用童工，这首诗就是为这场运动而写的。她的创作灵感的另一个来源是玛丽·沃斯通克拉夫特[1]的《女权辩护》(*A Vindication of the Rights of Woman*)，在巴雷特·勃朗宁的诗体小说《奥罗拉·利》(*Aurora Leigh*，1856)中，女主人公的表兄认为女人不会写诗，女主人公对这个观点感到愤慨，于是动身前往伦敦，以写诗作为自己的谋生手段。这并不是作者的幻想。奥罗拉的成功，折射出巴雷特·勃朗宁自己成功的影子。她的诗歌受到广泛好评，在华兹华斯去世时，广大读者都认为是她，而不是丁尼生，将成为当时的桂冠诗人。

她在一段时间内被人们忽视，女性主义评论家们使她重新获得了声誉，但她的有些诗作从来都没有停止过流传。《葡萄牙人的十四行诗》(*Sonnets from the Portuguese*)第43首，"我有多爱你？让我把方法数数"，经常在婚礼上被人诵读。(这些十四行诗并不是真的由"葡萄牙人"写的，而是她写给罗伯特·勃朗宁的原创情诗。在诗作公开发表时，他们约好了隐藏

---

[1] 玛丽·沃斯通克拉夫特 (Mary Wollstoncraft，1759—1797)，英国女作家，女权主义先驱，对后世具有深远的影响。

作品的私密性质。)她的宗教诗(例如"温柔地对我说,救世主,温柔而甜蜜"["Speak low to me, my Saviour, low and sweet"][1])也属于某种类型的情诗。即使是上述十四行诗第43首,也以一种宗教的情调收尾:

> 如果上帝愿意,
> 我死后,只会爱得你更加深永。

对于许多人来说,她的最有震撼力的诗是《乐器》("A Musical Instrument")。这也是她的最后一首诗,直到她去世之后才发表。这首诗好像是对她以前写过的几乎所有作品的一个评判,或者可以说,是对她的更温和的一类诗歌的辩护,使其免受男性缪斯的残酷与暴力:

> 他在做什么,伟大的潘神,
> 　藏身于芦苇与河水?
> 他传播荒芜,散布禁令,
> 山羊蹄子让泥水飞溅,
> 金色的百合被他折断,
> 　蜻蜓追逐着流水。
>
> 他拔一根芦苇,伟大的潘神,

---

[1] 这是巴雷特·勃朗宁的除《葡萄牙人的十四行诗》组诗以外的一首十四行诗,原诗题为《安慰》("Comfort")。

从谷底深冷的河水。
清澈的河流湍急地奔腾,
折断的百合气息奄奄,
蜻蜓也早已躲得远远,
　趁芦苇还未拔出清水。

他坐在高岸,伟大的潘神,
　脚下是湍急的流水,
他挥起铁刃,威武凶猛,
朝着坚忍的芦苇乱砍,
直到看不见芦叶的新鲜,
　像刚刚拔出于河水。

他把它削短,伟大的潘神,
　(伟岸地踏着河水!)
他吸出芦汁,像吸出人心,
先从圆头把汁液吸干,
再在空杆上凿出孔眼,
　他坐对涓涓的流水。

"就这样!"他笑着,伟大的潘神,
　(他坐着,笑对河水,)
"必须是这样,神要想做成
甜美的音乐,这样才如愿。"
他嘴贴着吹孔,朝着芦管

猛吹着，面对着流水。

甜美，甜美，甜美，哦潘神！
　　透澈、甜美如清水！
耀眼的甜美，伟大的潘神！
太阳竟然也忘了下山。
百合复活，蜻蜓回转，
　　做梦在清清的河水。

如今这半兽，伟大的潘神，
　　还坐着，笑对流水。
他硬是把人做成个诗人，
真神痛惜这代价和苦难，
因为这芦苇不再像它同伴，
　　生长在从前的河水。[1]

艾米莉·勃朗特（Emily Brontë，1818—1848）是勃朗特家六个孩子中的第五个，她跟其他孩子一起在霍沃思教区长大，他们的父亲帕特里克在那里担任常驻牧师。她母亲在她三岁的时候去世，她的两个姐

---

[1] 这首诗的格律形式非常特别：全诗由七个六行诗节组成。每个诗节的第一、三、四、五行均为四音步，第一、三两行和第四、五两行互相押韵，其中第一行全部以 Pan 结尾，因此所有七个诗节的第一、三两行通押一个韵脚。另外，第二、六行均为三音步，并全部以 river 一词结尾。本书译者采用以顿代步的译诗方法，韵式与原诗相同，顿数与音步数相同，第二、六行均以"水"字结尾，以期反映原诗的这种格律特点。

姐也在童年时就夭折了。她一度在考恩布里奇的学校（她的姐姐夏洛特［Charlotte］在小说《简·爱》中对这个地方有过描写）读书，1842年又与夏洛特一起在布鲁塞尔的康斯坦丁·赫格尔的学校度过一小段时间。赫格尔对她的评价是"意志顽强、性格固执"，认为"她本该是个男人"。虽然她缺乏正规的教育，但她还是靠自学，学会了德语和弹钢琴，甚至尝试当过几个月的教师，但终于无法忍受日常的平庸，或者是思乡心切。

勃朗特家的孩子们过着幻想的生活，她们用散文和韵文创造了两个想象世界——安格里亚和贡达尔（Angria and Gondal）的历史，其中的人物都基于她们的兄弟布兰韦尔的一套玩具盒里的士兵。艾米莉的某些貌似自传性质的诗歌，与贡达尔的人物有关。1846年，夏洛特、艾米莉和安妮（Anne）将她们自己的诗作合并成一卷出版。她们都使用了男性的化名，书名为《柯勒、埃利斯和阿克顿·贝尔诗选》(*Poems by Currer, Ellis and Acton Bell*)。据说当时一共卖出去两本。

艾米莉去世之后，有些人回忆起她的一些故事，说她心性疏野，亲近自然。据说，她有一次从荒野上散步回来，把一只刚长出细毛的鸟（或说是幼小的兔子）带回家，跟它说话，而且坚信它会听得懂。她发起火来也很厉害。当她的名叫"管家"的杂交斗牛獒不服从她的命令，躺在白色床罩上的时候，她会用拳头凶狠地揍那个家伙,一直打到它两眼"半瞎"。1848年冬天,她患上肺结核病,在临死之际,她拒绝服用药物,或者不允许任何"想毒死她的医生"靠近她。

她的诗歌作品表现了她的勇气和她的宗教信仰:

> 我的灵魂绝不会怯懦,
> 　　在暴风侵袭的地区也不战栗,
> 我看见天堂之光闪烁,
> 　　信仰也闪烁着为我战胜恐惧。[1]

夏洛特后来说,这是艾米莉的最后一首诗,但这话明显并不属实。现代评论家们指责夏洛特对艾米莉加以"神化",甚至改写了她的某些诗。即使如此,艾米莉在诗中反映的个性,依然是人们在《呼啸山庄》的作者身上所见到的个性。荒野的诱惑和失去爱人的痛苦,都是一以贯之的:

> 在冰冷的地下,积雪又将你覆盖,
> 　　远远地离去,冰冷,在阴森的墓穴!
> 我是否忘了爱你,我唯一的至爱,
> 　　被隔绝一切的时间大浪所隔绝?

---

[1] 艾米莉·勃朗特的诗大多没有诗题,编者往往以首句为题。这里所引为第一小节,首句原文为"No coward soul is mine"。

如今我一人，但我的思念不依然
　　在北方海岸，那群山上盘旋飞行；
将翅膀停歇在石楠和蕨草之间，
　　让它们永久庇护你高贵的心灵？ [1]

在她远离霍沃思、身处异乡期间，她的难以抑制的思乡之情，表现在《再稍等片刻》("A Little While")一诗中。诗中的家乡听起来并不特别诱人，这反倒增加了这首诗的震撼力：

石头上坐着沉默的小鸟，
　　阴湿的青苔上墙水滴漏，
山楂树枯瘦，野径长满草，
　　我爱着它们——爱它们所有！

在她的诗中也有刻骨铭心的孤独和缺少被爱的感觉：

世上唯有我，若遭遇不幸，
　　没人用嘴问，或用眼哀悼；
自从我降生，从未使他人
　　忧郁地思念，快乐地微笑。[2]

1　这里所引为诗的第一和第二小节。此诗又题作《回忆》(Remembrance)。
2　这里所引为诗的第一小节，首句原文为 "I am the only being whose doom"。

但是这孤独是她自己选择的：

> 我要按天性指引的方向前进，
>   选别的向导，只会增加我烦恼，
> 我要看蕨草峡谷，灰白的羊群
>   在觅食，我要听狂风吹过山腰。[1]

克里斯蒂娜·罗塞蒂（Christina Rossetti，1830—1894）出生于一个文学世家。她父亲是一位诗人，而且是来自意大利的政治流亡者。她的舅舅约翰·威廉·波利多里（John William Polidori）是拜伦的朋友，历史上第一本吸血鬼小说就是她舅舅写的。她的哥哥是拉斐尔前派诗人兼画家但丁·加布里埃尔·罗塞蒂（Dante Gabriel Rossetti，1828—1882），克里斯蒂娜当过他最有名的几幅画的模特儿。她在十四岁时患有精神失常，这后来发展成一种甲状腺疾病，导致外貌发生变化。她有强烈的宗教信仰，并在晚年从诗歌创作转向祷告文的写作。从1859年到1870年，她在一家收容所里为从良妓女提供志愿者服务。

她的杰作是1862年发表的《小妖精集市》（"Goblin Market"）。这首诗不同于英语诗歌中的任何其他作品，它富有铺张的感官色彩和高超的写作技巧，诗行长度、韵式和节奏的变化，表面上看似简单，其实相

---

[1] 此诗首句为"经常受斥责，但总是一再回首"（Often rebuked, yet always back returning）。

当复杂。这首诗手法精妙、不事雕琢,乍一看来,像是一篇专为儿童写的童话故事。仅这一点就足以使它与维多利亚时期的男性作家的作品区别开来。

这首诗写的是两位年轻的女性,罗拉和丽西,以及一群卖水果的小妖精。小妖精们用诱人的声音叫卖着:

> 来买来买快来买:
> 苹果、榲桲果,
> 柠檬和香橙,
> 没被鸟啄的樱桃鼓鼓圆,
> 山莓好,瓜儿甜,
> 蜜桃的颊上有粉霜,
> 一串串桑葚紫黑色,
> 到处野生的越橘果,
> 花红和露莓,
> 菠萝,黑刺莓……[1]

后面还有好多水果,一座甜美的超大炮台。丽西警告罗拉说,"他们的罪恶礼物会伤害我们",而且仔细观察,这些小妖精的样子确实很邪恶。一个长着猫脸,另一个长着尾巴,一个像老鼠,另一个像蜗牛。但是粗心的罗拉还是用自己的一绺金发买了一些水果,然

---

[1] 译文引自屠岸译《英国历代诗歌选》(下册)(译林出版社,2007年)。

后不停地吮吸着鲜美的果汁，它比蜂蜜还要甜，比醇酒还要浓。

丽西非常震惊。她想起一个朋友珍妮曾经买过小妖精的水果，结果珍妮变得憔悴，最后死去。果不其然，罗拉很快就为她的鲁莽而付出了代价。小妖精们再次出现时，只有丽西听得见他们的歌声，而罗拉听不见，所以她再也不能买他们的水果了。罗拉在戒瘾时期的症状令人吃惊。她开始萎缩，头发变得灰暗。勇敢的丽西决定拯救她，试图用一个银币为罗拉买点水果。但是小妖精们坚持要她当场把水果吃掉，当她拒绝之后，他们就打她，抓她，撕她的裙服。他们甚至想硬把她的嘴掰开，把水果塞进去，结果弄得她脸上和脖子上都是，浑身沾满了果汁。

这恰恰是聪明的丽西计划中的事。她跑回家，对着罗拉大喊："吻我，吮吸我的果汁……吃我，喝我，爱我。"于是罗拉吻她，吮吸她，但是这次，果汁是苦的，很难吃。她在躁狂之中睡去，丽西在一旁守候着她。到了早上，罗拉醒来，什么也不记得，病也好了，头发也重新泛出金光。数年之后，当她俩都成家并且有了自己的孩子，罗拉有时会将孩子们聚集起来，跟他们讲述那些恶毒的小妖精，以及丽西如何用爱拯救自己的故事。

《小妖精集市》有很多含义，但是归根结底，它明显是一首女性主义的诗，教导人们，女人间的爱可以将女人从坏男人的引诱中拯救出来。丽西说的"吃我，喝我，爱我"显然将女人间的爱与基督以及圣餐中的面包和酒相关联。另外，这首诗也很可能反映了罗塞蒂在从良妓女的收容所里的所见所闻。

罗塞蒂最有名的诗，除这首《小妖精集市》以外，是一首简单题为《歌》(Song)的短诗：

> 当我死了，亲爱的，
> 　请不要为我哀吟；
> 别在我头边栽种玫瑰，
> 　也不要松柏垂荫。
> 就让我身上的青草，
> 　沾满雨水和露滴；
> 要是你愿意就记着，
> 　要不愿意就忘记。

> 我再也看不见阴影，
> 　也不能再触到雨；
> 我再也听不到那只夜莺
> 　啼唱得凄清如许；
> 只能在薄暮中冥想，
> 　没有日落和日起。
> 也许我还能够记得，
> 　也许我已经忘记。

研究罗塞蒂的专家们坚持认为，第二小节中的怀疑只涉及在死亡与复活之间灵魂是否有意识，并且认为罗塞蒂的基督教信仰不会允许存有更加宽泛的怀疑。非基督徒的读者可能会发现，即使这些方面并不确定，这首诗也同样给予他们巨大的震撼力。

第二十四章
美国的革新派诗人

沃尔特·惠特曼、艾米莉·狄金森

美国最早的诗人是英国移民。他们当中有清教徒诗人安妮·布拉德斯特里特（Anne Bradstreet，1612—1672），还有一位清教徒诗人爱德华·泰勒（Edward Taylor，约1642—1729），他的诗直到20世纪才被人发现并且发表。出生于美国的诗人包括：哲学家兼宗教思想家拉尔夫·沃尔多·爱默生（Ralph Waldo Emerson，1803—1882）、亨利·沃兹沃思·朗费罗（Henry Wadsworth Longfellow，1807—1882）。朗费罗的悲剧史诗《海华沙之歌》（*The Song of Hiawatha*）

就是在奥杰布瓦人（Ojibwe）[1]的传说的基础上写成的。另外还有埃德加·爱伦·坡（Edgar Allan Poe，1809—1849）。爱伦·坡在许多方面都是天才，他的《莫格街凶杀案》（"The Murders in the Rue Morgue"）是第一篇侦探故事，与他的其他故事一并收录于他去世之后出版的《神秘及幻想故事集》（*Tales of Mystery & Imagination*）一书。他还是一位出色的评论家。在他的诗歌作品中，比较出名的有《渡鸦》（"The Raven"）、美妙而富有音乐感的情诗《安娜贝尔·李》（"Annabel Lee"）和下面这首《致海伦》（"To Helen"）：

> 海伦，你的美貌对于我，
> 　　就像古代尼西亚的小船，
> 在温馨的海上轻轻飘过，
> 　　将远行劳顿的游客送还，
> 回到他故乡的港湾。

但是有两位美国诗人打破了所有这些古老模式，他们是惠特曼和狄金森。

沃尔特·惠特曼（Walt Whitman，1819—1892）从小在布鲁克林区[2]长大，家境贫困。他十一岁就辍学，因此大部分教育都是靠自学。他是同性恋者，也可能

---

[1] 或译为齐佩瓦人，是北美的原住民族之一。
[2] 位于美国纽约市曼哈顿岛的东南部，是纽约五大区中人口最多的一个区。

是双性恋，一生中与多名男人和男孩建立过亲密的关系，但他也声称有六个非婚生子女。他的职业是排字工和印刷工，后来当过报社编辑。在美国内战期间，他为一家陆军医院当过志愿护士。1855年，他自费出版了一部自己的诗集《草叶集》(*Leaves of Grass*)[1]。在第一首长诗[2]中，他将自己描写成"粗人中的一个，一个宇宙，狂乱、肥壮、酷好声色"。

这本诗集颇使一些人觉得反感。有一个评论家指责它是"垃圾、亵渎、不堪入目"，把作者说成是一个"狂妄的傻瓜"。但是这本诗集如今已被认为是美国文学的基础性文本。其中最长的一首诗《我自己的歌》("Song of Myself")是新美洲的一部史诗，它用一种长行的、富有力度的自由体诗行写成，将诗歌从传统诗节和格律规范中解放出来。诗中的声音表现为一个宏伟的意识，它横跨整个美洲大陆，甚至超越所有空间，它告诉读者，他们都是诗作者的一部分：

> 我赞美我自己，歌唱我自己，
> 我承担的，你也将承担，
> 因为属于我的每一个原子也同样属于你。

---

[1] 本章内惠特曼的诗，译文均引自赵萝蕤译《草叶集》(上海译文出版社，1991年)。
[2] 原作者误作"序言"。据"美国文库"(The Library of America)版，这句话应出自1855年版《草叶集》的第一首长诗(无题)。这首诗后经惠特曼修改，题为《我自己的歌》。

他回忆起热烈的爱情：

> 你是怎样把头横在我臀部，轻柔地翻转在我
> 身上的，
> 又从我胸口解开衬衣，用你的舌头直探我赤
> 裸的心脏。

然而，美国生活的广阔的领域作为他自己的一部分，也被编织进了这首诗中——遥远西部的捕兽者和当地美洲人、他曾经救助过的逃亡的黑奴、"那些在牛马中生活的，那些尝到海洋或树林滋味的人"、一个妓女、聚集在码头上的新移民。"我隶属于各种不同色彩和不同等级，各种级别和宗教。"如果这听起来不太可能，他也毫不在乎：

> 我不去耗费精神为自己申辩，或求得人们的
> 理解，
> 我懂得基本规律是不需要申辩的。

他也从不担心前后不一致：

> 我自相矛盾吗？
> 那好吧，我是自相矛盾的，
> （我辽阔博大，我包罗万象。）

他与海洋，与"风暴的吹鼓手和召取者"是和谐的，风以"柔软而逗弄人的生殖器"摩擦他。他相信"肉体与各种欲念"。"对我说来性交和死亡一样并不粗俗。"两腋下的气味是"比祈祷更美好的芳香"。他信仰的是自然，而不是逻辑或学识：

> 我相信一片草叶就是星星创造下的成绩，
> 一只蝼蚁，一颗沙粒，一枚鹪鹩产下的卵也
> 　　一样完美，
> 雨蛙是造物者的一件精心杰作，
> 那蔓生植物悬钩子能够装饰天上的厅堂，
> 我手上一个最狭小的关节能使一切机器都暗
> 　　淡无光，
> 母牛低头嚼草的形象超过了任何雕塑，
> 一只老鼠这一奇迹足以使亿万个不信宗教者
> 　　愕然震惊。

他觉得他可以与动物一起快活地生活：

> 它们并不为它们的处境挥汗又哀号，
> 它们并不为自己的罪过哭泣而在黑暗中通宵
> 　　不眠，
> 它们并不议论它们对上帝应尽的责任而使我
> 　　生厌。

他见证了所有事物。他步行在"朱迪亚古老的丘陵地带，美丽而温柔的上帝在我身旁"。他见识过各种战役、船舶失事、烈士殉难、女巫被处火刑以及其他灾难，并将它们全盘接受：

> 所有这些我都吞咽下去了，味道很美，我很喜欢，它成了我自己的东西，
> 我就是那人，我蒙受了苦难，我在现场。

在诗的结尾（虽然这样的诗是不可能真正结尾的），一只老鹰从他身旁掠过，并且"怪我饶舌"：

> 我也一样一点都不驯顺，我也一样不可翻译，
> 我在世界的屋脊上发出了粗野的喊叫声。

惠特曼的所有诗歌几乎都带有《我自己的歌》的特点，富有力度、精力丰沛，包括诗中的信仰和无尽的乐观主义。他在《一个女人在等着我》("A Woman Waits for Me"）中对他的伴侣说话，为性爱行为及其无法估量的成果而高唱赞歌：

> 通过你们我排除了我自己抑制已久的河流，
> 在你们身上我包裹了未来的一千年，
> 在你们身上我嫁接了我和美利坚最钟爱的新枝，

> 我在你们身上滴下的点滴将培育出性格火辣而体格健壮的少女、新的艺术家、音乐家和歌唱家。

在《一路摆过布鲁克林渡口》("Crossing Brooklyn Ferry")（这个渡口在现在的布鲁克林桥的位置，当年是惠特曼每天要经过的地方）这首诗中，他感到有无数未来的人在旅客中互相推挤：

> 我和你们在一起，你们这一代或距今多少代的男人和女人。

他是没有极限意识的诗人，但也是绝望的诗人，因为他知道自己所歌唱的自我，无法被限制在一首歌里，他写自己：

> 现在深感所有胡说过的话都成了起反作用的回声，我从来未曾想过我是谁，我是什么，
> 在我所有那些盛气凌人的诗歌面前，我从未树立并接触过那个"真我"，从未表白过，完全没有触及要害，
> 它远远后退到一旁，用貌似祝贺的手势，鞠着躬嘲笑着我，
> 对我写过的每一个词发出远远传来的阵阵

> 冷笑，
>
> 默默指着这些歌，又指指下面的沙土。

上面这一小节摘自《在我随着生活的海洋落潮时》("As I Ebb'd with the Ocean of Life")。当然，他并没有终止写诗，而是对《草叶集》的后续版本不断地增加和修订，直到他去世。

他在一首诗里追忆自己在陆军医院当护士时的经历，诗题为《裹伤者》("The Wound-dresser")：

> 走，往前走，（打开时间的门！打开医院的门！）
> 裂开的头我来包扎（可怜的神志错乱了的手，快不要扯掉绷带），
> 脖子给子弹穿得透而又透的骑兵我来检查，
> 呼吸多么困难，眼珠已经呆滞，生命却还在拼命挣扎，
> （来吧，甜蜜的死亡！听话吧，啊，美丽的死亡！
> 你若是肯慈悲，就快来吧。）

1865年4月14日，正值耶稣受难日，美国内战接近尾声，亚伯拉罕·林肯被人刺杀。惠特曼为林肯写了两首哀歌。第一首《啊，船长！我的船长！》("O Captain, My Captain")采用了押韵的诗节，相对来说

比较传统。第二首《最近紫丁香在前院开放的时候》("When Lilacs Last in the Dooryard Bloom'd")采用了自由诗的形式,也是他最有名的诗篇之一。诗中并没有提到林肯,而是将他的逝世与阵亡将士的牺牲以及仍然活着的生命融会在一起,"在日光和春天的田野里,农夫们正忙着耕作",还有隐士画眉鸟的歌声、正在盛开的紫丁香。

艾米莉·狄金森(Emily Dickinson,1830—1886)是与惠特曼截然不同的人,要说相同之处,就是他们都创造了一种崭新的诗歌。狄金森生于马萨诸塞州阿默斯特镇(Amherst)的一个富裕家庭,并且一生都居住在那里。她曾在阿默斯特学校求学,后来又到霍利约克山学院[1]深造。她的阅读范围包括:华兹华斯、《简爱》和莎士比亚的作品(她曾经反问道:"有了这些书,还需要其他书干什么?")。她喜欢隐居,爱穿白色衣服(当时人认为那是古怪的),晚年几乎没有离开过她的卧室。然而,她是一个园艺家和植物学家,对此相当热衷,收藏有大量压扁的干花。她十五岁那年,阿默斯特镇发生宗教复兴运动,她曾表示"找到了我的救世主",可她的诗中却显露出一种怀疑论的智慧。在她的葬礼上宣读的诗,是艾米莉·勃朗特的《我的灵魂绝不会怯懦》,这是她最喜欢的一首诗。

她把自己的诗(约一千八百首)誊写在手抄本上,

---

[1] 美国著名的女子学院,位于马萨诸塞州,创立于1837年。

这些手抄本直到她去世之后才被人发现。她的家人对其中一部分加以编辑和修改，于1890年辑为一个选集。她的诗歌全集直到1955年才正式发表。

她的许多诗都是写死亡的，有时候是想象她自己的死亡，例如在以下这首恐怖而反讽的诗中：

> 因为我无法为死神驻足——
> 他好心地停车接我——

她和死神一起坐在"马车"上赶路（我们意识到，这里的"马车"实际上就是灵车），直到他们来到一座"房屋"前，这"房屋"好像只是个"隆起的土堆"：

> 从那以后——几世纪——可感觉
> 还没到一天时光，
> 我是第一次猜到，那马头
> 朝着"永恒"的方向——

"我听见苍蝇在嗡嗡——我死时——"（I heard a Fly buss–when I died）描写得更加具体，令人毛骨悚然，诗人想象自己被一群哀悼者围着：

> 等待那最后的攻击——当国王
> 在房间里——得到见证——

我遗赠我的纪念品——签字
　分送属于我的全部,
只要能转让——然后,这时
　有一只苍蝇介入——

蓝色——飘忽——颤抖的嗡嗡——
　在我——和光的中间——
然后,窗户都消隐——然后
　我想看,却无法看见——

有时,这种想象中的死亡究竟是她自己的,还是别人的,我们说不清楚。这种想象中的死亡是否被想象成实际发生的,也不总是很明确。在下面这首诗(也是她最有名的诗之一)中,某人明显承受了一种可怕的打击,被打击的人变得麻木,但仍然继续着生命的日常活动。或许我们可以想象那个被打击的人最后死了——但也可能他"熬过去"了。

在剧痛之后,形式上的感觉恢复——
神经,按照仪式端坐,像坟墓——
僵硬的心问,是"他"吗,曾经受难?
是昨天,还是在几个世纪以前?

两只脚,机械地来而复往——
木制的道路,在地上,

或空中，或虚无——变得盲目，
像石头，一种石英的满足——[1]

这就是铅的时刻——
熬过去，就会被记得，
正如冻僵的人对雪的回忆——
先是冷——然后昏迷——然后放弃——

有时候，某人在生命最后一刻的意识（无论是想象的还是真实的）受到审视和质问：

我见过垂死的眼睛
　在房间里来回旋转——
在搜索某个东西——好像——
　然后变得更阴惨——
然后——因雾而模糊——
　然后——被焊接固定
却没透露是什么东西
　看见了就是有幸——

---

[1] 狄金森这首诗的第二小节，原文有五行，与前后两个小节不同。其实，第二小节第二行和第三行的前半行，手稿上的顺序是相反的，并以数字标明调换。这个调换处理，本书译者认为是狄金森希望使这一小节与前后两小节的韵式相同，即韵式为 aabb。译文据此调换了顺序，并整理为四行。具体参见 Cristanne Miller, ed., *Emily Dickinson's Poems, As She Preserved Them* (The Belknap Press of Harvard University Press, 2016)。

那双垂死的眼睛看见什么才可能是"有幸的"呢？我们只能瞎猜。她在诗中设置了疑问。

但是，她也有愉快的诗：

> 灵魂有逃脱禁锢的时候——
> 　冲破所有的门扇——
> 她像炸弹般跳舞，到门外，
> 　在时间上荡着秋千。

可即使是愉快的诗，也经常含有反讽和陌生感，例如在"我品尝从未酿过的烈酒——"（I taste a liquor never brewed –）一诗中，她想象自己在一个"熔蓝"（Molten Blue）的夏日，因与蜜蜂和蝴蝶一起"啜饮甘露"而"陶醉"（inebriate）：

> 天使们挥舞雪白的帽子——
> 　圣徒们——奔向门窗——
> 他们看见这小小的酒徒
> 　正侧身靠着——太阳——

这时，这首诗就不仅仅是描写一个愉快的夏日那么简单了。

内心世界是她擅长的主题。但是她写日常的外部世界也能十分出色，例如以下这首描写火车的诗：

我喜欢看它吞噬长路——
　　又看它舔食山谷——
停在水槽边喝个水饱——
　　然后——又迈开大步

绕过那层峦叠嶂——
　　再将它骄傲的一瞥
投给路旁——简陋的小屋——
　　再把采石场剪削

　　调整两侧，
　　　　从中间爬过
　　一路不停地抱怨
用它可怕——呼啸的诗节——
　　然后直冲下山峦——

像雷子般嘶鸣——然后——
　　比星星更遵守时间
驻足——温顺而无所不能——
　　在它的马厩门前——

第二十五章
撼动根基

波德莱尔、马拉美、魏尔伦、兰波、瓦雷里、迪伦·托马斯、爱德华·李尔、查尔斯·道奇森、史文朋、凯瑟琳·哈里斯·布拉德利、伊迪丝·爱玛·库珀、夏洛特·缪、奥斯卡·王尔德

19世纪的最后几十年，欧洲文化开始分崩离析。这有许多原因。1871年，法国在普法战争中节节败退，预示着欧洲的权力地图将重新规划。在整个一百年中，工业与商业已经改变了城市的生活状态，许多人觉得艺术已被边缘化了。欧洲的人口增加了一倍多，人们开始抱怨聚集的人群及其破坏力。另一个发展是教育的普及。到1900年，由国家资助推广的基础教育使普通大众都能识字，由此带来了报纸和杂志的

大量发行。作家们对此的反应是各式各样的，有些人欢迎这个新的市场给他们带来了工作，其他一些人则表示厌恶。

早期对此表示厌恶的人当中就包括法国诗人夏尔·波德莱尔（Charles Baudelaire，1821—1867）。他的诗歌创作灵感来源于对他人的仇恨，而且这种仇恨达到了超常的程度。"乌合之众，"他抱怨道，"已经玷污了我内心的宫殿。"他感到愤怒是有个人原因的。他喜欢过富裕和奢侈的生活，觉得那是他应有的，并且认为民主是"荒诞的"。但是他的母亲和继父给他的预算一直非常有限。似乎出于报复，他把自己塑造成一个桀骜不驯的"被诅咒的诗人"（poète maudit）的形象——酗酒、吸大麻、抽鸦片、自杀未遂，选择一个不识字的黑白混血舞女让娜·迪瓦尔，他的"黑维纳斯"，作为他的情妇，而那个舞女却公开对他表示蔑视。在《贝雅特丽齐》("The Beatrice")一诗中，诗人想象她大笑着，与"一群恶棍"互相调情，而那些恶棍在嘲笑他和他的诗歌。

波德莱尔的自怜可能是乏味的。在《亚伯与该隐》("Abel and Cain")一诗中，诗人将自己比作该隐的后代，在烂泥和污秽中爬行。在《圣彼得的否认》("The Denial of Saint Peter"）中，上帝是自我满足的、拥有强权的有产阶级，就像波德莱尔的继父——当殉教者的哭号声如潮水般涌入他的耳朵时，他在天上享受；当刽子手将铁钉钉进他儿子的手脚时，他在天上大笑。但同样是这份自怜,让他写出了《信天翁》("The Albatross")这样的杰作,这首诗描写一群水手为了取乐,捉住一只信天翁这个"云中的君主",把它放在甲板上,看着它可笑地蹒跚,因为"他巨人的翅膀妨碍他行走"。

他的爱情诗沉醉于感官享受。在《首饰》("The Jewels")一诗中,让娜·迪瓦尔赤身裸体,身上只剩下"一些叮当作响的首饰",这使诗人联想到"摩尔人的女奴在快乐地过节"。他回想自己曾看着她摆出"各种新的姿势",而壁炉中的火光"把她琥珀色的皮肤染成血色"。在《毒药》("The Poison")中,诗人告诉她,无论酒还是鸦片都比不上"你咬人的唾液所产生的可怕神迹"。《给一位太快活的女郎》("To Her Who is Too Gay")说他写信给另一个女人,承认自己可能会在某个夜晚去"惩罚"她、"挫伤"她:

> 给你惊惶不定的腰部
> 造成巨大深陷的创伤,
>
> 然后,真是无比的甘美!
> 再通过你那分外晶莹、
> 分外美丽的新的双唇
> 输我的毒液,我的姐妹![1]

---

[1] 译文引自钱春绮译《恶之花》(人民文学出版社,1986年)。

正如书名所暗示的，1857年版的诗集《恶之花》（*Les Fleurs du mal*），目的是想引起一阵骚乱，它确实做到了。诗人、出版商和印刷商都以妨害公共道德及风化罪，被处以罚款。六首诗（包括《首饰》和《给一位太快活的女郎》）从书中删去。

"象征主义"诗人标榜自己是波德莱尔的追随者，但他们与波德莱尔有很大区别，他们互相之间也很不相同。这些诗人中最有名的包括：斯特凡·马拉美（Stéphane Mallarmé，1842—1898）、保罗·魏尔伦（Paul Verlaine，1844—1896）和阿蒂尔·兰波（Arthur Rimbaud，1854—1891）。"象征主义"是他们的一个误导性的标签。所有诗人都使用象征——例如，波德莱尔的信天翁象征诗人——但是那种硬性配对并不是象征主义诗人的目的。他们唯一共同的目的是从以前的所有诗歌中摆脱出来。

兰波是最令人惊叹的，他所有的诗都是在十九岁之前创作的。他父亲是一名陆军上尉，他自己则是学校里的优等生，但他逃离了学校，来到巴黎。他在巴黎遇见了魏尔伦，魏尔伦疯狂地爱上了他。1871年，魏尔伦抛弃了自己十七岁的怀孕的妻子，与兰波一起从深受战争创伤的巴黎出逃，来到比利时，最后到了伦敦。他们俩一起过着流浪的生活，靠苦艾酒和大麻度日。这种生活在他们回到布鲁塞尔时方告结束，当时魏尔伦买了一把左轮手枪，射向兰波，造成他轻度受伤。为此，魏尔伦蹲了十八个月的班房。魏尔伦出狱后改信了天主教，但这时兰波早已放弃了写诗，去非洲从事咖啡和枪支贸易。兰波年纪很轻就死于骨癌。

兰波在他十几岁写的信中解释说，他写诗的目的是追求一种新的真实。"我的想法是，通过打乱各个感官的感觉，达到未知的境界。"将不同的感官感觉加以重新组合（即所谓"通感"）使他的诗歌产生惊人的效果，例如"群星的花一般的甜美"这个短语（引自《神秘》["Mystique"]）。但他同时也放弃了意义的谐统性（coherence），因此他的诗读起来像是自由联想的结果。弗洛伊德差不多在同一时间，出于精神分析的目的，正在维也纳对此进行研究。

兰波在十六岁时创作的《醉舟》(«Le Bateau ivre»)一诗就是个例子。叙述者是一艘自由漂流的船，它的船员都被杀死了。这首诗中的某些意象取自儒勒·凡尔纳的长篇小说《海底两万里》，但是兰波的船的形象，与凡尔纳的通俗冒险故事有着天壤之别：

> 我梦见雪花纷飞的绿色夜晚，
> 缓缓升腾以亲吻大海的眼睛，
> 新鲜神奇的液汁在涌流循环，
> 低唱的磷光在黄与蓝中苏醒！[1]

---
[1] 译文引自王以培译《兰波作品全集》（东方出版社，2000年），文字有调整。下文所引一小节同此。

诗人保罗·瓦雷里（Paul Valéry，1871—1945）写过两首深刻而带有探索性的哲理诗《海滨墓园》(«Le Cimetière marin»)和《年轻的命运女神》(«La Jeune Parque»)，他曾评论说："所有已知的文学都是以常识性的语言书写的，但是兰波的作品例外。"

一般认为《彩画集》(*Illuminations*)是兰波的杰作，其中一部分是他在伦敦与魏尔伦住在一起时创作的。与《醉舟》一样，诗集中的四十二首散文诗外加两首自由诗，都是无法用理性加以解释的，有时就像是"无理诗"(nonsense poetry)一样。例如《洪水过后》("After the Deluge")是这样开头的：

> 正当洪水的意念趋于平静，
> 　一只野兔停在黄芪与飘忽不定的铃铛花间，
> 　　透过蛛网，向彩虹致敬。

魏尔伦的《诗的艺术》("Art poétique")一诗经常被视为象征主义的宣言，他在诗中提出，不谐统性（incoherence）是一个诗学原则："让你的诗在冒险中得到幸运。"[1]他还坚持认为，词语的音乐性比它的意思更重要："音乐优先于一切。"象征主义诗歌也经常体现了这个原则，这可能也是为什么它对音乐家们特别具有吸引力。马拉美的梦幻诗《牧神午后》

---

[1] 本句译文引自罗洛译《魏尔伦诗选》（漓江出版社，1987年）。

（«L'Après-midi d'un faune»）特别难懂，事实上也少有人读，但它却激发了德彪西的音乐灵感，使其创作出迷人的《序曲》（«Prélude»），给无数听众带来了快乐。

马拉美写诗晦涩是故意的，他的创作手法是将语法纠结在一起，再将时态做混乱的变化。这就给读者造成了阅读障碍，但他说，那样的读者只适合去读报纸。在他的《窗》（"The Windows"）一诗中，他想象自己临近死亡，幻化成一个"天使"，头戴着用"梦"编成的"冠冕"，并且轻蔑地斥责那些只顾在幸福中"狩猎"、寻找"秽物"去喂养自己妻儿的"灵魂冷酷的家伙"[1]。

象征主义诗歌当时并没有在英国和美国造成很大的影响。T.S.艾略特后来说，要不是1908年他读到英国诗人阿瑟·西蒙斯（Arthur Symons，1865—1945）的一本书，里面提到象征主义，他根本不会听说这些诗人。但是威尔士的优秀诗人迪伦·托马斯（Dylan Thomas，1914—1953）接受了象征主义的影响，自称是"库姆唐金大道[2]的兰波"。他那些艰涩难懂的诗篇，例如《我看见夏天的男孩》（"I See the Boys of Summer"）或《黄昏中的祭坛》（"Altarwise by Owl-light"）十四行诗组诗，是英语诗歌中最接近于法国象

---

1 本段相关译文引自飞白、小跃译《多情的散步——法国象征派诗选》（中国文联出版公司，1992年）。
2 迪伦·托马斯的出生地，在南威尔士的斯旺西（Swansea）库姆唐金大道（Cwmdonkin Drive）。

征主义诗歌的作品。相对而言,使他赢得世界声誉的却是那些普遍可以理解的诗作,包括《那只签署文件的手》("The Hand that Signed the Paper")、《我的技巧或阴冷的艺术》("In My Craft or Sullen Art")、《穿过那绿茎管催开花朵的力》("The Force that Through the Green Fuse Drives the Flowers"),以及他在父亲临死前创作的那首最有名的诗:

> 不要温顺地走进那安眠之夜,
> 老年垂暮,应当燃烧并高喊;
> 愤怒,愤怒地抵抗光明的消灭。
>
> 明智者临终时懂得黑暗的正确,
> 因说话再没有闪电的锋芒,但依然
> 不要温顺地走进那安眠之夜。
>
> 善良者善行暗弱,到颓波将歇,
> 痛哭着没能跳荡在碧绿的港湾,
> 愤怒,愤怒地抵抗光明的消灭。
>
> 狂野者抓住并歌唱太阳的飞越,
> 但知之恨晚,令它在途中悲叹,
> 不要温顺地走进那安眠之夜。
>
> 深沉者目光耀目,临死前发觉,

盲眼也可以快乐，像流星般灿烂，
愤怒，愤怒地抵抗光明的消灭。

而你，父亲，如今正悲痛欲绝，
我求你，用热泪对我诅咒并祝愿。
不要温顺地走进那安眠之夜。
愤怒，愤怒地抵抗光明的消灭。[1]

迪伦·托马斯说过，对他影响最大的诗歌作品是小时候他父母教他的《鹅妈妈》童谣。无理诗的原始力量在儿歌中得以保存，并在19世纪最后几十年间被其他两位英国天才作家加以利用，他们是爱德华·李尔（Edward Lear，1812—1888）和查尔斯·道奇森（Charles Dodgson，1832—1898），道奇森有个更加为人熟悉的名字叫"刘易斯·卡罗尔"。他们两人都跟社会有点格格不入。李尔是同性恋者，患有癫痫病；道奇森偏爱衣服穿得很少的小女孩。与象征主义诗人不同，他们并不想利用"无理"使人困惑不解，而是想颠覆那些被普遍接受的常规思维。李尔的那首充满渴望的《猫头鹰与小猫咪》（"The Owl and the Pussy Cat"）以温和的方式戏仿了那些"有情人终成眷属"

---

[1] 这是一首维拉内尔（villanelle），这种诗体的结构较为复杂。全诗十九行，只押两个韵，故又称"十九行二韵体诗"。前五节均为三行，最后一节四行。第一节的第一和第三行在随后四节的最后一行交替重复，最后是这两行的重复。原作者在此只引了前三行，本书译者将全诗译出并照录。关于这种诗体，在第三十三章亦有提及。

的爱情故事，而道奇森的《炸脖卧》("Jabberwocky")讽刺了英雄式的诗歌：

> 他正在那儿想的个鸟飞飞，
> 　那炸脖卧，两个灯笼的眼，
> 且秃儿丐林子里夫雷雷
> 　又渤波儿波儿的出来撑。
>
> 左，右！左，右！透了又透，
> 　那佛盘剑砍得欺哩咔喳！
> 他割了他喉，他拎了他头，
> 　就一嘎隆儿的飞恩了回家。[1]

对于象征主义诗人这类外国前卫作家，英国媒体所用的词语是"颓废者"。但是在1880年代的法国，"颓废"则被一些人看作一场独立的艺术运动，它的前身可以追溯到波德莱尔和"为艺术而艺术"的先驱泰奥菲尔·戈蒂耶（Théophile Gautier，1811—1872）。在象征主义诗人中，魏尔伦通过他的《慵懒》（"Languor"）一诗，将罗马帝国后期的"颓废"奉为圭臬：

---

[1] 译文引自赵元任译《阿丽思漫游镜中世界》(附于《阿丽思漫游奇境记》之后，商务印书馆，1988年）。诗题和诗中两处"卧"字，原为赵元任造的复合字，上"卧"下"龙"，这里以"卧"字代替。

我就是那个帝国，在颓废的终点，
审视着高大的白种野蛮人走过，
我用金色书写散漫的离合诗作，
那里有太阳的慵懒在起舞翩翩。[1]

而在英国，阿尔杰农·查尔斯·史文朋（Algernon Charles Swinburne，1837—1909）[2]的《诗与歌谣集》（*Poems and Ballads*）正在受到疯狂的追捧，或者说引起公愤，这取决于你的个人态度。他的"颓废"主题包括：《波罗塞潘颂》（"Hymn to Proserpine"）（"你征服了，呵，苍白的加利利人[3]；由于你呼吸，世界变得灰暗了"）[4]中的非基督教信仰；《多洛雷丝，我们的痛苦女神》（"Dolores, Our Lady of Pain"）中的受虐倾向；向萨福致敬的诗篇中的女同性恋；以及他的长篇小说《莱斯比亚·布兰登》（*Lesbia Brandon*）中的自我鞭笞（这部小说直到1952年才得以发表）。

英国的女同性恋者中比较有名的是凯瑟琳·哈里斯·布拉德利（Katharine Harris Bradley，1846—1914）和她的外甥女伊迪丝·爱玛·库珀（Edith Emma

---

[1] 离合诗（acrostiche）是古希腊发明的一种短诗体，其首字母或末字母相连可以拼出一个新词或短语，类似于中文里的藏头诗。这一小节根据法语译出，并参考了马丁·索雷尔（Martin Sorrell）版等多种英译本。
[2] 或译为斯温伯恩。
[3] 这里的"加利利人"指耶稣基督。
[4] 译文引自王佐良著《英国诗史》（译林出版社，1997年）。波罗塞潘，或译为普洛塞庇娜，即古希腊神话中的珀耳塞福涅，冥界王后，也是丰产女神。

Cooper，1862—1913）。她们用化名"迈克尔·菲尔德"（Michael Field）出版作品，并在一起生活了近四十年，互相给对方写感情炽烈的情诗。但是作为诗人，她们的档次远远赶不上夏洛特·缪（Charlotte Mew，1869—1928）。缪是英国最优秀的女诗人之一，深得哈代、弗吉尼娅·伍尔夫和埃兹拉·庞德的赞赏。她总是穿得像个男人一样，剪着短发，但是她是否有过性经验则无人知晓。她的几个兄弟姐妹都精神失常，她和她妹妹都宣布终身不嫁，因为害怕将精神疾病传给后代。她妹妹去世之后，她精神抑郁，终于喝下皂化消毒液自杀了。

她的诗在技巧上是前卫和创新的，感情是深沉的。她最优秀的诗作包括《马德琳在教堂》("Madeleine in Church"）和《树林倒了》("The Trees Are Down"）。不过她的杰作应该说是《农夫的新娘》("The Farmer's Bride"），这首诗通过一个男人之口讲述了他年轻的妻子对性的恐惧：

> 她在高高的阁楼里睡下，
> 独眠，可怜的少女。我俩
> 只隔着楼梯。哦上帝！那羽绒，
> 她那柔软、幼嫩的羽绒，淡棕、
> 她那淡棕色的——双眼、秀发、秀发！

英国最重量级的"颓废者"是奥斯卡·王尔德

（Oscar Wilde，1854—1900），他早年的出名应当归功于多伊利·卡特[1]的喜歌剧《耐心》(*Patience*)，这是一部讽刺颓废派的作品，W.S.吉尔伯特（W.S. Gilbert，1836—1911）为它配上了精彩的唱词。王尔德在法庭受审以及后来的监禁引起社会的震动，在同性恋群体中造成了恐慌和愤怒。他最著名的长诗《雷丁监狱之歌》("The Ballad of Reading Gaol")是在他被释放之后创作的。在他被监禁期间，英国皇家骑兵营的一名骑兵查尔斯·伍尔德里奇因割断他的未婚同居女友的喉咙而被处以绞刑。以下这几行著名的诗句所提到的就是这个事件：

> 人都会杀死他心爱的人，
> 　这话让所有人听见：
> 有人用一个痛苦的眼神，
> 　有人用谄媚的语言，
> 怯懦的用个亲吻就做到，
> 　勇敢的用一把利剑！

---

[1] 全名理查德·多伊利·卡特（Richard D'Oyly Carte，1844—1901），英国舞台剧制作人，以伦敦萨沃伊剧场（Savoy Theatre）上演的吉尔伯特和萨利文的歌剧而著称。

第二十六章
一个时代结束之际的新声音

哈代、吉卜林、豪斯曼、霍普金斯

在维多利亚女王统治的最后几年中（维多利亚女王死于1901年），出现了四位新的诗人。其中年纪最大的是托马斯·哈代（Thomas Hardy，1840—1928），他是多塞特郡的一名石匠的儿子，并首先以小说家著称。但是终其一生，他都没有停止过写诗。他共出版过八本诗集，其中第一本诗集《威塞克斯诗集》（*Wessex Poems*）出版于1898年。

作为诗人，他刻意与传统分道扬镳。他似乎意识到，需要有某种极端的东西才能使英国诗歌复兴，这个意识比 T.S. 艾略特或埃兹拉·庞德还要早。所以他摒除了所有优美而雅致的东西，他的语言是装有各种陌生词语的锦囊，有些词语来自方言，有些词语是他自己的发明，例如 chasmal（有裂缝的）、beneaped（搁浅）、fulth（充足）、stillicide（滴液）、tristfulness（悲哀），还有些是当代新词，例如 hydrosphere（水界）和 wagonette（轻便马车）。

他对诗歌的主题也有所创新。他的许多诗歌读起来像是尚未写出的哈代式小说的情节概要：例如《一个荡妇的悲剧》("A Trampwoman's Tragedy")或讽刺诗《堕落的姑娘》("The Ruined Maid")（描写一个"堕落"之后过上"优越"生活的女人）。这些简短而具有戏剧性的生活片段，其情调经常习惯性地反映出哈代的悲观思想；有时也可能是悲凉的，例如在《灰色调》("Neutral Tones")这首诗中：

> 你唇上的微笑充满死的滋味，
> 它的活力刚刚够赴死之用。[1]

这些诗只用不多的几个词语，就可以展现出一个完整的生命历程。例如《在书房里》("In the Study")就是社会观察的一篇小杰作。庞德说，这首诗表明，事先写过二十部长篇小说，的确是有好处的。

《双峰会》("The Convergence of the Twain")是

---

[1] 本章内哈代的诗，除特别说明外，译文均引自飞白译《哈代诗选》（外语教学与研究出版社，2014年），略有改动。

写"泰坦尼克"号沉没的,这首诗的出名是因为诗中表现的宿命观。但是哈代有一些最优秀的诗作,表达了对他失去宗教信仰的悲伤。例如《黑暗中的鸫鸟》("The Darkling Thrush")一诗,这鸫鸟的歌声中含有:

> 某种蒙福的[1]希望——为它所知,
> 　而不为我所知晓。

在《牛群》("The Oxen")中,诗人回想起乡间有一种信仰,说牲口会在圣诞节前夜跪下来向基督的降临致敬,并坦言如果自己受邀前去观看:

> 我会在昏暗中与他同往,
> 　并盼望情况果真如此。[2]

哈代与爱玛·吉福德的婚姻并不幸福,但是她在1912年的逝世给他以沉重的打击。在《伤逝》("The Going")中,他责怪她不辞而别地死去:

> 没轻轻道再见,
> 也未柔声告别……

---

1 此处英文为 blessed,有宗教含义,飞白译为"幸福",现根据上下文改为"蒙福的"。
2 译文引自刘新民译《哈代文集 8·诗选》(人民文学出版社,2004 年)。下文所引《伤逝》中的两行同此。

他写了好多首诗追忆她，如《声音》("The Voice")、《比尼崖》("Beeny Cliff")、《在勃特雷尔城堡》("At Castle Boterel")，描述他最初爱她的时候她的模样，她穿着"天蓝色的长裙"，身边是"流荡的西海，闪着蛋白石与蓝宝石的光彩"，她骑着马，金发在风中飞扬。但如今，他在孤独地遭受折磨：

> 我的周围落叶纷纷，
> 我迎向前，步履蹒跚，
> 透过荆棘丛渗过来稀薄的北风，
> 送来那个女人的呼唤。

英国在布尔战争（1880—1981）[1]中遭受重创，激起了公众的愤怒，而哈代想到的却是普通士兵。他在《鼓手霍吉》("Drummer Hodge")中哀悼一个男孩，这男孩远离"威塞克斯家乡"，在一次毫无意义的冲突中被杀死。在《他杀死的人》("The Man He Killed")中，一个士兵认识到战争是多么荒唐——他杀死了一个男人，但如果他们俩在一个酒吧里相遇，他或许会请他喝上一杯。

然而，让普通士兵真正发出自己声音的，却是拉迪亚德·吉卜林（Rudyard Kipling，1865—1936）。

---

[1] 这里应指第二次布尔战争（1899—1902），是英国与布尔人为争夺南非领土和资源而进行的战争。战争给双方都造成了巨大损失，特别是使英国开始了全球范围内的战略收缩，将部分海外势力范围转托给其他国家，英国本身的战略重点转回欧洲。

他于1892年出版了诗集《营房歌谣》(*Barrack-room Ballads*)，当时诗人刚结婚，与他的美国妻子嘉莉住在佛蒙特州。在吉卜林时代的英国，人们把当兵的看作最下等的人，但在需要他们的时候就完全不同了：

> 我走进一家酒吧，想搞一杯啤酒下肚，
> 酒吧的老板过来，说"这儿不为当兵的服务。"
> 吧台后面的娘儿们，她们笑得差点晕倒，
> 我只好走出酒吧，在大街上对自己说道：
> 嗳！他们说：汤米这，汤米那，"汤米，你给我滚"；
> 可军乐响起时，他们就说"谢谢你，阿特金斯先生。"

上面这一小节摘自《汤米》("Tommy")一诗，在《营房歌谣》整本诗集中，都可以听到同样的犀利而深刻的声音。在《丹尼·迪弗》("Danny Deever")一诗中，一群普通士兵被召集列队，却茫然不知所以，"'这军号为啥吹响？'列队的士兵问道。"结果发现，他们是去观看一个战友被处以绞刑。

吉卜林笔下的汤米有智慧，有经验，他对敌方怀有敬意，对美和浪漫怀有感情，并且具有像他那种说话总是漏发词头 h 音[1]的二等兵不该有的其他素质：

---

[1] 英国殖民地的土著人说英语，往往会漏发词头的 h 音，如 have 发音为 'ave，house 发音为 'ouse。吉卜林在这些诗中大量使用这种拼写法，以模拟这些士兵的发音。

在毛淡棉[1]那座古塔边，慵懒地望着海洋，
有位缅甸姑娘多娴静，我知道她把我思量。
风儿吹过那棕榈树，寺里的钟声在诉说：
"回来吧，英国士兵；快回到古都曼德勒！"
快回到古都曼德勒，
旧船队在那里停泊，
难道你没听见桨声欸乃，从仰光到曼德勒？
道路延伸，通向曼德勒，
那里有飞鱼，自在游乐，
黎明破晓，像雷声来自港湾那边的中国！[2]

这首诗的最后一行很精彩，它只有放在诗里才有意义，按照标准的英语也不算是很好的句子。"像雷声"这个短语出于汤米之口，感觉是随口说了个好句子，而不是刻意的诗的语言。

诗人艾莉森·布拉肯伯里[3]认为，吉卜林是"诗歌中的狄更斯，一个旁观者、记者，对声音和话语具有异常敏感的听觉"。他笔下的许多诗句和短语已进入日常语言："只了解英国的人，对英国能有什么了解呢？"；"东方是东方，西方是西方，两者的鸿沟永远不会弥合"；"任何物种的雌性都比雄性更加致命"；"你是个比我更好的人，贡噶·丁"（最后一句摘自一首诗，

1　缅甸港口城市。
2　参见吉卜林的《曼德勒》（"Mandalay"）。
3　艾莉森·布拉肯伯里（Alison Brackenbury，1953—   ），英国当代女诗人，现居格洛斯特郡。出版诗集九种，并为多家杂志撰写诗歌评论。

诗中赞扬了一个给人送水的印度下等人，他付出自己的生命救了一个英国士兵的命）。

吉卜林崇尚帝国主义。但是他在《退场诗》("Recessional")中领悟到，所有帝国都不过是昙花一现：

> 在遥远的呼唤中销蚀了舰队；
> 　在沙丘和海岬上熄灭了战火；
> 看看吧，我们往昔所有的声威
> 　最终也无异于尼尼微和推罗[1]！
> 万国的裁判啊，请饶我们一劫，
> 免得我们忘却，免得我们忘却！

这首诗是1887年为维多利亚女王登基五十周年而创作的。A.E. 豪斯曼（A.E. Houseman，1859—1936）也为这个主题写过一首诗，并把它用作自己的诗集《西罗普郡少年》(*A Shropshire Lad*，1896)的开场诗。跟吉卜林一样，豪斯曼也站在士兵一边。面对"上帝保佑女王"的呼声，他的回答是，是为女王战死的人们保佑了女王，而不是上帝保佑了女王。他后期的诗作《雇佣军的墓志铭》("Epitaph on an Army of Mercenaries")是对英国远征军中那些职业军人的致

---

1 尼尼微（Nineveh），约公元前2500年建于底格里斯河沿岸的一座古城，曾经是亚述的首都，后世称之为"血腥的狮穴"。推罗（Tyre），约公元前2700年建于黎巴嫩的一座古城，曾经是古代腓尼基人的城邦，在十字军东征时以其坚固的防御而著称。

敬，他们战死沙场，遏制了1914年德国的进攻：

> 他们的肩膀，使天空不致倾颓，
> 　　他们站立着，大地的基石稳固；
> 上帝遗弃的，全由他们来保卫，
> 　　他们为军饷，挽救了所有事物。[1]

豪斯曼在年轻的时候遭受了两次可怕的打击。他在牛津大学时爱上了一个划桨手摩西·杰克逊，但是对方是异性恋，于是拒绝了他。在差不多同一时期，主考官在他期终考试时给了他不及格，尽管他的古希腊罗马文学在同龄人当中是最出色的，究其原因，是他对部分课程感到乏味，翘了课。

这两件不公正的事情似乎让他痛苦了一辈子。他热爱大自然：

> 不要告诉我（也没必要）
> 　　迷娘在吹哪支乐曲，
> 在那温柔的九月之后，
> 　　在浅色的山楂树底；
> 我和她相识已经很久，
> 　　她的爱好我都熟悉。[2]

---

1 参见《诗后集》(*Last Poems*) 第37首。
2 参见《诗后集》第40首。

但是他明白，那"无心、无智的自然"对他并不关心。他并不期待上帝给予他恩惠，或"哪个暴徒和流氓毁了这世界"[1]。他的诗中都是生命和希望已经衰颓的年轻人（即"少年"）。在《致一名夭亡的运动员》("To an Athlete Dying Young")中，冥府的亡灵聚拢过来，盯视那个死去少年的"早就戴在头上的桂冠"：

> 它比少女的花冠更短寿，
> 但在他卷发上并未枯朽。[2]

他那首关于奥斯卡·王尔德的诗"哦，那年轻的罪人是谁，手腕上戴着手铐？"("Oh who is that young sinner with the handcuffs on his wrists?")[3]，尖锐地讽刺了当时一个人因某些天性而遭受谴责的那个社会。"哦，他们抓他进监狱，只因他头发的颜色。"

豪斯曼是古希腊罗马文学教授，以学术态度严谨、经常对同事的工作提出严厉的批评而著称。他欣赏贺拉斯作品的典雅和简约，他在自己的诗中也大多使用单音节或双音节的词语。整个一部《西罗普郡少年》，四音节的词语只出现过七次。[4]

他相信"意义关乎智力，而诗则与智力无涉"，"诗不是说什么，而是如何说"。但在他自己的诗中，

---

[1] 参见《诗后集》第9首。
[2] 参见《西罗普郡少年》第19首。
[3] 参见《诗补集》(Additional Poems) 第18首。
[4] 例如：第10首 unharnessing，第30首 suffocating，第48首 indignation。

"如何说"似乎经常与"说什么"是紧密不可分割的。例如《诗外集》(More Poems)第7首:

> 曾见群星纷纷落,
>   虽然落下去消失,
> 天上未少星一颗,
>   依然是繁星如织。
> 一身劳作终无益,
>   不减少原始罪愆;
> 雨水溶入大海里,
>   海水却依旧很咸。

或《西罗普郡少年》第40首:

> 从远方飘来了一阵熏风
>   侵入人心坎:
> 那是何处在,那识面的青山,
>   寺塔与田园?
>
> 我认出,是不堪回首的乡邦
>   鲜映在眼前,
> 分明快乐的来时路,我如今
>   再不能回还。[1]

---

1 译文引自周煦良译《西罗普郡少年》(湖南人民出版社,1983年)。

本章讲述的第四位诗人是杰拉德·曼利·霍普金斯（Gerard Manley Hopkins，1844—1889）。他在1870年代和1880年代也创作了一种新体诗歌，虽然那些诗作直到他去世之后才发表。

他在牛津大学攻读古希腊罗马文学，后改信罗马天主教，并且加入了耶稣会。1875年，他创作了长诗《德意志号的沉没》(The Wreck of the Deutschland)，这部作品经常被认作他的代表作。诗中讲述了一次沉船事件，有五名方济各会修女遇难，她们因德国的一项遏制天主教发展的法律而流亡异地。这首诗展示了霍普金斯的颠覆性的诗学风格，但是找不到一家出版商，他的自信心因此受挫。此外，他将诗歌作品的出版视同七宗罪中的骄傲之罪。就这样，他死的时候无人知晓，虽然如今人们都认可他是一位优秀的诗歌创新者。

他的创新诗风包括他自己命名的"跳跃韵律"(sprung rhythm)，一部分是对《贝奥武甫》诗体的回归，一部分是（按照他自己的说法）恢复到"普通话语的节奏"。通过对每一行中的重音位置和音节数加以改变，他试图避免正常的音步中他所谓"重复而臣服"(same and tame)的节奏效果。他打乱语序，创造新的词语，运用古词、复合形容词以及各种元音和辅音的谐音[1]，模仿威尔士语中的 cynghanned（声音安

---

[1] 这里主要是指头韵和脚韵，类似于汉语中的双声、叠韵；另外还包括读音相近的词。以下《风鹰》的译文尽力模拟了这种手法。

排），提高了他诗风中的力度和内涵。《风鹰》("The Windhover")一诗的开头，展示了这种诗风的多种可能性：

> 今天早晨，我发现那早晨的宠臣，那阳光 –
>   王国的王子，被斑斓的朝晖召唤的鹰隼，
>   驰骋
>   在罡风滚动的高度，凭着平稳的气流，飞腾
>   在高空，他如何发出缰绳的响声，那波浪般
>   的翅膀，
>   心中充满狂喜！

这种强劲的语言背后是有宗教目的的。他解释说，他希望捕捉住上帝创造的每一种造物的本质（或者说"内质"[inscape]——这个词是他从中世纪神学家邓斯·司各脱[1]那里借来的），并为这种"内质"提供"内力"(instress)。[2] 因此普通的东西，经过他的点金之手就变得精彩了。一个铁匠拿着一块金属，将"给那匹灰色大辕马准备好锃亮的嗒嗒蹄铁"[3]。或者：

> 一个满是蜜汁和密丝的黑李子，
>   含在嘴里，皮肉快要胀爆，竟然

---

1 邓斯·司各脱(Duns Scotus，约1265—1308)，英国经院哲学家、神学家。
2 这里采用周珏良的译法，他解释说，内质指诗的特殊或主要质量，内力指支持内质的诗力。
3 参见《费利克斯·兰德尔》("Felix Randal")。

> 喷出！[1]

牛津这座城市变得"布谷应答、钟声汇聚、云雀迷恋、乌鸦凄苦、河流周匝"[2]，而且：

> 浅棕色溅沫像风肿的女帽，
> 在池塘的汤汁上盘旋、环绕
> 并缩小。[3]

霍普金斯深受抑郁病之苦，当代学者认为他可能患有躁狂抑郁症。他的诗一会儿表现为狂喜，如《为斑驳的万物，荣耀归于上帝》("Glory be to God for Dappled Things")，一会儿表现为恐惧，如"我醒来，触摸夜而非昼的畜毛"("I wake and feel the fell of dark, not day")。他一度深爱着他的朋友罗伯特·布里奇斯的一个表弟，身为同性恋者的内疚可能加剧了他的内心折磨。

他开创的诗风，目的是追求活力，即揭示事物内部未发现的奇迹。但是他的宗教也有相对比较平静的时候，例如《天国港湾》("Heave-Haven")，副标题是《一位修女戴着面纱》：

---

1 参见《德意志号的沉没》第一部第8节。
2 参见《邓斯·司各脱的牛津》("Duns Scotus's Oxford")。
3 参见《因弗斯内德》("Inversnaid")。

我渴望去的地方,
　　春天永不消歇,
没有尖利的冰雹飞落在田野,
　　有几枝百合绽放。

我祈求去的归宿,
　　没有风暴侵袭,
沉默的港湾里自有碧波涌起,
　　不受大海的摆布。

第二十七章
乔治时期的诗人

爱德华·托马斯与罗伯特·弗罗斯特、鲁珀特·布鲁克、沃尔特·德拉梅尔、W.H. 戴维斯、G.K. 切斯特顿、希莱尔·贝洛克、W.W. 吉布森、约翰·梅斯菲尔德、罗伯特·格雷夫斯、D.H. 劳伦斯

这批诗人被称为乔治时期的诗人,是因为他们作为一个群体,活跃在1910年乔治五世开始执政前后的时期。他们当中的一些人曾经在伦敦德文郡街的"诗歌书店"里聚会。其他诗人也曾经逛过那家书店,其中包括T.S. 艾略特。从1912年到1922年,共出版了五辑《乔治时期诗集》(*Georgian Poetry*)。

乔治时期的诗人曾经被认为是夹在维多利亚诗风与现代主义诗潮中间的不温不火的一群人。促使

这种观点发生改变的是其中一位诗人爱德华·托马斯（Edward Thomas，1878—1917）的声名鹊起，而他差一点连个诗人的名头都没有得到。"我吗？我甚至不能够写首诗来救我自己的命。"他在1913年10月告诉他的朋友。他的获救是因为他在那个月晚些时候见到了一位美国来的访客。

那位美国人就是罗伯特·弗罗斯特（Robert Frost，1874—1963），他以《未选择的路》（"The Road Not Taken"）、《修墙》（"Mending Wall"）（一首现代谜语诗，谜底是"弗罗斯特"）和《雪夜驻马在林边》（"Stopping by Woods on a Snowy Evening"）等诗作而举世闻名，下面是最后那首诗的结尾：

> 这树林可爱、黑暗而深幽，
> 但是我还有诺言要遵守，
> 睡觉前还有几里地要走，
> 睡觉前还有几里地要走。

在英国住了三年之后，弗罗斯特回到美国，定居在新罕布什尔州，他在那儿干着农活儿，每天一大早起来写诗。受托马斯·哈代的影响，他使用日常口语，描写农村生活，例如他在《摘完苹果之后》（"After Apple-picking"）中写道，在劳动结束之后很久，他的脚底板"还留有梯子档的压感"。他在美国一直被低估，直到一位英国评论家爱德华·加尼特在《大西洋月刊》(*Atlantic Monthly*)上对他大加赞赏，认为他是自惠特曼以来最独特的美国诗人。

他最优秀的诗作之一《熄灭了，熄灭了》("Out, Out–")写的是他在新罕布什尔州认识的一个十六岁男孩，他的手在一次事故中被电锯割断，流血致死。诗的标题引自莎士比亚的《麦克白》("熄灭了，熄灭了，短命的蜡烛")，暗示了（正如乔伊斯后来在《尤利西斯》中所做的）普通人跟传说中的英雄一样，都值得在优秀的文学作品中纪念。

弗罗斯特遇见爱德华·托马斯是在1913年10月，当时托马斯已经痛苦到绝望了。他很早就结婚，但是不愿意找工作，发誓要靠写作养家。于是劳累和贫困随之而来。他以英国农村为题材，炮制了大量的粗劣作品，哀叹自己"注定是个平庸的写手"。当时弗罗斯特正好住在格洛斯特郡的一个村庄，跟他是邻居，于是敦促他改弦易辙去写诗（《未选择的路》就是被他们的讨论激发出来的）。他们俩都认为诗歌应该少一点"诗化语言"，要顺应日常话语的节律。弗罗斯特建议说，听诗的最佳地方是门背后，因为在那里你无法分辨词语，只能分辨重音和语调。

托马斯最受欢迎的一首诗《艾德斯卓》("Adlestrop")，起初只是1914年6月他与妻子海伦坐火车去莫尔文的路上[1]的随手涂鸦："然后我们停靠在艾德斯卓，穿过

---

[1] 艾德斯卓是英格兰西部格洛斯特郡的一个小镇，毗邻牛津郡和伍斯特郡。莫尔文在英格兰西米德兰区的伍斯特郡。

柳树听见几只乌鸦的一串歌声在12.45以及一只画眉以及没人看见。"在诗里,这些内容变成了这样:

> 此刻,一只乌鸦在近旁
> 鸣叫,在它的周围,隐隐,
> 远处、更远处,百鸟啼唱,
> 从牛津郡、格洛斯特郡。

于是他一发不可收,大量诗作喷涌而出。1914年12月,他写了十五首诗,1915年1月,在二十天内写了十六首诗。1916年11月,他应征入伍,在英国皇家炮兵部队服役,并主动要求到法国助阵,终于在1917年复活节第二天的周一在阿拉斯(Arras)[1]阵亡。半个世纪之后,特德·休斯写道:"他是我们所有人的前辈。"

作为诗人,他具有独特的声音,温柔里含着怅恨。在一首诗中,他将自己比作一棵山杨树,在风中摇晃:

> 它不停地、毫无理由地悲悲切切,
> 或许喜爱别的树的人这么想。[2]

第二行显得隐忍、冷淡,这是他的典型诗风。他是一个安静的诗人,但是他那种克制的节律是令人难忘

---
1 法国北部里尔市的一个小镇。
2 参见《山杨树》("Aspens")。

的。虽然他描写乡村生活，但是他对雨和野草，比对田园风光更感兴趣。暴风雨的喧嚣（他称之为"这咆哮的安宁"）似乎曾经使他忘乎所以。野草，特别是荨麻，由于它从不炫耀，也没有憧憬，就显得更加迷人：

> 除了花儿上的各种鲜艳光彩，
> 我也爱荨麻上的尘土，它从不掉落，
> 除非为证明一场阵雨的甜美。[1]

不确定性和黑暗，对他具有特殊的魅力，并在他的诗中呈现出各种形态。在《苦艾》("Old Man")一诗中，它表现为一种不确定的植物气味（"苦艾"是一种叶子灰绿色、气味像樟脑的灌木）：

> 我嗅吸飞沫，
> 没想到什么；没看见或听见什么；
> 但我也似乎在倾听，静静地等候
> 我应该想起但永远想不起的事情。

这种不确定性也可以用来写他自己。在《而你，海伦》("And You, Helen")中，他把打算赠给妻子的东西列了个清单，在清单的最后说：

---

[1] 参见《高株荨麻》("Tall Nettles")。

> 还有我自己，要是我能知道
> 它藏在哪里，而且它确实心好。

他对于黑暗的空间特别好奇，例如墙上的缝隙，或者獾（"英国兽类中最古老的英国居民"）的洞穴。在《芜菁》（"Swedes"）一诗中，黑暗的空间是一堆芜菁（芜菁是一种大头菜，农民经常用土把它们掩盖起来，以备冬天食用）。在这首诗中，他观察了芜菁被挖出来的过程：

> 他们让阳光投射到
> 缺乏日照的卷曲的叶子上，白色、
> 金色和紫色。

并且将这个过程比喻成以下情景：

> 在历代君王的陵墓之谷，
> 一个男孩爬进法老的坟墓，
> 作为第一个基督徒，发现木乃伊、
> 神与猴子、战车及王座与花瓶、
> 蓝色的陶瓷、雪花石膏与黄金。

在《熄灯》（"Lights Out"）一诗中，黑暗比任何东西都更具有诱惑力：

> 哪怕是再好的书卷，
> 或者最可爱的脸蛋，
> 我都会扭过头舍弃，
> 而走进我必须独自
> 进入并离去、也不知
> 其究竟如何的境地。

他那首《在黑暗中》("Out in the Dark")表现了"整个可见的世界"面对黑夜的力量是"弱小"的：

> 多么弱小啊，那光，
> 整个可见的世界，
> 那爱与欢悦；
> 如果你不爱
> 面对强大的黑夜。

最后两行似乎是说，要是你跟他一样热爱黑夜，可见的世界就会彻底改变。可那也是不确定的。

其他乔治时期的诗人也写过一些值得记住的诗篇，虽然他们不如爱德华·托马斯优秀。鲁珀特·布鲁克（Rupert Brooke，1887—1915）是布卢姆斯伯里集团（Bloomsbury Group）[1]的一个金童，他曾赤裸着与弗吉尼娅·伍尔夫一起洗澡（也可能这是伍尔夫自

1　1907年至1930年期间以英国伦敦布卢姆斯伯里地区为活动中心的先锋文人集团（包括作家、艺术家和知识分子），弗吉尼娅·伍尔夫是其中重要人物。

炫的说法)。他写过《格兰切斯特牧师的旧宅》("The Old Vicarage, Grantchester"),这座旧宅是他在剑桥求学时住过的房子:

> 教堂的钟停在两点五十,
> 是否还有午茶加蜂蜜汁?

布鲁克的《战士》("The Soldier",1914)一诗曾为许多在第一次世界大战中失去亲人的家属带去安慰,至今读来依然动人:

> 如果我死去,只需要这样怀念我,
> 　　在异国的战场,有那么一个角落,
> 那里永远是英国……

他参加海军,在前往加利波利[1]登陆的路上死去,死因是被虫咬之后血液中毒。他的墓地在希腊的斯基罗斯岛的一个橄榄树丛中。

沃尔特·德拉梅尔(Walter de la Mare,1873—1956)写过那首朦胧的《挪得》("Nod")和那首诡异的《倾听者》("The Listeners"):

> "这里有人吗?"那位旅客喊道,

---
[1] 盖利博卢的旧称,土耳其的达达尼尔海峡靠近欧洲一侧的半岛,1915年英法等国联军在此对土耳其发动战役,结果惨败。

敲着月光下的大门。

拉尔夫·霍奇森（Ralph Hodgson，1871—1962）写过一首原生态的《愚蠢街》("Stupidity Street")。W.H. 戴维斯（W.H. Davies，1871—1940）是一位流浪汉诗人，他写过一首《悠闲》("Leisure")：

人生何益，若心事满怀，
我们没时间停下来发呆？

戴维斯的《审讯》("The Inquest"）一诗，虽然不如上面那首诗出名，但也令人读后难忘，诗人在诗中回忆自己参加一次陪审团的法庭审讯，案件涉及一名刚满四个月的女孩夭亡：

一只眼闭着，眼睑呈黄色，
　小嘴抿拢，笑意宛在，
左眼还睁着，并闪着亮光——
　她似乎是个懂事的小孩。
当我盯着她那只眼睛，
　它似乎大笑，开心地说：
"我的死因你绝不会知道，
　也许我妈谋杀了我。"

G.K. 切斯特顿（G.K. Chesterton，1874—1936）

写过一首《驴》("The Donkey"),这首诗是以一头毛驴的口吻写的,它在棕榈节[1]驮着耶稣基督回到耶路撒冷。他还写过一首响亮而辉煌的战争诗篇《勒班陀》("Lepanto")[2]。他的朋友希莱尔·贝洛克(Hilaire Belloc,1870—1953)也是一位多产作家,他写过一首《关于大选》("On a General Election"):

> 该死的那派,取得特权优待,
> 他们支持女人、香槟和桥牌;
> 等他们垮台,民主继为国君,
> 他们支持桥牌、女人和香槟。

W.W. 吉布森(W.W. Gibson,1878—1962)写过《弗兰南岛》("Flannan Isle",1912),这首诗基于一个真实生活中的神秘事件:三个灯塔看守人的失踪。

后来的桂冠诗人约翰·梅斯菲尔德(John Masefield,1878—1967)写过一首很有名的长诗《画匠》("Dauber",1913),描写一位以船员为职业的画家(梅斯菲尔德本人就是如此)受到船员伙伴的残酷迫害。虽然他在那首非常有名的《海之恋》("Sea Fever")中表达了对大海的渴望("我要再次下海,去看那寂寞的天空与海洋,/我只要一艘高桅船,再有一颗星为我导航"),

---
[1] 复活节前的星期日。
[2] 勒班陀位于希腊雅典的西北部。1571年,西班牙王国等联合舰队在此打败奥斯曼帝国舰队。

但实际上他痛恨大海。他也痛恨文化庸俗主义。他的《货物》("Cargoes")一诗将现代世界（特别是英国）对艺术和美的蔑视，与一种想象的审美往昔进行对照。"远道从俄斐[1]来的尼尼微五层橹巨舟"，以及古代"豪华的西班牙大帆船"，装载的是孔雀和各种宝石、香料以及其他异国珍奇。但是"烟囱上结着盐巴的肮脏的英国轮船"却满载着铅锭、铁器和廉价的马口铁托盘。

罗伯特·格雷夫斯（Robert Graves，1895—1985）起初也是乔治时期的诗人，他从1914年夏天开始写诗，但后来转向其他多个创作领域。第一次世界大战刚爆发，他就应征入伍，并在索姆河战役[2]中受了重伤，被当成阵亡者抛弃。他后来在编诗集时，将自己的战争诗悉数删去，因为他不想把自己归为"战争诗潮"中的一员。

他的较为出名的著作包括：战时回忆录《告别那一切》（*Goodbye to All That*，1929）；具有争议的《白色女神》（*The White Goddess*，1948），这篇论著将"真正的"诗追溯到古代对地母神的崇拜；历史小说《克劳狄乌斯自传》（*I, Claudius*，1934）及其后期小说，以及其他著作。如今他在诗歌方面的声誉似乎有些低。虽然他对自己所在的兵团——皇家威尔士燧发

---

[1] 《圣经》上提到的古地名，可能在今也门。
[2] 1916年，英法联军与德军在法国北部的一场鏖战，结果英法联军惨败，死伤严重。

枪团深感自豪，但他还是写了一首关于威尔士的滑稽诗《威尔士事件》("Welsh Incident")；他还写过一首关于"写诗之不可能"的诗《冷静的网》("The Cool Web")，这首诗可以说是他的杰作。

> 即使天气再热，孩子们也不会说，
> 不会说夏天的玫瑰香气有多热，
> 傍晚天空中黑色的废气多可怕，
> 还有高大的士兵敲着鼓点经过。
>
> 但我们能说话，冷却愤怒的白天，
> 说话能使残忍的玫瑰香气黯淡，
> 我们驱散笼罩在头顶上的黑夜，
> 我们将士兵和恐惧也一并驱散。
>
> 冷静的语言之网已将我们缠绕，
> 从太多的欢乐或恐惧之中退出……

格雷夫斯补充说，如果我们脱离了这种语言的关联：

> 在死亡面前，而不是当死亡来临，
> 面对孩子们在白天的瞪眼凝视，
> 面对玫瑰、黑暗的天空以及鼓点，
> 我们必将发疯，并且就那样去死。

在乔治时期的诗人中，D.H. 劳伦斯（D.H. Lawrence, 1885—1930）是最令人欣喜的，他的那首《蛇》("Snake") 收录在《乔治时期诗集》第五辑中，使其他诗作都黯然失色。诗中描写他在西西里岛，看见一条"土色金黄"的蛇到他的水槽里来啜饮流水。他知道自己应该把它杀死。可当他看见那条蛇"用它垂直的嘴"饮水，然后向四周张望，"像一位神灵"，他"感到荣幸"，就犹豫起来。当蛇开始爬回到自己的墙壁洞穴里去的时候，他鼓起勇气，捡起一根木头朝它扔过去。那蛇像闪电般地消失了：

> 我立刻后悔起来，
> 我感到那举动是多么卑微、粗鄙、小气！
> 我憎恨自己，憎恨那可恶的人类教育的声音。
>
> 我想起了那只信天翁[1]，
> 但愿它能回来，我的蛇。
>
> 因为我又觉得他就像一位君王，
> 一位被放逐的君王，在阴府被夺去王冠，
> 现在应当给它重新加冕。
>
> 就这样，我错过了一次机会，拜见

---

[1] 指柯尔律治的长诗《老水手吟》中的信天翁。

生命之王。
我有罪过需要抵赎：
心胸狭隘。

第二十八章
"一战"时期的诗歌

施塔德勒、托勒、格伦费尔、萨松、欧文、罗森堡、格尼、科尔、韦奇伍德、坎南、辛克莱、麦克雷

对于战争的爆发,许多人都感到兴奋,无论是年轻人还是老年人,英国人还是德国人,包括诗人。"当战争到来时,所有诗人的内心都着了火,"德国小说家托马斯·曼在1914年写道,"那是一次大清洗。"德国诗人恩斯特·施塔德勒(Ernst Stadler, 1883—1914)在《觉醒》("The Awakening")一诗中想象着"子弹像雨点般落下"将是"地球上最光荣的声音"。他于1914年10月阵亡。"我们生活在感觉的狂欢之中。"另一位德国诗人恩斯特·托勒(Ernst Toller, 1893—

1939）公开表示。"我赞美战争。"英国诗人朱利安·格伦费尔（Julian Grenfell，1888—1915）在从法国写给家人的信中说道。他在《进入战斗》("Into Battle")一诗中预想战争的"喜悦"。他于1915年5月阵亡。

对于那种战争就是光荣与爱国的观点，有两位英国诗人提出了质疑，他们是西格弗里德·萨松（Siegfried Sassoon，1886—1967）和威尔弗雷德·欧文（Wilfred Owen，1893—1918）。萨松出生于一个富裕的犹太家庭，战前的大部分时间都在打猎和打板球。欧文是一个铁路工人的儿子，靠当家庭教师勉强度日。他们两人都因患有弹震症（又称战争精神病）从前线被撤回来，从而在爱丁堡附近的克雷格洛克哈特军队医院相遇。欧文将萨松视为偶像，并且跟他学习写诗。他的部分诗稿，包括《给厄运青年的赞歌》（Anthem for Doomed Youth）("怎样的丧钟为牲畜般死去的人敲响")和《美好而正义》（Dulce et Decorum Est）（这个反讽的诗题引自贺拉斯的一首颂诗，译过来是"为国捐躯是美好而正义的"），就是由萨松亲手注释的。

萨松是一个让当权者感到尴尬的人物。作为军官，他英勇善战，获得过军功十字勋章，同伴们给他起了个绰号叫"疯狂的杰克"，但是他给指挥官写了一封公开信，拒绝回到法国参战。他表示，这场战争已经变成了"侵略和征服"，而不是"保卫和解放"。由于他从前线被撤回到克雷格洛克哈特，因此免于军事法庭的审判。1918年，他们两人都回到了法国，欧文于停战的一周之前阵亡。

萨松的战争诗经常含有辛辣的讽刺。他对后方家乡的人们心怀怨恨，认为他们是快乐的剧场观众（"我希望看见有坦克驰向观众席"[1]）、在士兵们列队经过时大呼小叫的"神情得意的人群"[2]、为战争大唱赞歌的小报记者。在《战斗到底》（"Fight to a Finish"）中，他想象他的那些"冷酷的燧发枪手"装上枪刺，向一大群记者冲杀过去，那些记者便"鬼哭狼嚎"。他对军队高层人物的无能也很不满。在《将军》（"The General"）一诗中，两个英国士兵觉得他们的指挥官是个"很有喜感的老帮瓜"，而"他确实为他俩订了个致命的计划"。

他在诗中刻画的战壕里的战斗之恐怖，生动得令人恶心：那些尸体如何"脸朝下，伏在发臭的泥中，而躯干/被翻转，像填充未满、被踩过的沙袋"[3]；那些"尖叫着救命"、因恐惧而"脸色铁青"的德国士兵如何被杀，"我们的同伴像杀猪般地刺杀他们"[4]。而这些真相是绝不能让后方的家人知道的。在另一首诗中，一名上校写信给一位母亲，告诉她说，她儿子已光荣牺牲，但事实上她的儿子是个"胆怯而无用的猪猡"[5]。

---

1 参见《"苍蝇"》（"'Blighters'"）。
2 参见《战壕里的自杀》（"Suicide in the Trenches"）。
3 参见《反击》（"Counter-Attack"）。
4 参见《悔恨》（"Remorse"）。
5 参见《英雄》（"The Hero"）。

欧文在战前创作的诗歌是浪漫的，他的战争诗也比萨松要少一点野蛮的成分。欧文在自己的诗集（他未能见到它出版）的前言中写道："我的主题是战争，以及对战争的怜悯。/ 诗歌的本质就在于怜悯。"在《残疾人》("Disabled")中，他尝试走进一名年轻而残疾、坐在轮椅里的士兵的内心世界：

> 今晚，他发现女人们的眼神不再
> 留意他，而转向健全强壮的男人。

在《徒劳》("Futility")（"把他移到太阳底下"）中，一名士兵被杀死了，试图让"仁慈的老太阳"来救活他是徒劳的。这两首诗中都充满了怜悯。

他的诗中也有恐怖的成分。《美好而正义》描写了一名被毒气弹袭击之后，"被泡沫腐蚀的肺中咳出血"的士兵，《哨所》("Sentry")描写了一名受到惊吓、迷失方向的士兵；其惊心动魄之处，跟萨松的诗也不相上下。你要先培养一定的心理承受能力才能读这些诗。欧文曾写道："我现在尽量不去回想那些事情。"

战争是不讲理性的。陌生人原本可以成为朋友，而在战场上却互相厮杀。这个观点激发欧文创作了那首优秀的幻想诗《奇特的相遇》("Strange Meeting")。感人的是，那个带着枪刺的德国兵似乎对自己的被杀抱有歉意，说道："我想抵挡，但双手冰冷、不听话。"跟萨松一样，欧文也是一名军官，他在《检查》

("Inspection")中也谴责了自己。在队列中，他训斥一名士兵，因为他的制服上有一个污点：

> 后来他说，那该死的污点是血渍，
> 他自己的；"血渍也是污点，"我说。

士兵嘲笑这种荒谬的说法。为了表现战争世界的荒诞和扭曲，欧文使用一种叫作"半韵"（half-rhyme）[1]的修辞手法，例如在《暴露》("Exposure")的第一小节中，knive us（用刀割我们）与nervous（紧张的）押韵，silent（寂静的）与salient（显著的）押韵。

还有两位在军队服役的士兵诗人，他们是艾萨克·罗森堡（Isaac Rosenberg，1890—1918）和艾弗·格尼（Ivor Gurney，1890—1937）。罗森堡的父母是立陶宛的犹太移民，家境贫困，住在伦敦的东区。他是个天才艺术家，曾在斯莱德美术学院[2]求学。他的一张自画像至今还悬挂在伦敦的国家肖像画廊里。他相信"任何战争都是非正义的"，但他依然报名参军，因为

---

[1] 原作者的说法不确切。严格来说，欧文的这个修辞手法是联韵（pararhyme）。半韵和联韵都不是全韵（full rhyme）。半韵是指元音不同但结尾的辅音相同，如：cloth和path、flame和come（参见叶芝的《拜占庭》["Byzantium"]）；oat和fruit、grape和snap（参见迪伦·托马斯的《我掰开的这块饼》["This Bread I Break"]）。联韵除了具有半韵的特点之外，元音前的辅音也相同，如hall和hell、killed和cold（参见欧文的《奇特的相遇》["Strange Meeting"]）。半韵在现代诗歌中较为普遍，而联韵则相对少见。欧文以熟练运用联韵著称。
[2] 斯莱德美术学院隶属于伦敦大学学院，成立于1871年，在美术教学方面享有世界声誉。

"我觉得我们必须解决这个问题"。

他记录了军官可能不会费心去记录的场景：比如在《抓虱子》("Louse Hunting")一诗中，光着身子的士兵坐在篝火旁，一边"以骇人的喜悦大叫着"，一边除去身上的虱子。在他最有名的《战壕中的黎明》("Break of Day in the Trenches")一诗中，黑暗"逐渐消散"，万物依然如昨：

> 只有一个活物从我的手上跳过，
> 一只怪异的、带着讥讽的老鼠，
> 当我摘下胸墙上的虞美人，
> 将它插在我的耳朵后面。
> 可笑的老鼠啊，要是他们知道
> 你有一颗天下一家的同情心，
> 他们一定会把你枪毙。
> 既然你已碰过我这英国人的手，
> 你也要同样去碰一个德国人，
> 这很快，肯定的，如果你愿意
> 跨越我们双方间沉睡的绿地。

艾弗·格尼是一位音乐家、作曲家，他以列兵身份入伍，并且到了前线才开始写诗。他讨厌通俗小报上那些"无赖给傻瓜写的"关于战争的"连篇废话"。他留心战壕生活中的那些"琐碎小事"，例如弗赖本托斯[1]的腌牛肉罐头、"防空洞里英国士兵火炉上的牛奶咖啡"(参见《拉旺蒂》["Laventie"]一诗)。不过那些家庭式场景,反而强化了现实被摧毁的效果。他的《致他的情人》("To His Love")是写给他的发小威尔·哈维的未婚妻的。他回忆当年他们三人在格洛斯特郡的乡村一起散步,身边有羊群在安静地觅食:

> 他的身手曾那么敏捷,
> 　如今却不像
> 你所了解的,在蓝天之下,
> 　在塞文河上,
> 驾驶我们的小舟徜徉。
>
> 如今你不再认得出他,
> 　但是他依然
> 高贵地死去;将他掩埋吧,
> 　用塞文河边
> 紫色的、骄傲的紫罗兰。
>
> 将他掩埋,快将他掩埋!
> 　用充满回忆、
> 盛大而密集的花束,掩藏起
> 　我设法忘记、

1　乌拉圭西部边境城市,战争期间以生产腌牛肉出名。

那鲜红而潮湿的东西。

格尼跟罗森堡不同，罗森堡于1918年4月阵亡，而格尼却活到了战后，但由于他负伤之后被毒气弹袭击，他生命的最后十五年都是在精神病院里度过的。

直到最近几年，人们才意识到，受战争的触动，妇女们也曾创作过规模空前的诗歌作品。这是图书馆管理员凯瑟琳·赖莉（Catherine Reilly）通过研究发现的。她编辑的诗集《我心中的伤痕》(*Scars Upon My Heart*)收录了八十位女性诗人的作品。那些女性诗人来自各个社会阶层，她们的教育背景也不尽相同。她们有些后来还成了名，例如薇拉·布里顿（Vera Brittain，1893—1970）、埃莉诺·法杰恩（Eleanor Farjeon，1881—1965）、罗丝·麦考利（Rose Macaulay，1881—1958）、艾丽斯·梅内尔（Alice Meynell，1847—1922），以及提倡生育控制的先驱玛丽·斯托普斯（Marie Stopes，1880—1958），但她们中的大多数人，现在已很少有人记得。

除英国诗人之外，还有美国诗人，如艾米·洛威尔（Amy Lowell，1874—1925）、萨拉·蒂斯代尔（Sara Teasdale，1884—1933）及其朋友、美国第一本专门发表诗歌作品的杂志《诗刊》(*Poetry*)的创始人哈丽雅特·门罗（Harriet Monroe，1860—1936）。

失去亲友的悲痛，是上述诗人作品最常见的主题，如玛格丽特·波斯特盖特·科尔（Margaret Postgate

Cole，1893—1980）的《以后》（"Afterwards"）一诗回忆当年的特殊款待，如挂糖衣的豪华蛋糕，如今他们再也不能分享了。科尔在剑桥大学的格顿学院接受教育，是个和平主义者和反对征兵制的倡导者。她的兄弟也因拒服兵役，被关进了监狱。她在战后积极宣传社会主义政治思想，并与政治理论家G.D.H.科尔结为伉俪。她最有名的战争诗《落叶》（"The Falling Leaves"）以及下面这首《退伍军人》（"The Veteran"），都是写战争伤亡人员的：

> 他坐着晒太阳，我们向他走去，
> 　　战争弄瞎了他的眼，于是退役。
> 年轻的士兵们从"花手酒吧"出来，
> 　　翻过围栏，向他来讨教建议。

> 他说完这个说那个，讲了些故事，
> 　　每个空脑袋里的噩梦，都在空气中
> 驱散；发觉我们在一旁，他说，
> 　　"可怜的娃们，这事儿他们哪会懂？"

> 我们站在那里看着他，他坐着，
> 　　眼窟窿转向他们远去的目标，
> 直到我们当中的一个人问他：
> 　　"那你有——多大？""十九岁，到五月三号。"

女性诗人还写诗谴责那些向不愿参战的男人递送白色羽毛[1]，对他们加以羞辱的妇女。有些诗歌作品记录了战争是如何使妇女从传统的角色中获得解放的，她们成为军需品的生产者、公共汽车售票员，当然还有护士。还有些诗人，例如提倡妇女选举权的西塞莉·汉密尔顿（Cicely Hamilton，1872—1952）、剧作家威妮弗雷德·莱茨（Winifred Letts，1882—1972）和史学家卡萝拉·奥曼（Carola Oman，1897—1978），都参加过志愿救援队或红十字会。

社交名媛萨瑟兰公爵夫人米莉森特（Millicent, Duchess of Sutherland，1867—1955）在那慕尔[2]被围困期间，组织了一个救护车队，她本人曾在敌人后方被困，但最后逃脱了。志愿者中背景较为贫弱的有M.威妮弗雷德·韦奇伍德（M. Winifred Wedgwood，1873—1963），她的诗包括《志愿救援队洗碗女工之歌》（"The VAD Scullery Maid's Song"）和《1916年圣诞节，志愿救援队医院厨房中的沉思》（"Christmas 1916, Thoughts in a VAD Hospital Kitchen"）；伊娃·多贝尔（Eva Dobell，1867—1963），她的诗《值夜班》（"Night Duty"）和《留声机上的曲调》（"Gramophone Tunes"）将背景设在住满了受伤和垂死人员的医院病房。

梅·韦德伯恩·坎南（May Wedderburn Cannan,

---
[1] 白色羽毛在欧美是怯懦的象征。
[2] 比利时中南部城市。

1893—1973）在她的《鲁昂》("Rouen")一诗中回忆她在法国的岁月，当时她十八岁，参加了牛津志愿救援队（她父亲是牛津大学三一学院的院长），在为士兵提供伙食的铁路餐厅里工作。诗中还回忆每天到达的火车上挤满了伤员，以及他们的"忍冬树枝"和"快乐而伤心的微笑"。提倡妇女选举权的梅·辛克莱（May Sinclair，1863—1946）属于较为年长的一代，战争爆发时，她参加了比利时的救护车队，当时她已经出版过长篇小说。她在《撤退中的战地救护车》("Field Ambulance in Retreat")一诗中回忆德军占领安特卫普、英军正在撤退的情景：

> 笔直的道路向前延伸，冲进烟尘和淡淡的白云，
> 在一批接着一批被驱赶回去的兵团的脚底，
> 步枪排成纵列，军旗的底座用黑色的葬礼布裹起。
> 不紧不慢，充满了撤退的自豪，
> 他们微笑着，当红十字救护车匆匆驶过。
> （你不知道什么是美和悲凉，要是你没见过军队在撤退时的微笑。）

这些诗人很少提到宗教信仰，不过露西·惠特梅尔（Lucy Whitmell，1869—1917）的《弗兰德斯的基督》("Christ in Flanders")一诗是在布道中宣读的，曾

被许多诗选收录，并以小册子的形式售出数千份。

虞美人，就像罗森堡插在耳朵后面的那朵，在战场上到处盛开，因为炮弹把土地炸开，将种子翻上了地面。正是约翰·麦克雷（John McCrae，1872—1918）的一首诗，使虞美人在人们心中成了战争及战死者的象征。麦克雷是加拿大人，在多伦多大学攻读医学专业，后来接受培训成为一名炮兵。第二次布尔战争（1899—1902）期间，他在加拿大野战炮兵部队服役，后来在第一旅担任军医，1915年在伊普尔[1]的第二次战役中救治伤员。他的朋友亚历克西斯·赫尔默中尉在这次战役中阵亡，赫尔默的葬礼激发麦克雷创作了《在弗兰德斯的战场上》("In Flanders Fields")，这首诗首次发表在1915年的《笨拙》(*Punch*)杂志上。诗是以死者口吻写的：

> 虞美人在弗兰德斯的战场上，
> 在十字架之间，一排排地开放，
> 　为我方定位；空中的云雀，
> 　虽然被底下的枪炮声湮灭，
> 却依然在勇敢地歌唱、飞翔。

麦克雷在战争结束前不久死于肺炎，当时他正在布洛涅[2]的加拿大第三总医院担任指挥官。

---
1 比利时西部城市，"一战"时在那里发生过三次著名的战役。
2 法国北部港口城市。

第二十九章
优秀的逃遁主义诗人

威廉·巴特勒·叶芝

爱尔兰诗人威廉·巴特勒·叶芝（William Butler Yeats，1865—1939）在他编辑的《牛津现代诗选》（*Oxford Book of Modern Verse*，1936）的引言中说，他将战争诗人从这本诗选中悉数摒除，其理由是："被动的受苦不属于诗歌的主题。在所有伟大的悲剧中，悲剧对于死去的人是一种快乐；在古希腊，悲剧中的歌队是跳舞的。"很难想象还有比这更痴愚的评论了。但是对于叶芝而言，战争诗人确实是过于现实了。作为诗人，叶芝终其一生都在尝试逃避现实，并走进一个艺术、神话和巫术的世界。

叶芝早年一直与他母亲的家人住在斯莱戈郡[1]。他们属于新教宗主派（即与本地爱尔兰天主教徒相隔离的英国后裔）。他父亲是著名的画家，他们举家搬到伦敦，叶芝就在伦敦上学；叶芝回到都柏林，是为了在艺术学院深造。1887年，叶芝重返伦敦，参加了"金色黎明秘术修道会"，这是一个涉及礼仪服装、宗教仪式、伊西斯乌拉尼亚圣殿的秘密团体。这个修道会研习巫术、神秘学、招魂术、占星术、炼金术和其他超自然领域，并且举行降神会。

1917年，叶芝五十二岁，已步入人生的后期，他娶了二十五岁的乔姬·海德-利斯，从此，他在超自然领域有了一项新的突破。他们结婚之后，乔姬发现自己可以在迷幻状态下与指导灵接触，并用"自动"（无意识）书写的方式记录下神灵告诉她的内容。神灵向乔姬授予一整套关于历史和人类生活的复杂论述，其依据是月亮的二十八种月相，其中互相交错的"螺旋"（gyres）（或者锥体）代表两千年来的各个历史阶段，而且人类在连续不断地经历着转世。叶芝后期的许多诗歌都基于这个体系，他对这个体系进行论述并写成《幻象》（*A Vision*）一书，于1925年出版。

对于叶芝相信巫术，有些评论家（包括 W.H. 奥登）颇有微词，认为这种信仰对一个成年知识分子是毫无价值的。但是对叶芝来说，它是不可或缺的。他说，

---

[1] 位于爱尔兰西北部的海岸。

巫术是他的"不变的课题","神秘的生命是我一切工作的核心内容"。

他与乔姬的婚姻是成功的。他们生了两个孩子,乔姬对他的不忠也报以宽容。但是叶芝已将生命的巨大热情投入到过去。1889年,二十四岁的他疯狂地爱上了一个英国的女遗产继承人茅德·冈。一般认为,叶芝的后期诗歌是最优秀的,但是他早期怀着对茅德·冈的初恋冲动写下的诗歌中那份充沛的激情,是无与伦比的。在《尘世的玫瑰》("The Rose of the World")(发表于1893年)中,他将茅德·冈与特洛亚的海伦相提并论。为了茅德·冈的"红唇","特洛亚销融于冲天的葬礼火光"。到最后一节,她已变得神圣:

> 俯身吧,大天使,在你们昏暗的住处:
> 在你们出现,或心脏跳动之前,
> 有个人留守在神座前,善良而疲倦;
> 他使这尘世变成了绿茵之路,
> 等她来漫步流连。

叶芝的早期诗歌具有一种巫魔性质,部分得益于他在斯莱戈郡的童年时代听到的爱尔兰民间传说和故事。在《流浪的安格斯之歌》("The Song of Wandering Aengus")中,诗人砍下一根榛树枝(爱尔兰神话中的爱神安格斯的象征)削成钓竿,在钓丝的钩上系一串浆果，结果抓到了一条"小小的银色鳟鱼"。但当他把鱼儿放在地上，它却变成了：

> 一位荧荧少女，
> 有苹果花儿插在她发际，
> 她叫完我名字立刻逃走，
> 隐没于曙色微明的空气。

于是他发誓要找到她，吻她的嘴唇并牵她的手：

> 在斑驳的深草丛中徜徉，
> 趁一切时间还没有了结，
> 将银色的月亮苹果摘取，
> 将金色的太阳苹果采撷。

对他相信巫术有所不满的评论家们并未看到，正是巫术给予他的想象以那种广袤无边的、超现实的自由。巫术使他能够超脱于"一切时间"，因此在《等到你老了》("When You Are Old")一诗中，茅德·冈虽然只有二十七岁，却被他想象成"老了，头白了，睡眼惺忪"。她将"在炉边打盹"：

> 轻声、凄然地诉说爱神的消逝，
> 远望山顶，他悠然地踱着步子，
> 在群星之中掩藏起他的面容。

最后两行具有超然的逃遁思想，这是叶芝早期诗歌的典型特色；叶芝这首诗是对法国诗人皮埃尔·德·龙沙（Pierre de Ronsard，1524—1585）的一首十四行诗的不严格的改写，但在龙沙的那首诗里却找不到这个特色。与龙沙不同，叶芝的神话人物随时都可能取代受时间限制的人类。另外，在这些早期诗歌中，自然界也是丰富多彩的，例如下面这些华丽的诗行：在《虢尔王的疯癫》("The Madness of King Goll")中，"当夏季把金色的蜜蜂喂饱"，或者在《茵苊菲湖岛》("The Lake Isle of Innisfree")中，"蜂鸣嗡嗡的林地"和"傍晚又飞满朱顶雀的翅膀"。即使是自然的事物，在他笔下也总是几乎成为超自然的事物，例如在《隐秘的玫瑰》("The Secret Rose")中，他形容一个女人的头发"鲜亮而可爱"，以至于：

> 男人凭她的青丝，那偷来的一缕，
> 在半夜春打玉米。

要是没有对茅德·冈的膜拜，叶芝是不可能写出这些早期诗歌的。然而，茅德·冈是热诚的爱尔兰民族主义者，她希望爱尔兰成为一个独立的民族国家，而不是不列颠的一部分；但叶芝痛恨暴力，倾向于认为民族主义者是较低等的阶级。他多次向茅德·冈求婚，却一再遭到她的拒绝；1903年，她嫁给了一位著名的民族主义者约翰·麦克布赖德少校。茅德·冈的婚姻破裂后,叶芝再次向她求婚,仍然遭到拒绝。

1916年发生了"复活节起义",民族主义者拿起武器,占领了都柏林的各大建筑,宣布爱尔兰共和国的成立。英国政府动用大量军队,残酷镇压了起义,行刑队枪决了十五名"头面人物",包括麦克布赖德。叶芝创作了《一九一六年复活节》("Easter, 1916")一诗,纪念死难烈士和爱尔兰的解放事业:

> 我用诗歌写下这一切,
> 麦克多纳与麦克布赖德,
> 康诺利和皮尔斯等先烈,
> 无论现在或未来的时间,
> 只要谁穿着绿色的披风,
> 那里就变了,彻底改变:
> 一种可怕的美已诞生。

在这首诗的前半部分,叶芝承认自己曾经认为麦克布赖德是"一个虚荣粗鄙的醉鬼",并用"一个讽刺故事或笑话"打发其他的民族主义领导者。但是现在,他们都已经"彻底改变"。这首诗赋予他们以神话般的宏伟,正如他通过想象茅德·冈是特洛亚的海伦,赋予她以神话般的宏伟。

他是否真的敬仰那些民族主义者呢?他的态度似乎是分裂的。他后来在谈到茅德·冈的民族主义时说，她"向无知的人群传授最暴力的手段"[1]，就像"一只充满怒气的旧风箱"[2]。他对民族主义者的领导者康斯坦丝·马尔凯维奇（婚前姓戈尔-布思）也有所批评。康斯坦丝是一位出身名门的年轻妇女，她丈夫是波兰人，因在起义中参加战斗，被判处死刑，缓期执行，关在监狱。在《关于一名政治犯》("On a Political Prisoner")中，叶芝指责她"在无知的群氓中策划阴谋"[3]，并导致自己的心灵：

> 变成痛苦、抽象的东西，
> 思想变成流行的敌对：
> 众盲以及众盲的头领
> 躺在臭水沟，喝那脏水？

但是这些人在《一九一六年复活节》中都是他歌颂的英雄。

叶芝说过："与他人争吵成就了修辞，与自我争吵成就了诗歌。"他尊重爱尔兰民族国家（后来他还担任了爱尔兰国会的议员），但又蔑视爱尔兰的民众，这两者之间的反差，形成了他自己与他所称的那个"反自我"（anti-self）之间的争吵。他为自己的祖先是上层阶级而感到骄傲；他自豪地说，在他祖先遗传给

1　参见《没有第二个特洛亚》("No Second Troy")。
2　参见《为我女儿祈祷》("A Prayer for My Daughter")。
3　参见《纪念伊娃·戈尔-布思与康·马尔凯维奇》("In Memory of Eva Core-Booth and Con Markiewicz")。

他的血脉里"绝对没有引车卖浆者流的细胞"。他酷爱爱尔兰的古老建筑，比如格雷戈里夫人的宅邸库勒庄园（Coole Park），他还与格雷戈里夫人一起创立了都柏林艾比剧院。他天真地相信，那些骑马出身的英国-爱尔兰混血的上流家庭，可以跟意大利文艺复兴时期那些著名的贵族艺术赞助人相媲美。同时，都柏林的普通民众也受到他的蔑视，因为他觉得这些人憎恨艺术和文化。

随着年事已高，叶芝的观点越来越倾向于右翼。在他看来，1930年的欧洲法西斯运动是政治的秩序战胜了无知的群氓。他认为爱尔兰应该像印度一样建立一个等级制度，并且认为"是这个等级制度拯救了印度的知识分子"。这些论点无疑使他的众多追随者大跌眼镜，但也促使他写出了震撼人心的诗篇。他的那首优秀诗作《再次降临》（"The Second Coming"）对欧洲文明的衰落表示了悲悼：

> 旋转、旋转，那不断扩张的螺旋，
> 鹰隼听不见主人的呼唤，万物
> 已分崩离析；中心已无法守住；
> 世界的秩序混乱，到处在泛滥，
> 泛滥，还有被鲜血玷污的潮水，
> 各地，天真的仪式早已被淹没；
> 优秀的人都缺乏信念，而败类
> 却总是满怀激情，狂热而执着。

"螺旋"代表《幻象》一书中阐述的各个历史阶段中的一个阶段。诗中描述的那头"猛兽"具有"狮身人面的形象","目光像太阳一样苍白而无情","挪着步子,走向伯利恒去投生",它在神灵向乔姬·叶芝显示的历史图景中,标志着两千年基督纪元的结束。但这首诗超越了这些学术性的细节,表达了一种普世性的内容。

《再次降临》表明叶芝已经将政治现实熔铸到一个神话之中。他还可以选取一个神话故事,使它变得真实。许多诗人和艺术家都曾援引过勒达被化身为一只天鹅的宙斯诱奸的神话故事,而叶芝的《勒达与天鹅》("Leda and the Swan")却赋予这个神话故事以感官上和心理上的真实性。他想象到勒达的"惊慌而迷茫的手指"试图抗拒那"荣幸之羽"的光临,想象到她在屈从时"松开的大腿",她如何感到那个飞禽紧贴在她胸脯上的"陌生的心率"。他还想象到宙斯是怎样的感受,在他满足之后,他那"漠然的喙"将她的身体放下。

被诱奸之后的勒达生下了特洛亚的海伦。诗中写到,就是那"腹股间一阵颤抖","催生出"特洛亚的陷落以及阿伽门农之死。在叶芝的历史循环的版本中,勒达的被诱奸是"创立古希腊的宣告",正如圣母马利亚的宣告(以及基督的诞生,他在《东方三贤》["The Magi"]一诗中称之为"兽性的地面上莫测的神秘")创立了基督纪元。

在《幻象》中，叶芝选择了约公元500年的拜占庭作为他理想的历史地点和时间，当时查士丁尼一世正在建造圣索菲亚大教堂。叶芝相信那些镶嵌画工人和金匠与神灵世界非常接近。在他的《远航拜占庭》("Sailing to Byzantium")一诗中，他们用"捶揲黄金以及金器上珐琅釉彩的工艺"制造一只鸟，并把它镶在金枝上，让它唱歌。诗中将大自然与艺术加以比较。大自然是：

青年
互相搂抱在怀里，树上的鸟雀，

而艺术则是用黄金制成的鸟，这两者对读者都具有吸引力。但是叶芝宣称，当他"摆脱自然"（即死去）时，他希望成为那只用黄金制成的鸟，而不是"任何自然的东西"。

在另一首相关的诗《拜占庭》("Byzantium")中，神灵像火焰一样"飘闪"，等待着转世投胎，大自然被贬低为"人类血脉里流淌的躁动和淤泥"，而代表艺术的那只用黄金制成的鸟却可以：

大声轻蔑
（以不朽金属的荣耀）
普通的花瓣或飞鸟，
以及淤泥或血污的各种琐屑。

但是当大自然表现为物质的爱的形式时，它依然在引诱着叶芝。他痛恨衰老，于是在六十九岁那年做了一个外科手术，以恢复他的性功能。他在《在学童中间》("Among School Children")一诗中想象自己必须看上去像一个"老年的稻草人"，而且做梦看见年轻时代的茅德·冈，她是"天鹅的女儿"之一，就像海伦一样。

叶芝在他的晚年诗作《马戏团动物的逃逸》("The Circus Aminals' Desertion")中，意识到自己想象力枯竭，于是总结说，艺术的源头归根结底还是在大自然，虽然大自然是物质的，而且并不完美：

> 我只能躺倒在所有梯子的起点，
> 在那心灵的肮脏的废品回收站。

第三十章
发明现代主义

艾略特、庞德

托马斯·斯特恩斯·艾略特（Thomas Stearns Eliot，1888—1965）出生于一个与美国文化精英有密切关系的富裕家庭。他在密苏里州的圣路易斯长大，父亲是那里一家砖瓦公司的总裁。他是一个害羞、敏感的孩子，患有先天性腹股沟疝气，由于戴着疝气带，许多运动无法参加，体育锻炼受到限制。他在很小的时候就读过美国西部拓荒之前的故事，并在爱德华·菲茨杰拉德（Edward FitzGerald，1809—1883）的那本有名的小书《莪默·伽亚谟的鲁拜集》（*Rubaiyat of Omar Khayyam*）的影响下，写过一点诗歌。当时的他不像是个会给全世界的诗歌带来什么变化的人。

他在父亲的资助下，先从哈佛大学毕业，然后到巴黎、德国和意大利攻读硕士学位，再回到哈佛大学研究印度哲学和梵文，1914年又转到牛津，写了一篇关于现象与本质的哲学论文。

在伦敦，他遇见了埃兹拉·庞德、弗吉尼娅·伍尔夫以及布卢姆斯伯里集团的其他成员。1915年，他与薇薇安·海－伍德结婚，部分原因是给自己一个不回美国的理由。这场婚姻是个灾难。他妻子患有多种身体和精神的疾病，于是他们逐渐分开生活。艾略特后来跟他的朋友约翰·海沃德说，他从来没有在女人身上得到过性的快乐。1933年，他与妻子正式分居。他妻子于1938年住进了精神病院，艾略特从来没去探望过她。她在1947年去世。

1917年，艾略特加入英国籍（他跟朋友说，他觉得在美国"没什么值得留恋的"），并在劳埃德银行谋得一个职位，从事国外账户管理。1925年，他成为费伯与吉耶出版社（即后来的费伯与费伯出版社）的董事，1927年，他改信英国国教（他在独神论教派［Unitarian］的环境中长大，即相信耶稣是人而不是上帝化身的基督教派）。战后，他在费伯与费伯出版社的秘书是瓦莱丽·弗莱彻，他们俩于1957年结婚。

在艾略特的长诗中，《J. 阿尔弗雷德·普鲁弗洛克的情歌》("The Love Song of J. Alfred Prufrock")和《一位女士的画像》("Portrait of a Lady")这两首诗是他移居英国之前创作的。他将《荒原》("The Waste Land")的打字稿寄给庞德，在庞德做了多处删改之后，《荒原》于1922年出版。《空心人》("The Hollow Men")发表于1925年，《灰星期三》("Ash Wednesday")是他改信英国国教之后写的第一首诗，发表于1930年。《四个四重奏》("Four Quartets")也是宗教主题，是对时间与无时性（timelessness）的沉思，其中《焚毁的诺顿》("Burnt Norton")发表于1936年，《东科克尔》("East Coker")发表于1940年，《干燥的塞尔维吉斯》("The Dry Salvages")发表于1941年，而那首《小吉丁》("Little Gidding")发表于1942年，其中还提到伦敦遭受空袭时艾略特作为防空队员服役的经历。

早在1908年，艾略特就读过英国诗人阿瑟·西蒙斯撰写的《文学中的象征主义运动》(*The Symblist Movement in Literature*)一书，其中有一个章节提到了名不见经传的法国诗人朱尔·拉福格（Jules Laforgue，1860—1887）。艾略特承认，是拉福格教会了他，他少年时代在美国工业城市里的经历也可以充当写诗的材料。纸玫瑰和天竺葵等写诗用的道具逐渐出现在艾略特的诗中，因为这些东西在拉福格的诗中就有。

这就是典型的艾略特的诗歌。盗用他人的诗句已经成为他的一种癖好，他在《荒原》的结尾处也承认过这一点："这些只言片语支撑着我免于毁灭。"在他的文论中，最精彩的往往也是他引用他人的话语。他的那首《东方三贤的旅行》("Journey of the Magi")(据他说，是他在一个周日的早晨从教堂回来，"借助"半瓶杜松子酒的醉意一挥而就的)，其灵感就来自他偶尔发现的17世纪一位牧师兰斯洛特·安德鲁斯的布道文中的一个短语。

艾略特是出了名的"难懂"的诗人，可实际上他并不难懂。他的耳朵对语言的声音效果非常敏感，他又是善写激发联想的短语的天才，所以他的诗一读就会给人以快感。他诗中的"含义"并不那么重要。普鲁弗洛克究竟是去拜访谁？《一位女士的画像》中的那位女士究竟是谁？这些问题是没有意义的，艾略特隐藏了这些信息。他要描写的是那种感觉的状态，从狂喜("一瞬间放弃的那种大胆果敢"[1])到窘迫和尴尬，正如《一位女士的画像》中的说话人因那位女士凄苦的抱怨而感到窘迫，于是不再想拥有人类的感觉——"像鹦鹉那样鸣叫，像猿猴那样聒噪"。你可以将这些诗当成短篇小说来读，将大部分无聊的内容搁置一边，只把其中的感觉保留下来。《荒原》有所不同，是因为诗中的说话人、地点和时间经常发生急剧的变化。

艾略特在写到约翰·邓恩时说："对邓恩来说，思想是一种经验。思想能改变他的感受力。"[2]他解释说，普通人可能会感受到爱情，闻到烹饪的香味，听见打

---

1 参见《荒原》第五章"雷霆的话"。
2 参见艾略特的论文《玄学派诗人》("The Metaphysical Poets")。

字的声音，这三个事物不会联系在一起。但是"在诗人的头脑中，这些经验总是会形成新的整体"。艾略特创作的就是这些"新的整体"。思想与情感和感官感受——触觉、视觉、听觉——合在一起，就创造出这样的诗行："我会用一把尘土向你展示恐惧"[1]，或者"我用咖啡匙子量走了我的生命"[2]，或者"编织吧，把阳光编进你的头发"[3]，或者"四月是最残忍的月份"[4]，或者"白色的光包裹着、覆盖着她，包裹着"[5]，或者"不是嘭的一响，而是嘘的一声"[6]。

他在设计简洁的场景方面是一位大师——例如"满地生蚝壳和锯木屑的小饭馆"[7]，或者"她们在地下室厨房里把早餐盘碟碰得叮当响"[8]，或者"雾气中透出松树的芳香和画眉的歌唱"[9]，或者"火炬映红了那些汗津津的脸"[10]，或者"那满身罗绮的姑娘端上冰冻果子露"[11]，或者"奔流的小溪在低语，冬天在闪电"[12]，或者"海上，清晨的风 / 吹皱了水面，然后溜走"[13]。

---

[1] 参见《荒原》第一章"死者的葬礼"。
[2] 参见《J. 阿尔弗雷德·普鲁弗洛克的情歌》。
[3] 参见《哭泣的女郎》("La Figlia Che Piange")。
[4] 参见《荒原》第一章"死者的葬礼"。
[5] 参见《灰星期三》第四章。
[6] 参见《空心人》第五章。
[7] 参见《J. 阿尔弗雷德·普鲁弗洛克的情歌》。
[8] 参见《窗前晨景》("Morning at the Window")。
[9] 参见《玛丽娜》("Marina")。
[10] 参见《荒原》第五章"雷霆的话"。
[11] 参见《东方三贤的旅行》。
[12] 参见《东科克尔》第三章。
[13] 参见《东科克尔》第一章。

在《荒原》中，哪怕是最简单的短语都反映出整首诗的主题。例如"电车和积满尘灰的树"这个短语，就将"干旱"与机械化生命（具有"自动的手"的女打字员）和自然之间的反差联系在一起。

对艾略特来说，这首诗带有较强的个人色彩。在谈到自己的第一段婚姻时，他说没有给薇薇安带来幸福，却给自己"带来了创作《荒原》的那种精神状态"。这首诗部分是在写性的失败，从被"城里那些高官的浪荡公子"抛弃的女孩们，到丽尔与阿尔伯特，以及丽尔吃下去"把它打掉"的药片。

这首诗也可以解读为对人性中信仰需求的深思——从繁殖神话（参见艾略特的自注）到佛陀的"火诫"以及基督教的秘教：

> 那里，殉道者
> 马格纳斯教堂的墙面上，依然保留着
> 爱奥尼亚的银白与金黄的神秘光辉。

跟艾略特相比，埃兹拉·庞德（Ezra Pound，1885—1972）的家庭背景较为贫寒。他出生于爱达荷州的乡村（他一辈子都没改掉爱达荷州的口音），在纽约汉密尔顿学院学习普罗旺斯语、古英语和但丁，并立志到而立之年，对诗歌的了解超过所有活着的人。他在宾夕法尼亚州立大学攻读博士，但是还没读完就离开了。1908年，他在印第安纳州的一个教职上被开除，于是坐船到了欧洲，定居伦敦。

他的早期诗歌模仿拉斐尔前派，如但丁·加布里埃尔·罗塞蒂的伪中世纪诗风。因此，虽然他刻意想做到现代，号称要"推陈出新"，但还是显得非常落伍。他的翻译作品（他的《漫游者》["The Wanderer"]和《水手》["The Seafarer"]是对古英语的翻译；他的《向塞克斯忒斯·普罗佩提乌斯致敬》["Homage to Sextus Propertius"]是对普罗佩提乌斯的拉丁语的翻译）因不够准确而招致物议。但是他在伦敦结识了许多朋友，包括艾略特，并于1914年与叶芝的情人奥利维娅的女儿多萝西·莎士比亚结婚。

《休·塞尔温·莫伯利》（*Hugh Selwyn Mauberley*，1920）是一首半自传体长诗，包括十八个部分，这成了他人生的转折点。这首诗记述了他在一个"半开化的国度"试图"从橡果中摘取百合"，从而使诗歌这门"死去的艺术"复活的艰难探索。他感觉到自己"与他的时代格格不入"，缺乏生气、没有意义，并谴责商业主义和物质主义，将之比拟成"在蒸汽游艇的奶油色镀金的船舱里"的成功小说家阿诺德·本涅特（"尼克松先生"）。

这首诗还哀叹了第一次世界大战中的残酷杀戮，庞德有好几位朋友遇难，包括雕塑家亨利·戈蒂耶－布尔泽斯卡。相对而言，戈蒂耶－布尔泽斯卡用生命守护的文化显得毫无价值：

> 无数的人死了，
> 其中有最优秀的，
> 为了掉尽牙齿的老娼妇，
> 为了拙劣的文明。
>
> 美丽的嘴边微笑的魅力，
> 锐眼，都已经埋进地里。
>
> 为了几百个残破的铜像，
> 为了几千本磨损的书籍。[1]

这首诗标志着庞德对伦敦的告别。1921年，他与多萝西一起移居巴黎，在那里他认识了一批达达主义者和超现实主义者，并结识了英国诺森伯兰郡诗人巴兹尔·邦廷（Basil Bunting，1900—1985），他是自传体长诗《布里格弗拉茨》(*Briggflatts*，1966）的作者。庞德还开始与音乐会小提琴家奥尔加·拉奇有染。他们有一个女儿叫玛丽，他们却将她交给了一个农妇抚养。1924年，庞德夫妇移居意大利的拉帕洛，他们的儿子奥马尔就出生在那里。他们照例将儿子交给了多萝西的母亲抚养。

在意大利，庞德开始创作他那首没有形式约束的、未完成的长诗《诗章》(*Cantos*)。在这首长诗中，他

---

[1] 译文引自杜运燮译《休·赛尔温·莫伯利》(《外国现代派作品选》第一册[上]，上海文艺出版社，1980年）。

阐述了对经济学的看法。他追求更公平的财富分配，并且憎恨资本主义，因为它没有真正的生产力。资本主义只是用钱赚钱，他想用一种无法囤积的货币来代替金钱，比如蔬菜或天然织物。他赞成由苏格兰人C.H.道格拉斯少校设计的一种名为"社会信用"的制度。他认为，这个制度必须由国家强制执行，这也导致了他走向法西斯主义。

他在1933年见到了墨索里尼（参见《诗章》第41章中的记载）并且对他十分钦佩，因为庞德相信墨索里尼能成就大事。他还希望希特勒的第三帝国能够成为俄罗斯的天然教化者。他将第一次世界大战归咎于高利贷和国际资本主义，并在1930年代成为恶毒的反犹太主义者。"二战"期间，意大利政府付钱给他，让他在罗马电台进行数百次批评美国和犹太人的广播。

1945年，他被美军逮捕，在比萨的一个军营里待了三个月，在室外的一个六英尺见方的钢笼子里关了几个星期，晚上用泛光灯照明。他的精神崩溃了，这在《诗章》第八十章中有记载。《诗章》第八十四章的开头部分是他被关在钢笼子里时写在厕纸上的。在《比萨诗章》（"Pisan Cantos"，即《诗章》第七十四章至第八十四章）中，他回忆了自己在伦敦和巴黎的岁月，以及他见过的那些作家，包括叶芝。

即使在被捕之后，他还坚持认为希特勒是个圣人，把希特勒与圣女贞德相提并论。庞德被指控犯有叛国罪，但被判定不适合接受审判，于是被带到华盛顿特区的圣伊丽莎白精神病院，在那里他写下了《诗章》第八十五章至第九十五章（《部分：凿岩》["Section: Rock Drill"]）和《诗章》第九十六章至第一百零九章（《王权》["Thrones"]）。艾略特等人前去探望过他。他于1958年因精神失常无法治愈而获释，出狱时，他行了个纳粹礼。

总体而论，《诗章》越是写到后面，越是缺乏诗意。《诗章》第二章里有一个早期的高潮，它改编自奥维德的一个故事，故事讲述了酒神巴克科斯从海盗手中救出一个男孩，并将海盗的船只变成一个供豺狼虎豹自由徜徉的神奇的葡萄园。《诗章》第十四章和第十五章展现了银行家、报纸编辑和各类恶棍聚居的地狱景象，是威廉·布莱克把庞德从这个地狱里解救出来。《诗章》第二十一章解释了"社会信用"制度。《诗章》第四十五章，按照庞德自己的说法，是整部《诗章》的一个关键章节，它是一篇反对高利贷的冗长论述，认为它毁灭了艺术、人类和人世间的物产。

《诗章》第五十二章至第六十一章并不那么直接地引人入胜，它基于18世纪法国耶稣会士撰写的十二卷中国历史。庞德喜欢中国，因为他相信中国不允许有高利贷。孔子是他心目中的英雄，他认为孔子像墨索里尼一样，是一个有序而治理良好的国家的名誉领袖。《诗章》第六十二章至第七十一章（《亚当斯诗章》["Adams Cantos"]）频频引用启蒙运动时期的律师、美国总统约翰·亚当斯的著作,他也是庞德心目中的英雄。反犹太主义思想主要集中在《诗章》第三十五章、第五十章和第五十二章,其中最后一章对罗斯柴尔德家族[1]进行恶毒的攻击。《诗章》第七十二章和第七十三章模仿但丁,用意大利语写成,最初作为战时宣传在法西斯杂志上发表。

有些评论家,包括罗伯特·格雷夫斯,对《诗章》表示蔑视。但实际上,这首长诗对"垮掉的一代"的诗人极为重要,尤其是加里·斯奈德(Gary Snyder,1930年生)和爱伦·金斯堡(Allen Ginsberg,1926—1997)。

---

[1] 世界著名的金融家族,发迹于19世纪初,创始人是梅耶·罗斯柴尔德(Mayer Amschel Rothschild,1744—1812)。

第三十一章
东风西渐

韦利、庞德、意象派诗人

在阿瑟·韦利（Arthur Waley，1889—1966）出版《一百七十首中国诗》（*A Hundred and Seventy Chinese Poems*，1918）和《日本诗歌：歌曲》（*Japanese Poetry: The Uta*，1919）之前，英语世界对中国诗歌和日本诗歌几乎一无所知。韦利在大英博物馆担任东方版画与手稿馆的保管员助理期间，自学了汉语和日语。而那位博物馆的保管员名叫劳伦斯·宾雍（Laurence Binyon，1869—1943），他也是一位诗人，他的诗《献给阵亡将士》（"For the Fallen"）经常在阵亡将士纪念日被人朗诵。

韦利除翻译诗歌以外，还翻译了日本能剧和11世纪日本宫廷侍读女官紫式部的《源氏物语》(*Tale of Genji*)，这部作品被誉为世界上第一部长篇小说。他在《一百七十首中国诗》的前言中指出，与西方诗人相比，中国诗人写友谊而不写爱情，表达平静、反思和自我分析而不表达激情。暗喻、明喻等修辞手法相对较少。[1]对性的需求是理所当然的，但并不被视为情感的理由。描写妻妾被抛弃的诗作十分常见。

所有这些听起来都相当悲观。但对于此前对中国诗歌一无所知的西方读者来说，韦利翻译的诗歌显得丰富、微妙、复杂，而且又那么古老，这些都令人惊讶，而诗中描写的那些平凡生活的瞬间，可以立刻跨越几个世纪，让读者产生共鸣。例如，在一个严冬的早晨，面饼店里散发出来的热腾腾的面饼香味，让路人直流口水（这种社会观察的片言只语出现在约公元281年的一首诗中[2]，这比英国文学出现《贝奥武甫》而初具雏形要早五百年）。

人类在失去亲人等普遍的苦难中的情状，在中国诗歌中也有生动的反映。写诗被认为是所有人都应具备的文化修养，所以在中国有一个（对我们来说）数量惊人的诗人群体，包括男人和女人，他们都是有权有势的贵族。不管他们处于什么样的社会地位，我们

1　这些观点显然与中国诗歌的真实情况不符。
2　参见束晳《饼赋》："玄冬猛寒，清晨之会。……气勃郁以扬布，香飞散而远遍。行人失涎于下风，童仆空嚼而斜眄。"（《艺文类聚》卷七十二）

都能分享他们的各种感受。汉武帝（公元前156—公元前87）这样描写他的嫔妃之死：

> 她的丝裙不再发出响声，
> 大理石路面上扬起灰尘。
> 她的空房间已冷冷清清，
> 缤纷的落叶堆积在前门。
> 我渴慕那位可爱的嫔妃，
> 该如何平息我痛苦的心？[1]

中国有许多诗人都是政府官员，例如多产的白居易（772—846），他的诗描写种花、记梦，甚至写自己谢顶，读起来常常像流水账。还有一位文官，也表现得相当颓唐，他就是苏东坡（1037—1101），他写过一首《洗儿诗》：

> 如果谁生了个孩子，
> 家人都希望他聪明。
> 可我呢就因为聪明，
> 恰恰毁了我这一生。
> 我只希望我的孩子
> 没有知识而且驽钝。

---

[1] 参见传为汉武帝刘彻所作的《落叶哀蝉》："罗袂兮无声，玉墀兮尘生。虚房冷而寂寞，落叶依于重扃。望彼美之女兮安得，感余心之未宁！"（王嘉《拾遗记》）

他以平静生活为荣，
最终当上一个公卿。[1]

中国诗歌与西方诗歌相比，描写自然界的作品相对比较集中。王逸（约89—158）崇拜荔枝树，它的香气柔和、汁液甘美、果实"晶莹如珠"[2]。他的儿子王延寿（112—133）[3]记录了一只没有尾巴的小猕猴的所有细节：它会嗅东西，会哼哼，会竖起那副"灵动的小耳朵"[4]。欧阳修（1007—1072）也同样全身心投入地审视一只鸣蝉[5]。神童骆宾王（约638—684）所写的那首《鹅》，据说所有中国小孩都读过，这是他在七岁时写的：

鹅，鹅，鹅，
你弯着脖子朝着天空歌唱。
你白色的羽毛飘浮在碧绿的水面，
你红色的脚掌推动着清澈的波浪。[6]

张衡（78—139）是一位天文学家、数学家、科学家和诗人，他以雄强的文笔表达了人在死亡时与

---

[1] 苏轼原诗："人皆养子望聪明，我被聪明误一生。惟愿孩儿愚且鲁，无灾无难到公卿。"
[2] 参见王逸《荔枝赋》："润侔和璧。"（《艺文类聚》卷八十七）
[3] 王延寿生卒年向来无考。文中所注，不知何据。
[4] 参见王延寿《王孙赋》："耳聋役以适知。"（《艺文类聚》卷九十五）
[5] 参见欧阳修《鸣蝉赋》。
[6] 骆宾王原诗："鹅，鹅，鹅，曲项向天歌。白毛浮绿水，红掌拨清波。"

自然的融合。他在想象中听见道家哲学家庄子的髑髅在说：

> 我是一个波浪，
> 在光与暗的河流上飘浮，
> 万物的创造者是我的父母，
> 天是我的床，地是我的褥，
> 雷电是我的风扇和大鼓，
> 日月是我的火炬和蜡烛，
> 银河是我的护城河，星星是我的珍珠。[1]

早在欧洲浪漫主义兴起之前的几个世纪，中国诗人就在理想中构建起一种与自然共处的生活方式。李白（701—762）就非常羡慕一位名叫丹丘的隐士的野外生活：

> 我的朋友居住在东山的高处，
> 他深爱着山谷和丘陵的秀美。
> 绿色的春天，他躺在空旷的树林，
> 太阳高照时，他依然在沉睡。
> 松林的风，拂去他衣袖上的尘土，
> 布满卵石的溪流，洗涤他的心和耳朵。

---

1 参见张衡《髑髅赋》："与阴阳同其流，元气合其朴。造化为父母，天地为床褥。雷电为鼓扇，日月为灯烛。云汉为川池，星宿为珠玉。"（《汉魏六朝百三家集》卷十四）

> 我羡慕你,远离纷争与喧嚣,
> 在碧云的枕头上高高地躺卧。[1]

一般认为,唐朝(618—907)是中国诗歌的黄金时代,李白和他的朋友杜甫(712—770)都是这个时期最明亮的星辰。在中国女性当中也颇有一些擅长写诗的,最著名的是李清照(1084—约1156),她的名声如今已延伸到整个太阳系。国际天文学联合会以她的名字命名了水星上的两个撞击坑。

韦利将日本的"歌曲"(uta)翻译成英语,它是一种五行诗(又称"短歌",即短诗,或称和歌),其中第一行和第三行包含五个发音单位或"音"(可以粗略地译为"音节"),其余各行均包含七个"音"。几乎所有的日本古典诗歌都是以这种形式写成的,这与中国诗体的繁复和技巧上的自由形成鲜明的对比。

日本的"歌曲"通常描写时光易逝和节序更替,注重佛教所鼓励的、对美的瞬间的欣赏。但是在处理爱的主题上,日本的"歌曲"比中国诗歌更富于情感和感性:

> 我早上睡醒后的头发
> 我不愿再去梳理;
> 因为它曾被我美丽的主人

---

[1] 李白原诗《题元丹丘山居》:"故人栖东山,自爱丘壑美。青春卧空林,白日犹不起。松风清襟袖,石潭洗心耳。羡君无纷喧,高枕碧霞里。"

那只枕过我头的手
　　摸过。

这首"歌曲"是柿本人麻吕创作的,他是日本最优秀的诗人之一,公元710年前后去世。10世纪编集的一部诗歌选集中有一首匿名诗,也同样直言不讳:

　　当黎明来临,
　　熹微的晨光
　　忽暗,忽明,
　　我们给对方穿上衣服,
　　多么伤心!

在这部诗歌选集中还有一首匿名诗,它发出了更强烈的声音:

　　即使是雷神,
　　踏着沉重的脚步,
　　在天空的平原上,
　　就能够拆散那些
　　被爱连起来的人吗?

日本"歌曲"这种诗体虽然简短,却能表达丰富的柔情,例如军旅诗人大伴旅人(665—731)的一首诗描写他儿子的死:

因为他年轻，
不知道如何选择前面的路，
我是否应该去贿赂
那即将把他扛在肩上的
冥界的使者！

随着时间的推移，五行诗"歌曲"缩减为三行，俳句成为17和18世纪的标准诗体。韦利指出，日本诗歌与许多东方诗歌一样，几乎不可能翻译成西方语言，这不仅是因为语言的根本差异，还因为在历史上，书法（笔触或笔法之美）是日本诗歌的重要组成部分，无法在西方的印刷文化中复制。在《源氏物语》中，源氏在娶他未来的新娘之前，先教会了她书法之道。

典型的俳句是一首三行诗，它是对自然界中某个瞬间的观察，第一行和最后一行是五个"音"，中间一行是七个"音"。这种诗体是难以捉摸的、简略的，避免抽象的陈述和个人情感的直接表达，并通过意象和意象的顺序来暗示一切。最著名的俳句诗人是松尾芭蕉（1644—1694）。他最著名的一首俳句（日本人试图向西方人解释俳句的精妙之处时，经常引用这首俳句）的字面直译可以是这样的：

古老的池塘，
一只青蛙跳进去，
噗通的水声。

除了韦利之外，翻译中国和日本诗歌的最著名的英语诗人，就是埃兹拉·庞德。其实，他在《神州集》(Cathay，1915)中发表他的十五首中文诗歌的英译文时，根本不懂中文。他是在美国东方学家欧内斯特·费诺罗萨（Ernest Fenollosa）的遗孀交给他的手稿的基础上改写的。有一些懂中文的评论家对《神州集》表示赞赏，也有一些人认为它是一种殖民工程，将西方的文化内涵强加于亚洲文化。这种间接转述的典型例子，是庞德所译的李白《玉阶怨》一诗：

> 玉砌的台阶已被露水染白。
> 夜已深，露水浸湿我的纱袜。
> 我垂下水晶制成的窗帘，
> 透过明净的秋天，把月亮端详。[1]

诗中虽未明说，但可以推断这位女子是一个宫女，她在等着一个不忠的情人，他的爽约没有道理，因为这是一个明净的秋夜。庞德在注释中说，这首诗备受喜爱，因为这个宫女并没有直接责备她的情人。

庞德也不懂日语，但他尝试创作英文俳句，1913年发表的《在地铁车站》("In a Station of the Metro")被誉为第一首意象派诗：

---

1 李白原诗："玉阶生白露，夜久侵罗袜。却下水晶帘，玲珑望秋月。"

> 人群中这些面孔的幽灵；
> 潮湿的黑树枝上的花瓣。[1]

他这首诗的构思，据他自己解释说，是源于他从巴黎协和广场的地铁站出来，在拥挤的人群中看见一张张美丽的面孔。这首诗他修改了一年，逐渐从三十行减到十行，再减到两行。

意象派的宗旨是追求简洁，避免冗余的词句和抽象的描写，强调"这个事物"，无论是主观的还是客观的。有一种说法，1912年的一个下午，庞德和美国诗人希尔达·杜利特尔（Hilda Doolittle，1886—1961）、英国诗人理查德·奥尔丁顿（Richard Aldington，1892—1962）在大英博物馆的茶室里想到要成立意象派。杜利特尔于1911年从费城来到伦敦，而奥尔丁顿于1913年和杜利特尔结婚。

实际上，意象派的首创者是托马斯·欧内斯特·休姆（Thomas Ernest Hulme，1883—1917），他两次被剑桥大学开除，第一次是因为在"牛津剑桥赛艇对抗赛"之夜的粗暴行为，第二次是因为与高级寄宿学校罗婷女中的一个女孩有染。此后，他四处游荡，学习外语，沉迷于哲学，1909年在一本诗歌选集中发表了

---

[1] 庞德这首诗共两行、十九个音节，第一行十二个音节，第二行七个音节，而第一行实际上可分为前五个音节和后七个音节。严格来说，这首诗并不是模拟俳句，而是模拟短歌，不过是截取了它的后三行，再将两行合并。后来不少英美诗人用英文创作俳句，在音节上遵守五、七、五的音节数，以模拟俳句的格律。

第一组意象派诗歌作品。《秋》("Autumn")就是其中之一：

> 秋夜的一丝凉意——
> 我在野外漫步，
> 看到红月倚靠着树篱，
> 像个红脸的农夫。
> 我没有停下来搭讪，而是点点头，
> 周围是怅惘的星星，
> 脸色苍白，像镇上的孩子。

作为诗人，他主张"干燥而坚硬"的诗风，并拒绝浪漫主义，将它视为"跌了价的宗教"。他于1914年参战，担任炮兵军官，1917年阵亡。

庞德编集的《意象派诗选》(*Des Imagistes*, 1914)里没有休姆的诗作，虽然书名是法语，但没有任何法国作家的诗作。书中有庞德本人、奥尔丁顿和杜利特尔（她在发表作品时使用笔名 H.D.）的诗作；有詹姆斯·乔伊斯的一首诗（《我听见一支军队》["I Hear an Army"]），但这首诗似乎与意象派无关；还有美国的有钱人艾米·洛威尔的诗作，在庞德与别人分道扬镳并加入温德姆·刘易斯（Wyndham Lewis）同样短命的漩涡主义运动（Vorticist movement）之后，她试图维持意象派的活力，但最终未能成功。

在《意象派诗选》收录的诗人中，有一位如今差不多无人知晓的杰出诗人,他就是弗兰克·斯图尔特·弗林特(Frank Stuart Flint,1885—1960)。他出生于伊斯灵顿,是一位旅行推销员的儿子。他十三岁辍学,但后来成为研究现代法国诗歌的权威。他在《意象派诗选》中有五首诗,其中包括《天鹅》("The Swan"):

> 在百合花的阴影
> 以及金色和蓝色
> 和紫红色的下面,
> 荆豆和丁香
> 倾泻在水面上,
> 鱼群颤抖。
>
> 在寒冷的绿叶
> 以及涟漪的银色
> 和失去光泽的铜色的上面,
> 它的脖颈和喙,
> 朝着深沉的黑水,
> 在拱门之下,
> 天鹅缓缓浮动。
>
> 进入拱门的黑暗,天鹅浮动,
> 进入我悲伤的黑色深处,
> 它带着一朵白色的火焰玫瑰。

20世纪30年代，弗林特放弃了诗歌创作，在劳动部统计司度过了一段出色的职业生涯。1929年爆发经济大萧条，弗林特挖苦地说：对人类的研究，就目前而言，最恰当的方式还是经济学。

第三十二章
美国现代主义诗人

华莱士·史蒂文斯、哈特·克莱恩、威廉·卡洛斯·威廉斯、埃丝特·波佩尔、海伦妮·约翰逊、爱丽丝·邓巴-纳尔逊、杰茜·雷德蒙·福塞特、安杰利娜·韦尔德·格里姆克、克劳德·麦凯、兰斯顿·休斯

艾略特的伟大对美国诗人来说成了一个障碍。他放弃了美国,选择成为欧洲人。美国诗人应该效仿吗?美国现代主义者的反应各不相同,但是没有人效仿艾略特。

华莱士·史蒂文斯(Wallace Stevens,1879—1955)是一位成功律师的儿子,他一生的大部分时间都在一家保险公司担任高管。直到1923年,也就是艾

略特的《荒原》发表之后的第二年，史蒂文斯才出版了第一部诗集《和声》("Harmonium")。诗集中包括《松树林里的矮脚鸡》("Bantams in Pinewoods")，这首诗被解读为美国诗歌的独立宣言，矛头直指艾略特（"该死的宇宙公鸡"）。《荒原》重视生命的精神向度，而史蒂文斯的诗歌拒绝精神。《星期天早晨》("Sunday Morning")（评论家伊沃尔·温特斯［Yvor Winters］称之为"20世纪最优秀的美国诗歌"，史蒂文斯认为它"只是对异教的表现"）描写一个女人坐在家中，喝着咖啡、吃着橙子，在太阳下做梦，而不是去教堂，或者如诗中所说，不是去到：

> 宁静的巴勒斯坦，
> 血与坟墓的领土。[1]

史蒂文斯排斥对上帝的信仰，他相信诗歌可以作为一种救赎的力量取代上帝。

他的一个重大主题是想象，对他来说，想象创造了世界，它使世界变成奇迹而不是一片荒原。他在诗中赞美说：

> 瑰丽的生命之源，

---

[1] 译文引自陈东飚译《星期天早晨》。本章内凡是注明陈东飚或张枣的译文，均引自陈东飚、张枣译《我们季候的诗歌——史蒂文斯诗文集》（华东师范大学出版社，2021年）。

想象，是这个想象的世界里
唯一的真实。[1]

在他看来，"灵魂"是由"外部世界"构成的，外部世界是由想象创造出来的。他开始意识到：

我自己就是那个我漫游的世界，
我的所见所闻皆源于我自身；
那儿，我感到我更真实也更陌生。[2]

想象为每个人创造了一个不同的世界。二十个人过一座桥，进一个村子：

是二十个人过二十座桥，
进二十个村子。[3]

在《一个高调的基督徒老妇人》("A High-Toned Old Christian Woman")一诗中，他认为宗教和道德与其他一切事物一样，都来自想象。想象也让诗人在平凡或令人厌恶的事物中发现美：

我的金发女郎的头发

---

[1] 参见《又一个哭泣的女人》("Another Weeping Woman")。
[2] 译文引自张枣译《胡恩宫殿里的茶话》("Tea at the Palaz of Hoon")。
[3] 译文引自陈东飚译《一个显贵的若干比喻》("Metaphors of a Magnifico")。

> 令人眼花缭乱
> 就像奶牛的唾沫
> 将风儿串起。[1]

史蒂文斯的许多诗都令人费解。你无法分辨是谁在说话、对谁说话，或者说什么。标题也常常看起来毫无意义，一些评论家认为这种写法是拿现代主义的自命不凡开玩笑。他的诗歌的晦涩，似乎源于他对想象的忠实。因为想象不必是可以理解的，诗也不必是可以理解的（当然，诗歌使用词语，而每个词语都具有可以理解的含义）。这可能就是史蒂文斯在《人背物》("Man Carrying Thing")一诗中写到的"诗歌必须几近成功地抵抗／理解"的意思。

因此，例如"唯一的皇帝是冰淇淋皇帝"[2]（这可能是史蒂文斯最著名的诗句）虽然由可以理解的词语组成，整个句子却无法理解。其妙处在于，它史无前例地将"皇帝"和"冰淇淋"放在一起，由此打开了想象的新视野。史蒂文斯写的许多诗都是以这种方式让想象踏上了新的疯狂旅程。例如《出租马车的内容展示》("Exposition of the Contents of a Cab")一诗，想象一个"女黑人"坐在金色的轿车里，"驶过最喧哗的丛林"，缠着饰有"黄玉和红宝石"的"土人腰布"，还有"七条白狗"陪伴。

1　参见《春天之前的抑郁》("Depression Before Spring")。
2　译文引自陈东飚译《冰淇淋皇帝》("The Emperor of Ice-Cream")。

另一位诗人也感觉自己无法摆脱艾略特的后续影响，他就是哈特·克莱恩（Hart Crane，1899—1932）。他出生于俄亥俄州，父亲是靠糖果生意发家致富的。父母婚姻破裂之后，他从高中辍学。他移居纽约，并于1923年爱上了一个丹麦商船上的船员埃米尔·奥普弗。有一段时间，他在布鲁克林高地与奥普弗的家人住在一起。从他的房间可以看见布鲁克林大桥，正是这个景观激发他创作了那部"史诗"《桥》(*The Bridge*)（它实际上由十五首不同长度和主题的抒情诗组成）。这部作品从1923年动笔，到1930年出版，作为"美洲的一个神秘综合体"，追怀惠特曼的《草叶集》，同时反抗《荒原》中的绝望。

克莱恩于1929年迁居巴黎。有一次在马赛游玩，他在寻欢作乐时喝醉了，被警察逮捕并遭到毒打。评论界对《桥》的评价很低，这也加深了他的挫败感，于是他开始酗酒。从1931年到1932年，他在墨西哥与作家马尔科姆·考利（Malcolm Cowley）的妻子佩姬·考利恋爱，这是他唯一有记录的异性恋关系。在从墨西哥返回纽约的航班上，他因向一名船员进行性挑逗而遭到毒打，于是跳海自尽，尸体一直没有找到。

他曾经在信中表示，他的诗歌背后的原则是"隐喻的逻辑"，这似乎是说：一个词语的隐喻意义比它的字面意义更为重要。他的《信函》("Carrier Letter")一诗中有个简单的例子：

  自从你的手碰过水之后，我的手没再碰过，
不：自从"告别"之后，我的嘴唇也没再释
  放过笑声，
伴随着白天，你我之间的距离
再次拉大，无声无息，如同展开的贝壳。

然而，后续很多，忍受很多。……只相信鸟类：
昨夜，一只鸽子的翅膀缠住我的心，
带着汹涌的温柔，那蓝色的宝石
镶嵌在幽会的戒指上，磨得更亮。

  第二节中的"鸽子"并不是字面上的鸽子，而是代表"鸽子"这个词语的各种联想——柔软、希望、和平等等。他写给埃米尔的情诗《航海》（"Voyage"）被认为是他最优秀的诗篇之一。在这首诗以及史诗《桥》中，这种对词语非字面化的使用是一以贯之的，乍一看像是胡言乱语。正确的阅读方法似乎是，只关注词语的隐喻或联想意义，而忽略它们的字面意义。这很难做到，但要是你读得很快，并大声朗读，那样就容易多了。

  威廉·卡洛斯·威廉斯（William Carlos Williams，1883—1963）出生于新泽西州拉瑟福德。他的父亲是英国人，母亲是波多黎各画家。她母亲将自己对视觉艺术的热爱传给了儿子。威廉斯从宾夕法尼亚大学医学院毕业（在那里他遇到了埃兹拉·庞德）之后，成为新泽西州帕塞伊克一家医院的儿科主任。

通过庞德,他认识了意象派诗人,他的短诗《红色手推车》("The Red Wheelbarrow")发表在他的诗集《春天和一切》(*Spring and All*,1923)中,从中可以发现意象派诗人对他的影响:

  这么多东西都
  压在

  一辆红色手推
  车上

  雨水把它淋得
  锃亮

  边上几只白色
  小鸡

同样有名的是这首《特此告知》("This Is Just to Say"):

  我吃了
  冰箱里
  那些个
  李子

那也许是
你留着
当早餐
吃的

原谅我
真的好吃
那么甜
那么凉

这首诗的灵感很可能来自某天早上他的妻子弗洛伦丝在早餐桌上留给他的一张便条。

1922年《荒原》的发表令世人震惊。但是威廉斯反抗艾略特的引经据典和欧洲精英主义，他更喜欢美国口语化的成语以及植根于当地的本土诗歌。这就是他在长诗《佩特森》(*Paterson*)中希望达到的目的。这首长诗从1946年到1958年以五卷本的形式出版，它以新泽西州佩特森市为中心，其灵感来自詹姆斯·乔伊斯的《尤利西斯》对都柏林的多个侧面的描写。

《佩特森》一部分是诗，一部分是"拼贴画"（collage，即将各类作品粘贴在一起，源自法语coller，即黏合）。例如，它插入了爱伦·金斯堡的部分信件内容（威廉斯在1956年为金斯堡的"垮掉的一代"的宣言式诗集《嚎叫及其他诗》[Howl and Other Poems]写过推介文章)。威廉斯对哈特·克莱恩的《桥》颇为不屑,认为它退回到了法国象征主义诗歌。他对此表示反对,并认为T.S.艾略特在这方面已经达到了令人遗憾的顶点。他不相信抽象,主张思想必须植根于具体的真实。他说,为了搜集《佩特森》的创作素材,他曾在夏天的周日到街上游荡,到公园去观察人们的各种行为,并将这些融入诗歌。

威廉斯不仅是一位观察家,还是一位社会评论家。快乐的美国大众是缺乏思想的,但这种思想的缺乏很快就会转化为种族主义,这是他在《看球赛》("At the Ball Game")一诗中的针砭对象。在《游艇》("The Yachts")一诗中,J.P.摩根、范德比尔特等大亨的巨额财富是他的针砭对象,他们以优雅的技巧在美洲杯帆船赛中争胜,但在这首诗中,帆船无情地侧翻,盖过人的身体。一个较为愉快的例子是《致一位贫穷的老妇人》("To a Poor Old Woman"),诗中描写了人行道上一位妇女从纸袋里拿出李子来饶有滋味地咀嚼。

这三位美国白人现代主义诗人与他们同时代的哈莱姆文艺复兴(Harlem Renaissance)运动中的黑人诗人之间形成了极端的对比。第一次世界大战之后,许多美国黑人移民到纽约北郊哈莱姆区,以逃避南方制度化的种族主义。其他一些人来自加勒比地区。他们发起的文化运动在美国历史上是前所未有的。除了诗歌之外,这场运动还牵涉到戏剧、小说、音乐、时装以及各色宗教信仰：各种形式的犹太教、基督教和伊斯兰教，还有来自牙买加和海地的伏都教——黑人女性人类学家佐拉·尼尔·赫斯顿（Zora Neale Hurston，1891—1960）对此有过研究。

这场文艺复兴在推动女性主义和其他形式的性解放方面走在了美国主流文化的前列。参与这场运动的黑人女作家的数量惊人。她们并不都是诗人，但包括埃丝特·波佩尔（Esther Popel，1896—1958），她的《向国旗敬礼》（"Flag Salute"）一诗是对1933年私刑的痛苦回忆：

> 他被人们拖着，赤身裸体，
> 穿过泥泞的街道，
> 一个弱智的黑人少年！
> 指控他什么？涉嫌袭击
> 一位上年纪的妇女。

同样著名的还有海伦妮·约翰逊（Helene Johnson，1906—1995）的《瓶装》（"Bottled"），这首诗描写的是西方服饰如何削弱非裔美国男性的威严。诗人看着一个黑人在街上欢快地跳舞，并想象他：

> 跳着黑色的舞蹈，赤裸并发光，
> 他的耳朵和鼻子上都戴着圆环，
> 还有象牙制成的手镯和项链。

政治活动家爱丽丝·邓巴-纳尔逊（Alice Dunbar-Nelson，1875—1935）是一个解放了的奴隶和一个白人海员的女儿，她写过文章，探讨混血儿的困境以及黑人女性在劳动力和教育中的作用。小说家杰茜·雷德蒙·福塞特（Jessie Redmon Fauset，1882—1961）成为《危机》(*The Crisis*)杂志的文学编辑，推介那些真实反映非裔美国人社区的作品。剧作家安杰利娜·韦尔德·格里姆克（Angelina Weld Grimké，1880—1958）为全国有色人种协进会写过一部反对私刑的戏剧《雷切尔》(*Rachel*，1920)，被协进会称赞为"首次尝试利用舞台进行种族宣传"。

哈莱姆文艺复兴时期男性诗人的一位先驱，牙买加人克劳德·麦凯（Claude McKay，1889—1948），1919年发表了一首诗《如果我们必须死》("If We Must Die")，挑战白人的压迫（他采用了十四行诗的形式，白人现代主义诗人认为那是过时的旧帽子）。哈莱姆诗人群没有沾染现代主义的时髦风尚。与华莱士·史蒂文斯不同，他们并不认为世界是想象出来的，而认为世界是真实的、不公正的。他们也不追求晦涩难懂，而是为了让人理解而创作。

这场运动中最优秀的男性诗人兰斯顿·休斯（Langston Hughes，1901—1967）对那些受剥削的黑人表示同情，捍卫他们表达"我们每个人黑皮肤的自我而没有恐惧或羞耻"的权利。他发表的第一首诗《黑人谈论河流》("The Negro Speaks of Rivers"，

1920）颂扬了黑人的过去：

> 黎明时分，我在幼发拉底河里洗澡。
> 我在刚果河畔建造小屋，它哄着我睡去。
> 我观赏尼罗河，在河边垒起金字塔。
> ……
> 我理解河流：
> 古老而昏暗的河流。
>
> 我的灵魂已变得像河流一样深沉。

休斯使用多种声音写作，包括"黑人方言"或美国黑人英语（Ebonics），他也写"爵士诗歌"。《我也是》("I, Too")是他最优秀的诗作之一，在这首诗中，说话人具有预言的力量：

> 我，也歌颂美国。
>
> 我是那个比较黑的兄弟。
> 当客人来的时候，
> 他们叫我到厨房去吃饭，
> 可是我大笑，
> 而且吃得很欢，
> 并且长得很壮。

明天，
当客人来的时候，
我要坐上餐桌。
没人敢
对我说，
"到厨房去吃饭"，
到那时。

另外，
他们会发现我有多美，
并感到羞愧——

我，也是美国。

第三十三章
超越现代主义

玛丽安·摩尔与伊丽莎白·毕晓普

玛丽安·摩尔和伊丽莎白·毕晓普都是具有鲜明个性的诗人,她们引导现代主义朝一个新的方向发展。她们写的诗,虽然毫无疑问是现代诗,但是已经摆脱了现代主义的那种晦涩。

在这两人中,玛丽安·摩尔(Marianne Moore, 1887—1972)是年龄较长的。她的外祖父是一位长老会牧师。玛丽安从小就深受其影响,并且相信没有宗教信仰的人生是没有意义的。她还有个兄弟,后来成为一名海军牧师,他们都是由她的母亲带大的(她父亲原来是一名工程师,但在玛丽安出生之前就进了精神病院）。她从布林莫尔学院[1]毕业之后，就全身心地照顾母亲。她们生活非常拮据，住在逼仄的公寓里，经常挤在一张床上睡觉。

大学期间，她一度迷恋过亨利·詹姆斯的一个侄子，但除此之外，就没有记录表明她曾经被其他异性吸引过。她的那首题为《婚姻》("Marriage")的讽刺诗，就是回应一个对她抱有一份浪漫情怀、而她又不乐意接受的男子的，她在诗中写道：

> 男人是垄断者
> 独占"星章、勋章、纽章
> 和其他闪亮的小玩意儿"——
> 不适合成为另一人的
> 幸福的守卫者。[2]

1918年，她与母亲搬出了宾夕法尼亚州的卡莱尔市，移居到纽约市格林威治村，玛丽安在那里担任文学期刊《日晷》(*The Dial*)杂志[3]的编辑，并结识了一些先锋作家，包括埃兹拉·庞德、威廉·卡洛斯·威廉斯和华莱士·史蒂文斯。1929年，她继续照顾生病的母亲，同时移居到纽约市布鲁克林区。因为居住的地

---

[1] 美国著名的女子学院，位于宾夕法尼亚州，始建于1885年。
[2] 本章内摩尔的诗，译文均引自陈东飚译《玛丽安·摩尔诗全集》(华东师范大学出版社，2020年)，略有改动。
[3] 该杂志创办于1840年，不定期出版，最初是美国超验主义哲学的主要刊物。1920年至1929年，成为著名的英语现代主义文学期刊。

下公寓非常狭小，她们只能坐在浴缸上用餐。

玛丽安的母亲于1947年去世，这使她陷于极度悲伤。经过一段长时期的哀悼，她于1965年移居到纽约市曼哈顿区，成为格林威治村当地一个颇受喜爱的怪人，她披一件斗篷，戴一顶三角帽，十分引人注目。她倾慕穆罕默德·阿里[1]，而且是布鲁克林道奇队的粉丝，后来又是纽约扬基队[2]的粉丝。在她一生中，她的诗歌作品获得过美国几乎所有的文学奖项。

照顾她母亲，使她感到自己眼界狭隘而且易怒，这一点间接地流露在她的诗中，有些诗甚至对她母亲的虔诚表现得略有不敬。陷阱，是她诗中的一个永恒主题。在《一个墓地》("A Grave")中，海洋就是一个致命的陷阱，诗中写道：

> 掉落之物注定会沉没——
> 它们若在其中翻转与扭曲，既不是出于意志也不是意识。

她在诗里经常描写处于拘束或惊恐环境下的小动物。例如穿山甲，即一种食蚁类动物。它浑身都是鳞甲，受到惊吓时就蜷缩成一个球，就像是一种"吞食蚂蚁和石头，难以伤损的/朝鲜蓟"（参见摩尔的《穿山甲》

---

[1] 穆罕默德·阿里（Muhammad Ali，1942—2016），即拳王阿里，美国传奇的拳击手，1960年在奥运会上获得金牌，一举成名。
[2] 布鲁克林道奇队（Brooklyn Dodgers），纽约市布鲁克林区的职业棒球队；纽约扬基队（New York Yankees），纽约市布朗克斯区的职业棒球队。

["The Pangolin"]一诗)。

摩尔对大自然的存活能力惊叹不已,其中包括植物,也包括动物。她的《无论如何》("Nevertheless")描写一片刺梨叶粘在铁丝网上,根茎下行生根,直到"地下两英尺"。她赞叹这种勇气——这种道德品质,她对其他植物也给予认可:

……有什么

比得上坚毅!什么汁液
穿过那条细线
将樱桃变红!

《一条章鱼》("An Octopus")是她篇幅最长,也是最辉煌的诗作,它完全摆脱了现代主义的晦涩,而以华盛顿州的喀斯喀特山脉的一座死火山——雷尼尔山为中心。在摩尔看来,这座山被冰川环绕着,就像一只章鱼和它的触须。这首诗赞美各种树——冷杉、落叶松和云杉,赞美不同种类的动物——熊、麋鹿、鹿、狼、山羊、土拨鼠、野生小马、"思虑周全的海狸"、"苛求的豪猪",它们都存活在这个冰的世界里。山岩和冰原也好像是活的。这首诗里直接引用了美国国家公园管理局的公告等真实文件里的语句,这种拼接手法在摩尔的诗中屡见不鲜。她的诗会从真实的生活来源中摘引许多句子,这或许正好解释了她那条著名的建议：诗人应该创造"有真实蟾蜍的想象花园"。

这条建议出自她的《诗》("Poetry")一诗，诗中还有"蝙蝠倒悬着"等有关动物存活的实例。《诗》这首诗一开头，就好像排斥所有诗歌：

> 我，也一样，不喜欢它：在这堆瞎胡闹之外
> 　有的是重要的事情。
> 然而读着它，心怀一种对它的完全蔑视，却
> 　会发现在
> 其中，毕竟，仍有一个位置是属于真实的。

这首诗对"高调门的诠释"表示不信任，并且宣称：

> 我们
> 不欣赏那些
> 我们无法理解的东西……

尽管如此，摩尔的诗歌（包括这首诗）仍然可能是费解的，她似乎也希望将自己的诗歌加以简化。随着时间的推移，她一直在无情地删减和割舍。直到1967年，她已经将《诗》这首诗缩减到只有三行，其他诗作也以类似的方式缩短了。

伪装，在穿山甲是一种被人艳羡的能力，在摩尔本人则是她的一种表现手法。她的有些诗，每行以确定的音节数来建行，并在每个小节中加以重复。例

如《诗》这首诗，每个小节的诗行，依次都是十九、十九、十一、五、九和十七个音节。要保持确定的音节数，有时就必须将一个词在中间断开，即这个词的一部分在一行的结尾，而其余部分在下一行的开头。"音节诗"（syllabic verse）并不是摩尔的首创，英语诗人很早就使用过。但是一般读者不会去数音节，因此他们不会注意摩尔在做什么，这也说明她的掩饰是成功的。

很多人喜欢她的《塔顶作业工》("The Steeple Jack")，这首诗描写了新英格兰地区的一座宁静的海滨小镇，在那里，你会见到"二十五磅的龙虾"，渔网挂在室外晾干。树木和花朵笼罩在雾气之中，看起来就像是热带森林。那里有金鱼草和毛地黄、缠在后门的钓鱼线上的牵牛、向日葵、雏菊、矮牵牛、罂粟、黑香豌豆。还有"怯生生的小蝾螈"，小白"圆点"缀在它的黑色条纹上。这一切都似乎——其实也确实——脱离了现代主义诗歌中常见的谜一般的诗句。

但是这首诗里仍然有一种间离，标志了它的现代属性。诗中的人类角色只有一个名叫安布罗斯、坐在山坡上读书的神秘大学生和一个塔顶作业工，塔顶作业工旁边的一块牌子上写着他的姓名"C.J. 普勒"，另外一块牌子上用白底红字写着"危险"。塔顶作业工在教堂尖顶上作业，他放下一根绳子，就像"一只蜘蛛在纺一根丝线"，并在塔顶上给星星镀金，而那星星"代表了希望"。文学评论家们为《塔顶作业工》

提供了许多"高调门的诠释"。可它的成功之处在于，它始终是微妙而费解的，而且是优美的。

伊丽莎白·毕晓普（Elizabeth Bishop，1911—1979）是玛丽安·摩尔的追随者，但是跟她有很大的不同。毕晓普的父亲很早就过世了，她的母亲又患有精神疾病，因此她从小就跟她祖父母一起住在新斯科舍省[1]的乡下。她在继承父亲遗产后，旅行足迹遍布各地。从瓦萨学院（Vassar）[2]毕业之后，她人生的一半时间都住在美国境外，先是跟露易丝·克兰[3]住在法国，后来又移居巴西，她在那儿买了一座房子，跟另一个情人罗塔·索阿雷斯[4]生活了十五年。

毕晓普给她朋友留下的印象是"特别有范儿"，"老是去做头发"。她"喜爱换行头"，而且有一种"英国式的"高雅和机巧。她喜欢开玩笑，也喜欢日常的家庭生活。她曾经是唱诗班的成员，会弹拨弦古钢琴，在她最喜爱的诗人中，有乔治·赫伯特和杰拉德·曼利·霍普金斯。她曾经写道，"我觉得我们还是野蛮人，那种每天在自己的生活中做出各种猥琐和残忍行径的野蛮人"，但她认为我们都应该快乐，甚至可以"轻佻"一些，从而使生活"尚可忍受"。她承认自己讨厌艾米莉·狄金森的那种感叹"啊！生活都

---

[1] 位于加拿大东部，濒临大西洋。
[2] 美国著名学院，位于纽约州，始建于1861年，当时为女子学院。
[3] 毕晓普的同学，造纸商的女儿。
[4] 罗塔·索阿雷斯（Lota Soares，1910—1967），巴西建筑师，出生于政要家庭。

是痛苦"的诗歌。

作为一位重要的美国诗人,她的诗歌产量并不高,只有一百来首诗。但她的诗中所涉及的语气和情感,却比任何其他现代主义诗人(甚至艾略特)更为丰富。她创作的《新斯科舍的第一次死亡》("First Death in Nova Scotia")和《在候诊室》("In the Waiting Room"),语言是机巧的,诗中充满了孩童看待成人世界的那种不敬与不解,而诗中的事件则源于她自己的童年。机巧在《人蛾》("The Man-moth")一诗中也是明显的。这是一首无理诗,但是比维多利亚时期的无理诗更加黑暗,据她解释,是因报纸上"猛犸象"(mammoth)一词的印刷错误而受到启发。她笔下的"人蛾"是一种孤独的、迷糊的、夜间活动的动物,他认为月亮是天空中的一个洞,他可以爬进去;他掉下一滴眼泪,那是"他唯一占有的东西,就像是蜜蜂的蜇刺"。

根植于她诗歌之中的,是对于非人类事物的感知。在《鱼》("The Fish")一诗中,她以精确的细节考察了一条被抓捕的鱼——那布满藤壶的鱼皮、五根旧的钓鱼线,系在线上的大钓钩"牢固地扎在他的嘴里"。她想象那条鱼的"粗劣的白色肉体/像羽毛般包裹着"。与此同时,她始终在提醒我们,那条鱼正在用它"恐怖的两腮"吸入"可怕的氧气"。所以,当她最后放走那条鱼的时候,你真会感到松了一口气。《犰狳》("The Armadillo")作于巴西,描写在狂欢节期间被放飞升入夜空的火气球,以及它们给野生动物造成的惊慌和恐惧。

她的动物诗中最优秀的是《麋鹿》("The Moose"),她用了二十年才写完,背景是她童年生活的新斯科舍省。诗的开头一段描写新斯科舍省的海滨生活,那是一段抒情的、几乎是梦境般的回忆,那里有枫树、桦树、用楔形护墙板建造的农舍,以及单调的饮食:"鱼、面包、茶"。诗中罗列了各种细节——花园里的花朵、白菜玫瑰、羽扇豆、香豌豆、毛地黄。然后,我们坐上一辆乡村巴士,"车前的挡风玻璃闪着粉红色",它穿过新不伦瑞克的"毛茸茸的、粗糙的、破碎的"森林,向西行驶。车外是一片黑暗,车内却是舒适而安全的。个别旅客已经打起瞌睡,另外一些旅客悄声地、漫无目的地谈论一些日常事情。祖父母回忆起"死亡和疾病"、生孩子、一个在海难中死去的儿子。

> 突然间,巴士司机
> 来了个急刹车,
> 关掉了车灯。
>
> 从无法穿越的树林中
> 走出来一头麋鹿,
> 它站在那儿,或者说,
> 隐隐呈现,在路中间。
> 它走近来;嗅着车前

灼热的引擎盖。

有人说它"绝对不会伤人":

有些旅客
低声地发出惊叹,
孩子气地,温柔地:
"这家伙真够大的。"
"它的样子很普通嘛。"
"看哪,它是母的!"

她不慌不忙,
把整个巴士打量一番,
显得庄严,超凡脱俗。

然后,司机说道:"神奇的家伙。"说完,推上车档,继续行驶,将麋鹿留在身后的"月光底下的碎石路上"。诗中问道:

为什么,我们为什么感到
(我们都感到)这种甜美的
喜悦的冲动?

毕晓普不愿发表涉及她个人生活的诗作,虽然她最有名的那首诗《一种艺术》("One Art")明显涉及她个人，而且是在1977年面世的。这首诗采用一种叫"维拉内尔"（villanelle）的诗体：前五个小节的韵式为aba，最后第六小节的韵式为abaa。第一小节的第一行（"丢失是一门艺术，并不难掌握"）在第二小节的最后一行、第四小节的最后一行，并且稍作变动后在第六小节的第三行中重复出现：

——即使丢失你（语带戏谑，这是我
喜欢的姿势）我也没撒谎。显然，
丢失是一门艺术，不太难掌握，
虽然看起来像（写下来！）像灾祸。

她的一卷集外诗、手稿和片段在她逝世之后发表，这些文字是她从不打算发表的。她在其中写到了她的酗酒问题、母亲精神失常、情人自杀、索阿雷斯，还有她自己的性倾向。在《朦胧诗（朦胧情诗）》（"Vague Poem [Vaguely Love Poem]"）中，中心意象是"玫瑰岩石"（rose-rock），即在沙漠里发现的一种结晶体：

就在刚才，当我再一次看见你的裸体，
我想到同样的词语：玫瑰岩石；岩石玫瑰……
玫瑰岩石，尚未成形、开始长肉，晶体连着
　　晶体，
清晰的粉红色的胸，更为幽暗、晶莹的乳头，
玫瑰岩石、玫瑰石英、玫瑰、玫瑰、玫瑰，

源于身体的、精雕细刻的玫瑰，
以及甚至更为幽暗、准确的，性的玫瑰。

《早餐之歌》("Breakfast Song")是写给一位年龄较小的情人的：

> 我的爱，拯救我的神恩，
> 你的眼睛湛蓝而可人，
> 我吻你那滑稽的脸蛋，
> 和你咖啡味道的嘴唇。
> 昨夜我与你同床共枕，
> 今天我爱得你这样深，
> （我怎么舍得跟你分开，
> 可迟早得走，这我明白）；
> 去跟丑陋的死神同床，
> 在那阴冷、肮脏的地方
> 睡去，没有你在我身旁。

第三十四章
三十年代诗人

奥登、斯彭德、麦克尼斯

1929年的华尔街崩盘是整个西方失业和贫困的十年的开始，史称"大萧条"。在英国，1932年9月的全国饥饿游行吸引了十万人来到海德公园，与七万名警察发生冲突。在其他地方，内乱和对无政府状态的恐惧，导致了右翼政权的兴起。希特勒于1933年在德国上台，并实施《纽伦堡法案》，迫害犹太人和其他少数民族。在西班牙，佛朗哥将军的法西斯主义者和民选的共和政府发生内战。共和军得到由各国志愿者组成的"国际纵队"的支持。佛朗哥将军得到希特勒和墨索里尼的支持。双方都制造了暴行，1939年法西斯主义占据上风。1939年9月1日，希特勒入侵波兰，第二次世界大战在欧洲爆发。

面对这样的局势，大批年轻的西方知识分子转向马克思主义，其中包括英国"三十年代诗人"中最具有天赋的 W.H. 奥登。许多评论家认为他是自华兹华斯以来最优秀的英语诗人，他对后来的诗人产生了巨大的影响。菲利普·拉金说过，读他的诗，就像在跟上帝打电话。

威斯坦·休·奥登（Wystan Hugh Auden，1907—1973），一般称为"W.H.奥登"，出生在约克，父亲是医生。从公立学校毕业后，他去了牛津大学基督教堂学院，在那里他遇到了塞西尔·戴-刘易斯、路易斯·麦克尼斯和斯蒂芬·斯彭德（"奥登组合"[Auden set]）。他继而开始研读 T.S.艾略特的诗歌，并告诉他的导师他已经撕掉了自己的诗歌作品，因为他现在明白自己该怎么写诗了。他的早期诗歌常常是令人费解的，有时只是把他的弃诗中的一些诗句拯救出来，硬生生地拼凑在一起。他拿着英语三等学位[1]离开牛津大学，花了五年时间在学校任教，同时到柏林、冰岛和中国旅行。

从1935年到1938年，他与偶尔作为他情人的克里斯托弗·伊舍伍德（Christopher Isherwood）合作，以德国马克思主义者贝托尔特·布莱希特（Bertolt

---

[1] 英国大学本科毕业学位中最低的一等。

Brecht）的方式创作了三部戏剧。1937年，奥登访问了饱受战争蹂躏的西班牙，并为共和军进行宣传。他在求学时代就抛弃了宗教信仰，但在1940年，在一次神秘的经历之后，他回到了安立甘宗，放弃了马克思主义。1939年，他移居纽约，在那里他爱上了诗人切斯特·卡尔曼（Chester Kallman，1921—1975）。从1947年直到奥登去世，他们一直共同过着"婚姻"（奥登自己的话）生活，合作创作歌剧剧本，例如《浪子的历程》(*The Rake's Progress*)，由伊戈尔·斯特拉文斯基[1]配乐。

奥登在战争即将爆发之际"抛弃"了自己的祖国，从而遭到批评，有人骂他是"叛徒"。（他于1946年成为美国公民。）但是他从美国的视角审视国际事件，给他的诗歌带来了全球性的威望，这在《一九三九年九月一日》（"September 1, 1939"）一诗中很明显：

> 我坐在下等酒吧，
> 在第五十二大街，
> 恍惚而有些害怕，
> 当狡猾的希望终结
> 卑鄙、虚假的十年：
> 愤怒和恐惧的电波
> 在地球陆地的表面

---

1 伊戈尔·斯特拉文斯基（Igor Stravinsky，1882—1971），俄裔美国作曲家、指挥家和钢琴家，西方现代音乐的重要人物。

> 光明和黑暗间传递,
> 纠缠我们的私生活;
> 死亡那难言的气味
> 骚扰着九月的夜晚。

那种上帝审视地球上光明与黑暗陆地的视角,有助于解释拉金的那个"跟上帝打电话"的笑话。奥登优秀的诗歌天赋,正体现在他的权威口吻。面对人类的境况,他把清醒、确定和深刻的洞察,与机巧和智慧完美地结合起来。

威严的口吻、崇高的视角,在早些时候那首《在这座岛上》("On This Island")里就已经有所透露。诗写于1935年,诗人已经开始担心,这岛上平静的海滨风光不会持续很久:

> 看哪,陌生人,此刻在这座岛上,
> 跳跃的光,为博你开心而展现:
> 在这里站稳,
> 别发出声响,
> 大海摇曳的涛声
> 会像河水般蔓延
> 流经耳朵的河床。
>
> 在这一小片地的尽头止步,
> 白垩岩峭立于飞沫,岩礁耸峙,

> 任凭那潮汐
> 撞击和撕扯,
> 砂石零乱,在巨浪吞噬
> 之后,海鸥稍事歇息
> 在它垂直的一侧。

此后在战争爆发之前写的《悼念叶芝》("In Memory of W.B. Yeats"),其视野更为宽广:

> 世界如梦魇般一片漆黑,
> 欧洲的所有狗都在狂吠,
> 苟活着的国度正在等待,
> 他们用仇恨使彼此隔开;
>
> 人类智能所遭受的耻辱,
> 明显从每张人脸上透露,
> 悲悯像大海般茫无边际,
> 锁闭、冻结在每个人眼里。

奥登在这首诗里提出一个著名论断:"诗歌不会使任何事发生。"但这首诗的最后一节明确表示,诗人的作用是带来和平与欢乐:

> 跟随他吧,诗人,提起脚步,
> 一直跟到那黑夜的深谷,

用你那毫无拘束的嗓音,
说服我们去尽情地欢欣;

通过辛勤耕耘一片诗田,
用诅咒建起一座葡萄园,
歌唱那从未成功的人类,
在痛苦的狂喜之中沉醉;

让治愈创伤的汩汩清泉,
在心灵沙漠里开始喷溅,
在他人生岁月的囚牢内,
教会自由的人如何赞美。

"让所有时钟停摆"("Stop all the clocks")[1]这首诗可以用"痛苦的狂喜"来形容——多亏电影《四个婚礼和一个葬礼》(*Four Weddings and a Funeral*),如今它成了奥登最著名的诗篇。它描写的是在情人去世后的心神错乱(或假装心神错乱)的悲悼:

不再需要星星:让它们熄灭;
将月亮打包,再把太阳拆卸;
将海水倒空,铲除一切树木,
因为任何事情都毫无益处。

---

[1] 此诗为《谣曲十二首》("Twelve Songs")之一,又称《葬礼蓝调》("Funeral Blues")。

这些都是悲痛造成的虚幻的（却是真心的）夸张想法。相比之下，奥登的那首非常优秀的情诗《摇篮曲》（"Lullaby"），就不带任何虚幻的成分：

> 放下你沉睡的头，我的爱，
> 作为人，枕着我不忠的臂膀；
> 时间和燥热在逐渐焚毁
> 那些善于思考的孩子
> 独特的美，而墓地证明了
> 童年不过是昙花一现：
> 躺在我怀里吧，直到黎明，
> 让这个生灵就此长眠，
> 这个有罪的凡人，可在我
> 看来，是那么完美无缺。

"不忠""昙花一现""有罪"，这些词语与通常情诗的陈词滥调正相矛盾，但使这首诗更有深度，更加辛辣。在现实生活中，卡尔曼的不忠是会让奥登泪流满面的。

正是类似于这种对人类及其真实行为方式的现实主义手法，使他的另一首非常优秀的诗《美术馆》（"Musée des Beaux Arts"）显得超凡脱俗。这首诗像是半开玩笑，实则非常严肃，它是对勃鲁盖尔[1]的名

1　勃鲁盖尔（Brueghel，1525—1569），尼德兰地区早期荷兰画派的代表画家。

画《伊卡洛斯的坠落》的评论。在这幅画中，伊卡洛斯从天上掉下来摔死，但这与农夫耕地、牧羊的海滨场景相比，几乎是没人注意的。对于奥登来说，这是一个教训："当别人正在用餐、打开窗户，或刚好在埋头走路"，或者一匹马"在树上磨蹭它那无知的后臀"的时候，可能正在发生个人的悲剧。

奥登在《悼念叶芝》中提到的"治愈创伤的汩汩清泉"，可以说是对弗洛伊德心理学的治愈力量的引述，而实际上弗洛伊德心理学取代了奥登对马克思主义的信仰。弗洛伊德在战争爆发的当月去世，奥登在《悼念弗洛伊德》("In Memory of Sigmund Freud")一诗中称赞他是和平的使者，但是"复仇者"和那些相信凡事可以"用杀戮治愈"的人对他恨之入骨。

诗中说道，弗洛伊德教导我们要相信爱，只有爱才是真正的教化者：爱神"厄洛斯"是"城市的建设者"。"最重要的是"，他教导我们要"对黑夜怀抱着热情"，这不仅是因为它给我们一种"神奇的感觉"，更因为"它需要我们的爱"：

  睁大悲哀的双眼，
  它那些可人的生灵抬起头，默默地
  乞求我们让他们跟在后面。

内心生活是最重要的，不能只看传记资料，这是奥登的"一先令传记将告诉你全部事实"("A shilling life

will give you all the facts") 这首十四行诗的观点。压抑自己情感的人，在《吉小姐》("Miss Gee")和《维克多》("Victor")以及奥登那首题为《A.E.豪斯曼》的诗中都有描述。豪斯曼会因被人看见哭泣而感到羞耻（或者像诗里说的，"收起眼泪，像抽屉里脏兮兮的明信片"）。

但真正的罪犯，是像希特勒和墨索里尼那样的独裁者，以及那些迎合他们的人，正如奥登在1939年写的那首《暴君墓志铭》("Epitaph on a Tyrant")中说的：

> 他大笑时，可敬的议员们开怀大笑，
> 他大叫时，幼小的孩子们死在街头。

奥登在日后并没有变得更加出色。1930年代是他创作的鼎盛时期，后来的诗歌则较为轻松、轻浮而悠闲。但他偶尔也还会使用上帝视角，如在《罗马的衰落》("The Fall of Rome")中：

> 另有一处，成群的驯鹿
> 越过金色的苔藓之地，
> 连绵好多、好多英里，
> 无声地，而且非常快速。

又如在《盖亚颂》("Ode to Gaea")中：

> 在几英里之内,那遮蔽无数
> 杂色卵石的树叶,很快会成为鸟类。

其他三十年代诗人一度被认为可以与奥登匹敌,但如今,他们的声誉已严重下降。斯蒂芬·斯彭德(Stephen Spender,1909—1995)是一位有力的文学推动者,1983年被封为爵士。他的父母是有钱人,并具有艺术修养,曾经送他到多所私立学校和牛津大学求学,但他没有获得学位就离开了。(他自诩一生从未通过一场考试。)他信仰马克思主义,加入共产党,并被共产党的报纸《每日工人报》派往西班牙,担任战地记者。

他是双性恋,并表示他觉得男性比女性更有吸引力。他结过两次婚,与第二任妻子生了一个女儿,而且他是同性恋改革协会的创始成员。该协会提倡废除那些迫害同性恋的法律。

他最著名的诗,是那首狂想曲式、带点怅惘的"我不断地想着那些真正伟大的人"("I think continually of those who were truly great")[1]。但是他的诗艺发挥最佳的时刻是《机场附近的风景》("The Landscape Near an Aerodrome")的第一节:

> 比任何飞蛾都更加美丽、轻柔

---

[1] 此诗又称《真正伟大的人》("The Truly Great")。

> 毛茸茸的触角探索它宽大的路径
> 黄昏时分，已经关闭引擎的客机
> 滑过郊外的上空，袖子拖得高高
> 显示风的方向。她轻轻地、平稳地降落
> 几乎没有扰乱图表上的气流。

在诗的结尾，那种有钱人对新玩具的明显的喜悦感，转变为一个尽职的马克思主义者对教堂"遮挡太阳"的抱怨。

路易斯·麦克尼斯（Louis MacNeice，1907—1963）是爱尔兰人，生于贝尔法斯特，父亲是爱尔兰新教教会的牧师（后来成了主教）。麦克尼斯先后在马尔伯勒公学[1]和牛津大学求学，获得古希腊罗马文学一等学位，并成为伯明翰大学古希腊罗马文学讲师，1936年移居伦敦担任讲师。1930年结婚，但是1935年，他的妻子离开了他和他们年幼的儿子，投奔了另一个男人。

与其他三十年代诗人不同，他并不信仰共产主义，但在1937年访问过巴塞罗那，不久以后这个城市就落入佛朗哥之手。麦克尼斯在美国住了一年，在康奈尔大学讲学，然后于1940年返回伦敦，为英国广播公司编写剧本和广播剧。

《秋天日志》（*Autumn Journal*，1939）被普遍认为

---
[1] 最初为给神职人员家庭的男孩提供教育而建立的寄宿学校，位于英国威尔特郡，创建于1843年。

是他的杰作，记录了他对西班牙内战、个人生活，以及随即爆发的对德战争的感受。尽管他认为当时的社会制度是"彻底堕落和愚蠢的"，但他并不装出一副与民众同甘共苦的样子：

> 很难想象
> 在一个世界里，民众都有了机会，
> 而智力生活的水准不被拉低。

在《风笛音乐》（"Bagpipe Music"，1937）中，他似乎在考虑"民众"和他们的低度需求："我们想要的不过是银行有点存款，出租车上有个娘儿们。"

作为一份历史文献，《风笛音乐》和《秋天日志》一样，都记录了1930年代人们被无助地拖向灾难的感觉：

> 玻璃每时每刻都在掉落，永远都会有掉落的玻璃，
> 但要是你打碎这该死的玻璃，你将无法承受这天气。

同样作于1937年的另一首诗，更抒情地表达了厄运来临的感觉：

> 投向花园里的阳光

逐渐变寒冷而坚硬,
我们无法将那分秒
在它的金网中锁定,
当一切都说尽,
我们无法乞求原谅。

麦克尼斯不是乐观主义者。他在《出生前的祈祷》("Prayer Before Birth", 1944)中已经预见到,战后不会有太多的改善:

我还没有出生,请安慰我。
我担心人类会用高墙包围我,
用烈药迷惑我,用聪明的谎言诱惑我,
用黑色刑具折磨我,在血浴中煮沸我。

第三十五章
"二战"时期的诗歌

道格拉斯、刘易斯、凯斯、富勒、罗斯、考斯利、里德、辛普森、夏皮罗、威尔伯、贾雷尔、帕德尼、尤尔特、西特韦尔、范斯坦、斯坦利-伦奇、克拉克

第二次世界大战的诗歌与第一次世界大战的诗歌截然不同,这反映了这两种战争冲突的根本差异。第一次世界大战是相对局部的,人们记住它是因为西线的堑壕战。第二次世界大战的影响是广泛的,它的战场从非洲到太平洋,遍布全球。在大规模的轰炸袭击中,平民遭到前所未有的大规模杀戮。在第一次世界大战中,约有两千万人丧生;在第二次世界大战中,约有八千万人丧生,其中五千五百万是平民。在第二次世界大战中,有两个事件永久性地改变了我们对人

类及其未来的看法。第一个是大屠杀，纳粹有计划地杀害了六百万犹太人。第二个是对日本广岛和长崎这两座城市投下的原子弹。

相对于如此巨大的灾难，有关战争的诗歌很少受到关注是可以理解的。人们常说战争时期没有诗歌，但是这并不是事实。在军队服过役的诗人会书写他们的服役经历，他们不仅在服役期间有诗歌创作，而且如果幸存下来，在以后的时间里也有诗歌创作。英国有两位最常被人忆及的战争诗人，他们是基思·道格拉斯和阿伦·刘易斯。

基思·道格拉斯（Keith Douglas，1920—1944）从牛津求学时代就开始写诗，他的导师是诗人埃德蒙·布伦登（Edmund Blunden，1896—1974）。道格拉斯于1940年入伍，起先被派往开罗，但后来违反命令，跟上一辆卡车，及时地加入了骑兵部队，在阿拉曼战役中指挥一辆坦克。这些经历，他在战争回忆录《从阿拉曼到沾沾谷》（*Alamein to Zem-Zem*）[1]这部杰作中有过描述。他在北非战役中幸存下来，但在盟军登陆三天后在诺曼底阵亡。他在出发到中东之前写过一首诗，请求道："我死后，将我记在心里，/ 我死后，将我简单处理。"

道格拉斯最有名的一首诗，题为《勿忘我》（"Vergissmeinnicht"），诗中说他发现一具德国士兵的

---

[1] 阿拉曼，埃及北部地中海沿岸的城镇。沾沾谷是突尼斯的一条季节性河流，1943年诗人在那里受伤。

尸体，身上有一张他女友的照片，上面写着"Steffi. Vergissmeinnicht"[1]：

> 她会对眼前的景象痛哭：
> 漆黑的苍蝇在身上蠕动；
> 白纸般的眼睛盖满尘土，
> 裂开的肚子就像个窟窿。

他的笔调过于冷酷，因此招来非议。在《如何杀戮》("How to Kill")一诗中，他通过望远镜平静地观察着他的受害者："此刻我的玻璃镜里出现了 / 那个即将死去的士兵。"他写道："我认为描写当前发生的战事，没有理由写得富有音乐性或者音节响亮。"在《运动员》("Sportsmen")一诗中，他钦佩自己身边的那些贵族骑兵军官的勇气。他与这些人不属于同一个阶级，他认为他们是"过时的族类"，并将他们比作独角兽。但是他对这些人的沉着冷静感到震惊。在一场坦克战役中，他观察这个族类中的一员受到致命的创伤，但仍在沙地上爬行，嘴里念叨着："这太不公平了，他们把我的脚打掉了。"

威尔士诗人阿伦·刘易斯（Alun Lewis，1915—1944）本质上是一个和平主义者，但是他入伍后受命被派往南威尔士边民团。1944年3月5日，在一次抵

---

[1] 德语：施黛菲。勿忘我。

抗日本军的战役中，他头部中弹，手里依然握着左轮手枪。有人怀疑他是自杀，但军事法庭裁定他是意外死亡。他的诗作如《一整天都在下雨》("All Day It Has Rained")（这使人联想起战争时期的英国在帐篷下的无聊生活），以及描写与妻子告别的《后记：致格温诺》("Postscript: For Gweno")和《我们必须说再见了，亲爱的》("So We Must Say Goodbye, My Darling")，都是富于沉思而感人的，并显示出爱德华·托马斯对他的影响。他的诗有时候在音节上很简单，就像在《突袭者的黎明》("Raiders' Dawn")中那样：

> 烧焦的椅子上面，
> 蓝色的项链悬挂，
> 表明那美人当时
> 在那儿受到惊吓。

他的诗《农民们》("The Peasants")，就像许多"二战"诗歌一样，与其说是在写战争，不如说是在写诗人身边的异国风光，以及在他离去之后仍将持续很久的生活节奏。他观察一个农民赤脚赶着牛群，"慵懒而轻松地在荆棘丛中行走"。他观察女人在公路上砸碎石块，或者头顶着包袱、挺着身子行走：

> 灼热的山岗，踏倒的庄稼，
> 士兵们在松散地前行。

> 在他们身后，历史在蹒跚，
> 农民们看着他们送命。

参加战争的大多数人都不是职业军人，而是穿上制服的平民。许多人都被"烤焦"（战争期间发明的短语）了。他们对自己被迫扮演的角色感到不自在，于是在诗歌中找到了各种逃避的方式。西德尼·凯斯（Sidney Keyes，1922—1943）在牛津认识基思·道格拉斯，受命乘船前往北非，两周之后就阵亡了。他的诗歌都是在他离开英国之前写的，文学性很强，基本上没有触及服役生活的现实。他的诗风追随里尔克、叶芝和艾略特。

罗伊·富勒（Roy Fuller，1912—1991）加入皇家海军航空兵之后，被派往东非的肯尼亚。他还没来得及亲历战斗，就回到英国，接着受命被派往海军部任职。他写于1941年3月的《空袭中的独白》("Soliloquy in an Air Raid")一诗预见了即将来临的破坏（"十亿吨碎玻璃和瓦砾"）。他因为找不到合适的语言而绝望：

> 除了惊吓的孩子，或细心的记日记者，
> 谁能观察到这些？谁在说话时，
> 还能依然保持文明的口气？

在《皇家海军航空站》("Royal Naval Air Station")一

诗中，他记录了军营生活的鄙俗不堪，他在给妻子的情诗中表达了分离的痛苦。相比之下，非洲的动物似乎是幸运的——例如在《长颈鹿》("The Giraffes")一诗中，"这些动物行走着，没有痛苦也没有爱"。

艾伦·罗斯（Alan Ross，1922—2001）和查尔斯·考斯利（Charles Causley，1917—2003）的诗歌使人回想起海上战争。罗斯加入海军，在巴伦支海海战中差点丧生，当时他的驱逐舰"翁斯洛号"（Onslow）在护送一支运输船队时遭遇到德国舰队。他在《JW51B.运输船队》("JW51B. A Convoy")一诗中描述了这次交战及其后果：

> 沉睡的浮冰之下，
> 盐水使尸体防腐，
> 在缝合之后下滑，
> 进入寂静的冰库。

考斯利与富勒和罗斯不同，他属于工人阶级，他在海军部队开始写诗，据他回忆，那是在1940年8月，他加入斯卡帕湾的"日食号"（Eclipse）驱逐舰那天。他使用民谣和流行歌曲的节奏，将战争转变为一种神话或梦幻般的、富有色彩的东西，如《垂死的枪手A.A.1之歌》("Song of the Dying Gunner A.A.1")：

> 哦妈妈，我的嘴里充满星星，

> 就像茶盘里的弹药筒,
> 我的血是开杈的猩红的树,
> 它已经流得无影无踪。

亨利·里德（Henry Reed, 1914—1986）独辟蹊径,在喜剧中找到了逃避之路。在《零件的命名》("Naming of Parts")一诗中,诗人梦幻般的想象打断了那位军士,他正在解释标准的英国李 – 恩菲尔德步枪是如何工作的:

> 你会发现,这是螺栓。它的用途,
> 你会发现,是打开后膛。我们可以
> 快速地前后滑动:我们称之为
> 放开弹簧。然后快速地前后滑动,
> 早起的蜜蜂正在攻击并摸索花朵;
> 他们称之为:放开春天。[1]

在卷入战争的众多美国诗人中,出生于牙买加的路易斯·辛普森（Louis Simpson, 1923—2012）具有突出的成就。他在第101空降师的精锐部队服过役。他的杰作是《卡伦坦,哦,卡伦坦》("Carentan O Carentan"),这是一首民谣风格的诗,取材于他1944年6月在瑟堡半岛的血腥交战的经历。这首诗带有不

---
[1] 这里的"弹簧"和"春天",在英语中是同一个词。

祥的半韵，表现了军队的困惑，那些军官和中士刚上战场就在炮火中丧生。

卡尔·夏皮罗（Karl Shapiro，1913—2000）在南太平洋服役，他的诗《星期日：新几内亚》（"Sunday: New Guinea"）是对礼拜行列的实录，熟悉的祈祷声和赞美诗激发人们对家乡的回忆："经书、盘碟、鲜花和闪亮的汤匙"。写给未婚妻的《字母V》（"V-letter"）是对爱的宣誓；与此对照，如果他被杀死，他的死将是"真实而简单的"。他最长的战争诗《士兵挽歌》（"Elegy for a Soldier"）哀悼一位战死沙场并匆匆下葬的朋友（"卡车后挡板上一张白布/就成了祭坛"）。

理查德·威尔伯（Richard Wilbur，1921—2017）随第36步兵师在法国和德国两地作战，但是他选择只保留他的两首战争诗。那两首诗都具有强大的感染力。在《阿尔萨斯的第一场雪》（"First Snow in Alsace"）中，他回忆起小时候的雪让他兴奋不已，但在此时，它"填满了/那个刚死一会儿的士兵的双眼"。《乡村雷区》（"Mined Country"）是写那貌似平静的田野下埋伏着的死亡，在那里"正在吃草的奶牛，被炸飞到天上"。

兰德尔·贾雷尔（Randall Jarrell，1914—1965）曾在美国陆军航空队担任天文导航（使用星辰导航）的教官——他认为这是空军中最富有诗意的工作。他曾在范德比尔特学习，师从学院派诗人艾伦·泰特（Allan Tate，1899—1979）、罗伯特·佩恩·沃伦（Robert

Penn Warren，1905—1989)和约翰·克罗·兰塞姆(John Crowe Ransom，1888—1974)，他的用词准确而简洁。他的《邮件呼叫》("Mail Call")("信件总是恰好从手上逃脱")一诗描写士兵们排着队等待家乡来的消息，这首诗以简洁、克制的手法，表现了军人制服下的人性。《因公假而缺勤》("Absent With Official Leave")一诗以反讽手法鞭挞了将杀人变成工作的反自然现象。一名士兵用枕头捂住耳朵，让自己的思想自由漂流：

> 直到那些平民在他们的空余时间，
> 无效而无谓地死去的无知的国家。

许多人评价贾雷尔的《旋转炮塔炮手之死》("The Death of the Ball Turret Gunner")是"二战"时期最优秀的英语诗歌：

> 从我母亲的沉睡中坠入合众国，
> 我在肚子里佝偻着，直到湿茸毛冻结。
> 离地六英里，从生命之梦中解脱，
> 黑色高射炮和梦魇战斗机把我惊醒。
> 我死后，他们用水龙把我从炮塔中冲出。[1]

---

[1] 译文引自张海霞、陈兆娟的《"旋转炮塔炮手之死"之"反挽歌"书写》(《山东外语教学》2012年第6期)，略有改动。

制空权是这次战争的新特征，英国皇家空军军官约翰·帕德尼（John Pudney，1909—1977）在一次空袭中创作的《献给约翰尼》（"For Johnny"）成为英国最受欢迎的诗歌之一：

> 别感到绝望，
> 约翰尼飞在天上，
> 他睡得香甜，
> 就像在地下安眠。

加文·尤尔特（Gavin Ewart，1916—1995）的《当美女进去时》（"When a Beau Goes In"）是一首更加尖锐的诗作。尤尔特曾在英国皇家炮兵部队服役。这首诗讽刺了在战争中产生的轻浮而冷酷的行话。"美女"是指"英俊战士"轰炸机，"进去"是指"坠入海中"。尤尔特写道，当这种事情发生时，没有人"露出悲伤的表情，/ 因为这是战争，你知道，/ 这是不可改变的规律。"

对于表现为轰炸袭击的制空权，伦敦人和英国其他主要城市的人都有过亲身体验。轰炸袭击，加上分离和丧亲之痛，是"二战"女诗人诗歌中最常见的主题。这些诗人中最有名的是伊迪丝·西特韦尔（Edith Sitwell，1887—1964），她的《雨一直在下》（"Still Falls the Rain"）从一个奇特的视角，将闪电战比作一个宗教事件。伊莱恩·范斯坦（Elaine Feinstein,

1930—2019)的《莱斯特的安静战争》("A Quiet War in Leicester")一诗则稍显正常一些,她在诗中回忆自己那间不太舒服的旧式防空洞。对年轻人来说,空中战争既是令人兴奋的又是致命的,在牛津认识基思·道格拉斯的玛格丽特·斯坦利-伦奇(Margaret Stanley-Wrench,1916—1974)在《新的燕子》("The New Swallows")一诗中表达了这一观点:

> 猛然间,在厚积的云层上翻滚,
> 像小狗在玩耍,像交配的蝴蝶,
> 在无云的午休中抛掷易碎的白色,
> 喷火龙来了。阳光射在它们的翅膀上,
> 犹如海浪飞溅,在岩石上撞得粉碎。
> 它们拖曳的阴影,笨拙地跳过房顶,
> 爬上篱笆,像燕子的阴影一样趴着,
> 在山上,带着尖角,然后跨过溪流。

"二战"中最令人难忘的是路易斯·克拉克(Lois Clark)的一首诗。关于这位诗人,除了她在布里克斯顿闪电战中驾驶过担架队的一辆卡车之外,我们几乎一无所知。这首诗题为《闪电战的图片》("Picture from the Blitz"),收录在凯瑟琳·赖利(Catherine Reilly)编选的诗集《夜的混沌》(*Chaos of the Night*)之中。克拉克在诗中回忆,自己看见一个女人坐在一张大扶手椅上,周围是她房子的废墟。她惊愕得浑身僵硬，满身尘土，但她还活着，那"因劳动而变得粗糙的双手"里还捏着钢制的织针：

> 他们轻轻地将她
> 从大扶手椅上挽起，
> 那么温柔，
> 在开阔的天空之下，
> 一个因惊愕而僵硬的女人，
> 拖着卡其黄色的羊毛线。

第三十六章
美国自白派诗人及其他

洛威尔、贝里曼、斯诺德格拉斯、塞克斯顿、
罗特克

自白派诗歌是坦露个人隐情的诗歌，与精神疾病和住院治疗有着密切的关联，它反映了战后美国以及后来的英国对精神疾病的态度转变。精神疾病曾经被认为是一件羞耻的事情，应该隐藏起来，后来却成为一个公开辩论的议题，而且在文人当中，几乎成为一种文化身份的标志。第一本被贴上"自白派"标签的诗集是罗伯特·洛威尔的《生活研究》(*Life Studies*, 1959)。1963年罗伯特·弗罗斯特去世之后，洛威尔成为美国非官方的桂冠诗人。

罗伯特·洛威尔（Robert Lowell，1917—1977）出生于一个属于美国东海岸精英阶层"波士顿婆罗门"的家庭。他母亲这一支，可以追溯到"五月花号"上的移民。他的父亲是一名海军军官，他的妻子很专断，在她的唠叨下，他于1927年从海军退役，但此后再也没找到一份平民的职业。洛威尔对他祖辈的态度是矛盾的。他一方面依靠家庭信托基金的收入生活，另一方面在诗里对他的祖辈崇拜金钱和参与对美洲原住民的大屠杀加以挞伐。他的《在印第安杀手的墓前》（"At the Indian Killer's Grave"）一诗讲述了17世纪的祖先乔赛亚·温斯洛与佩科特人作战的故事。

洛威尔小时候很"鸷猛"（这是他自己的用词），欺负其他小孩子，因此获得了"卡尔"（Cal）的绰号，这显然是"卡列班"（Caliban）或"卡利古拉"（Caligula）[1]的简称。他曾因袭击玩伴而被禁止进入公园。他在哈佛很不开心，于是在精神科医生的建议下，跟随诗人教授艾伦·泰特学习，与泰特和诗人约翰·克罗·兰塞姆一起搬到俄亥俄州的凯尼恩学院。

为了反抗他的相信唯一神论的父母，他于1941年皈依了天主教，但在1940年代末，他又放弃了天主教。他在"二战"期间是一个依据良心拒服兵役的人，并在监狱中服刑五个月（他在《回忆西大街与莱普克》["Memories of West Street and Lepke"]一诗中有过回

---

[1] 卡列班，莎士比亚戏剧《暴风雨》中半人半怪的角色，指丑恶凶残的人；卡利古拉，古罗马暴君。

忆)。1960年代,他在反越战抗议活动中表现突出。他曾在多所大学任教。在波士顿,他的学生中包括西尔维娅·普拉斯和安妮·塞克斯顿。

洛威尔是一个双相情感障碍者,躁狂症与抑郁症交替发作,当躁狂症发作剧烈时,他需要住院治疗。他的病第一次发作是在1949年,后来发作频繁。他的《在忧郁中醒来》("Waking in the Blue")和《三个月后回家》("Home after Three Months Away")等诗作,分别回忆了他在波士顿附近的麦克莱恩精神病院里的一段发病期和在一个周末出院的经历。

1940年,他与后来成为著名小说家的琼·斯塔福德结婚。此前他在开车时发生车祸,给琼留下了永久的伤疤,而他自己却毫发无损。他们的婚姻以酒精为燃料,终于在1948年结束。次年,他与作家伊丽莎白·哈德威克结婚,并于1957年生有一女。洛威尔好色而且酗酒,使婚姻关系更加紧张,这在他的诗集《致莉齐与哈丽雅特》(*For Lizzie and Harriet*)中有所描述。

1970年,他离开了哈德威克,在访问英国期间开始与卡罗琳·布莱克伍德夫人相恋。布莱克伍德是达弗林与阿娃的第四代侯爵和他的妻子、啤酒厂女继承人莫琳·吉尼斯的长女。她结过两次婚,先与艺术家卢西安·弗洛伊德,后与作曲家伊斯雷尔·西特科维茨,并育有三个孩子。她和洛威尔于1972年结婚,他们生有一子,名叫谢里登。诗集《海豚》(*The*

Dolphin，1973）讲述了他们之间的故事（"海豚"是洛威尔对布莱克伍德的昵称）。

《海豚》里的诗歌摘引（连带修改）了伊丽莎白·哈德威克的私人信件和电话内容。洛威尔的好友伊丽莎白·毕晓普曾经劝阻过他，但他并未采纳，他的做法在当时就受到严厉的批评。激进的女性主义诗人阿德里安娜·里奇（Adrienne Rich，1929—2012）称它是"一本残酷而肤浅的书"。情诗并不是洛威尔的长项，《海豚》里的情诗多半是多愁善感的。他死于纽约一辆出租车的后排，手里还捏着卢西安·弗洛伊德所画的一张布莱克伍德的肖像，当时他正在去跟伊丽莎白·哈德威克会面的路上。

在洛威尔的诗中经常出现一些似乎随手插入的回忆和意象，这使他的诗很难解读。有些诗还牵强地引用一些宗教、神话与文学作品，试图强调其自身的重要性。例如《臭鼬的时光》（"Skunk Hour"）中有这样一句话："我自己就是地狱"，这与《失乐园》中撒旦的话（"我的逃避只有地狱一条路；我自己就是地狱"[1]）遥相呼应，洛威尔竟把自己想象成弥尔顿笔下的那个大恶魔，那就显得荒谬而不自量力了。《楠塔基特岛的贵格会教徒墓地》（"The Quaker Graveyard in Nantucket"）讲述了洛威尔的表弟溺水身亡的故事，为了表现得宏伟，这首诗引用了赫尔曼·梅尔维尔的

---

[1] 译文引自朱维之译弥尔顿《失乐园》（上海译文出版社，1984年）第四卷。

长篇小说《白鲸》。

对于许多读者来说，洛威尔在《生活研究》第四章中写他直系亲属的那些涉及个人的诗歌，是他写得最好的也是最容易理解的作品，包括《我与德弗罗·温斯洛叔叔的最后一个下午》("My Last Afternoon with Uncle Devereux Winslow")、《邓巴顿》("Dunbarton")、《指挥官洛威尔》("Commander Lowell")、《在贝弗利农场的最后几天》("Terminal Days at Beverly Farms")和《父亲的卧室》("Father's Bedroom")。有些诗以自由诗体写成，是对童年的回忆，有一种洛威尔通常不太有的简洁和温柔。诗中没有对宏伟的追求。他回忆父亲去世那天的情景：

> 整个上午，在焦虑地重复微笑之后，
> 他对母亲说了最后一句话：
> "我感觉很难受。"

在《谈论婚姻的烦恼》("To Speak of the Woe that is in Marriage")（诗题引自乔叟笔下的巴斯妇的故事）中，他一度从妻子哈德威克的视角去观察事物。这首诗以她的口吻"讲述"，她想象他在街上寻找野鸡，想起他粗暴的做爱："他被自己欲望的衰退所挫伤，/他像一头大象瘫倒在我身上。"

《生活研究》唤起的童年记忆，在洛威尔最著名的一首诗《致联邦死难烈士》("For the Union Dead")

的开头被再次引入。它的主题是波士顿广场上为纪念美国内战期间肖上校指挥的黑人步兵团而建立的纪念碑[1]。但是诗的开头却是洛威尔回忆他的儿童时代,他在南波士顿的旧水族馆里,鼻子紧贴着玻璃看鱼。

洛威尔的翻译作品《模仿集》(*Imitations*,1990),因翻译不够准确而受到批评。例如他翻译的意大利诗人兼哲学家贾科莫·莱奥帕尔迪(Giacomo Leopardi,1798—1837)的《无限》("The Infinite")受到指责,因为诗中的否定主义思想是莱奥帕尔迪所没有的。但是那本收录了从荷马到里尔克诗歌的选集,证明了他在欧洲诗歌方面的深厚学养和对它的热爱。

这本诗歌选集还收录了埃乌杰尼奥·蒙塔莱(Eugenio Montale,1896—1981)的十首诗的英译,1950年代,洛威尔在威尼斯与蒙塔莱见过面。蒙塔莱是诺贝尔文学奖获得者,被认为是自莱奥帕尔迪之后最伟大的意大利诗人,但他的诗是出了名的难懂。出生于俄罗斯的美国诗人约瑟夫·布罗茨基把它比作一个人的自言自语。蒙塔莱属于自称"赫耳墨斯主义者"(Hermeticist)的流派,这个流派还包括朱塞佩·翁加雷蒂(Giuseppe Ungaretti,1888—1970)和萨尔瓦多·夸西莫多(Salvatore Quasimodo,1901—1968),他们试图建立一个意大利版的法国象征主义。但是蒙塔莱拒绝接受对他的这种分类。但丁和T.S.艾略特对

---

[1] 肖上校(Robert Gould Shaw,1837—1863)在南卡罗来纳州阵亡,纪念碑建于1897年。

他的影响很大,他的《阿赛尼奥》("Arsenio")被称为意大利版的《荒原》。

自白派还包括其他诗人,但他们的名声都被洛威尔的名声所掩。约翰·贝里曼(John Berryman,1914—1972)在俄克拉何马州和佛罗里达州长大,后来在哥伦比亚接受大学教育。他于1942年结婚,然后在哈佛大学和其他大学任教。1947年,他与一位已婚女士发生恋情,并为此写下了一批自白派十四行诗,但这些诗直到1967年才出版,因为过早发表会让他妻子知晓这层关系。但她还是在1953年结束了这段婚姻,他的婚外恋、精神失常、酗酒,都让她感到厌倦。

他的父亲是银行家,在贝里曼十一岁那年开枪自杀。贝里曼说那场灾难"毁了我的童年"。他经常在诗里写到这件事:

> 就他一个,清晨很早的时候,
> 他起身拿起枪,走到门外、我的窗边
> 做了他需要做的事情。
>
> 我读不懂那可怜的心,那么坚强
> 而且那么失败。

《梦之歌》(*The Dream Songs*)(1964年初版、1968年增订)是他最知名的作品(上面这两节即引自《梦之歌》第145首)。这首组诗集中描写了一个叫亨利的人物，贝里曼坚称这个人不是他自己，虽然他承认亨利很像他，他也很像亨利。亨利像是一个用来跟痛苦和绝望疏离的工具。他可以貌似疯狂，但也爱开玩笑。《梦之歌》读起来经常像一个人在拿悲剧逗乐子，并试图超越它。在《梦之歌》第14首中，贝里曼坦承对生活、文学、艺术，甚至亨利，都感到厌倦。然而"毕竟，天空在闪光，大海在渴望"。他的诗有时不好理解，但是贝里曼在《梦之歌》第366首中写道，"这些歌本来就不是让人理解的，你理解，/它们只是用来使人恐惧并给人安慰"。他在1970年经历了宗教皈依，但继续与抑郁症做斗争。1972年1月7日，他从明尼阿波利斯的华盛顿大道桥上跳河自杀。

W.D.斯诺德格拉斯（W.D.Snodgrass，1926—2009）是贝里曼在布朗大学的学生。人们常说，他写自白派诗歌是从由十首诗组成的《心之针》(*Heart's Needle*，1959）组诗开始的，但他拒绝了这个标签。第二次世界大战期间，他在美国海军服役，此后成为一名学者，在多所大学任教。他结过四次婚，《心之针》写的是与他第一次婚姻所生的女儿辛西娅分离的痛苦；他离婚后，辛西娅和她母亲住在一起。那是一首感人的诗，它比大多数自白派诗歌的内容更广泛、诉求更直接。诗的口吻是对孩子说的，回忆她的出生和成长、他们分享过的玩具和睡前故事，以及如今在她母亲应允下的罕见探视。它把诗人的损失和所受伤害置于更加广阔的背景之下：四季的更迭，战壕中冻僵的美国士兵（辛西娅出生时正值朝鲜战争期间），还有在自然历史博物馆展出的动物世界。

安妮·塞克斯顿（Anne Sexton，1928—1974）所受教育程度较低，中途辍学，她父亲酗酒，伴有虐待。她公开描写月经、堕胎、乱伦、手淫、毒瘾和其他禁忌话题，使文学界大为震惊，但她的诗吸引了通常不太读诗的众多女性读者。她的书在美国售出近五十万册，她编写的格林童话通俗版《变形记》（*Transformations*，1971）在《大都会》和《花花公子》上发表。

她以一种近乎疯狂的方式描写男性的残暴，比如《奥斯威辛之后》（"After Auschwitz"）：

> 愤怒
> 如钩子般黑
> 逮住我。
> 每天
> 每个纳粹
> 上午八点，抓一个婴儿
> 当早餐油炸
> 在他的煎锅里。

在多次精神失常和自杀未遂之后，她在一个封闭的车库里发动汽车，通过吸入废气自杀了。在她死后，她的精神科医生披露了与她的谈话录音，她的大女儿指责她乱伦。

西奥多·罗特克（Theodore Roethke，1908—1963）并不属于自白派诗人，尽管他和他们一样精神不太稳定。诗人兼小说家詹姆斯·迪基（James Dickey，1923—1997）评价他是美国迄今为止最伟大的诗人，而对西尔维娅·普拉斯来说，他是"我特别喜欢的诗人之一"。他的父亲奥托是一位蔬菜种植园主，在密歇根州萨吉诺市拥有二十五英亩的温室，对罗特克来说，温室成了"我整个生命的象征、一个子宫、一个人间天堂"——这句话现在刻在萨吉诺市的他的纪念碑上。他的短诗《温室顶上的孩子》（"Child on Top of a Greenhouse"）取材于他童年时代的一次冒险，展示了诗人的生动而简洁的诗风。这首诗由一些记忆片段组成——风"把我的裤后裆吹得鼓了起来"、他的脚"嘎吱嘎吱地踩在玻璃碎片和干油灰上"、"尚未盛开的菊花像指控人一样瞪着眼睛"，以及：

> 一排榆树，像马一样翻腾、摇摆，
> 每一棵，每一棵都指着天空、叫喊！

他的情绪经常处于悲哀的内省状态。在《给简的挽歌》（"Elegy for Jane"）中，他悼念他的一名女学生从马上坠落身亡。她在诗中表现为自然的意象——鹪鹩、麻雀，她的"脖子弯曲，柔软而潮湿，像卷须一样"。其实，他与这位学生并没有特别的关联，也正因此，

这首诗到最后读起来更加苍凉：

> 我要是能把你从这睡梦中推醒就好了。
> 我的受伤的宝贝，我的受惊的家鸽。
> 在这座潮湿的墓地上，我说出我的爱的话语，
> 我，对这件事情没有任何权利，
> 既不是你的父亲，也不是你的情人。

第三十七章
运动派诗人及其诗人圈

拉金、恩赖特、詹宁斯、汤姆·冈恩、贝杰曼、史蒂维·史密斯

所谓"运动派"诗人（Movement poets）并不是一个团体，但他们有一些共同的目标。他们认为诗歌应该是有意义的，它应该与普通人交流，而不仅仅与高雅的人交流。这场运动只是发生在英国，在美国没有发生过类似的事情。参与这场运动的诗人拥有"运动派"的头衔，并不是他们自己的选择，而是由记者首次在1954年《旁观者》杂志上贴的标签。如今这批诗人中最知名的是菲利普·拉金（Philip Larkin, 1922—1985）。2003年的一项民意调查认为，他是英国当时

最受欢迎的诗人。

拉金出生于考文垂，父亲是市里的财务主管，一个激进的纳粹分子，参加过纽伦堡集会，同时也是一个热衷于读书的人，是他引导拉金阅读现代文学，尤其是 D.H. 劳伦斯的作品，他们父子俩都崇拜劳伦斯。拉金先是在考文垂的国王亨利八世学校求学，后来到牛津大学圣约翰学院深造，在那里他读的是英语，并获得了一等学位。通常他会跟人说他得了二等学位，这就强化了他性格阴郁的名声。他还说过，他总是描写权利被剥夺（deprivation），就像华兹华斯总是描写水仙花。1940年11月14日晚上，德国空军突击考文垂，造成五百多人死亡。第二天，拉金从牛津搭顺风车回到自己的家园，发现大部分地区都变成了瓦砾。他终生仇外的心理，可能正是因此而产生的。

他曾经想成为一名小说家，出版了两部敏感而颇具特色的小说《吉尔》(*Jill*，1946) 和《冬天的女孩》(*A Girl in Winter*，1947)，并为他的朋友金斯利·艾米斯（Kingsley Amis）的小说《幸运的吉姆》(*Lucky Jim*，1954) 提供了构思。从牛津毕业之后，他开始了图书馆管理员的职业生涯（他因视力不佳而免服兵役）。事实证明他擅长于这个职业，但他不停地抱怨（可参读他的《癞蛤蟆》["Toads"] 等诗）。作为图书馆管理员，他曾在惠灵顿（什罗普郡）、莱斯特郡、贝尔法斯特和赫尔工作，并于1955年成为赫尔大学图书馆馆长。

他似乎觉得，婚姻和孩子（"自私、吵闹、残忍、粗俗的小畜生"）会威胁到他的艺术，所以他一直单身。然而，尽管他在《奇迹之年》（"Annus Mirabilis"）一诗中声称"性交开始于／一九六三年"（这"对我来说已是相当晚"），但从1945年以后，他就与多个女人有过主动的性生活，其中包括莱斯特大学的英语讲师莫妮卡·琼斯，她实际上成了他没有名分的妻子。

但一些评论家认为，他真正的"缪斯"是他的母亲伊娃。从1948年他父亲去世，到1977年他母亲九十一岁去世，拉金一直负责照顾她，给她写了几百封信。他的好几首诗都与她有关。当她患上阿尔茨海默病时，他写了《老傻瓜们》（"The Old Fools"），这是他对老年人遭受屈辱的激愤之辞。在他母亲生命结束之后的几天里，他完成了那首关于死亡恐惧的《晨歌》（"Aubade"）。

他的第一本诗集《北方船》（*The North Ship*，1945）深受叶芝的影响。他解释说，这是他在"被隔离在什罗普郡，从当地女子学校里偷来一本叶芝全集"之后写的（实际上，这本书是该校女生露丝·鲍曼为他偷的，当时她才十六岁，他与她发生过一段恋情）。此后，他就永远背弃了叶芝。哈代成了他新的楷模，每天早晨上班之前，他都要读几首哈代的诗。他在编辑《牛津20世纪英诗选》（*The Oxford Book of Twentieth-century English Verse*，1973）时，收录了二十七首哈代的诗（相对而言，T.S.艾略特的诗只收录了九首）。

哈代对平凡事物的关注，与叶芝的拜占庭式的宏伟形成鲜明的对照，也正是这一点吸引了拉金。"我喜欢平凡的事物，"他写道，"日常事物对我来说都很可爱。"在他的诗中，他选择了能够表现平凡事物与我们内心深处的情感相联系的象征符号。《布利尼先生》("Mr Bleaney")是对命运之不公的怒斥，写到一个简陋的睡卧起居合用的单间（实际上是拉金第一次搬到赫尔时的住处）。《充满阳光的普雷斯塔廷》("Sunny Prestatyn")描写一张贴在海边的海报，揭示了时间对美的强奸。"四月的星期天带来了雪"("An April Sunday brings the snow")描写许多装满果酱的罐子，悼念他去世的父亲。

拉金的诗歌表达了两种不同的人格。一种是粗鲁的（"他们毁了你，你老爹老妈"；"在猪的屁眼里，朋友"。[1]），另一种对自然和人的态度是温柔的。《水》("Water")和《太阳》("Solar")实际上表现的是自然崇拜。在《树》("Trees")中，树的新叶在生长时，"就像快要说出的话语"。在《黏液瘤病》("Myxomatosis")[2]中，诗人想象那只被逮住的野兔的思想——"你或许以为一切将恢复如初，/要是你能够保持安静并等待。"这是对人性的尖锐刻画。但这种敏感是与残酷而凄凉的现实图景结合在一起的。在

---

[1] 参见《以诗为证》("This Be the Verse")和《谐谑诗》("Vers de Société")。
[2] 据称，黏液瘤病毒是一种专门为减少野兔繁殖而于1950年代人工研制的极易传染的细菌。

"四月的星期天带来了雪"这首诗中，生命表现为"甘美，/却毫无意义，它再也不会回来"。这两种对世界的反应方式，都显示出一种毫无保留的准确性——理智，同时也显示出对所见和所感的事物的把握，例如，注意到雪如何使李花看上去是"绿色，而非白色"。

追求准确性，就排斥多愁善感。所以在《一座阿伦德尔墓》("An Arundel Tomb")中有一个情感爆发的句子，"比我们活得更久的，是爱情"，但在前一行却认定它只是"还有一点真实"。同样，在《床上对话》("Talking in Bed")中，原本的目的是想找到"同时真实，而且友善的话语"，但在现实中修改为找到"并非不真实，也并非不友善"的话语。在《下午》("Afternoons")中，年轻的妈妈们正愉快地看着孩子们玩耍；拉金提醒我们，她们在看着孩子的时候，已经被孩子替代："有些东西正把她们推向/她们自身生活的边缘。"

运动派诗歌能用诗来论理，是因为它运用理性，而对于一些现代主义理论家和实践者来说，理性和逻辑天生就缺乏诗意。例如，拉金的《去教堂》("Church Going")发展出一种关于宗教的未来（或者"无未来"）的深刻而富于想象的论点，使其成为英语中杰出的宗教诗歌之一。

拉金经常涉及的一个主题是"对独处的渴望"，例如在《愿望》("Wants")中就是这样。但在这首诗的结尾，愿望所渴求的不是孤独，而是湮没无闻。"在这一切之下，对湮没的渴求在奔跑。"这种对虚无的渴望与《晨歌》形成鲜明的对照。在《晨歌》中，"不在任何地方"的"虚空"是可怕的，而在这里，它是渴求的对象。拉金有好几首诗都以向上冲决、进入虚空作为结尾，它克服了争论，似乎呈现出一种超越，而不是威胁。《这里》("Here")以"没有藩篱的存在"结尾；《高窗》("High Window")以"湛蓝的空气，它显示了 / 虚无，没有地点、永无止息"结尾；《割下的草》("Cut Grass")以"那高高累积的云层，/ 以夏天的步伐前行"结尾；《爆炸》("The Explosion")以宗教的异象结尾。其效果是，诗歌向未知世界敞开自己，而不是结束。

其他著名的运动派诗人彼此各异，也与拉金不同，但他们有一个共同特点，就是排斥现代主义。拉金很少离开英国海岸，即使离开也很不情愿（他曾说过，他不介意到中国去走一趟，但条件是在那儿只待一天就回来）。与他相反，D.J.恩赖特（D.J. Enright, 1920—2002）游历很广，他在埃及、日本、泰国和新加坡为英国文化协会工作。他见证了世界各地的贫困境况，那是其他运动派诗人无法想象的。他的《山本和夫的短暂一生》("The Short Life of Kazuo Yamamoto"）讲述了一个十三岁的日本擦鞋儿童服用老鼠药自杀的故事，这孩子的最后一句话是："我想死，/ 因为头痛。"恩赖特接着说，他"很孤独，没有个人物品，/ 除了头痛"。

除了这些知识，恩赖特还具有独特的幽默感。他出生于利明顿市的市建住宅区，父亲是爱尔兰籍的邮递员。当恩赖特获得剑桥大学的奖学金时，他的一位老师的妻子气得"火冒三丈"，在街上拦住他，并正告他，剑桥不适合他这样的人（恩赖特讥讽地补充说，这也恰恰是工人阶级的观点）。

他的诗体自传《可怕的剪刀》("The Terrible Shears")描写穷人的命运，既诙谐又讽刺。他的父亲参加过索姆河战役，并救了一个名叫克劳福德的军官的性命，那个军官是一家饼干家族企业[1]的继承人。有一年圣诞节，恩赖特的父亲写信向克劳福德求助，"作为回报，/ 他免费寄来一大盒花色饼干"。

伊丽莎白·詹宁斯（Elizabeth Jennings，1926—2001）也属于运动派，但除此之外，她跟恩赖特毫无相似之处。她是虔诚的罗马天主教徒，出生于一个富裕的牛津家庭，在圣安妮学院攻读英语。她写的诗看似简单，实则往往躁动不安，她特有的表达方式，可以使一首诗偏离某个维度，转到其他不确定的地方。有些诗是关于各种宗教体验的，比如《星期五》("Friday")、《合唱团》("A Chorus")、《答案》("Answers")，有些诗是关于个人回忆的，比如《一体》("One Flesh")，她在诗中想象自己的父母躺在床上：

---

[1] 克劳福德是英国著名的饼干品牌，创始于1856年。

> 两人分开躺着,躺在各自的床上,
> 父亲拿着一本书,把灯开到很晚,
> 母亲像个女孩,梦想着童年时光,
> 身边都没人——他们好像都在期盼
> 有个新鲜事:他没在看书上的文字,
> 而她呢,两眼盯着头顶上的影子。

汤姆·冈恩(Thom Gunn,1929—2004)有两段职业生涯。他最初是运动派诗人。他在1954年出版了第一本诗集《战斗术语》(*Fighting Terms*)。随后,他就与同性伴侣迈克·基泰搬到加利福尼亚,并在旧金山度过了余生,成为提倡同性恋文化的知名人物。他写过《触摸》("Touch")和《拥抱》("The Hug")等温柔而亲密的情诗。1980年代,艾滋病流行,他失去了许多朋友。他为这些朋友创作的挽歌,收录于诗集《盗汗的男人》(*The Man with Night Sweats*,1992)。

一些心存不满的评论家称拉金的《牛津20世纪英诗选》是"庸俗主义的胜利",部分原因是它收录了约翰·贝杰曼(John Betjeman,1906—1984)的十二首诗,而贝杰曼作为畅销诗人和电视名人,是被高雅人群所不屑的。但拉金理解贝杰曼并且赏识他,拉金准确地发现,贝杰曼的作品在惹眼的姿态下有着深刻的批判性思维。另外,他们两人都赞同一些偏见,认为现代生活是粗俗的(正如贝杰曼在他声名狼藉的诗句中所表达的:"来吧,可爱的炸弹,落在斯劳城

[Slough][1]"）。

追念过往的时代、地方和生活方式，是贝杰曼的创作基调。如《米德塞克斯郡》("Middlesex")回忆了佩里韦尔[2]还是"一大片干草场的教区"的时光；《一个中尉的情歌》("A Subaltern's Love Song")可能是贝杰曼最受欢迎的一首诗，诗中一个年轻军官以打趣而自虐的口吻，谈论他与勇猛强悍的琼·亨特·邓恩小姐打网球的故事。贝杰曼的另一首诗《大都会铁路》("The Metropolitan Railway")也收录于拉金的《牛津20世纪英诗选》，那首诗以辛辣的笔调，讲述了一对年轻夫妇在仍处于半农村状态的赖斯利普[3]安家的故事。现在，"一家电影院灯火辉煌"，那里曾矗立过他们的乡村别墅。拉金曾对莫妮卡说："贝杰曼的那些主题非常有趣，而且值得去写，远胜过大多数其他现代诗人。"

《牛津20世纪英诗选》收录的诗人中最具原创性的要数史蒂维·史密斯（Stevie Smith，1902—1971）。她写过童谣、劝诫故事、赞美诗和无理诗，那些是稚嫩、轻佻和尖刻等风格的混合体。她给自己的诗配上活泼可爱的插图，还以激昂的、颤抖而有教养的声调向公众朗读她的诗作。但是在她三岁的时候，她父亲就抛弃家庭，她从来都没有从这个打击中恢复过来，

---

1 英国伯克郡的一个小镇。这里代指当时缺少文化差异性的新兴城市。
2 伦敦西部地名，伦敦周边工商业发达最早的地区之一。
3 伦敦西北部地名，原为乡村，20世纪初建造大都会铁路时人口剧增。

她在自传体小说《黄纸小说》(*Novel on Yellow Paper*,1936)中对此有过描述。她和姐姐，还有一位坚定的女性主义者阿姨，一起住在伦敦郊区的帕默斯格林，她几乎就是一个隐士。她说，生活就像身处敌方的领土。

她最有名的诗是《不是在挥手，而是溺死》("Not Waving but Drowning"):

> 没有人听见他，那个死人，
> 但他还是躺着呻吟不止，
> 我这里比你想的还要远，
> 我不是在挥手，而是溺死。

但那个溺死的男人只是她作品中病态思想的一部分和不幸动物中的一个。她最喜欢的绘画作品是丁托列托[1]的《创造动物》，它描绘了从上帝手中涌出来的各种动物，所有动物都在向前跑，只有一个动物掉转头来。"那就是我。"她说。她逐渐赢得了一些意想不到的崇拜者。西尔维娅·普拉斯在自杀前三个月，突然写信跟她说，自己是"一个对史蒂维·史密斯上瘾得无可救药的人"。

史蒂维·史密斯对宗教的态度是复杂的，她称自己是一个堕落的无神论者。但她讨厌残忍，她的无

---

[1] 丁托列托(Tintoretto，1518—1594)，意大利文艺复兴晚期画家，是提香的学生。

理诗《我们的沙地是烤的》("Our Bog is Dood")[1]可以说是她的杰作(虽然用这个词来形容一位始终回避宏伟的诗人似乎是太重了),诗中讽刺了那些反复说一些毫无意义的疯话、受到质疑就要杀人的宗教狂热分子。

> 我们知道,因我们希望,
> 那就够了,他们在嚷嚷,
> 就在每个婴儿的眼里,
> 傲慢的火焰烧得正旺,
> 要是你胆敢不这么想,
> 你会被钉在十字架上。

---

[1] 原文中"bog"和"dood"可能是"God"和"good"两个词的误读的拟音。译文中"沙地"和"烤"也是"上帝"和"好"这两个词的拟音。

第三十八章
致命的诱惑

休斯、普拉斯

特德·休斯(Ted Hughes,1930—1998)和西尔维娅·普拉斯(Sylvia Plath,1932—1963)以悲剧情人兼诗人而著称,对许多人来说,普拉斯还是一位女性主义殉道者。

休斯出生在英国约克郡考尔德山谷的一个乡村小社区。他的父母经营一家报纸和烟草店。他的哥哥是一名猎场管理员,常常带他一起在荒野参加狩猎,休斯从此爱上了野生世界。他回忆说,回到自家的山谷,就像是"跌进了深渊……就是从那个时候,我的身体和灵魂开始分裂"。动物的生命比人类的更现实、更真实这个想法,以及动物生命与杀戮和阳刚之气的联系,在他的诗歌中是恒常不变的主题。他的父亲曾在第一次世界大战中服役。加利波利战役是注定失败的,整个军团只有十七个人从战役中归来,而他父亲就是其中之一。这也使年轻的休斯对流血的场面充满了想象。

他在文法学校读书,成绩优异,因此获得了到剑桥大学彭布罗克学院求学、攻读英国文学的机会。但他感觉到学术研究有悖于他对诗人的自我认同。他做了一个梦,他写论文写到一半,一个长着狐狸脑袋的动物走进他的房间,在他的论文上留下了血淋淋的爪印,然后说:"你在杀害我们。"于是,他读到三年级就从英语转向了人类学,开始研究巫魔和萨满教,而且终生保持兴趣。他于1954年毕业。1956年2月25日,他在一次聚会上遇到了西尔维娅·普拉斯,这个大家都知道,当时普拉斯咬了他的脸颊,然后吸他的血。四个月后,他们就结婚了。

普拉斯才华横溢、雄心勃勃,但是精神不太稳定。她的父母都是第一代德国移民,住在马萨诸塞州波士顿的郊区。她的父亲奥托是一名大学教授,专门研究大黄蜂。普拉斯后来对养蜂充满兴趣,并在《爹地》("Daddy")一诗中将父亲与纳粹德国联系起来,都源于这段家族历史(尽管奥托十六岁就离开了德国,当时纳粹时代还没有开始,并且他是一个和平主义者)。

普拉斯四岁时,她父亲的健康状况恶化。由于害怕患上癌症，他拒绝去看医生。其实他患的是糖尿病，本来是可以救治的。但是他的脚趾被撞伤，发生坏疽，一条腿被截肢（所以普拉斯在《爹地》一诗中提到他的一只落单的"黑鞋"），后来他在普拉斯八岁时去世。她告诉母亲"我再也不跟上帝说话了"，她在日记中似乎责怪父亲死去并抛弃了她。

她后来有机会到著名的史密斯学院求学，在那里她刻苦学习，取得了 A 级成绩。她承认，作为一名高手，她无法忍受自己是一个平庸人的想法，而且她意识到自己想要具有肉体上的吸引力。她与其他顶尖人才一起，在纽约《小姐》(*Mademoiselle*) 杂志社获得了短暂的实习机会，但发现这份工作令她紧张不安。1953 年 8 月，她服用母亲的安眠药并将自己锁在地窖里，试图自杀而未能成功。她后来在她广受好评的小说《钟形罩》(*The Bell Jar*) 中回忆说，她因为一个偶然的机会获救，并在马萨诸塞州的麦克莱恩医院接受精神病治疗。康复之后，她获得剑桥大学纽纳姆学院的富布赖特奖学金，也因此结识了休斯。

她在日记中记录了她与休斯第一次见面时的反应："啊，他来了，我的黑暗劫匪，哦，饥渴，饥渴。"她在给母亲的信中写道："我坠入了爱的深渊，它只会带来巨大的伤害。我遇到了世界上最强壮的男人……一个硕大、笨重、健康的亚当……他的声音像上帝的雷声。"起初，他们幸福到了极点。她在剑桥的课程一结束，他俩就乘坐"伊丽莎白女王"号去到纽约，她在她原来的史密斯学院执教一年。1959年夏天，他俩在加拿大和美国各地旅游，有时在野外露营。1960年4月，他俩的第一个孩子弗丽达出生。

随后，他俩回到英国，住在伦敦樱草山附近的一座公寓。1962年1月，他们的第二个孩子尼古拉斯出生。他俩决定搬到乡下，在德文郡买下一栋老旧的茅屋，并把伦敦的公寓出租给加拿大诗人大卫·韦维尔（David Wevill）和他漂亮的妻子阿西娅（Assia）。但是不到几个月，休斯就狂热地爱上了阿西娅，他与普拉斯的婚姻出现裂痕。普拉斯心神错乱，于1963年2月将头伸进煤气炉中自杀。由于休斯拒绝跟阿西娅结婚，六年之后，阿西娅自杀了，同时带走了她与休斯所生的女儿舒拉的生命。

普拉斯坚信休斯是个优秀的诗人，即使在他背叛之后，她的这种信念也从未动摇。在他俩共同生活期间，她一直努力工作，给他的事业提供帮助，担任他的秘书，替他承担生活费用，并将他的诗作寄给杂志和出版商。她的努力得到了回报：休斯赢得了普拉斯为他申请的一项诗歌大奖（评委是奥登、斯彭德和玛丽安·摩尔）。借着这个势头，他于1957年出版了第一部诗集《雨中鹰》（*The Hawk in the Rain*）。

诗集中的作品，如《风》（"Wind"）和《书呆子》（"Egg-head"），都带有休斯反复书写的主题——人类理智的脆弱和倒错的傲慢，它试图摒绝那个混乱无序、屠杀人类的自然界。还有一种暴力是他父亲的战争经历，它被写入了《为阵亡士兵悲哀》("Griefs for Dead Soldiers")。休斯对暴力感兴趣，是因为暴力（就像他和他哥哥曾经一起狩猎过的奔宁山的荒野一样）开辟了一条通往根本的、非人类层面的道路，原始的能量在那里流动并且驱驰。"任何形式的暴力，"他写道，"任何形式的激烈活动，都会激发更大的能量，即宇宙的根本力量的循环。"

这个主题在他的第二本诗集《卢柏克节》(Lupercal, 1960)中得到延续。普拉斯最喜欢这本诗集中的《吞火者》("Fire-Eater")，那首诗乍一看很难理解。为什么星星是山丘的"肉体祖先"和休斯血脉里的"肉体祖先"？为什么蚊虫的死亡是"星星的嘴"？休斯对现代科学怀有浓厚的兴趣，他的指向是当时最新的科学理论：我们身体中的原子，除原始的氢原子外，最初的形态都是星星，它们在无数亿万年前成形、变老和爆炸，并将各种元素当作微尘散布在太空中，然后凝聚成像地球这样的行星。所以地球和我们的身体都是由星尘构成的，这就是为什么星星是山丘的"祖先"和休斯血脉里的"祖先"。根据同一理论，宇宙在不断地循环物质和能量，重新组合分子，所以滋养宇宙的是其中所有事物的死亡。即使是蚊虫的死亡，也是在滋养星星。

休斯在观察自然时，看到的是无情的掠食者——《栖息的猎鹰》("Hawk Roosting")中的鹰（"我的规矩是撕下脑袋")[1],《画眉》("Thrushes")中的画眉("只有跳跃和戳刺"),《狗鱼》("Pike")中的狗鱼("生来就是杀手")。他对语言的灵活运用直追莎士比亚,他发明新词,将名词转变为动词。他写画眉时使用形容词 attent(专注的),这比 attentive(专心的)更有冲击力;狗鱼的颜色是驳杂的,"绿色'虎'上金色"(green tigering the gold),这里的名词 tiger(老虎)变成了动词。休斯的目标是使语言重新获得活力。他提醒我们说:"在某种程度上,文字一直不断地试图取代我们的经验。词语周流遍布,连同消化了词语的词典,比我们的经验所涉及的、未经加工的生活更有力、更饱满,就此而言,它们确实取代了我们的经验。"[2]但只要我们处处提防,经验就不会被语言取代。

普拉斯离世后的两个月里,他创作了《狼嚎》("The Howling of Wolves")和《鼠之歌》("Song of a Rat")。这两首诗都发表在诗集《沃德沃怪物》(*Wodwo*,1967)中,而且都像在自我辩解,解释整个自然中的残酷和痛苦都是不可避免的。随后是一段真空期。1966年,他重新开始写作,1970年发表诗集《乌鸦》(*Crow*),副标题为《来自乌鸦的生活和歌》(*From the Life and Songs of the Crow*)(献词为"纪念阿西娅和舒拉")。休斯认为这是他的杰作,许多评论家也都同意。其他

---

[1] 本章内休斯的诗句,除"肉体祖先"和本段中最后一句外,均引自曾静译《雨中鹰及其他》(广西人民出版社,2021年)。
[2] 译文引自杨铁军译休斯《诗的锻造》(广西人民出版社,2019年)。

人则对它的暴力和消极情绪感到畏惧。标题中的"乌鸦"不等同于任何一个简单的概念。它因不同的诗而发生变化：有时是受害者，有时是暴君，有时是英雄，有时是傻瓜。它具有神话般的外形，但它摧毁了神话——基督教、人文主义、《旧约·创世记》里的创世故事，以及对生活充满希望的各种积极观点——把它们变成了闹剧和滑稽戏。乌鸦以其混乱无序，拒绝遵守任何现有的刻板，这是有意为之的。"我的主要用意，"休斯写道，"是创造一种东西，它尽可能不带有博物馆里的那种文化积淀。"

在休斯后期的作品中，《乌鸦》的创造力只有他对奥维德《变形记》的翻译才能与之媲美，这一点令人难以置信。这部翻译作品的标题为《奥维德的故事》(*Tales from Ovid*, 1997)，它与传统的翻译有天壤之别。休斯随意给原作添加新的段落，并赋予奥维德那些充满激情、令人不安的故事一种感性，将它明显地改造成休斯自己的作品。

普拉斯生前只出版过一本诗集，即《巨神像》(*Colossus*, 1960)。在这本诗集中，她的用语经常是大胆而讥讽的，跟她后期的诗作一样。但是《巨神像》中的作品还在模仿迪伦·托马斯、叶芝、玛丽安·摩尔和罗特克，不太具有原创性。她的诗名得以历久不衰，主要归功于她在休斯跟她分开之后几个月里创作的几十首诗，那些诗题为《爱丽尔》(*Ariel*)，1965年由休斯整理出版。

她写信给母亲，说她正在创作"我一生中最好的诗"；她每天写一首诗，早上四点，天还没亮，她就起床（"就像在火车的隧道里或上帝的肠子里写作"），直到孩子们醒来时她才停笔。从1962到1963年的跨年是有史以来最冷的冬天之一，在她的诗中也能感受到那种寒冷（例如那首提到"冰层"的《尼克与烛台》["Nick and Candlestick"]，或描写蜜蜂的《过冬》["Wintering"]）。在德文郡，她和养蜂的村民一起干活，但她的诗歌写的是愤怒和怨恨，并没写养蜂的事情。《蜂蜇》("Stings")中"可怕的"蜂后是一个女性复仇者，她有着"狮子般红色的身体"，就像《拉撒路夫人》("Lady Lazarus")中的叙事者：

> 我披着红色的毛发，
> 从灰烬之中起身，
> 像吸气般吞噬男人。

与她的许多晚期诗歌一样，《蜂蜇》也掺入了她当时的自传成分。普拉斯的书信记录了休斯把一块手帕（在诗中是"一块白色亚麻布"）扎在头上，希望能避开蜜蜂，结果还是被严重蜇伤。蜜蜂蜇人之后就会死去，但她的蜜蜂"认为死得其所"，只要它们能报仇雪恨。

在给她的美国心理治疗师露丝·博伊舍尔博士的信中，普拉斯描写休斯在通奸期间，表现出嘲笑、威胁和得意的态度，甚至责问她为什么不自杀，并且说阿西娅和他都认为她会自杀的。她还声称，1961年2月，他曾经"暴打我的身体"，导致她流产。她的晚期诗歌中的愤怒，应结合这个背景来解读。然而，持反对态度的人指责普拉斯过度地自我戏剧化。他们反对她在《爹地》中借用大屠杀受害者的命运，就好像那是她自己的命运一样：

> 在轰隆声中把我送走，像对待犹太人，
> 送往达豪、奥斯威辛、贝尔森的犹太人。

这种批评意见是认真的，而且辩论还在继续。

1963年2月5日，她写了最后一首诗《边缘》("Edge")。这首诗描写了一个自杀的女人和她的两个婴儿，他们分别躺在她胸口的两边。死去的女人露出"圆满的微笑"。评论家们指责这首诗将自杀美化了，并将杀婴理想化了。对他们而言，这首诗是"病态"而冷漠的。这个观点似乎有待商榷。有人认为，诗中的女人展现了"古希腊悲剧必然性的错觉"，而"错觉"一词已排斥了对她行为的任何简单认可。这是一首自我检讨和自我批评的诗。普拉斯也是这样做的。一周以后，她打开煤气自杀时，为了使她两个熟睡的孩子不受伤害，她先用胶带和毛巾封住了四周所有的门。

第三十九章
政治影响下的诗人

泰戈尔、阿赫玛托娃、曼德尔施塔姆、马雅可夫斯基、布罗茨基、洛尔迦、聂鲁达、帕斯、塞菲里斯、塞弗尔特、赫贝特、麦克迪尔米德、R.S.托马斯、阿米亥

在整个世界史上,20世纪是高度政治化的。世纪之初是1917年的俄国十月革命,它建立了有史以来第一个社会主义国家。到了20世纪30年代,德国法西斯独裁政权上台,推行种族灭绝政策,妄图统治世界,结果在1939年至1945年的世界大战之后彻底失败。战争削弱了整个欧洲的殖民势力,新兴国家开始寻求独立,殖民帝国都土崩瓦解。全世界的民族国家数量从大约五十个增加到近两百个。

这些事件在诗歌中都有所反映，现在人们记得的许多重要诗人，都与这些事件相关。对英国在印度的殖民统治的反抗，早在20世纪之前就已经开始，诗人罗宾德拉纳特·泰戈尔（Rabindranath Tagore，1861—1941）的名字就与此紧密相联。他出生于一个富裕、有教养的加尔各答大家庭。他在早年就创作颇丰，写过长篇小说、短篇小说、戏剧和几千首歌词，包括印度和孟加拉国的国歌。他还到许多地方旅行，以哲人和博学者的身份享誉全球。在英国，他遇见过叶芝和庞德等人。他最有名的诗集是《吉檀迦利》（Gitanjali，意思是"以歌献祭"）。1912年，他将这本诗集中的部分诗歌翻译成英文出版，次年，他成为第一位获得诺贝尔文学奖的非欧洲人。然而，人们普遍认为泰戈尔的孟加拉语诗歌是无法翻译的，这可能是他如今名声大减的原因。甚至他的崇拜者叶芝也将泰戈尔作品的英文翻译斥为"感伤的垃圾"。

对于俄国诗人来说，1917年的十月革命的影响是重大的。安娜·阿赫玛托娃（Anna Akhmatova，1889—1966）在二十多岁时就已经是一位著名诗人。她乌黑的头发和贵族气质赋予了她征服男人的力量。在巴黎，阿梅代奥·莫迪利亚尼（Amedeo Modigliani）为她倾倒，用素描和油画来纪念她，其中包括几幅裸体画。她和丈夫尼古拉·古米廖夫（Nicolay Gumilyov）组成了一个叫阿克梅派（Acmeist）的前卫文学团体，他们拒绝象征主义，并且跟意象派一样，追求有教养的简约和清晰。

后来，古米廖夫和其他六十名所谓同谋者被带到森林中枪决，阿赫玛托娃等人的诗歌遭到查禁。在1930年代，阿赫玛托娃发现自己被卷入了"大清洗"运动。她的儿子列夫被捕并遭受酷刑，连续十七个月，她每天都在列宁格勒监狱外等候，与正在寻找亲人消息的其他妇女在一起。有一天，人群中有位妇女认出了她，并且用冻得发紫的嘴唇低声询问阿赫玛托娃，她是否能够描述他们正在经历的事情。她回答说可以，这就是她在1935年至1961年间创作组诗《安魂曲》(Requiem)的缘起，诗中讲述了她在这段时间的经历。落下文字是危险的，所以她把作品的每个部分都背下来，然后烧掉。有一份文字稿被走私出境，并于1963年在慕尼黑发表，但直到1987年才得以在苏联发表。

奥西普·曼德尔施塔姆(Osip Mandelstam，1891—1938)是阿赫玛托娃的好朋友，也属于阿克梅派。他出生于一个富裕的波兰犹太家庭，曾就读于巴黎索邦大学和海德堡大学。1933年，他写了一首批评斯大林的诗，入狱四年，然后被送到苏联东部的一个劳改营。他设法写了一张纸条给他妻子，索取保暖的衣服，但没有人来，最后他死于寒冷和饥饿。弗拉基米尔·马雅可夫斯基(Vladimir Mayakovsky，1893—1930)的血统属于格鲁吉亚哥萨克。作为天生的叛逆者和积极的马克思主义者，他在俄国内战期间为共产党设计过宣传海报。但是布尔什维克文学界认为他的实验性诗歌难以被无产阶级所理解。1930年，他开枪自杀。约瑟夫·布罗茨基（Joseph Brodsky，1940—1996）幼年时在列宁格勒保卫战中幸存下来，十五岁开始写诗。那些诗受到批判。他被送到精神病院，然后被判处在一个靠近北极圈的地区服劳役五年。1972年他被驱逐出苏联，定居美国，1987年获诺贝尔文学奖。

20世纪的政治受害者中，最著名的诗人是费德里科·加西亚·洛尔迦（Federico García Lorca，1898—1936）。作为地主的儿子，他出生于西班牙南部格拉纳达附近的富恩特-巴克罗斯。他是继优秀的巴洛克诗人路易斯·德·贡戈拉（Luis de Góngora，1561—1627）之后最有天赋的西班牙诗人，而贡戈拉在他眼里也是个英雄。洛尔迦的诗歌将安达卢西亚乡村民谣和民间传说，与象征主义和超现实主义相结合（超现实主义艺术家萨尔瓦多·达利是他的好朋友）。洛尔迦最有名的诗集《吉卜赛谣曲》（*Romancero Gitano*）出版于1928年。1930年，共和政府任命他为一个学生戏剧团的导演，他在西班牙贫困的农村巡回演出，把戏剧带给了大众。然而，西班牙的法西斯主义势力正在抬头，很快在佛朗哥将军的领导下联合起来，并在西班牙内战（1936—1939）中击败了民选的共和派。1936年8月，洛尔迦被一个法西斯民兵组织杀害。他的尸体一直没有找到。

另一位享誉全球的20世纪西班牙语诗人是巴勃

罗·聂鲁达（Pablo Neruda，1904—1973）。他出生于智利帕拉尔，是一名铁路职工的儿子，长期在智利的外交部门工作。他十四岁开始写诗。第二本诗集《二十首情诗和一首绝望的歌》(Twenty Love Poems and a Song of Despair，1924) 富有快乐的感性体验，成为有史以来最畅销的西班牙语诗集，并被翻译成多种语言。他于1971年获得诺贝尔文学奖。

聂鲁达认识洛尔迦本人，在洛尔迦被害之后，他成为忠诚的共产主义者，并崇尚苏联的社会制度。1970年，社会党人萨尔瓦多·阿连德当选为智利总统，也得力于聂鲁达的支持。三年之后，在奥古斯托·皮诺切特将军发动右翼军事政变时，聂鲁达正患癌症住院，可是他却擅自出院，因为他怀疑有医生按照皮诺切特的命令给他注射了毒药。他在出院的数小时之后去世。

还有一位获得诺贝尔文学奖的西班牙语诗人是墨西哥的奥克塔维奥·帕斯（Octavio Paz，1914—1998）。他出生于墨西哥的文化精英家庭，但由于对政治左派很感兴趣，他将自己的一些早期作品寄给聂鲁达，获得了聂鲁达的好评。他曾参加过西班牙内战，与法西斯作战，后来成为职业的外交官。他最著名的作品之一是《孤独的迷宫》(The Labyrinth of Solitude，1950)，这部作品认为墨西哥的性格在本质上是防御性的，总是躲在面具后面。

作为一位哲理诗人，他在诗歌和散文之间左

右逢源，创作了《猴子语法学家》(*The Monkey Grammarian*)等剖析印度的作品。他在印度担任过六年的墨西哥大使。他被印度教的宗教思想所吸引，认为这种思想能够包容对立面，是西方思想做不到的。墨西哥有一个古老的概念——"烧尽的水"，寓意对立面的统一，一般认为这是他作品中的主导形象。1968年，他辞去外交官的职务，以抗议政府镇压学生示威。

在因反对某种政治制度而成为民族偶像的诗人中，比较突出的有希腊的诺贝尔文学奖获得者乔治·塞菲里斯（Giorgos Seferis，1900—1971）。1922年，他的故乡士麦那（Smyrna）[1]被土耳其人占领，后来他担任希腊的外交官，从事外交事务。他到过很多地方，特别是在第二次世界大战期间，当希腊被纳粹占领时。因此，他的诗歌经常描写流亡和流浪，并将当代话语和政治与荷马史诗的神话融为一体。1967年，右翼军政府夺取了希腊的统治权，实行审查制度、政治拘留和酷刑。塞菲里斯在BBC国际广播电台谴责当时的政权。当他去世（自然死亡）时，大批民众涌上雅典的街头，唱起了米基斯·塞奥佐拉基斯[2]为他的《拒绝》（"Denial"）一诗谱写的歌曲，这首诗是被军政府明令禁止的。

---

[1] 即伊兹密尔，土耳其第三大城市，位于土耳其西部的爱琴海沿岸，在古代属于希腊的版图。
[2] 米基斯·塞奥佐拉基斯（Mikis Theodorakis，1925—2021），希腊政治活动家、音乐家。

捷克诗人雅罗斯拉夫·塞弗尔特（Jaroslav Seifert，1901—1986）是一位热情洋溢的隐喻诗人，他于1984年被授予诺贝尔文学奖，授奖词中称"他的诗歌作品以其惊人的清晰、音乐性和感性，以及对国家和人民的朴素而深刻的认同而深受喜爱"。他最动人的作品是《用十四行诗扎成的花环》(*A Wreath of Sonnets*，1956)，诗中描写了战后满目疮痍的布拉格，表达了他不死的爱与忠诚。

波兰诗人兹比格涅夫·赫贝特（Zbigniew Herbert，1924—1998）的诗作具有深刻的道德寓意，但语气柔和、随意，经常带有反讽意味，有时还尝试带有幽默的幻想，但始终排斥那种雄辩的语气。他的诗作从不预示任何形式的胜利，失败必定会到来。但这并不改变诗人应承担的责任，他在《哲思先生的使者》("The Envoy of Mr. Cogito")一诗中阐述了这个观点：

> 去那些其他人去的地方，那黑暗的边界
> 为了虚无的金色羊毛，你最后的奖品
>
> 挺直地站立，在那些跪着的人中间
> 在那些背转身和倒在尘土中的人中间

英国的民族主义诗人相对比较沉默，他们较少受到威胁。苏格兰民族主义诗人休·麦克迪尔米德（Hugh MacDiarmid，1892—1978）创作了《醉汉看蓟花》(*A*

Drunk Man Looks at the Thistle，1926），它是对苏格兰民族的沉思。这首诗很长，有点像漫谈，严肃中带有喜剧性，而且旁征博引，用麦克迪尔米德发明的"合成的苏格兰人"的方式写成。威尔士牧师诗人R.S. 托马斯（R.S. Thomas，1913—2000）是一个性情残暴的民族主义者（他竟然支持在威尔士农村用燃烧弹摧毁英格兰人拥有的度假小屋）。但他主要还是一位宗教诗人，他为上帝缺席之感所折磨，并斥责他的教区居民使用冰箱、洗衣机等现代罪恶的产品。

兹比格涅夫·赫贝特在访问以色列时，结识了耶胡达·阿米亥（Yehuda Amichai，1924—2000），阿米亥被广泛认为是现代以色列的民族诗人。阿米亥出生于德国，但他十二岁的时候，父母就移民到了耶路撒冷。他在第二次世界大战中与英国军队并肩作战，并在以色列独立战争、西奈半岛战争和赎罪日战争中，与以色列军队并肩作战。他的诗经常是自传性的，但这种个人经验能与普通的人类经验相联系，所以赢得了特别广泛的读者。他的诗表达了他对宗教信仰的困惑，经常带有讽刺的幽默感，如在《那就是你的荣耀》（"And That is Your Glory"）一诗中，他把上帝想象成一个汽车修理工，四肢伸展地躺在地上，修理其上方的发动机，全身都是看不到的，除了他的鞋底。

第四十章

跨越边界的诗人

希尼、沃尔科特、安吉洛、奥利弗、默里

在这最后一章里,我们将考察五位当代诗人,他们显示了诗歌具有跨越文化边界的力量。

谢默斯·希尼(Seamus Heaney,1939—2013)出生于北爱尔兰伦敦德里郡,在家庭农场莫斯邦长大。他本来无意成为诗人。"我只有一点概念,现代诗歌已经有了艾略特等诗人,他们远远超过像我这样的人。"他是在读了特德·休斯的《一头猪的景象》("View of a Pig")这首诗之后才开始动心的。"在我的童年时代,我们在农场杀猪。……突然间,我的生活成了当代诗歌的创作素材。"

作为北爱尔兰新教环境中的天主教徒,他习惯于被人当成嫌疑人。在《恐怖部》("The Ministry of Fear")一诗中,他回忆自己在路障前面被拦下,警察们围着他的车,"像一群/黑牛围着汽车,眩晕枪枪口/在我眼前指指划划"[1]。1960年代后期,政局恶化,爱尔兰共和军的临时派开始冒头。有关方面逼迫他写政治诗,被他拒绝。希尼表示,希望诗人们去写政治诗的想法是错误的。"归根结底,诗人只有在讲述自己和对自己说话的时候,才是值得倾听的。"由于担心家人的安全,他于1972年带着妻子玛丽和孩子们离开北爱尔兰,移居爱尔兰共和国的威克洛。

P.V. 格洛布(P.V. Glob)的《沼泽人》(*The Bog People*,1969)这本书对希尼影响很大。丹麦的泥炭沼泽中发现了铁器时代牺牲者的尸体,那些照片促使希尼去婉转地描写发生在北爱尔兰的冲突。例如,《惩罚》("Punishment")一诗描写了一个铁器时代的女孩的尸体。他想象这个女孩是因通奸而被处决的,将她比作北爱尔兰涉嫌告密而受到公开惩罚的年轻妇女。诗人对于自己没能公开地反对这种做法而表示自责,他写道,这就好比当年轻的淫妇被石头砸死时,他也会投下"沉默的石头"。

在悼念他的表弟科拉姆·麦卡特尼的两首诗中,

---

[1] 本章内希尼的诗句,均引自黄灿然译《开垦地》(广西人民出版社,2018年)。此处可直译为:"像一群黑牛,到处嗅着,/把轻机枪的枪口顶在我眼前。"诗题亦可译为《恐怖内阁》,它源于1944年一部美国电影,由弗里茨·朗导演。

他的自责也是明显的，当时他的表弟在北爱尔兰南部的阿马郡开车回家，被新教恐怖分子枪杀。在《贝格湖滨》("The Strand at Lough Beg")一诗中，他想象自己看见了科拉姆，"头发和眼睛满是鲜血和路边粪土"，于是他跪下来"收集一掬掬冷露水"给他清洗。但在后一首诗《斯泰逊岛》("Station Island")中，科拉姆的鬼魂斥责他的"躲避"，因为《贝格湖滨》"掩饰丑陋"，"用早晨的露珠来装点我的死亡"。

希尼总是强调自己是爱尔兰人，不是英国人。他不是中立的，在他看来，英国装甲车出现在莫斯邦周围的道路上是一种暴行。不过他是和平主义者，正如诺贝尔文学奖承认的那样。他的《来自良心共和国》("From the Republic of Conscience")一诗是为庆祝联合国日而作。

德里克·沃尔科特（Derek Walcott，1930—2017）在加勒比海的圣卢西亚岛上长大。他的父亲在他出生之前就去世了，因此他家境贫穷。《奥麦罗斯》(Omeros，1980)是他的杰作，这是一部史诗，共六十四章，每章三个小节。这部作品大致上以荷马史诗《伊利昂纪》为背景，可它是一部完全不同的作品。它的主角不是战士，而是圣卢西亚渔民阿喀琉（Achille）和赫克托。他们互相吵架，因为阿喀琉从赫克托的独木舟上借了一只生锈的旧汲水罐子。但争吵的真实原因还是海伦，一个黑豹般美丽的女仆。她离开阿喀琉去找赫克托，但赫克托成了一个出租车司机，并在车祸中丧生。

其他角色还包括：菲罗克忒忒（Philoctete）（以荷马史诗中的菲罗克忒忒斯［Philoctetes］为原型）是一个渔夫，小腿被生锈的铁锚撕裂而无法愈合；玛·基尔曼是一个女巫，拥有一家"无痛咖啡馆"；"七海"是一个盲人，曾经是海员，大致相当于荷马本人，他出现在不同的地方——在都柏林，他就像詹姆斯·乔伊斯，"我们这个时代的奥麦罗斯"（第三十九章第3节），而在伦敦，他是一个睡在公园长椅上的流浪汉（第三十八章第1—3节）。

随着长诗中情节的发展，说话人会改变和混合。一个是沃尔科特本人，他在圣卢西亚的一家疗养院与母亲告别（第三十二章第1—3节），并遇到了他父亲的鬼魂。他父亲也写诗，但从未感觉自己是"那个叫文学的外国机器"的一部分（第十二章第1节）。尽管这首长诗引用荷马史诗的典故，但沃尔科特排斥荷马史诗和古典主义。"没必要进行这些联想，"他坚持说，"要是没有历史，没有文学，事物就必须成为它们自己，并承担自己的后果。"这首长诗所表达的也是同样的思想：

为什么不能见到海伦

像太阳见到她一样，没有荷马的阴影，
她独自在沙滩上挥舞她的塑料凉鞋，

像海风一般清新?

（第五十四章第 2 节）

沃尔科特说他"从来没有真正读过"荷马史诗，或者"从来没有读完"。狂野而纯洁的圣卢西亚是他的理想，他用华丽、令人难忘的诗歌将它唤起——例如对阿喀琉在失事船只和"银色鲭鱼的扇形拱顶"之间潜水寻找海螺的描述（第八章第 1—3 节）。相比之下，荷马史诗不过是"绿色香蕉下的古希腊的粪肥"（第四十四章第 3 节）。

沃尔科特拒绝古典主义，因为那些古希腊人是奴隶主。雅典预示着残酷的美国南部（第三十五章第 1 节）。圣卢西亚现在居民的祖先是从非洲运来的奴隶。这首长诗还将持续扩张的美国对美洲原住民的屠杀引入了它的叙事轨迹。通过波士顿的活动家凯瑟琳·韦尔登（Catherine Weldon, 1844—1921）的眼睛，我们目睹了苏族和乌鸦印第安人的濒临灭绝（第三十四章第 1—3 节、第三十五章第 1—3 节、第四十三章第 1—3 节）。

然而，这首长诗传达的寓意是最终和解。"我们都会痊愈"，这是它的乐观结论（第六十三章第 2 节）。玛·基尔曼用古老的非洲智慧，使用一种非洲植物（其种子是由迁徙的海燕带来的）（第四十七章第 3 节），祈求伏都教的神灵（第四十八章第 2 节），治好了菲罗克忒忒的"腿疮疡"（象征他作为奴隶的祖先被锁住的脚踝）。这只海燕就像在天空背景上的一个十字架，是一个反复出现的象征。上帝告诉阿喀琉，这是"我被钉上十字架的标志"（第二十五章第1节）。当沃尔科特获得诺贝尔文学奖时，评奖委员会盛赞他的作品具有"全球人类的内涵"，说明不同文化的交融可以相得益彰。

玛娅·安吉洛（Maya Angelou，1928—2014）是美国黑人女性的代言人，她与马丁·路德·金和马尔科姆·X（Malcolm X）[1]一样，都是民权活动家，她同时还是一位诗人。她出生于密苏里州圣路易斯，在成年初期，以厨师、夜总会舞者、性工作者、歌手和演员的身份谋生。她的七部自传中的第一部《我知道笼中鸟为何歌唱》（*I Know Why the Caged Bird Sings*，1969），书名取自美国黑人诗人保罗·邓巴（Paul Dunbar，1872—1906）的作品。书中披露了她在八岁时遭到她母亲男朋友的性侵；这本书使她一夜成名，尽管被一些美国学校列为禁书。

她的诗记录了她早年遭受的屈辱：

我替她工作的孩子叫我女孩。
因为工作，我说"是的，太太"。

---

[1] 原名马尔科姆·利特尔（Malcolm Little，1925—1965），美国黑人民权运动的领袖人物。他放弃原来的姓氏，改姓X，借以抗议当时美国体制对黑人的不公正待遇。

被不可靠的男人抛弃,是她的另一个主题:

>寂静
>转动钥匙
>走进我午夜的卧室
>然后睡在你的
>枕头上。

她有自我批判的意识,意识到自己无法不带着怨恨写作:

>我的铅笔停下
>并且不会沿着
>那安静的小路前行。
>我需要书写
>恋人的虚伪
>
>和仇恨
>和可恨的愤怒,
>很快。

作为非洲西部奴隶的后裔,安吉洛会从老人的脸上看见"拍卖台"和奴隶的枷锁。她最著名的抒情诗《笼中鸟》("Caged Bird")是写奴隶制的,而《死于旧海的孩子》("Child Dead in Old Seas")唤起了人们对奴隶的故乡——非洲的记忆。但是她的声音是平静的，她透过一块琥珀，发现"没有热量的火正在吞噬自己"，或者一个孩子的身体，"轻盈得 / 就像冬天的阳光"。

她那首《清晨的脉搏》("On the Pulse of Morning")就像惠特曼的《我自己的歌》一样，拥抱所有美国人，满怀希望地向前看：

> 历史，尽管充满痛苦与折磨，
> 我们无法改变，但如果能勇敢
> 面对，我们就不必再次经受。

玛丽·奥利弗（Mary Oliver，1935—2019）跨越了诗歌与购书群体之间的界限。虽然有些高雅的书评人对她表示不屑，认为她的诗风过于简单，但是《纽约时报》(New York Times)依然称她"无疑是这个国家最畅销的诗人"。她出生于美国俄亥俄州的枫树岭，小时候曾被性侵（她在诗集《造梦》[Dream Work]中有过回忆），但是她退回到大自然，用木棍和干草搭建起小屋，在那里写诗，借此获得了慰藉。她先后在俄亥俄州立大学和瓦萨学院求学，后来在马萨诸塞州的普罗温斯敦定居，与她的同性伴侣、摄影家莫莉·马隆·库克一起生活。她的许多诗都是她在周边的乡村散步时创作的。

受到苏菲派神秘主义诗人鲁米（Rumi，1207—

1273）和哈菲兹（Hafez，1315—1390）诗歌的启发，她将自然界视为探索神圣的一扇窗户，但是这种神圣，对她来说，并不包括对来世或神圣创造者的信仰。同样，她也反对轻视身体、克制欲望等宗教观念。她倾慕里尔克，而且跟他一样认为，人类因理性和文化而疏离了鸟和动物的与生俱来的快乐。虽然她意识到这是一个弱肉强食的世界，但她对大自然的喜悦并未因此而减少。

她最著名的诗篇是《夏日》("The Summer Day")，在互联网上可以听到她对这首诗的富有挑战而精辟的解读：

> 是谁创造了世界？
> 是谁创造了天鹅与黑熊？
> 是谁创造了蚱蜢？
> 那只蚱蜢，我是说，
> 从草丛里跳出来的那只，
> 在我的手心里吃糖的那只，
> 前后咀嚼而不是上下咀嚼的那只，
> 用她巨大而复杂的眼睛四处张望的那只。
> 现在她抬起苍白的前臂，使劲地洗脸。
> 现在她拍着翅膀，轻盈地离去。
> 我不知道究竟什么是祈祷。
> 我知道的是怎样关注，怎样
> 在草丛里躺倒，在草丛里跪下，

怎样发呆、接受祝福，在田间漫步，

那就是我一整天所做的事情。

请告诉我，我还应该做什么？

难道不是一切最后都会死去，而且很快吗？

请告诉我，你打算做什么，

用你那疯狂而宝贵的生命？

澳大利亚的优秀诗人莱斯·默里（Les Murray，1938—2019）从小在贫困中长大。他父亲在新南威尔士州布尼亚有个奶牛场。小时候，他的工作是放牛，即使在冬天也打赤脚。他记得曾经跳进新鲜的牛粪堆里暖脚。要是做错事情，他就会挨揍。他在学校里被人冷落和嘲笑。但是他喜欢读书，所以白天他总是一个人待着，对着一本书在梦里遨游。一笔奖学金使他得以进入悉尼大学，并开始在学生杂志上发表诗歌。他发现自己在学习古今欧洲语言方面很有天赋，在搭便车环游澳大利亚时找了一份翻译工作。1961年，他与同学瓦莱丽·莫雷利结婚，莫雷利让他皈依了罗马天主教。从此之后，他将自己的诗歌献给了"上帝的荣耀"。

他的价值观是现世的，澳大利亚式的。他讨厌英美现代主义，因为现代主义排斥普通读者。他对自由主义者和知识分子抱有怀疑态度。他更喜欢农村生活，而不是腐化、贫瘠的城市生活。他的诗歌使用密集的比喻，富有张力，根植于他心中的英雄——杰拉德·曼利·霍普金斯。就像霍普金斯和我们前面谈到的许多诗人一样，他始终坚持一个主题，那就是自然界以及我们与它的关系。

他思考自然界是否真的有意义。是否人类在创造语言的同时创造了意义？在《屠宰日的母牛》("The Cows on Killing Day")一诗中，他想象母牛在说话，在《鸡距灌木丛》("Cockspur Bush")一诗中，他想象灌木丛在说话。这种借他人之口说话的本事，令人眼花缭乱，但这些都是虚构的。现实中，除了人类之外，所有生物都因为缺乏语言而注定是没有意义的存在吗？默里在他的《存在的意义》("The Meaning of Existence")一诗中似乎否定了这种观点。可是他真的在否定吗？这首诗的结尾是否展示了诗歌有一种能力，可以动摇信念并对确定性提出质疑，甚至动摇和质疑诗歌本身？

> 除了语言，每个事物
> 都知道存在的意义。
> 树木、行星、河流、时间
> 别无所知。它们每时每刻
> 都在表现它，如同宇宙。
>
> 即使是这愚蠢的身体
> 也部分地生活在其中，
> 要不是我这会说话的头脑

享有无知的自由,
它也会有充分的尊严。

译者赘语

译完这本"小史",有几点需要说明一下。首先,这部诗歌史与一般的英美诗歌史或欧洲诗歌史都有所不同,它的主体是英美诗歌,但也兼顾欧洲历史上的重要诗歌,又略带谈到一点东方诗歌。书中的观点有些是相当前卫的,渗透到当代学术界最热门的许多话题,因此为我们考察欧美诗歌史提供了一个全新的视角。其次,这本书援引了以往诗歌史中较少提及的许多诗歌作品,这也给本书的翻译带来了一定难度。

书中不少经典的诗歌作品都有现成的译文。但是鉴于行文中需要结合具体的诗句分析,现成的译文无法满足要求;另一方面,译诗的具体呈现,也构成对诗歌史认识的重要部分,所以除个别无法超越的经典译文,或因版权原因必须援引的指定译文之外,即使有现成的译文,译者也冒险以自己拙劣的译笔加以重译。凡是援引前辈的译诗,都注明译者姓名,不敢掠美。没有注明译者的译诗，都是拙译。原著没有注释，由于本书列入通俗读物，译者对一些专有名词亦勉强加注，略作解释。

译者在此对诗歌作品的新译或重译，尽力遵从卞之琳、屠岸、杨德豫等译诗前辈提出并践行的"以顿代步"原则，在可能的条件下参考黄杲炘的"三兼顾"原则，尽量使译诗在忠实表达原意的基础上，在汉语中再现英诗原本的格律。如果原诗是自由体诗，则采用自由体译出。在全民文化教育中，诗歌教育可能是普遍缺失的一块，尤其在传统诗歌被边缘化的今天，这种亦步亦趋的翻译方式，可能对大多数善良的诗歌爱好者还是有益的。

黄福海
2021年10月
于沪西同乐村